人世间

[印尼]普拉姆迪亚·阿南达·杜尔 著

居三元　孔远志
陈培初　张玉安　译
　　　　黄琛芳 校
罗　杰　曾嘉慧 重校

四川文艺出版社

图书在版编目（CIP）数据

人世间 / (印尼) 普拉姆迪亚·阿南达·杜尔著；居三元等译. -- 成都：四川文艺出版社，2022.7（2024.3 重印）
ISBN 978-7-5411-5833-9

Ⅰ.①人… Ⅱ.①普…②居… Ⅲ.①长篇小说—印度尼西亚—现代 Ⅳ.①I342.45

中国版本图书馆CIP数据核字（2021）第026530号

著作权合同登记号　图进字 21-2020-137 号

© Pramoedya Ananta Toer

REN SHI JIAN

人世间

[印尼] 普拉姆迪亚·阿南达·杜尔　著
居三元　孔远志　陈培初　张玉安　译
黄琛芳　校
罗杰　曾嘉慧　重校

出 品 人	张庆宁
策划编辑	曾嘉慧　冯俊华
出版统筹	周　轶
责任编辑	荀婉莹
视觉统筹	李　俊
装帧设计	子　杰　欧飞鸿　陈逸飞
特邀绘画	Ugeng T. Moetidjo
内文设计	史小燕
责任校对	段　敏
责任印制	桑　蓉

出版发行	四川文艺出版社（成都市锦江区三色路238号）
网　　址	www.scwys.com
电　　话	028-86361802（发行部）　028-86361781（编辑部）

排　　版	四川胜翔数码印务设计有限公司			
印　　刷	成都东江印务有限公司			
成品尺寸	149mm×210mm	开　本	32 开	
印　　张	14.25	字　数	360 千	
版　　次	2022 年 7 月第一版	印　次	2024 年 3 月第二次印刷	
书　　号	ISBN 978-7-5411-5833-9			
定　　价	78.00 元			

版权所有·侵权必究。如有质量问题，请与出版社联系更换。028-86361795

普拉姆迪亚·阿南达·杜尔与现代印度尼西亚

[印尼] 埃卡·古尼阿弯①

罗杰 译注

1997年,总统大选前夕,当时只有一位候选人可供选择。他是苏哈托,已经掌权长达三十一年。他将无可避免地再次赢得大选。政党和他是同路人,军队和他是同路人,国家公务人员和他是同路人。但即使如此,一部分大学生的选择是行动起来,对他说不。②

---

① 埃卡·古尼阿弯(Eka Kurniawan),印度尼西亚著名作家,1975年11月28日出生于西爪哇省打横市,毕业于日惹市的加札·马达大学(UGM)哲学系。小说代表作《美丽是一种伤痛》(*Cantik Itu Luka*,英译 *Beauty Is a Wound*,2002)入选《纽约时报》"百部值得关注的图书";2016年,凭借小说《人虎》(*Lelaki Harimau*,英译 *Man Tiger*,2005)成为印尼史上首位入围英国布克国际奖的作家。著名学者本尼迪克特·安德森在《新左派评论》撰文,将他誉为"普拉姆迪亚·阿南达·杜尔的接班人",欧美文学评论界也称他是印尼最具影响力的当代作家。迄今为止,他的作品已被译成英、法、德、西、日等24种语言文字出版。他早年曾出版一本研究普拉姆迪亚的著作《普拉姆迪亚·阿南达·杜尔与社会主义现实主义文学》(*Pramoedya Ananta Toer dan Sastra Realisme Sosialis*,1999)。

② 1997年7月2日,亚洲金融危机在泰国爆发,之后波及多个亚洲国家,印尼也遭受经济重创并引发政治危机。1998年3月,苏哈托第七次当选为总统,印尼各地先后爆发大规模抗议,一度出现社会骚乱,甚至发生与20世纪60年代近似的暴力排华事件,引发国际社会广泛关注和同声谴责。5月21日,苏哈托辞职,副总统哈比比继任总统;2008年1月27日,苏哈托去世。

我始终记得那一年里的日日夜夜，记得学生们的小型讨论是秘密进行的，记得粗略的政治培训，还有筹备示威之前的历次会议。我们被恐惧的阴影笼罩。此前一年，印尼民主人民党①的各位活动人士，其中一部分人还是学生，遭到逮捕、绑架，或者失踪。

那种情况不是第一次发生。无论如何，苏哈托在一幕惨剧之后上台执政，对印度尼西亚民族而言，这惨剧将一直成为恐怖的梦魇，并且带来创伤：几十万人，一说超过百万人，遭到杀害、绑架、流放。它发生在1965—1966年及之后。

我们被恐惧笼罩，但也满怀年轻一代的猛烈怒火。我们憎恶几乎不受限制的权力；憎恶见证苏哈托的亲友和部下们控制着经济的各方面；憎恶众目昭彰的腐败；憎恶看到军队变成民事秩序的实际掌管者，遍及荒僻的乡野。

赋予我们勇气的那些因素之一就是故事。我记得曾经在一位朋友的房间看见一张切·格瓦拉的海报。他是谁？我的朋友讲述了关于他、关于古巴革命的故事，一直扩展到拉丁美洲各国所发生的事情。得知外面世界的某些人为了更好的生活，有胆量直面强权，甚至准备做出牺牲，这多少消磨掉一点恐惧。

---

① 民主人民党（Partai Rakyat Demokratik，简称PRD）成立于1996年，主要成员多为学生、工会干部和城市贫民，属于左倾政党，一直遭到苏哈托主导的"新秩序"（Orde Baru）政权打压，主要领导人均曾被监禁。1998年前后，PRD在推翻"新秩序"的群众运动中扮演重要角色；此后，该党秉持以苏加诺"建国五基"（Pancasila）为基础的左翼立场，数次参与竞选、尝试挑战精英政治集团，屡遭落败。

几位朋友还拎着丹·马拉卡①的著作到处去宣传，我克制不住好奇，那人是谁？此后很久，我觉得自己好像傻瓜，甚至不知丹·马拉卡是什么人。他是印度尼西亚共和国缔造者之一，是必死者之一，"被他自己国家创造的革命所杀"。

在大学生们房间里的小型讨论会上，我听说的人名包括普拉姆迪亚·阿南达·杜尔。当得知这是印度尼西亚文学家的名字时，我忍不住咒骂自己。我喜爱阅读。由于获得书的途径相当有限，自从十几岁开始，我读来到我手头的任何一本书。我还留心听学校里每一位语言文学教师说起的印度尼西亚大作家的名字。但我敢发誓，我从未听说过普拉姆迪亚·阿南达·杜尔。

1997年，我既没读过普拉姆迪亚的作品，也不了解任何与之相关的内容。学校老师们的书里没有一本提到他。我可以说，命运如此不幸的二十来岁的年轻人绝非仅我一个。那只证明了一件事：苏哈托政权试图抹去本国最伟大的文学家及其作品的集体记忆，使之从学校读物里、从印度尼西亚文学中销声匿迹。

他的书在大部分公共图书馆里找不到，不能在书店里自由销售，

---

① 丹·马拉卡（Tan Malaka，1897—1949），1921年接替司马温（Semaoen）担任印尼共产党（Partai Komunis Indonesia，简称PKI）第二任党主席，1922年被驱逐出境，去往荷兰，1923年被共产国际任命为驻东南亚代表。他反对1926—1927年印尼人民大起义，1927—1937年，他在上海、厦门等地生活及办学，后赴新加坡华人学校任教，1942年返回爪哇，成为印尼革命早期总统人选之一。1946年，丹·马拉卡被关进日惹市监牢，1948年"茉莉芬事件"期间获释以助平叛，率领游击队作战，1949年初遭共和国军方杀害。过去的中文文献据福建方言发音，将其名字译作"陈·马六甲"，据丹·马拉卡的回忆录《监禁生涯》(*Dari Pendjara ke Pendjara*)，他出身于苏门答腊岛的米南加保贵族，名字里的"Tan"系家族封号"Datuk Sutan"简写，并无华人血统。

而且如果有人刚巧被发现在卖他的书,此人将面临牢狱之灾①。然而,这不能阻止各位活动家和大学生秘密传播他的书。由于获得他的书变为不可能之事,流传的大部分其人其作都是简易装订的复印本。

拥有他的书可谓一种颠覆性的象征、一桩叛逆之举。

我悄悄得到的就是那样复印的书,一位朋友同情我的好奇心而借给我。有生以来第一次,我读着普拉姆迪亚写的作品——《人世间》。我翻开第一页。"人们叫我:明克。"我无意间想起另一部小说——赫尔曼·梅尔维尔《白鲸》的开场白:"叫我以实马利。"② 我知道正在面对着一部杰作,一场冒险,一个时代的见证,一部注定要被不断阅读的小说,跨越世代界限、语言藩篱。

布洛拉(Blora),那是中爪哇(Jawa Tengah)的一座城市。作为北部沿海区域的城市之一,它与日惹(Yogyakarta)或梭罗(Solo)大不相同,后两者经常被视作爪哇文化的中心,它们构成了"内地"。"沿海"则意味着从古至今,这里均是与异国的陌生来客的相遇之地、漂泊者的栖息之所、贸易场、思想交流处、一个迫使自己开放的地区。

哲帕拉(Jepara)和南望(Rembang)两座城市离布洛拉不远。在

---

① 1988年,两名大学生班邦·苏波诺(Bambang Subono)、班邦·伊斯第·努格罗霍(Bambang Isti Nugroho)由于持有和分发普拉姆迪亚作品的复印本而被捕,控以颠覆罪,分别判处七年和八年监禁。

② 这里引用的《白鲸》首句是印尼语版"Panggil aku Ishmael.",作为人名的"以实马利"出自《圣经·创世纪》,该人物亦为全世界穆斯林共同承认的一位先祖。印尼是穆斯林人口最多的国家,曾作为殖民地"荷属东印度"被信奉基督教的荷兰统治三百余年,二战后通过革命赢得独立。《人世间》首句与《白鲸》首句构成了互文关系,蕴含名字和身份、文明与暴力、施害者和受害者、文学与历史等多重意义。

那里，卡尔蒂妮①出生和去世。她是印度尼西亚知识分子的巨擘之一，也是女性解放运动的斗士之一。她写下的书信②蕴含超越自身所处时代的思想观念。在她写作时，印度尼西亚甚至尚未成型，爪哇在荷兰殖民政权的掌控下，而当时女性还没有获得上学的权利。印度尼西亚人将她的生日当作母亲节来纪念。

蒂尔托·阿迪·苏里约③出生在布洛拉。经由他的手，在爪哇第一次出现了马来语报纸。马来语早就是岛屿之间的通用语（lingua franca），这些岛屿日后演变为印度尼西亚的组成部分。马来语也是群岛区域和各族群的团结工具，后者原本拥有各自的语言，在现代记载里，有超过六百种语言在应用。后来，蒂尔托·阿迪·苏里约作为民族新闻界先驱而被人们缅怀；马来语被采用为印度尼西亚语的基础，而印度尼西亚语作为国语，是印度尼西亚文学所使用的首要语言。

1925年2月6日，普拉姆迪亚·阿南达·杜尔也生于布洛拉，他

---

① 拉丹·阿江·卡尔蒂妮（Raden Ajeng Kartini 或 Raden Ayu Kartini，1879—1904），生于荷属东印度时期的爪哇贵族家庭，从小接受荷兰语教育，她通过与荷兰笔友通信而了解到女权主义思想，是印尼史上最著名的女性解放运动先驱和民族主义先驱之一。为了纪念她，共和国政府将她的生日、每年4月21日定为"卡尔蒂妮节"，即文中提到的母亲节。

② 这些信件是用荷兰语写给阿姆斯特丹的女权主义者斯特拉·泽翰德拉尔（Stella Zeehandelaar），后来结集成《黑暗终结，光明绽放》（*Habis Gelap, Terbitlah Terang*），由著名作家尔敏·巴奈（Armijn Pane）译成印尼语出版。1962年，普拉姆迪亚创作了卡尔蒂妮的传记共四卷，前两卷正式出版；1965年10月13日，他被陆军从家中强行带走，后两卷手稿遭蒙面暴徒抢劫并焚毁，无缘问世。

③ 蒂尔托·阿迪·苏里约（Tirto Adhi Soerjo，1880—1918），印尼民族主义解放运动先驱之一，20世纪初期的新闻人。1912年，他创办的马来语报纸《士绅论坛》（*Medan Prijaji*）被荷兰殖民政府查封，其人遭流放。普拉姆迪亚出版过一本关于他的非虚构著作《先驱者》（*Sang Pemula*，1985）。

继承了卡尔蒂妮和蒂尔托·阿迪·苏里约诞生之地的知识氛围及坦荡胸怀。

邮路干线①并不经过我出生的城市布洛拉。在长假里，我喜欢骑自行车四处跑，其中包括探索南望——拉森（Rembang-Lasem）路段的邮路干线。这一路段令我非常羡慕：宽阔，洁净，两旁是茂盛的酸果树，交通熙来攘往。

在回忆和考证参半的《邮路干线，丹德尔斯之路》（*Jalan Raya Pos, Jalan Daendels*）一书里，他如此写道。

他的父亲是一位教师，在殖民地政府创办的学校里，后来到具有民族主义倾向的私立学校任教。他还是印度尼西亚民族党（Partai Nasional Indonesia）的一名活动家，该政党由苏加诺创立。普拉姆迪亚曾说父亲的行动主义造就了他的政治性格，此种性格会在他的作品里留下诸多印迹。

他的母亲是南望地方行政长官的一位妾室所生。产下他母亲之后，这位妾室就被赶出家门。后来，普拉姆迪亚把他外婆的经历写进一本

---

① 又称大邮路，贯穿爪哇岛北部、从安耶尔（Anyer）直到巴那鲁干（Panarukan），长达一千多公里。赫尔曼·威廉·丹德尔斯（Herman Willem Daendels）担任荷属东印度总督期间（1808—1811）仅用一年建成，使爪哇岛东西原本46天的路程缩短为6天，期间致数千土著劳工牺牲，他用法语称这条路为La Grande Route（印尼语Jalan Raya Pos，荷兰语De Groote Postweg，英语The Great Post Road）。1996年，荷兰制片人皮特·范·豪斯提（Pieter van Huystee）和导演伯尼·艾迪斯（Bernie IJdis）拍摄了纪录片《邮路干线》，普拉姆迪亚参与编剧并担任旁白；2005年，普拉姆迪亚的非虚构著作《邮路干线，丹德尔斯之路》出版。

小说里，这部重要作品名叫《海边来的少女》(Gadis Pantai)①。1942年，日本人到达布洛拉，那时他的母亲去世了。作为长子，他不得不承担照顾家中弟妹的责任，一直到不堪重负而动身去雅加达，那年他十七岁。

起初，他在雅加达的日本同盟通讯社（Domei）②工作，担任打字员，并且开始写作，把作品发布到大众媒体。1945年8月，印度尼西亚宣布独立。两个月后，普拉姆迪亚加入人民治安队（Badan Keamanan Rakyat），这是印度尼西亚国民军（Tentara Nasional Indonesia）的前身。他获得军士长军衔，并且到西爪哇内陆参加游击战。1947年，他第一次面对权力的阴暗面：监狱。为重新控制印度尼西亚，荷兰军队发动了武装侵略，他们发现他在印制抵抗运动的宣传册，因此逮捕了他③。

战斗经历以及革命的残酷性会装点他的诸多早期作品。不久之后，他相继出版《勿加泗河畔》（Di Tepi Kali Bekasi）、《游击队之家》（Keluarga Gerilya）④、《追捕》（Perburuan）⑤。那些作品大部分写于为

---

① 《海边来的少女》最初连载于左翼刊物《东方之星》（Bintang Timur）1962年7月21日至1965年10月24日，单行本在1987年出版。
② 二战期间代表日本官方的新闻媒体，1945年10月日本战败后解散。
③ 1947年7月21日，荷兰向印尼共和国发动全面战争，即所谓"第一次警卫行动"。根据普拉姆迪亚回忆，他于开战当天被捕，关押在雅加达的武吉杜里（Bukitduri）监狱，1949年12月12日获释。
④ 《游击队之家》是中国出版的第一部普拉姆迪亚作品，倪志渔、朱秉义译，涂炳立校，人民文学出版社1958年出版。
⑤ 《追捕》的手稿由荷兰诗人、律师、历史学教授勒辛克（G.J.Resink）偷带出监狱，转交文学评论家雅辛（H.B.Jassin）代为报名，获1951年印尼图书编译局（Balai Pustaka）小说大赛一等奖。作品末两章的中译文收入《世界反法西斯文学书系·东南亚卷》，龚勋、严萍译，重庆出版社1992年出版。

期两年半的殖民地监狱里。

第二次：1960年，或说十一年后，他被迫再次进入拘留所。这次他被自己为之奋斗的共和国政府关押。起因是一份具有种族主义性质的总统法令出台①，该法令阻止华人作为少数族裔在印度尼西亚境内经商。普拉姆迪亚反对它，在报纸上连珠炮一般写文章为华人辩护。这些文章后来结集为《印度尼西亚华侨》(Hoa Kiau di Indonesia)② 出版，正是这本书把他再次拖进了牢房③。

仿佛还不够。五年后的1965年，共和国重又监禁了他。这次是由于一位新的统治者：苏哈托。时间更久，也更加残酷。

1965年及之后是充满恐怖和惊惧的岁月。七位将军被杀害④。印度

---

① 1959年11月28日，苏加诺签署了第十号总统法令，规定自1960年1月1日起，禁止外侨在农村地区经营零售商业，由于印尼当时的零售业经营者以华侨为主，这条法令导致约十万名华侨失去生计。
② 该书于1998年10月重新出版，英文版（The Chinese in Indonesia）2007年在新加坡出版。
③ 这一次，普拉姆迪亚被羁押了九个月。
④ 指"九三〇事件"。当时社会上风传陆军欲发动政变，对苏加诺总统不利，总统卫队一营营长翁东中校等人以此为由袭击了据传属于"将领委员会"的七位将军，其中哈尔约诺、班查依丹、雅尼遭当场击毙，苏普拉普托、苏托约、巴尔曼被捕，纳苏蒂安的副官比雷·登甸中尉穿首长制服作为替身被捕（因此，后来在鳄鱼洞被杀害的实为被捕的四人，其中一人是替身，外加已死三人共七具尸体）。10月1日晨，行动者通过全国广播宣布这次是"九月三十日运动"，并成立"革命委员会"。以苏哈托为首的陆军势力指责政治对手印尼共产党为幕后黑手，发起全国性反共浪潮，由于冷战时局及美英等大国势力纵容，后续发生了长期的大规模暴力屠杀事件，以1965—1966年最为严重。"九三〇事件"后，苏加诺逐步失去权力，苏哈托建立了自称"新秩序"的军人政权（1966—1998），系统性地打击、迫害左翼人士及同情者，普拉姆迪亚即为其中之一。关于"九三〇事件"，至今仍有诸多关键谜团未能达成定论。

尼西亚共产党被指责为上述政变阴谋的幕后操纵者，连为自身辩护的机会也没有。苏加诺丧失了政治和军事精英的支持，权力移交给陆军将领之一的苏哈托。在苏哈托政权统治下，印尼共产党的干部和同情者遭到追捕、绑架、杀害和拘禁。那场大屠杀甚至卷入如此之多的民兵力量。

人民文化协会（Lembaga Kebudayaan Rakyat）是印度尼西亚共产党的文化组织①，普拉姆迪亚系名誉主席之一。1965年10月13日，一群蒙面人围攻他的房子。之后，他遭到军人和警察联合部队的暴力逮捕。他受到殴打，有人用汤米冲锋枪（Tommygun）②的底座暴击，使他的听觉终身受损。他家的这处住宅连同其他财产遭到抢劫及接管。

长达四年时间，他被关押在萨曼巴（Salemba）监狱，当然未经过司法程序和法庭判决。拘禁并未就这样结束。他先是被转到唐格朗（Tangerang）监狱，随后又转到努沙坎邦安岛（Nusakambangan）——位于南部海域一个三角洲的监狱，近年来成为关押重罪犯、毒品贩子和恐怖分子的最高安全级别监狱。从那里，他被带往最终羁押地。

1969年8月16日。你在一片显然是"乐土"的地方度蜜月。我要去"另一片乐土"③：据说去马鲁古群岛（Maluku）的布鲁岛（Buru），一个比巴厘岛（Bali）更大的岛。而且是明天8月17日④动身，如果不

---

① 原文为sayap kebudayaan，亦可译作"文化侧翼"。
② 正式名为汤普森冲锋枪（Thompson Submachinegun），是美国"二战"期间生产的著名枪械，1945年正式停产，中国曾称为手提机枪。这种枪的绰号（之一）是"芝加哥打字机"，源自射击时的声响近似打字机的敲击声，而普拉姆迪亚正是使用打字机写作的那一代作家。
③ 原信里，"乐土"为happy land，"另一片乐土"为happy land somewhere，两处均特意用了英语。
④ 8月17日是印尼独立日和国庆日。

被什么人取消的话。我们和八百多人一起出发,乘坐印尼陆军十五号（ADRI①XV）舰船,算是印度尼西亚共和国的生日礼物。

他在给女儿的一页信笺上这样写道。这封信未曾寄出。② 布鲁岛,日后将作为印度尼西亚版古拉格而为人所知。

拘押在那里的十多年,最初几年不准许他写东西。他于1973年得到一台老旧打字机,才开始写作。他明白,无论他写下些什么,很容易就会被没收和销毁,所以他至少写两份。一份在自己手中（后来果真遭没收）,另外一份偷运出去,送到岛外。

1979年,他终于最后一批被释放,返回雅加达。③ 他的自由徒有其表。他在城里没被拘押,却不可以发声。然而从布鲁岛归来时,他并不是孑然一身：他携带了几份自己的稿子,且都成功地得以保全。其中的一份,后来以"布鲁岛四部曲"（*Tetralogi Pulau Buru*）④ 之名享誉于世。⑤

---

① 印度尼西亚共和国陆军（Angkatan Darat Republik Indonesia）的简称。
② 普拉姆迪亚有八个子女,此信写给长女罗丝（Pujarosmi）,后编入他的回忆录《哑者的无言歌》(*Nyanyi Sunyi Seorang Bisu: Catatan-Catatan dari P. Buru*)。荷兰语版第一卷、第二卷分别于1988年、1989年在荷兰出版,印尼语版第一卷、第二卷分别于1995年、1997年在印尼出版,后者时间都选在了2月6日,即普拉姆迪亚生日当天。
③ 他的获释过程并非一帆风顺,返程耗时月余。
④ 印尼语版常作 *Tetralogi Buru*,英译常作 *Buru Quartet*。
⑤ 据普拉姆迪亚说,他在布鲁岛期间创作过两个四部曲。通常被称为"布鲁岛四部曲"的实为"人世间四部曲"（*Tetralogi Bumi Manusia*）,另有"逆流四部曲"（*Tetralogi Arus Balik*）,出版晚于前者,其第二部《旋涡之眼》（*Mata Pusaran*）在偷运出布鲁岛时被没收而致散佚,仅个别篇章的影印版流入二手书市,至今出版社仍在追寻。"逆流四部曲"已出版第一部《阿洛克德德斯》（*Arok Dedes*, 1999）、第三部《逆流》（*Arus Balik*, 1995）、第四部《曼吉尔》（*Mangir*, 2000）,其中《曼吉尔》系剧本,前三部为长篇小说。

"布鲁岛四部曲"可以说是普拉姆迪亚·阿南达·杜尔的一次努力，为了回答何为印度尼西亚。20世纪50年代末，印度尼西亚局势正在升温——可谓热火朝天。他开始构思一系列小说，以之探寻和追溯印度尼西亚民族主义的步履、踪迹。

普拉姆迪亚的答案是重返19世纪末到20世纪初。那的确是印度尼西亚民族主义种子开始播种及发芽的昌盛时期，在这方面，普拉姆迪亚成功找到了此种精神孕育出的理想人物：蒂尔托·阿迪·苏里约。他不是苏加诺那类日后变成首任总统的政治家，也并非丹·马拉卡一样行动不受地理所限的左翼活动家，而是一名记者，同时是小说写作者。

蒂尔托·阿迪·苏里约（1880—1918）是民族新闻事业和报纸的开拓者。经由蒂尔托其人，普拉姆迪亚能够撷取印度尼西亚民族主义的象征符号。首先，蒂尔托是第一份马来语报纸《士绅论坛》的创办人；而通过创建伊斯兰商业联合会（Sarekat Dagang Islam），蒂尔托也了解团体组织作为民族主义运动发动机的功用。

就这样，普拉姆迪亚后来采用蒂尔托作为人物模型，即"布鲁岛四部曲"的主人公明克。

通过上述作品，普拉姆迪亚展示了印度尼西亚的民族主义本质上是印度尼西亚现代主义思潮（及现代化）的合法产物。甚至可以说，"布鲁岛四部曲"何以成为一部真正意义上的现代作品：其中，"身份"（identitas）的意义重大，人（manusia）及人性（kemanusiaan）成为一切之上的首要事项。换言之，现代主义可以说是作品的主题，也是印度尼西亚民族主义何以成形之处。

明克被刻画成主人公，有爪哇封建士绅子弟的出身。这是形成鲜明反差的背景，因为他后来谈论启蒙运动、法国大革命，以及人人平等（比如讲到他怎样更喜欢选择不讲究阶层的马来语，胜过等级分明的爪哇语）。

这个角色的性格不是完全没有可悲之处：一方面，他尝试把自己从封建主义中挣脱出来；另一方面，他沉迷于欧洲人带来的现代主义，其程度如此之深，欧洲朋友也不得不反复提醒他。一方面，他向欧洲人学习，从传统桎梏里解放自己；然而，又一次，他另一方面必须跟这些欧洲人作斗争，夺回对本土性（kepribumian）的阐释权。不要忘记，他爱过印欧混血姑娘、华人姑娘以及马鲁古的公主。此处有种隐含的批评：这些全都来自爪哇精英（明克）的视角，成为"现代"仿佛只需要变得"不爪哇"（或者和非爪哇人通婚）。

"现代"不仅适合当成标签，贴给这些主题相关的作品，还应基于普拉姆迪亚以何种形式写成它们。用一种回忆录的形式，"布鲁岛四部曲"呈现的主人公来自所谓现代：所有一切被人格化为自我——主体。这就是从明克的视角如何看印度尼西亚，准确地说，看世纪之交正在变迁的印度尼西亚历史。虽然在几处地方，我们能发现这主体怎样从一个角色转移至另一个角色（如明克的岳母温托索罗姨娘），但这只确认了小说从整体上仍是经由人格化的方法来观察。

令人震惊的是，在第四部《玻璃屋》中，我们会发现，长久以来成为主体的一切，都不过是客体而已。唯有通过知晓"现代"为何物这一途径，方能领会这样的技法。

在"布鲁岛四部曲"里，对印度尼西亚性（ke-indonesia-an）的诠释显然并非某类结局美满的辉煌项目。明克离世时孤寂而隔绝，多数人正开始淡忘他。作者开始构思上述小说时，情形也是如此，这种诠释方式从来都不是明亮的。假如所谓的印度尼西亚已然光辉灿烂、没有任何问题，或许普拉姆迪亚将永远写不出"布鲁岛四部曲"。事实上，60年代初的形势如此严峻：印度尼西亚共产党和军方的竞争显而易见。苏加诺凭借"有领导的民主"①进行统治。冷战在边境内外侵扰不休。沿袭蒂尔托·阿迪·苏里约半个世纪前的事业，"布鲁岛四部曲"可以说是普拉姆迪亚做出的进一步努力。

这部小说历尽苦难，仿佛为了给他想象的"成为印度尼西亚"找一种诠释。尽管从50年代末已在筹划，大约十二年之后，他才写下"布鲁岛四部曲"，其时置身于布鲁岛拘役期内。

1979年，普拉姆迪亚获释，四部曲的首部《人世间》在一年后出版，来自哈斯塔·米特拉（Hasta Mitra）出版社，是他和布鲁岛时期的老朋友共同创办的。六个月后，第二部《万国之子》跟着到来②。即使获得了读者热情洋溢的欢迎，这两部小说却遭遇政府讥讽般的回应：

---

① 1956年10月30日，苏加诺在演讲中首次提出在印尼实行"有领导的民主"（Demokrasi Terpimpin），以应对共和国建立以来内阁频繁更替等状况，取代政党林立、思潮泛滥的西方式"议会民主"。主要内容包括：1. 建立由几个主要政党组成的互助合作内阁，也称"纳萨贡内阁"。苏加诺认为，新生的共和国之所以时局动荡是源于政府组成不能反映国内三种重要思潮：民族主义、宗教、共产主义，纳萨贡（Nasakom）这个缩略语即来自以上三者的印尼语；2. 由各专业集团组成民族委员会，同时保留国会；3. 由总统来进行个人的绝对领导。在"有领导的民主"时期（1957—1965），政府权力集中到苏加诺手中；陆军集团由于军管和平叛而不断壮大，1957年7月地方选举后，印尼共产党跃升为第一大党，两者形成了竞争关系；马斯友美党、印尼社会党、基督教党则受到抑制。1959年8月，苏加诺发表《政治宣言》，进一步阐述"有领导的民主"，1963年3月又发表《经济宣言》，主张建立"有领导的经济"。

② 一说《万国之子》出版于1980年（1981年印尼语欧洲版在荷兰出版），系《人世间》首版的1980年8月之后。《人世间》正式出版六个月后，自1981年2月第5版起，被最高检察院禁止在印尼境内发行。此后，普拉姆迪亚的多部作品在出版后均遭禁止发行，包括《万国之子》《足迹》《玻璃屋》《海边来的少女》《哑者的无言歌》等。

封禁。因为出售这些小说，一名大学生被迫入狱①。普拉姆迪亚态度坚决，通过哈斯塔·米特拉出版社接连发表新作，包括四部曲的后两部——《足迹》和《玻璃屋》。苏哈托领导的"新秩序"政权也态度坚决，权力之手接连封禁他的作品。②

这个代价必须由"现代"小说来支付，在据称是"现代"的印度尼西亚。

2021 年 1 月

---

① 一说共有两名，参见前注。
② "新秩序"垮台后，《人世间》第 6 版在 2000 年 10 月正式面世。

翰，确实没有什么新奇。①
这崎岖小路
本来就常经过，
如今只是赎罪之旅。

---

① 翰即勒辛克（G.J.Resink），荷兰诗人、律师兼历史学教授，参见序言注。

目 录

第一章 ………………………………… 001
第二章 ………………………………… 003
第三章 ………………………………… 054
第四章 ………………………………… 069
第五章 ………………………………… 081
第六章 ………………………………… 118
第七章 ………………………………… 132
第八章 ………………………………… 171
第九章 ………………………………… 182
第十章 ………………………………… 196
第十一章 ……………………………… 208
第十二章 ……………………………… 228
第十三章 ……………………………… 241
第十四章 ……………………………… 273
第十五章 ……………………………… 287
第十六章 ……………………………… 308

第十七章	331
第十八章	347
第十九章	373
第二十章	411
重校后记（罗杰）	418

附　录

中译本初版前言（梁立基）	425
中译本初版译后记	433

第一章

人们叫我：明克（Minke）①。

至于我自己的真名实姓……我觉得，目前暂且没必要告诉你们。这倒不是因为我爱玩弄神秘，而是出于这样的考虑：在别人面前显耀自己，真没有多大必要。

起初，我是在悲痛欲绝的思念中记下这桩人生逸事的。她离开了我，不知是暂时的告别，还是永久分离。（那时，我真不知道事情会怎样发展下去。）未来啊，总是在捉弄人，神秘莫测！每一个人，不管你愿意与否，你的整个心灵和躯体，总是要落到它的手里的。无数事实已经证明，它是一位残酷无情的暴君。归根结底，我将来也是要去朝见它的。它到底是一位什么样的神呢？是位善神呢，还是位恶神？那是它自己的事情。人呀，总是一厢情愿，到头来事与愿违……

十三年之后②，我重新翻开、细细地读了这些札记，把它们和梦想、

---

① Minke 读作 Mingke。——原注
② 《人世间》的故事发生在1898年9月7日（星期五）至1899年，四部曲终卷《玻璃屋》开篇出现了具体年份1912年。

虚构编织成一体。确实，故事变得与原稿不同，我也得以免除了责任。因此，下面就是后来的成文。

第二章

在我这一生中，在我这短暂的一生中，我已经体会到，科学给我带来了无限美好的前景。

有一次，我们校长在课堂上说：老师们讲授的一般科学知识已经十分广博。我们所了解的，比他们欧洲的同一年级学生所知道的，还要多得多。

不用说，我们听了后，一个个自豪得挺起了胸膛。我从来没有去过欧洲。我不知道校长先生讲的是否属实。不过，听起来使人心里感到舒服，我也就更加相信老师不会骗人。再说，我的所有老师都是在那里生长、在那里受教育的。似乎这就更没有理由不相信他们的话。我的父母把我托付给了他们。在知识界，欧洲人和混血欧洲人，被认为是荷属东印度最优秀和最有学问的人们。因此，我一定得相信他们。

科学知识，这是我从学校里求得的，在生活中，我也亲自体会到了它的正确性。它在促使我起着变化，使我变得与本民族的人有所不同。连我自己也说不清楚，我到底像不像一个爪哇人。因为我这个人，生长在爪哇，学的却是欧洲的科学知识。正是这样一种经历，促使我养成了爱记笔记的习惯。有朝一日，这种习惯将会给我带来好处。譬如现在，我就从中受益不浅。

其中有一项科学成就，我对它赞叹不已，那就是印刷技术，特别是其中的照相制版技术。你想想，人们在一天之内就能印刷出几万张相片来，这有多了不起呀！

风景画，伟人像，新机器，还有美国的摩天大楼——全世界一切的一切，我都可以在印刷好的报纸上亲眼看到。我们的前人真是太亏了！他们只能在村子里走街串巷，以此为满足。我真该感谢那些为创造新的奇迹而付出辛勤劳动的人们。五年前，在我周围还没有看到发行印刷的画片。那时，只有木刻或石刻，印出来的画像和真正的实物差远了。

从欧洲和美国传来了大量的消息，报道了当代最新的发明。据说，比皮影戏中我们祖先信奉的神仙和英雄们还要神通广大。火车，那不用马、不用牛、不用任何牲口拉的车，我的同胞亲眼见了已经有十几年了。至今，在他们心中，仍然觉得有些不可思议！从巴达维亚[①]到泗水，只需要三天时间就可以到达。而且还预言，将来只要一天一夜就够了！啊呀，只需要一天一夜！那一个个像房子那么大的车厢，连成长长的一串，装满了货物，满载着乘客，仅仅靠蒸汽的推动就能风驰电掣般地迅跑，真是威风极了！倘若史蒂文森[②]还在世，我见到了他，一定要给他献上一个花环，献上一个缀满兰花的花环。今天，在我的故乡，在爪哇岛上，已经布满了铁路网。火车头在祖国的上空吐出一道道浓烟，渐渐扩散，最后消失在云端。无线电，缩短了世界各地之间的距离，使人们感到好像近在咫尺。大象和犀牛，不再是仅有的大

[①] 即现在的雅加达。
[②] 乔治·史蒂文森（1781—1848），英国发明家、工程师，他和儿子罗伯特·史蒂文森（1803—1859）对蒸汽机车和铁路系统的发展贡献巨大。

力士了。人们用螺钉、螺母和连杆等做成的机器已经替代了它们。

在欧洲，人们正在制造一种新的机器，这机器体积更小，力量更大，或者至少可以和蒸汽机媲美。但它不用蒸汽，而是用石油来发动的。最近还风传着这样一则消息：德国人甚至已经在制造一种用电力发动的火车了。天哪，到现在为止，我自己也还没弄懂，电到底是一种什么样的东西！

人类已开始利用自然的力量来为自己服务。有人甚至已经在设计一种工具，使自己能像加托卡扎（Gatotkaca）或者像伊卡鲁斯（Ikarus）那样在天空飞翔[①]。我的一位老师说，人们干起活来，汗流浃背，累得精疲力竭，效率却很低。不用多久，这种状况就要改变。机器将要代替所有部门的工作。人类无须劳累，每天都可以尽情地玩。她还说，同学们，你们真幸福呀！你们将要亲眼看到，在东印度马上就要开创一个现代化的新时代。

摩登（Modern）！这个词迅速传遍了整个欧洲，一传十，十传百，比细菌繁殖的速度还要快。尽管我并没有完全理解它的含义，但是我仍然要请你们允许我暂且借用这个词。

不管怎么说，总之这是事实，在当今的时代里，人们已经能够在一天之内印刷出几万张相片来。而最最重要的，是其中有一张少女像，真叫我百看不厌。她，正值芳华，美丽、富足，有权势，前途无量，拥有一切被人称羡的，是所有男性追逐的对象。

我的同学们，都在暗地里喊喊喳喳地议论：世界上最富有的银行家们也找不到机会去给她献殷勤。那些风度高雅、仪表堂堂的王孙公子们急得像热锅上的蚂蚁，来回打转，千方百计地想能获得她的青眼。哎

---

① 加托卡扎是古爪哇戏中的英雄；伊卡鲁斯是古希腊神话中的青年，逃亡时因飞近太阳，用蜡黏合的翅膀遇热融化，坠海而死。

呀,仅仅是为了能获得她的青眼而已!

在闲得无事可做的时候,我的两只眼睛总是盯着那张画像出神,想象着将来会怎样怎样。然而,她的地位是如此之高,离我是如此之远!从我所在的泗水出发,大约是一万一或一万二千海里。坐船需要一个月的时间,要经过两座大洋、五个海峡和一条运河。即使这样也不见得能见到她。因此,我不敢向任何人表露我内心的这种感情。我想,人们准会嘲笑我的,说我是个疯子。

那些爱在私下传播消息的人还说,邮局有时还收到寄给那位遥远而又高不可攀的少女的求婚信。但没有一封能够寄到她的手里。倘若我也发发神经病,鼓起勇气,给她写求婚信,恐怕也会落得同样的下场。邮局的工作人员肯定会把我的信给扣下,因为他们还想把她留给自己呢。

人们追逐的这位少女和我同年:十八岁。我们俩出生在同一年:1880年。这四个阿拉伯数字有一个像一根木棍,其余三个都像弹球似的,尽是圆圈。我们出生的月份和日子也都一样,都出生在8月31日。如果说有区别,那就只是出生的时辰不同,还有性别也不同。我父母并没有为我记下落地的时辰。我也不知道她是在哪一个时辰降世的。性别又怎么个不同法呢?那就是说,我是男的,而她是女的。说实在话,如果真要核实那拿不准的出生时辰,也是件伤脑筋的事。至少有这么一道难题不好处理:当我故乡的大地被夜幕覆盖的时候,她的国家正是红日高照;当她的国家被黑夜笼罩之际,我的故乡却沐浴在赤道烈日的光焰之中。

我的老师马赫达·皮特斯不许我们相信那占星学。她说那纯粹是胡说八道。她接着还举了一个例子,说:"托马斯·阿奎那曾经观察过两个人。他们出生在同年、同月、同日、同时,甚至出生在同一个地点。"她一面说,一面伸出一个食指在我们面前比画着,"这是占星学闹出的一个大笑话！他们两人的命运迥然不同，一个是大地主，而另一个正巧就是这个大地主的奴仆！"

是的，我本来就不信那用来算命的占星学。它怎么能叫人相信呢？因为它从来就不能指导人们去取得科学的进步。倘使它真有道理的话，那我们就完全由它摆布好了，其他事情，我们不用去管。问题是，它从来就没有预言出那位少女是谁，她在什么地方。我想占星学是永远也不可能作出正确的预言的。我有时闲得无聊，也曾去为自己占卜过命运。占星家翻来覆去地看着那张天宫图，然后慢慢地张开嘴巴，露出两颗金牙，说："如果先生善于耐心等待的话，那您一定能……"假如是这样的话，那我更相信自己的理智。耐心等待，即使用全人类的耐心来等待，我也不可能有机会见到她。

我更相信科学和理智。无论如何，它们总还有固定的准则供你遵循。

罗伯特·苏霍夫——在这里，我不愿意叫他的真姓名——连门也不敲一声，就走进了我的宿舍。他看到我正端详着那张少女画像出神，哈哈大笑起来。我一时窘态毕现，又羞又愧。更缺德的是，他竟这样大声地嚷嚷起来：

"哎哟，你这个女性崇拜者呀，色鬼、小流氓！你这只癞蛤蟆又在梦想吃哪一块天鹅肉啦？"

我完全有权把他撵走，然而，我没有那样做。"去去去！"我对他嗤之以鼻，"谁敢断定我就不可能？"

"占星学能预测一切，就是预测不了你自己的命运……"他说着，和往常一样，给我做了个鬼脸。

读者们，让我来给你们介绍一下吧：他是我的同学，在泗水市高中路荷兰中学上学。他长得比我高大魁梧。他是混血儿，血管里也流着我们土著民的血液,至于有多少滴,那就天晓得了。

"不要那个,你别去想那个,"他低声地哄骗着我,"在泗水,也有一位美丽的仙女,举世无双,比那相片上长得还要漂亮。你老看那玩意儿管什么用呀,那只不过是一张美人画罢了!"

"漂亮?你说漂亮是什么意思?"

"你不懂得什么叫漂亮?你不是早下过定义了吗?身段匀称,举止得当,再裹以适度的肌肉,这就叫作漂亮。"

"不错,"我顺着他说,这时,我已不再感到羞涩,"还有呢?"

"还有?柔嫩细腻的皮肤,明亮闪光的眼睛,善于哄人的嘴巴。"

"你又作了修改,加上了'善于哄人的嘴巴'。"

"照你这么说,那嘴巴就应该尖声吼叫,或者一天到晚骂你才好!其实,挨骂也没关系,只要委婉动听就行,对吗?"

"去去去!靠一边去!"我不再让他说下去。

"那你再听我说一句,如果你真是一位好汉,真是一位名副其实的女性崇拜者,那你就跟我到那里去逛一趟。我倒要看看你到底有多大本事。没准,你只不过是一个光会耍嘴皮子的牛皮大王。"

"我要做的事还多着哪!"

"哈哈,没上场就胆怯啦!"他嘲笑我说。

我听了这话很生气。我深知罗伯特·苏霍夫这几年在荷兰高中里学了些什么。他尽琢磨着怎样欺负别人,小看别人,贬低别人,作弄别人。他以为他了解我的致命弱点:我身上没有欧洲血统。看样子,他真的在布置什么圈套要作弄我了。

"好吧!"于是我回答说。

以上是几个星期以前发生的事,那时新的学年刚刚开始。

现在,整个爪哇岛,说不定是整个荷属东印度群岛,都在进行着热烈庆祝。到处飘扬着荷兰的三色国旗。那位漂亮的少女、众神追求的天仙，如今登上了王位。她就是威廉明娜女王①。她现在已经成了我的女王。而我，却是她的臣民。这就跟马赫达·皮特斯老师那天谈论托马斯·阿奎那的事情一模一样，真是无独有偶。照占星学的说法，一个人的命运由出生的年月日所决定。她被推举为女王，而我被贬低为她的百姓。甚至，我的那位女王根本就不知道世界上还有我这个人存在。倘使她比我早出生或晚出生一两个世纪，那我的心肯定不会像现在这样感到难受。

这一天，在东印度这一边，是1898年9月7日，星期五；在荷兰那一边，却是1898年9月6日，星期四。

学生们在发疯似的庆祝着女王的登基。他们举办各种各样的活动，如比赛、演出、欧洲人的工艺及风土人情展览，还有足球、棒球以及其他体育活动，等等。这一切，没有一样能够吸引我。我对体育活动向来不感兴趣。

我的周围一片热闹景象。礼炮声轰轰隆隆。大街上挤满了游行的队伍，仪仗队演奏着庄严的礼乐。我心中仍有一种难受的感觉。因此，我和往常一样，到隔壁邻居冉·马芮那里去稍坐片刻。他是一位法国人。他只有一条腿。

"哈利路亚，明克，今天有好消息吗？"他用法语跟我打招呼，我也用法语回话："有。冉，我给您订了点活儿，是一套家具。"我把客户选定的图样交给了他。

他仔细地看了看，高兴地微笑着，说："就这样定了吧。我马上估算一下价钱。至于雕刻我准备采用扎巴拉县的图案。"

---

① 威廉明娜女王（1880—1962），统治荷兰长达五十年（1898—1948），为荷兰历代君主之首，在位时历经荷兰和世界历史很多转折点：两次世界大战，经济大萧条，以及荷兰脱离殖民帝国之列；退位后复号威廉明娜公主殿下。

"明克少爷！……"我的房东女主人在隔壁呼叫着我的名字。

透过窗户，我看到戴林卡太太（Mevrouw）[①]在向我招手。

"冉，我走啦。这位啰唆的太太没准儿给我送蛋糕来了。您别把交货日期拖得太久了，冉。"回到家里，我没见到有蛋糕，看到的却是罗伯特·苏霍夫。

"走吧，"他说道，"我们现在就出发吧！"

一辆有弹簧装置的新式马车已经停在门口。我们登上马车，马儿开始奔跑起来。车夫是一位年纪不小的爪哇人。"显然，这辆马车的租金要比一般的马车贵得多啰？"我用荷兰语问着。

"这可不是闹着玩的，明克！这不是一辆普普通通的马车，上面有弹簧装置，走起来不会咯吱咯吱作响，也许是泗水第一辆这样的马车，也许是本世纪末最考究的一种马车。那弹簧说不定比整个车身还值钱呢。"

"我信，罗伯特。跟我说说，我们现在要去哪儿，罗伯特？"

"去一个小伙子们都巴不得能得到一张请帖的地方，那里有一位天仙。明克，听好了，我真走运，我从她哥那里得到了一张请帖。除了我以外，谁也没有被邀请到那里去过。"他用大拇指指着自己的胸脯，"听着，碰巧她哥哥与我同名，也叫罗伯特……"

"现在叫罗伯特的人可不少……"

他没有理睬我，而是继续往下说："我们在足球赛上认识的。他家的牛生了几头小公牛，不想要了。对我来说，这最吸引我。"说完，他狡黠地瞥了我一眼。

[①] 荷兰语，相当于马来语 nyonya（夫人），故事发生的年代，nyonya 在当地尚未如今天一样广泛使用。同样情况还有后文的"小姐"为荷兰语 Juffrouw，相当于马来语 nona，不另加注说明。

"小公牛仔？"我不明白他是什么意思。

"早餐吃牛肉。我的问题是这个。你的问题嘛……"他哑巴哑巴着嘴，两只眼睛直盯着我不放，"你的问题嘛……那当然是罗伯特的妹妹啰！你这个女性崇拜者，我倒要看看你这个男子汉到底有多大本事！"

弹簧马车的铁轮子碾着石头路面，发出咔嗒咔嗒的响声。大路从克朗甘经布老兰，直通沃诺克罗莫（Wonokromo）。

"咱们一起唱支歌：*Veni, Vedi, Vici*——来过，见过，赢了……①"他在嘈杂的车轮声中向我挑逗着，"哈哈，瞧你现在这副样子，脸都变色啦！你再也不相信自己有多大本事了吧，哈哈！"

"你怎么不把什么都抓在手里呢？既吃牛肉，又要那天仙呢？"

"我吗？哈哈！至于我自己，只有那纯欧洲血统的姑娘才配得上我！"原来我们要去见的仙女是个混血。其实，罗伯特·苏霍夫也是混血儿。在这里，我还要再一次提醒你们，我用的并不是他的真实姓名。不仅他的母亲是个混血儿，而且他的父亲也是个混血儿。他母亲快要生他的时候，他父亲匆匆忙忙地要把他母亲带到丹绒卑叻（Tanjung Perak）②去。正巧，荷兰的范·黑姆斯科尔克号（Van Heemskerck）停泊在那里。他们登上了那条船。没等他们来得及上岸，他母亲就把他生在了船上。所以，他不仅是荷兰的属民，也成为了荷兰的公民。和获得了罗马国籍的犹太人一样，总以为自己要比他的同胞兄弟们高出一等。他不承认自己是混血儿。当初，假如他母亲把他生在比那条船远一公里的地方，或者把他生在不碌港的码头上，或者把他生在马都拉的小舢板上，他也就会获得一个马都拉的籍贯，那他

---

① 这是恺撒大帝写给罗马元老院的著名捷报，"veni, vidi, vici"系拉丁语，有流行的译法为"我来了，我看见，我征服"。

② 泗水的著名港口，也译作丹绒佩拉、丹戎霹雳。

的情况就会跟今天大不一样。他为什么要装出一副不喜欢混血姑娘的样子呢？至少现在我开始理解其缘由了。他自认为是荷兰属民，要拼命保住他的荷兰国籍，是为了将来子孙后代的利益。他希望将来他的职位和薪水比混血儿们要高，比土著们更要高。

那天早晨，天气的确很好。蔚蓝的天空万里无云。年轻人本来就无忧无虑。我事事感到称心如意，功课都顺利地做完了。我的心也和天空一样，没有一丝愁云。登上王位的那位少女，就让她当女王去吧。那所有张灯结彩的建筑物和牌楼，都是为她装饰的。那一切官方的集会和活动，也都是为她举行的。她是神仙的眷侣、天堂的仙女。苏霍夫要我征服的就是像她这样的一位美人。现在，他正在作弄着我。

一路上，农民们在步行着进城，我顾不得去注意他们。黄灿灿的石头路面笔直通向沃诺克罗莫。房屋、田野、路边用竹篱维护的树木，还有那沐浴着阳光的森林，全都在欣喜地向我身后飞去。远处，隐约可见那群山肃立的峰峦，犹如一尊尊捧祭敬天的石雕像。

"难道我们就穿着这样一身衣服去赴宴吗？"

"不，我刚才已经跟你说过，我只不过是去吃牛肉的。而你，却是去征服那位美女的。"

"我们到底要去哪儿呀？"

"我们现在就正去那个地方。"

"你是要干什么呀，罗伯特？"我试探地问他，在他肩膀上锤了一拳，"你快说呀！"

他仍然不肯告诉我。

"你不要龇牙咧嘴地唉声叹气嘛！如果你真不愧是条好汉，"他又咂着他的嘴巴，"那我一定服你，就像尊敬老师那样尊敬你。如果你是个孬种，嘿，你瞧着，你这一辈子将永远被我嘲笑。你可千万别忘了这一点，明克！"

"你是在取笑我，罗伯特。"

"不，有朝一日，你是要当县长（bupati）的，明克。将来你那个县，也许一片荒芜。但是我为你祈祷，祝你的县五谷丰登。如果那位姑娘将来在你身边当上了县太爷的贵夫人，哎呀，我的天哪！全爪哇的县长们都会垂涎三尺，眼红到利令智昏的地步。"

"谁说我将来会当县长的？"

"我说的。我要到荷兰去继续深造。我准备当工程师。到那时，咱们将久别重逢。我将携同我的妻子一起到你家去做客。你知道吗，我开口第一句话将怎么问你？"

"你是在白日做梦吧！我是不会当县长的。"

"你先听我说。那时我将问你：喂，我的女性崇拜者、老色鬼、花花公子，哪一位是你绣房的娇妻呀？"

"看来，你仍然把我看作是还没开化的爪哇人。"

"哪一位爪哇人，尤其是县长，不是花花公子呢？"

"我不会当县长的。"我说。

他轻蔑地嘲弄着我。马车不停地往前走着，离泗水愈来愈远。其实，我心里已经在生他的气了。是的，我本来就生性敏感。罗伯特却一点也不体谅人。他以前的确曾说过：爪哇名流如果想证明自己不打算找三妻四妾，唯一的办法就是娶个纯欧洲人或混血欧洲人。这样就不可能再娶了。

马车开始进入沃诺克罗莫地区。

"往左面瞧！"罗伯特对我说。

那是一座中国式的住宅，有宽广的庭院，四周是修剪得整整齐齐的灌木围墙。前面的大门和窗户都关闭着，刷的是一色朱红油漆。我觉得一点也不好看。那是谁的房产？是个什么场所？谁都明白，那是一座青楼，是峇峇（babah）①阿章开的妓院。

马车没有停下，继续往前走着。

"再往左边看！"罗伯特又说。

离妓院左边大约一百五十米远的地方，是一片空地，什么房屋也没有。再往前走是一座木质结构楼房，前面也有一个宽广的院子。在木栅栏稍靠后一点的地方，竖着一块写着"逸乐农场"（Boerderij Buitenzorg）②的大木牌子。不用问，泗水和沃诺克罗莫的人谁都知道，这就是大财主赫曼·梅莱玛先生家。那座楼房尽管是用柚木建造的，但人们都说它简直像一座私人宫殿。从老远就可以看到屋顶上那灰褐色的木片瓦。大门和窗户都敞开着。这和阿章的青楼截然不同。楼前没有前廊，只有一个足够宽敞的露台。台阶比正门还宽大。

那时，人们光听说梅莱玛先生的名字，很少或者根本看不到他本人。相反，人们经常说起的却是他的姨娘（Nyal）③——温托索罗。她，三十几岁，姿色出众，这么大的一个农场都由她掌管，为众人所钦佩。她的名字源自"逸乐"那个词，"温托索罗"是爪哇语的叫法。

人们还说，马都拉勇士达萨姆负责全家和整个农场的安全。有他当她的警卫，谁也不敢到那座柚木宫殿去惹是生非。

车身一拐，我在马车上摇晃了一下。

马车赶进了大门，经过那块大木牌，径直奔向屋前的台阶。我害怕起来。那从来没有见过面的达萨姆浮现在我的脑海里。我并没见过他，只能作这样的想象：又浓又黑的大胡子，一只手紧握着拳头，另

---

① 对土生华人男性的称呼。
② 荷兰语，英译作 Buitenzorg Agricultural Company，相当于印尼语 Perusahaan Pertanian（农业公司）。Boerderij 意为"农事、农场"，Buitenzorg 意为"安逸无忧"，也是西爪哇名城茂物（Bogor）在殖民时代的旧称。
③ 一般指做欧洲人侍妾的印度尼西亚妇女。

一只手操着一把大弯刀（clurit）①。我从来没有听说，有谁从这个戒备森严的宫殿接受过什么邀请。

"我们是到这里来吗？"

罗伯特只是使劲地喘了口粗气。

一位混血欧洲青年打开玻璃门，走下台阶，前来迎接苏霍夫。

看上去他与我年岁差不多。他外貌像欧洲人，皮肤像土著民，身材高大、魁梧、结实。

"你好哇，罗伯特！"他先向苏霍夫打招呼。

"你好哇，罗伯特！"苏霍夫回答道，"我把我的朋友也带来了，罗伯特。没关系吧？反正你是不会见怪的，是不是？"

那小伙子没有向我表示欢迎。他用逼人的目光看着我这名土著青年。我开始感到不安起来。我懂得，作弄我的这出戏已经开场。如果他对我拒不接待，那苏霍夫就会讥笑我。我一定会被达萨姆追赶着爬到大路上，让苏霍夫看我的洋相。然而他还没有表示要拒绝我，也还没有要把我赶走，只见他的嘴唇动了一下——像是要赶人的样子……天哪！我的脸该往哪儿放呀！然而，不，他嘴边突然浮现出一丝笑意。他向我伸出了手。

"我叫罗伯特·梅莱玛。"他自我介绍说。

"我叫明克。"我回答道。

他还握着我的手不放，等待着我说出自己的姓。可是我没有姓，因此我没有再说下去。他皱了皱眉头。我明白了，他以为我是还没被父亲在法律上承认的混血儿。和土著一样，没有姓的混血儿倍受歧视。而我本来就是土著民。但他并没有往下追问。他没有要求我说出自己的姓。

---

① 马都拉语，印尼语译为 arit besar，指镰刀或割胶刀。

"认识您很高兴。请进！"罗伯特·梅莱玛说道。

我们走上台阶。看到他那锐利的目光，我心中仍然忐忑不安。这个罗伯特·梅莱玛到底是一位什么样的青年呢？

我不安的心情很快消失了。眼前出现了另一种情景：在我们面前，站着一位少女，皮肤白嫩而又细腻，外貌长得像欧洲人，头发和眼睛却和土著民一样。她那一对眼睛，炯炯发光，宛如两颗明亮的星星。她那嘴唇，微笑起来，能使你神魂颠倒。如果苏霍夫指的就是这位姑娘，那他可一点也没说错：她不仅可以与女王媲美，甚至比女王还要漂亮。你瞧，她有血，有肉，是个活生生的人，而不是纸上画的美人儿。

"我叫安娜丽丝·梅莱玛。"她把手伸给我，然后又把手伸给了苏霍夫。

她说话的声音是这样动听，留下的印象是这样深刻，简直叫我这一辈子难以忘却。

我们四个人在藤椅上坐了下来。罗伯特·苏霍夫和罗伯特·梅莱玛立即热烈地聊起足球来。不久前，他们曾在泗水观看了一场规模盛大的足球比赛。因为我从来就不喜欢足球，因此我无法插进去和他们聊。我的眼睛观察着那宽敞的大厅。我从那家具、天花板、水晶玻璃吊灯、用铜导管连接起来的一盏盏气灯——不知油是从哪儿送来的，一直看到刚退位的、镶在硬木锦框里的荷兰女王埃玛的肖像。我一次又一次地看着，每一次最后总是把目光停留在安娜丽丝身上。作为一名家具推销员，我一眼就能判断出，那都是贵重陈设，出自能工巧匠之手。我再看看藤椅下面的地毯，那图案是我从未见过的，也许是特地定做的。那打了蜡的木条镶花地板，擦得油光锃亮。

"怎么不说话呀？"安娜丽丝用娴熟的荷兰语问。

我又仔细地看了看她的脸。不敢看她的眼睛。我没有姓，又是个土著民，她肯定会讨厌我的。我勉强微笑着（必然笑容甜美），逼着自己再次扫视了一下家具，说：

"这里的一切都非常别致。"

"你喜欢这里？"

"喜欢极了！"我又看了她一眼。

真的，她美得简直能把你迷住。她在富丽堂皇之中显得高雅庄重，压倒周围一切精美豪华的陈设。

"你为什么要隐瞒自己的姓呢？"她问道。

"我没有隐瞒。"我回答说。我心里开始慌张起来，"是否一定要我告诉你们呀！"我瞥了罗伯特·苏霍夫一眼。他根本没有注意我。他正在着迷地和罗伯特·梅莱玛谈论着足球。在我仍然瞅着苏霍夫的时候，是她突然向我递送过来一道秋波。

"那当然，"她顺着说，"要不然，人们会以为你父亲没有在法律上承认你这个儿子。"

"我没有姓。我真的没有姓。"我仍然固执地说着。

"噢！"她拉长声调感叹了一声，"那请您原谅。"她沉默了片刻，"没有姓也挺好嘛。"过了一会儿她又说。

"我不是混血欧洲人。"我又为自己辩护了一句。

"噢？"她再次惊叹起来，"真的不是吗？"

我的心慌张得怦怦直跳。她现在该明白了：我是个土著。我随时都有被赶出大门的可能。而且我不用看就知道，罗伯特·苏霍夫正在目不转睛地盯着我那些裸露在衣服外面的皮肤，就像乌鸦的两只眼睛死盯着它要啄食的尸体一样。当我把眼皮抬起的时候，我发现罗伯特·梅莱玛正在注视着安娜丽丝。然后，他又把目光移到我的身上，噘起的两片薄嘴唇几乎拉成了两条直线。天哪！他们会对我怎么样？我是不是会在罗伯特·苏霍夫的嘲笑声中像一条野狗那样，从这个豪华的家中被赶走呢？一生中，我从未像今天这样感到惶惑不安。苏霍夫两眼死盯着我的脖子。罗伯特·梅莱玛仍然在不断地打量着我，甚至连眼睛都不眨一眨。

安娜丽丝看了看罗伯特·苏霍夫，看了看她的哥哥，接着又看了看我。我的眼睛一下子模糊起来。我眼前只有安娜丽丝的白色长裙，没看见她的脸，也没看见她的手和脚。她每动一下，那美丽的长裙就闪耀着光华。

我现在越来越明白了，苏霍夫本来就想在别人家里欺负我。而现在我束手无策，只能等待着被别人驱赶。再过一会儿，也许他们会把达萨姆叫来，把我扔到马路上去。

听到安娜丽丝咯咯的笑声，我这颗如痴似醉的心，仿佛停止了跳动。我又慢慢地抬起眼皮看着她。只见她一排洁白晶莹的牙齿，比我曾经看到过的所有珍珠还要美。是呀，我也真成了个女性崇拜者了。我虽然已经身陷此情此景，却仍然在钦佩和赞叹着她的美貌。

"怎么脸色都变白了？"她问道，似乎在宽慰着我，"土著民也挺好嘛！"她仍然咯咯地笑着。

这时，罗伯特·梅莱玛的目光全都集中在他妹妹身上。安娜丽丝抬起头，大大方方地看着他。哥哥避开了妹妹的目光。

他们是在导演一出什么样的戏？罗伯特·苏霍夫一声不吭。罗伯特·梅莱玛也缄默不语。这两个家伙是不是在传递眼色，迫使我向他们求饶？这是为什么呀？是不是就因为我没有姓，并且又是个土著民呢？去他们的吧！我为什么要向他们屈服呢？我才不那样做呢！

"土著民也挺好嘛！"安娜丽丝又郑重地重复了一句。

"我妈妈也是个土著，是出生在爪哇的土著。明克，你作为我的客人好啦。"她用命令似的口气跟我说。

这时，我心里的一块石头总算落了地。

"谢谢！"我说。

"看来你并不爱踢足球。我对足球也不感兴趣。我们还是另外找一个地方去坐坐吧。"说着,她站起身来把我请过去。她伸出一只手,娇滴滴地让我挎着她的胳膊。

我站起身来,向她哥哥和苏霍夫点头表示歉意。他们目送着我们离开那里。安娜丽丝转过身去,对她撇开的客人微微一笑,表示失陪。

我们走过那宽敞的客厅。我只感到自己的脚步蹒跚不稳。我知道,那两个家伙一定在背后注视着我的一举一动。我们走进了后厅,那里更加富丽堂皇。

后厅的四周,全是刷上栗色清漆的柚木墙壁。房间的一角,放着一张餐桌和六把椅子。离桌子不远,是上楼的楼梯。厅内的其他三个角,都放着一张茶几。每张茶几上放着一个欧式陶瓷花盆。花盆里盛开着朵朵鲜花,安排得别致而又精美。

安娜丽丝顺着我的目光看去,说道:"这都是我自己布置的。"

"谁教你的?"

"妈妈,是妈妈亲自教我的。"

"布置得真好!"

我的眼睛被一顶玻璃柜橱吸引住了。于是她把我带到柜橱前面。那柜橱安放在餐桌的对面,陈列着我从未见过的艺术珍品。

"我没带钥匙,"安娜丽丝说道,"我最喜欢那件东西。"她的手指着一尊小的黄铜雕像说:"妈妈说,那是古埃及王法老。"她想了一想,又说:"要是我没有记错的话,她的名字叫内弗蒂蒂,是一位非常漂亮的公主。"

我并不在乎那雕像叫什么,使我感到惊奇的是,一个土著民,一个欧洲人的姘妇,竟能知道一个埃及法老的名字。

柜橱里还陈列着一尊巴厘雕像，爱尔朗加（Erlangga）①骑在一只神鹰背上。特殊之处是，它不是用人心果树雕刻成的，而用的是另一种木头。至于那木头叫什么名称，我也说不上来。

柜橱的第一层，放的全是一排排很小的陶瓷假面具，图案是各种各样动物的脸谱。

"那都是《薛仁贵》②里的面具。"她解释说，"你听过那个故事吗？"

"没有。"

"以后我找个机会讲给你听。你想听吗？"

她的问话温柔、亲切，一点也不显得自己高贵和特殊。

"乐意之至。"

"这么说，你一定愿意再到我家来啰！"

"我感到非常荣幸。"

通常，我在县府公署大楼里看到，茶几下面都用大的贝壳作垫脚。她家的茶几脚下没有这种东西。在另一张矮桌子上放着一架留声机。小桌子的四只脚上有四个小轮子。留声机的下半部分是用来存放唱片的。那张桌子本身的雕刻过分花哨，显然也是一件定做的家具。

所有这一切，是如此之美，然而最美的，还要数安娜丽丝。

"你为什么不说话呀！"她又问道，"你上学吗？"

"和罗伯特·苏霍夫是同班同学。"

---

① 爱尔朗加是巴厘人，后成为东爪哇王，1027—1037年曾征服爪哇大部分地区。
② 原文 Sie Jin Kuie，读音更接近 Sie Jin Kwie（薛仁贵）。薛仁贵和孙悟空（Sun Go Kong）是爪哇岛华人民间社会流行的布袋戏角色，因后者来自《西游记》，英译本此处误为 Sie You Chie。中国古典文学《薛仁贵征东》和《薛仁贵征西》在印尼知名度高，曾被改编为印尼语话剧《薛仁贵》和爪哇语戏剧《芒格罗·苏迪洛》（Manggolo Sudire），后者中角色、王朝、地点均改为爪哇语。

"瞧我哥哥的样子,他有一位荷兰高级中学的同学简直神气得尾巴翘到天上去了。看来,你也是一位荷兰高中的学生啰!"蓦地,她向后门口张望着,并喊道:"妈妈!您来!妈妈,有客人来啦!"

随着喊声,立即走过来一位土著妇女,穿着沙笼裙和白色开襟上衣,四周镶着华丽的花边。我从前在荷兰小学的课本里看到过,那也许是荷兰纳尔登(Naarden)的产品。她穿着一双绣着银线的黑色天鹅绒拖鞋。她穿戴整齐,眉清目秀,嘴角挂着慈母的微笑,打扮得十分朴素大方。这一切,给我留下了深刻的印象。她的皮肤白里透黄,显得漂亮而又年轻。另外使我感到钦佩的是,她能讲一口学院式的、发音十分标准的荷兰语。

"喂,安娜丽丝,你那位客人是谁呀?"

"妈,在这儿呢。他叫明克,是一位出生在爪哇的土著民。妈妈!"

她毫无架子地走到我的身边。看来,她就是人们经常谈起的温托索罗姨娘啰。她成了沃诺克罗莫和泗水居民们所议论的话题,是"逸乐农场"的农场主。

"他是一位荷兰高中的学生,妈妈。"

"噢,噢,真的吗?"姨娘对我说道。

我踌躇起来。我不知道是应该像对待欧洲妇女那样把手伸给她呢,还是应该像对待土著妇女那样不必有所表示?可是,偏偏是她首先把手伸给了我。我惊呆而尴尬地握了握她的手。这可不是土著民的风俗,这是欧洲人的礼节。早知如此,我当然应该首先把手伸给她才对。

"您是安娜丽丝的客人,这么说,也就成了我的客人啰。"她用流利的荷兰语说着,"我该怎样称呼您呢?是叫先生(Tuan)好呢,还是叫少爷(Sinyo)好?可是,您并不是混血荷兰人……"

"我不是混血荷兰人……"我该怎么称呼她呢?是叫她姨娘呢,还是叫她太太?

"您真是一位荷兰高中的学生吗？"她微笑着，和蔼地问道。

"是的……"

"人们都叫我温托索罗姨娘，因为他们不会用荷兰语叫'逸乐'这两个字。看来您还不好意思这样称呼我。大家都这么叫我。您也这样叫我好了，别不好意思。"

我没有马上回答。看样子她能充分谅解我的这副窘态。

"如果您是一位荷兰高中学生的话，那您父亲一定是一位县长啰。孩子，您是哪位县太爷的公子呀？"

"不是，呃，呃……"

"瞧您这样客气，总不敢叫我的名字。如果您不好意思，又觉得不失身份的话，那您也跟安娜丽丝一样，叫我妈妈（Mama）① 好啦。"

"对，明克，"那姑娘也帮着她母亲说道，"妈妈说得对，叫她妈妈好啦！"

"我呀，哪位县长的公子也不是，妈妈。"我用新的称呼叫她以后，我的窘态、等级之间的差别，甚至我们之间的距离，顿时消失了。

"假如您父亲真不是一位县长的话，那也准是一位副县长（Patih）。"温托索罗姨娘继续说道，她仍然在我的面前站着，"请坐，请坐，干吗站着呀？"

"我父亲连副县长也不是，妈妈。"

"那就别去管他啦，至少是，安娜丽丝的朋友来做客，我也感到很高兴。喂，安娜，应该由你来好好招待你的客人。"

"那当然啦，妈妈！"就像得到了她妈妈的批准一样，她兴奋地回答着。

温托索罗姨娘又从后门离去。我还在看着这位土著妇女的背影出

---

① Mama 有时也可等于罕用词 mamak（姨母、舅母、婶母、姑姑）。

神。她不仅能讲一口这么好的荷兰语，更重要的是，她在男性客人面前没有那些繁文缛节。真不知道还能在什么地方见到像她这样的人？不知道她从前受的是什么样的学校教育？为什么她竟是一位姨娘、一位外室呢？是谁把她教育得像欧洲女性那样开明大方的呢？那庄严的柚木宫殿，对我来说简直成了一座迷宫。

"我非常喜欢有客人来看我。"安娜丽丝说道。她知道了她母亲非常支持她以后，变得越发欢欣鼓舞起来："从来没有什么客人来看过我。人们都不敢登我们家的门。我的老同学也不敢来看我。"

"从前你上的是什么学校？"

"我上的是荷兰小学，没有毕业，连四年级都没有上。"

"你为什么不继续念下去呢？"

安娜丽丝咬着她的手指头，两只眼睛直盯着我。"因为发生了倒霉的事，"她没继续往下说，而是把话题猛然一转，问道："你是穆斯林吗？"

"你问这个干吗？"

"是穆斯林就不能让你吃猪肉。"

"是穆斯林。谢谢！"

一位女用人端来了可可牛奶和点心。她并不像侍候其他土著老爷那样低三下四地躬身折腰，甚至她还用惊奇的目光望着我。这种情况在别的土著老爷家里是决不可能有的。对土著民来说，用人必须弯着腰走路，永远也不能把头抬起来。可以设想，如果能在别人面前直着腰走路，这样的生活过得该是多么有意思呀！

"我的客人是一位穆斯林，"安娜丽丝用爪哇语对用人说，"跟厨房里说一下，菜里可不能有猪肉。"她很快地转过身来，对我说："你怎么还是不说话呀！"

"我正欣赏着这间房子，"我说道，"真是件件精巧、样样别致呀！"

"你真的喜欢这里吗?"

"当然,那还用说嘛。"

"我看你刚才脸色都白了,那又是为什么呢?"

温柔热情的问话沁人心牌,也给我增添了勇气。

"因为做梦也没有想到,我会遇见这样一位美丽的仙女。"

她默不作声,用她那一对忽闪忽闪的明眸不断地望着我。我有点后悔起来,不该对她那样说话。她用怀疑的口气慢腾腾地问:"你说的那位仙女是谁呀?"

"是你。"我吞吞吐吐地低声回答道。

她歪扭着脑袋,显得很不自在,两只眼睛睁得圆溜溜的。"是我?你说我长得很美吗?"

我变得勇敢起来,毫不含糊地说:"美得举世无双。"

"妈妈!"安娜丽丝惊叫起来,回过头去直向着后门张望。

糟糕!我在心中也跟着惊叫起来。当然,我不敢叫出声来。

那姑娘走出了后门。我想她一定会把这事告诉她母亲。真是有点神经病!这和她的美貌一点也不相称。而且,我估计她肯定会跟她母亲说:我在行为上已对她不够检点。本来嘛,这本来就是一个爱惹是非的家庭!可这么说也不公道,这可不是她们惹出的祸。如果出了什么事,那该怪我自己,是我自作自受。

只见姨娘出现在门口。安娜丽丝挎着她的胳膊,两人向我走来。

我的这颗心呀,又怦怦地跳起来啦。那也难说哪,也许是我真的做错啦!惩罚我吧!谁让我口无遮拦来着!反正只要不让我在罗伯特·苏霍夫面前出丑就行。

"怎么啦,安娜?"她又转过脸来对我说,"安娜是叫我来跟你辩论吗,少爷?"

"不,不是叫您来跟他辩论的!"那姑娘马上接过话头说。接着她又撒娇地告诉她母亲："妈！"她用手指了指我，"你瞧，妈，明克说我长得很漂亮，那是真的吗？"

姨娘侧着脑袋，目不转睛地看着我，接着，又仔细地看了看她的女儿。她把两只手搭在安娜丽丝的肩膀上，低声说道："我不也常这么说吗？你本来长得就很秀气，姿色出众。是的，安娜，你很美。少爷一点也没有说错。"

"哎呀，妈妈！"安娜丽丝惊叫起来，并轻轻地拧了她母亲一把。她的脸色因羞涩而变得绯红。她两只眼睛不时地端详着我，又圆又黑的眼珠炯炯闪光。

这时，我的恐惧心情早就飞到天边去了。

姨娘在我身边的一张椅子上坐了下来。她一口气地往下说："孩子，你到我家来做客，可让我高兴极了！你叫明克，对吗？她可跟别的混血儿不一样。她从来就不善于跟别人交际。孩子，她并没有成为混血荷兰人。"

"我不是混血荷兰人，"那姑娘说，"我不愿做混血荷兰人。我就愿意和妈妈一样。"

这使我越来越感到不可思议。这到底是一个什么样的家庭呢？

"瞧，孩子，你亲耳听见了吧？她更喜欢当一个土著民。哎呀，你怎么不开口呀？是不是因为我没有称呼你的头衔，而只是你呀你的，或者孩子呀孩子的叫你，没准你生我的气了吧？"

"没有，妈妈，我没有生您的气！"我连忙回答道。

"我看你显得有点局促不安。"

在这种情况下，谁都会感到如堕迷雾，不知如何是好。温托索罗姨娘在我面前显得是这样亲热、这样知心。我也不敢说她到底像谁。尽管她看上去要比我母亲年轻，但她也就好像是生我的母亲一样，甚至比我自己的母亲还要贴心。

由于那些恭维话，我等待着姨娘跟我大发雷霆。可是，她根本就没有生气。她就像我的母亲一样，是从来不会生我的气的。可在我心中，我仿佛又听到了这样的警告：你可要注意啊，可千万不能把她当作自己的母亲来看待！她呀，只不过是一个欧洲人的小老婆而已，没有正式的婚姻关系，生下的孩子也不会得到法律的承认。这样的人，品德低贱卑劣，为了能过纸醉金迷的生活，竟出卖了自己的尊严……当然啰，她并不见得愚笨。你听她的荷兰语讲得多么流利，既文雅而又优美。你看她对她孩子的态度，体贴入微，考虑周全，而且十分开明，与那些土著民的母亲们可不一样。她的行为举止，和欧洲有教养的妇女根本没有什么不同。她简直像一位革新派的老师，很懂得循循善诱。我有几位老师，他们老把"摩登"这个词挂在嘴边，并且经常举出一些新人作为例子进行讲解。他们是不是也把姨娘这样的人物列入他们的名单呢？

"你不懂，安娜，"她又补充说，"就因为你交往太少，总喜欢偎在妈妈身边。你已经不小了，可还像个小孩儿似的。"很快，她把话题一转，又跟我说起来："孩子，你经常这样恭维姑娘们吗？"

这个突如其来的问题，对我来说像晴天一声霹雳。我只得看准势头，顺风转舵，闪电般地反击过去。我彬彬有礼地回答说："如果姑娘长得本来就美，夸她几句，又有什么不好的呢？"

"你说的是欧洲姑娘还是本地的少女？"

"怎么能夸本地的少女呢？连接近她们都很困难。我说的当然是欧洲姑娘啰！"

"你真敢这样夸欧洲姑娘吗？"

"因为老师就是这样教育我们的嘛。心里怎么想，嘴上就应该怎么说。"

"这么说，你敢当着欧洲姑娘的面恭维她们的美貌了？"

"是的,妈妈,我们老师说,这是欧洲的文明礼貌。"

"那么,要是你这样恭维,她们该怎么回答呢?会不会骂你呀?"

"不,妈妈。我们老师说,不喜欢被夸奖的人是没有的。我们老师还说,倘若有这么一个人,别人夸他,他反而觉得受了冒犯,那说明,这人很虚伪。"

"那么,欧洲姑娘将怎么回答你呢?"

"妈妈,她将这样回答:谢——谢——"

"跟书里写的一样?"

这位姨娘还阅读欧洲书籍!

"是的,妈妈,就像小说里描写的一样。"

这时,她转过脸去对安娜丽丝说:"安娜,你也回答他:谢——谢——"

和别的本地姑娘一样,安娜丽丝羞得满脸通红。她一声不吭。

"如果那姑娘是混血儿呢?"姨娘问道。

"如果她受到良好的西方教育,那也一样,妈妈。"

"如果她没有受到很好的西方教育呢?"

"要是那样的话,尤其是在她心里感到不痛快的情况下,那说不定她就会骂你。"

"你是不是也老挨骂呀?"

此刻我知道,我的脸红了。她微微一笑,把脸转向她的女儿。

"安娜,你亲耳听见了。来吧,你快向他说声谢谢。唔,慢着,应该这样:孩子,你再重复一下你刚才是怎样夸她的,好让我也跟着一起听听。"

我恨不得马上能找个地方藏起来。我真捉摸不透面前这位姨娘到底是一个什么样的人物。我深深感到,她很善于笼络人心。显然我已被她掌握住了。

"不能让我听？"她看了看我的脸又说道，"好吧。"

说完，她主动走了出去。我和安娜丽丝目送着她，一直送到她出了门，拐了弯看不见为止。我们两个人，你看看我，我看看你，宛如两个受惊的孩童一般。我看着、看着，突然哈哈大笑起来。而她呢，咬着嘴唇，低下了头。

这到底是一个什么样的家庭呀？那罗伯特·梅莱玛总是用可怕而又锐利的目光看着我。那安娜丽丝·梅莱玛显得天真而稚气。那温托索罗姨娘，很会抓住别人的心，刚才竟弄得我失去了理智，忘了她只不过是一个欧洲人的小老婆。还有，这百万家产的主人、大富翁赫曼·梅莱玛先生，又是一个什么样的人物呢？

"你爸爸到哪儿去了？"我避开之前的话题问道。

安娜丽丝皱着眉头，神采消失了。她说："你不需要知道。提他干什么？连我自己都不想知道他在干什么。妈妈也不愿过问。"

"为什么呀？"我问道。

"你想听音乐吗？"

"现在不想听。"

就这样，我们的谈话一直延续到午餐端上了桌子。罗伯特·梅莱玛、罗伯特·苏霍夫、安娜丽丝和我，四个人围着一张桌子坐下。一个年轻的女用人，紧挨着门口站着，等候吩咐。苏霍夫紧挨着他的伙伴坐下。他不时偷偷地看看我和安娜丽丝。姨娘坐在主位。

菜肴十分丰盛。肥美的鲜牛肉是主菜。在我这一生中，也是第一次尝到这样的美味。

安娜丽丝坐在我身旁，照应着我。她像招待一位高贵的欧洲绅士或一位混血欧洲大亨一样。

姨娘不慌不忙地吃着，和地道的欧洲女性没有两样，好像她也上过正规的英国寄宿学校似的。我对她十分注意，看着她怎样放勺和叉，怎样用汤匙、刀和叉。我也十分注意供六个人用的餐具，一切都无可挑剔。那白亮的钢刀，显然不是用磨刀石磨的，而是用细砂轮打的，看不出有磨蹭的痕迹；甚至餐巾、洗手钵以及镶银玻璃杯，也无一不是照规矩安放的。

罗伯特·苏霍夫大口大口吞咽着，活像一只三天三夜没有觅到食物的饿狼。尽管我也饿极了，但并不好意思放肆地吃。安娜丽丝几乎没吃什么东西，光顾着招待我了。

等姨娘吃饱时，我放下了刀叉，安娜丽丝也不再吃了。罗伯特·苏霍夫却继续吃着。他连看都不看姨娘一眼。到吃饭的时候为止，我从没听到母亲跟她儿子说过一句话。

"明克，"姨娘喊着我的名字，"人们真的开始能制造冰了么？真的像书上说的那样开始能制造很冷很冷的冰，就像在欧洲下雪季节冻成的那种冰了吗？"

"是的，妈妈，至少报纸上是这样报道的。"

苏霍夫吞着食物，并瞪了我一眼。

"我想知道，报上登的消息到底是不是真的。"

"看来人类将能制造一切，妈妈。"我回答着，心里却觉得奇怪，她竟不相信报纸。

"能制造一切？不可能！"她反驳道。

谈话就像刹车一样骤然停住了。罗伯特·梅莱玛把他的朋友叫走了。他们俩站起来，转身就走，跟这位土著妇女连个招呼也没打。

"请您原谅我的那位朋友，妈妈。"我说。

她微微一笑，向我点头会意，站起身来，离开了。用人走过来收拾着桌子。

"妈妈要到办公室里去继续工作，"安娜丽丝解释道，"吃过午饭，我也总需要到后面去干我的活儿。"

"你都干些什么活呀?"

"你跟我去就知道啦。"

"撇下我的朋友怎么行呢?"

"你不必为他操心。我哥哥一定会邀他去玩的。吃过午饭,他通常总要拿着气枪去打鸟呀,打松鼠什么的。"

"为什么一定要等到吃过午饭才去打呢?"

"因为鸟和松鼠也都吃饱了,发困了,活动不灵活了。喂,你跟我来,我是说,如果你愿意的话!"

我在她后面走着,就像小孩跟随着大人一样。比方说,倘若她长得不漂亮、不迷人,那我怎么可能这样做呢?唉,女性崇拜者!

走出后门,我们来到了一间大屋子,里面放着一只只箍着铁箍的大木桶。在最大的一只木桶上面还安装着一台搅拌机。满屋子都是一股牛奶的腥味。人们都像哑巴似的一声不响地工作着。隔不一会儿,他们就用一块布擦擦身上的汗水。每个人的头上都裹着一块白布。人人都穿一身白粗布衣服,一律都把袖子卷到胳膊肘上面。并不都是男子,有一部分是妇女,这可以从白衣服下面露的花裙看出来。啊,妇女!妇女也能参加农场的工作!妇女也都能穿白粗布工作服!这些农村妇女,也都穿起工作服来啦!她们不再在自家的厨房里围着锅台转啦!我想,在那工作服里面,她们是否也会像欧洲妇女那样戴上乳罩或穿上紧身胸衣呢?

我注视着她们的一举一动,看看这一个,又看看那一个。她们却不能仔细地看我。

安娜丽丝轮流地走到每个人的身边。她们并不说话,而只是打个手势或点头表示敬意。这时我才知道,这娇媚稚气的姑娘还是一位工长呢。那些男工和女工们都必须听从她的吩咐。

我对这些妇女们表示惊讶和钦佩。她们,离开了锅台,穿上了工作服，和男工们混合在一起，到别人的农场来寻找生计。这些，是否也算是东印度摩登的一个标志呢？

"你对妇女参加工作感到新鲜吗？"

我点头表示承认。她望着我，想看出那种新鲜感。

"不也挺好吗，全都穿上了白色的工作服，没有一个例外。这都是那边荷兰人的规矩。不同的是，他们的衣服是用亚麻布做的，而我们，只需用粗白布就行了。这也是那边荷兰政府所规定的。"

她拽着我的手，把我拉出门外。我们来到了一个广场上。这是晾晒农产品的晒场。几位工人正在翻晒大豆、剥下的玉米粒、绿豆和花生。我们一到那里，他们就把手里的活马上停下，举起一只手，向我们点点头，表示敬意。他们头上都戴着一顶斗笠。

安娜丽丝拍拍手，伸出两个手指头，不知是在向谁示意。过了一会儿，来了一位小工人，给我们拿来了两顶斗笠。她把一顶戴在我的头上，另一顶给自己戴上。前面是一条小路。路面上铺了一层从河里运来的小卵石。我们沿着这条小路又往前走了好几百米远。"这几天，全国都沉浸在一片节日气氛之中，"我说道，"为什么不给他们放几天假呢？"

"只要他们愿意，他们随时都可以休假。妈妈和我从来没有休息过一天。他们都是雇来的短工。"

在前面路上，我们远远地看见了两个罗伯特。他们的肩膀上一人背着一支气枪。

"你实际上干些什么工作呀？"

"我什么都干，就是不管办公室里的事。那都是妈妈亲自处理的。"

这么说，办公室里的工作都是由温托索罗姨娘干的。她都能干些什么样的办公室工作呢？

"是处理行政事务吗？"我试探着问。

031

"全部，如簿记、商务、来往信件，还有跟银行打交道，等等。"

我停住了脚步。安娜丽丝也不再前进。我用半信半疑的目光凝视着她。她把我的手一拉，我们又继续前进，来到了一排牛圈前面。老远我就闻到了牛粪的臭味。只是因为有这位美貌的姑娘带领着我，我才没有远避，甚至还钻到那牛圈里面去，在我这一生里，这是第一次，真的是第一次。

牛圈一个挨着一个，看不到头。工人们正在里面给奶牛喂料和饮水。牛粪和烂草散发出使人窒息的臭味。我都给熏得快要作呕了。

"兽医经常到这儿来吗？"我问道。

"叫他就来。去年一年，兽医杜姆斯赫先生差不多每天到这里来。有一位卖草药的妇女，配制了一个预防和治疗乳腺炎的偏方。妈妈还一直保守着这个偏方呢！"

"什么叫乳腺炎？"

她没有回答。她撩起缎子长裙，走到几头奶牛跟前，拍拍那牲口的脑门，并在它们耳边低声细语，有时还呵呵地笑着。我站在远处看着她。她穿着这么一身绸缎长裙，动作却是那么干净利索，在牛圈里走出走进，而且和奶牛那样亲热！

这里也有女工，不过她们没有穿工作服。人们向我们问候致意，有的点点头，有的举举手。而我，总是不敢往前走，总是站在圈门口，呼吸着新鲜空气。

她回过头来看了看我，给我打了个手势，意思是叫我走过去。我假装着不明白她的意思。那些工人们对于我的到来感到新奇；相反，我却注意起她们来了。她们有的在扫地，有的在用水冲圈，有的在用长把扫帚使劲地扫着牛粪。干这些工作的全都是女工。

安娜丽丝沿着牛栏走着，我在她身旁跟着她。忽然，她停住了脚步，跟一个青年女工谈起话来，那姑娘一边摇着脑袋，一边用眼睛巡视着我。没准她们是在议论着我这位不速之客吧？

另一位姑娘手提着两只空铁桶，在我们面前欠身走过。她长得俊俏，令人喜爱。她和别的少女一样，裹着胸巾，穿着沙笼裙，光着两只湿漉漉的脏脚，十个脚指头都向外叉开着。她那挺起的丰满的胸脯自然吸引着我的目光。她低着头，用那眉间的明眸瞥了我一眼，嫣然一笑，向我问候："您好，少爷！"她的问候并不拘束，是那样温柔和沁人心脾。

我还没见过思想这样开朗的本地少女，竟跟一位素不相识的青年男子打起招呼来。她在我面前停下脚步，用马来语问道："您是来检查工作的吧？"

"嗯。"我应付着。

"大姐，米纳姆大姐，"我没留意，安娜丽丝在我身后向她呼喊起来，"您今天已经挤了几桶牛奶了？"这时她说的是爪哇方言。

"跟往常一样，小姐。"米纳姆用爪哇语的敬语回答着。

"要是这样的话，那你怎么能当挤奶组的工头呀？"

"只要小姐喜欢我，我还是可以当的嘛！"

"如果你挤的奶并不比别人多，你没有做出良好的榜样来。大姐，你也就不可能再当工头了。"

"不过，我们这里并没有工头。"米纳姆反驳说。

"我不就是你们的工头吗？"

安娜丽丝又拉着我的手，在一只只牛头前面继续往前走着。

"这么说，你是她们的工头啰？"我问道。

"我挤的奶要比他们多，"她回答说，"看来你并不喜欢牛。如果你愿意的话，那么咱们就到马厩去看看吧，或者到地里去走走也行。"

我从来没去过庄稼地里。我也不知道庄稼地有什么好看的。然而我还是跟着她往那里走。

"要不，你是不是对骑马更感兴趣呢？"

"骑马？"我不禁感叹起来，"你还会骑马？"

这天真稚气的姑娘，连小学都没有念完，刹那间，在我面前俨然成了一位了不起的人物：她不仅善于把纷繁复杂的工作安排得井井有条，而且还会骑马，还是一位最好的挤奶能手哪！

"那当然啦。如果不会骑马，这么一大片庄稼地能管得过来吗？"

我们来到一片收过了的花生地里。只见到处都是刨出的花生和一堆堆准备运走做饲料的花生秧子。

"这里的土地很肥沃。每公顷能生产三吨干花生。要不是自己亲手实践，人们是不会相信的。"安娜丽丝解释道，"真是好地，头等的好地，长一片好庄稼，连花生秧都是宝；做饲料也行，做肥料也行。"

一公顷能生产多少花生？两吨？还是五吨？管他呢！正当我这么想着，仿佛她了解我的思想似的，她对我说道："看来你对种地是外行，我们还是赛马去吧。你同意吗？"

没等我回答，她拉起我的手就走。她拽着我跑了起来。我听到她在呼哧呼哧地喘着粗气。她把我带到一间又长又宽的大马棚里，那里存放着各种各样的马车，有两轮的，有四轮的，有载人的，也有拉货的。墙上挂满了马鞍和脚蹬子之类的种种马具。马棚里仍然还有很大的空地。

这马棚真大，和县行政公署的面积差不了多少！她看到我惊讶的样子，笑了起来。接着，她又指给我看一辆双轮马车。马车上包以黄铜的铁杆、铁栏，黄灿灿地闪着金光，车上还配有一对电石灯。

"你见过这么漂亮的马车吗？"

无论是谁家的马车，我从来没去注意过，因此我并不懂得什么样的马车才算漂亮。这时，经她这么一指，我才骤然意识到了那马车的讲究。这也许是由于她亲自指给我看的缘故吧。也可能，这马车本来就十分漂亮。

"没有，从来没有。"我回答着，并向那马车走去。

安娜丽丝又把我拽了过去。我们走进了一间又长又宽的马厩。里面只有三匹马，马厩里那股使人难闻的气味直刺我的鼻孔。她走到一匹灰马跟前。她搂着那马的脖子，不知在它耳边叽叽咕咕地说了些什么。

那马轻轻地嘶鸣了几声，仿佛听懂了她的话似的。她又拍拍马的鼻子，那马咧嘴笑了，露出了两排大牙。

安娜丽丝兴奋地笑着，咯咯的笑声清脆而又响亮。

"不去啦，巴乌。"她用荷兰语对着正在嘶鸣的马说，"今天下午，咱们也就不再去散步啦。"她边用眼角看着我，搂着巴乌的脖子，亲昵地低声说，"我们来客人啦，这位就是。他叫明克。当然啰，这不过是个诨名。他是穆斯林，巴乌，他是穆斯林。这可不像个爪哇人名，也不会是个穆斯林的名字，也不会是个基督教徒的名字吧。诨名而已。你相信他就叫明克吗？"

那姑娘抚摸着巴乌头上的额毛。那马又会意地嘶鸣了几声。

"你听，"这时她跟我说道，"马说，你的名字确实是个诨号。"

她和那匹马是不是要联合起来对我搞什么鬼名堂呀？他们想戏弄我。旁边另外两匹马也嘶鸣起来，眨巴着一对对大眼睛，直盯着我，仿佛心中有什么事要向我申诉似的。

"我们快走吧！"我催促着她说。

"等一会儿，"她回答道，她又去到那两匹马身边，分别在它们的背上抚摸了几下，然后对我说，"好，走吧！"

"你浑身都是马味。"我指出。

她只是笑了一笑。

"看来你对这种臭味已满不在乎？"

"是的,"她回答得干脆利索,"早就习惯啦。我把它们从小马驹一直喂养到了现在。要是我不疼爱它们,妈妈是要生气的。妈妈对我说,对于世间万物,哪怕它是一匹马,只要它给予了你生机,你就应该感激它。"

我也就不敢再往下说我讨厌马厩里那股难闻的气味了。

"你为什么不相信明克是我的真名字呢?"

她那一双明亮的眼睛,闪烁着不信任、埋怨、责难、指摘。为此,我不得不为自己辩解几句:

明克这个名字,不是我自己愿意取的。我也常常为此感到奇怪。这里有一段复杂的故事。

我还是在上小学的时候,一个荷兰字母也不认得。我的第一个老师本·罗斯勃姆先生特别讨厌我。我总是答不上来他的问题,只好哭哭啼啼。然而,每天差役还把我送到那个讨厌的学校里去。

我在一年级时留了一级。罗斯勃姆先生还是那样讨厌我;而我对他,也简直怕得像老鼠见了猫一样。在新学年开始的时候,我已经有点儿听得懂荷兰语了。我原先的伙伴都升到二年级去了。我却还在一年级。老师把我的位置排在两个荷兰小女孩的中间。她们老欺负我。一个名叫菲拉的小女孩坐在我的旁边,她一见我就使劲地拧了我一把,算是她给我的见面礼。而我呢,痛得哇呀哇呀地叫唤起来。

罗斯勃姆先生凶狠地瞪了我一眼,呵斥说:"不许叫,蒙(Monk...)——明克(Minke)!"

自那次以后,全班同学都开始叫我明克。我是班里唯一的土著。后来,别的老师,别的班级的同学,还有校外的朋友,也都那么叫起来。我曾问过我爷爷,这名字是什么意思。他说不知道。甚至他还叫我直接去问罗斯勃姆老师。我当然不敢去问。我的爷爷,不要说荷兰语,连拉丁字母也一个都不认识。他只懂得爪哇语,会说也会写。他干脆同意把老师给我起的那个外号,作为我固定的名字,并把它看作是一位学识渊博的老师所授予我的荣誉。于是我原来的那个真名字也就几乎不再有人提起了。

直到小学毕业,我始终觉得在我这个名字里总包含着什么贬义。因为老师第一次叫我这个名字的时候,神色异常,他的两只眼睛瞪得大大的,宛如两只牛眼。他脸上,两道眉毛竖起来,凶相毕露。他手里,拿着的那根米尺竟失手掉到了桌上。我根本就体会不出老师的疼爱、善意和远见卓识来。我们好心的猜测离真实情况相差太远了!

我翻遍了荷兰语辞典,没有查到这个词是什么意思。

后来,我进了泗水荷兰高级中学。高中老师也都不知道我这个名字的意义及其来源。他们左思右想,体会了半天,也没有找到什么根据。他们反倒又问起我来了。其中有一位老师回答不上来,因而还感慨一番,引经据典地说:一位英国文豪曾经说过,人的名字有什么意义呢?……接着他讲了一个名字,现在我也把那文豪的名字忘得一干二净,怎么也想不起来了。

后来我们开始学习英语。学了六个月以后,我碰到了一个词,字母和声音都与我的名字相似。我又回忆起了当时的情景:瞪着的大眼,竖起的双眉,肯定是不怀好意。而且我还记得,罗斯勃姆先生自己叫我这个名字时也有点支支吾吾。我开始猜测:当时他是不是想用英语里的"毛猴"(monkey)来骂我呢?我真不敢那样想象!

这是个八九不离十的猜测,我从来没有告诉过任何人,更不敢告诉安娜丽丝。我从来不敢把它告诉任何人。弄不好,我将被人耻笑终身。白白地被人嘲弄,何苦呢!

"明克这个名字不赖。"安娜丽丝说,"我们到村子里去走走吧!我家农场总共有四个村子。所有的族长、居民都为我们工作。"

一路上,村民们对我们非常敬重。他们有的叫她小姐(Non),有的叫她姑娘（Noni）①。

"那么，你们家总共有多少公顷土地？"我随口问。

"一百八十公顷。"

一百八十公顷！到底有多大，我想象不出来。她又继续说着："这光是水田和旱地的面积。森林和灌木林还不算在内。"

森林！她家还有森林！我真没法想象！要森林干什么用呀！

"有了森林，炭薪也就不成问题了！"她补充说。

"那也许还有沼泽吧？"

"嗯，有两个小沼泽。"

她家连沼泽都有啊！

"有没有山呢？"我又问，"有山吗？"

"你是在挖苦人吧？"她拧了我一把。

"要是有了火山，爆发起来可以取火嘛！"

"得了得了！"她又拧了我一把。

"那里扎堆丛生的是什么呀？"我打岔地问道。

"那一簇簇都是野甘蔗（glagah）②。你没见过那么高的野甘蔗吧？"

"带我去那里看看怎么样？"

"不！"她回答得非常坚决。说完，只见她肩膀一耸，哆嗦了几下。

"你害怕到那里去？"我挑逗地说着。

她携起我的手。我感到她的手冰凉冰凉的。她的眼神当即显得十分慌张。她恨不得马上离开那里。我见她吓得嘴唇都发紫了。我又回过头去看看那野甘蔗丛。她拽着我的手，惊慌地在我耳边说道："别看

---

① non（姑娘）和 noni（小姑娘）均可译作"小姐、姑娘"，是当时的常用口语，non 主要用于称呼白人少女，noni 作为第二人称更接近于今天的 nona。

② 即甜根子草，俗称甜茅、割手密，glagah 应为 gelagah 的异体。

啦!走吧,快点走吧!"

我们走过了一座村庄又一座村庄。各村的情况大致相仿。我们看到了光屁股的孩子们在玩耍。有不少孩子的鼻子底下,拖着两条浓浓的鼻涕,有的还伸出舌头舔吃着。树荫下,挺着大肚子的妇女们在缝补衣衫,有的一面还哄着自己最小的孩子。还有的,三三两两地坐在一起,互相捉着头上的虱子。

有几位妇女把安娜丽丝拉住,不让她走。她们有话要跟她说,请求她的照顾和帮助。这位非凡的少女,也真像慈母一般,跟她们说着、笑着。其实这并不难理解,她对给予她生机的马匹尚且那样疼爱,对于同是万物之灵的人类,那也就更加体贴入微了。她在她的庄户之中显得是如此崇高,这使我想起了从前梦寐以求的那位少女。如今她已登上了光辉的宝座,统治着东印度、苏里南①、安的列斯群岛②以及荷兰本土。我感到,安娜丽丝要比那女王还高尚,她的皮肤比女王还细腻,更富有光泽,她也更容易被人接近。

每当庄户放开了她,我们就继续前进。在我们周围,大地一望无际,天空没有云,太阳猛烈烤炙着我们的皮肤。我记得,也就是在这时,我凑近她的耳边,细声细气地说出了如下的话:"你见过荷兰女王的相片吗?"

"当然见过。绝顶的美人。"

"是的,你没错。"

"为什么?"

"你比她还美!"

---

① 旧称荷属圭亚那,位于南美洲北部,长期为荷兰殖民地,1975 年独立。苏里南在种族、语言、宗教上极为多元,爪哇人占 15%。

② 西印度群岛中荷兰殖民地的总称。

她猝然停住脚步，仔细地看了看我，然后说："谢——谢——，明克！"她羞答答地回答着。

我们愈走愈感到炎热，路上的行人也越来越稀少。我故意跳过一道沟渠，想试试她是否也跟着我跳跃。果然，她把长裙高高地撩起，也跳了过来。我马上接住她的手，把她一把拽到怀里，并在她脸颊上吻了一口。她大为惊诧，瞪着眼睛看着我。

"你！"她嗔怪道，脸色顿时煞白。

我又亲了她一口。这次，我感到了她的皮肤如天鹅绒般丝滑。

"你是我今生见到的最美丽的姑娘！"我低声在她耳边倾吐着，"我非常喜欢你，安娜！"

她没有作声，也不再向我道谢。她仅仅用手比画了一下，意思是叫我回去。她默默地走着，一路上没说一句话。我们走回到一片住宅后面。我感到事情不妙，不禁揣摩起来，责备自己说：明克呀明克！你的鲁莽行为将要给你带来麻烦。如果她回去告诉了达萨姆，他准会把你揍得皮开肉绽，叫你哼都不敢哼一声。

她一路低头走着。这时我才注意到，原来她只穿着一只凉鞋，另一只丢在沟渠那一边了。我只当没有看见，过了一阵，我又为自己这种不诚实的行为感到羞愧。于是，我提醒她说："你的拖鞋丢了，安娜！"

她既不在乎，也不理我，更不回头，而是越走越快。

我也加快步伐跟随着她。

"你生气了，安娜？你生我的气了吗？"

她继续沉默。

我从远处望，那柚木宫殿高耸于其他屋顶之上。从楼上的一扇窗户里，姨娘也望着我们。安娜丽丝正低头走路，她不会知道这个情况。姨娘的两只眼睛始终注视着我们，直到仓库的屋顶把她的视线挡住。

我们回到她家，又在前面客厅的桌边坐下。安娜丽丝默默地坐着，不管我怎么问她，她仍然一声不吭。坐了片刻，她倏地站起身来，什么也没说，径直走进了里屋。我如坐针毡，心中忐忑，我想她准是向妈妈告我的状去了。我也是罪有应得，当受惩罚。逃跑吗？不，我才不逃跑呢！

须臾，她又出现在我的面前，两手抱着一个大纸包。她把那一包东西放在桌上，冷冰冰地对我说："天不早了，你去休息一会儿吧！那个门，"她向身后指着一扇门说，"就是你的房间。这纸包里有拖鞋、毛巾和睡衣。你在这里洗个澡。我还有些事情要去处理。"

临走之前，她走到门边，替我把门打开，请我进去。

"你知道洗澡间在什么地方。"她又补充了一句。她轻轻地把我推进了房间，并在外面把房门关上。这时，房间里只剩下我一个人。

我又担惊，又害怕，弄得疲惫不堪。我的心呀，惴惴不安，真不知一时的莽撞妄为会给我带来什么样的灾难。尽管如此，我并不责怪自己。我为什么要责怪自己呢？在这等美貌的姑娘身边，难道别的小伙子就不会像我这样吗？生物老师不是说……去它的吧，那讨厌的生物课，让它见鬼去吧！

我走进洗澡间，见到的又是另一种豪华的陈设。墙脚周围贴着米黄色的瓷砖，瓷砖上面镶嵌着三毫米厚的水银玻璃。这么大、这么洁净、这么舒适的洗澡间，有生以来我第一次见到。即使在县政府那一带的住宅区里，谁也不会有这么讲究的洗澡间。我彻底沉醉在瓷砖砌起来的浴池里，清澈泛蓝的清水不停召唤我潜身而入。不管你的眼睛往哪一个方向瞧，你总可以看到自己的体态。前、后、左、右，往哪个方向看都一样。

那明净凉爽的清水呀，把我心中的惶恐与惧怕全都洗得一干二净！

如果将来我发了大财，成了富翁，我也要建造这样的浴池，而且，一定要修建得比这更富丽堂皇。

姨娘请我到后厅坐下。她自己就坐在我的身边,跟我谈论着实业和贸易。在她面前,我真正感到自己知识的贫乏。好多经商用的欧洲术语,我说不上来,她却知道得清清楚楚。有时候,她竟像一位老师那样跟我讲解起来。真看不透她还具有这套深入浅出讲道理的本领。坐在我身边的这个姨娘,到底是一位什么样的人物呢?

"少爷,您对实业和贸易挺有研究,"她说道,以为我全部听懂了她的讲话,"这对爪哇人来说可不多见,对那些王孙公子来说,更是罕事。也许您将来想当实业家或商人吧?"

"实际上我已经在试着从事一些实业了,妈妈。"

"少爷您?一位县太爷的公子?也在试着从事实业?"

"也许正因为我并非县长之子。"我争辩说。

"那您经营些什么呀?"

"经营高级家具,妈妈。"我开始宣传起来,滔滔不绝地讲述了欧洲家具的最新式样,"通常,我是向刚从船上上岸的新来户兜售,有时也向我同学的父母们推荐。"

"那不影响您的学习吗?"

"从来没有影响过我的学习,妈妈。"

"有意思。我对从事实业的人都很感兴趣。那您也有自己的家具作坊啰?有多少工人呀?"

"什么也没有,我只不过拿着图样到各处去兜售而已。"

"这么说您到这儿也是来兜售家具的啰?能把您的图样拿出来给我看看吗?"

"不是的。我到这儿来什么也没带。不过,如果您想要的话,我可以下次带来。比方说那柜橱,就跟奥地利、法国或者英国的一样,有文艺复兴时期的式样,有巴洛克式,有洛可可式,也有维多利亚时期的式样……"

她聚精会神地听着我的讲述。我两次听到从她嘴里发生啧啧的声音,不知是称羡还是讥讽。过后,她慢条斯理地说:"自食其力的人是幸福的。因自己的事业成功而感到快乐,是自己的苦心经营促使了事业的发展。"

她说话的声音发自胸腔,语调深沉,犹如皮影戏中仰天长叹的高僧。接着她又继续叹道:"真了不起!"她仰望着楼梯,感慨万端,"啊……"

只见安娜丽丝如仙女一般地从楼梯上飘然而下。她下身穿着蜡染花裙,上身穿的是绣边开襟上衣。发髻稍微高束,脖子显得颀长而又白嫩。颈项和手腕上、耳垂及胸前,都装饰着碧蓝的翡翠和乳白的珍珠,颜色和谐悦目。(其实,我根本就分不出哪是钻石,哪是珍珠,而且也不辨真假。)

我被她的美貌所陶醉。在《爪哇史话》(*Babad Tanah Jawi*)中,贾卡·塔鲁的情人美如仙女。我敢断定,安娜丽丝比贾卡·塔鲁的情人还要美。她含羞似的微笑着。她打扮得花枝招展,多戴了一些珠宝,因此显得过于华丽。我感到,她是特地为我一个人打扮的。

其实,像她这样的容貌和身段是不需要任何装饰品的,即使素衣也还是美的。仙女的美是天赐的,即使不打扮,比你能想象出的美也还要胜过千万倍。如果用陆上和海中获得的所有珠宝把她装饰起来,反倒会使她失去原来的姿色。过分华丽的衣着会使她变成匠人手下的木偶,成为一个没有生命的人,将使她的一举一动显得矫揉造作。当然啰,那些都是无所谓的东西。美好的事物终究是美好的。对我来说,应该善于扬弃那些虚假浮夸的成分。

"她是专门为您打扮的,少爷!"姨娘在我耳边低声说道。

我当即意识到，这位姨娘可真是个非同一般的女人！

安娜丽丝微笑着走到我的身边。说不定她在心中已为我准备好了许多"谢谢"来应酬我了。没等我来得及夸她，姨娘就抢先问道：

"你这样打扮是跟谁学来的呀？"

"妈，瞧你！"她撒娇地说，一边捶着她母亲的肩膀，瞪大了眼睛从旁边看着我，面孔绯红。

我一个陌生人，听到母女这样亲昵的对话觉得怪不好意思。然而，我不能在这位姨娘身边显得没有骨气。我应当给她们留下一个印象：我是个男子汉，刚毅，惹人喜爱，英俊，多美的天仙也能被我征服。即使在女皇陛下面前，我也应保持这种态度。这好比公鸡身上美丽的羽毛，雄鹿头上多叉的长角，是男性英勇威武的标志。

我认为不妨碍她们之间的谈话比较得体。

"安娜，你瞧，要不是我留住他，少爷早就想回家了。如果他走了，他看不到你这身打扮，那他就该后悔莫及了。"

"瞧您，妈妈！"她跟妈妈再次撒起娇来，捶了她妈妈一拳。她仍用眼角睨视着我。

"怎么啦，少爷？为什么不说话呀？难道您把礼节忘了吗？"

"太美啦，妈妈！我不知该用什么样的话来描绘这样的美中之美。哎呀，安娜呀，你就是我所说的无法形容的美人！"

"不错，"她帮腔说着，"配得上当东印度的女王。少爷您说对吗？"她转过脸来对着我说。

"嗳，瞧您，妈妈！"那姑娘又一次撒娇地说。

我总感到这母女之间的关系有点与众不同。也可能这是没有得到法律承认的婚姻及其子女所产生的后果。也可能那些给欧洲人当姨娘的人家情况就是如此。甚至还可能这就是欧洲人现代的家庭关系，并也将是东印度土著民将来的家庭关系。或者，这本来就不是正常的关系，而是奇妙的关系，只是少数人家才有的关系。不管怎么说，我很喜欢。庆幸的是，她们这种漫无目标的互相夸奖很快就结束了。

天色渐渐暗下来了，姨娘谈兴正浓。我们俩在一旁听着。从她的谈话里，我确信她的荷兰语十分地道，掌握的语汇非常丰富，还提到了许多老师们从未讲过的新鲜事。令人羡慕！最终我依然没被准许回家。

"你要马车吗？"她说道，"后面有四轮马车和双轮马车。如果您愿意，还可以坐另外一种马车回家。"

一位男仆进来把气灯点亮。我弄不清输油的中心在什么地方。

另一位仆人过来给餐桌铺上了桌布。

两位罗伯特被请进了后厅。大家谁也不说话，在沉默中开始了晚餐。

又一位仆人去前厅把门关上。后厅里，从乳白色的玻璃灯罩里射出来的灯光微弱幽暗。没有一个人说话。各人的眼睛不是盯着那大碟小盘，就是看着那饭篮。汤匙和刀叉碰着菜盘，叮当作响。

听到有人在开前门，姨娘把头抬了起来。那人事先没有敲门，也没有打招呼。我抬头看了看姨娘，她用警惕的目光注视着前厅。

罗伯特·梅莱玛也朝着同一个方向看去。但他喜形于色，唇边露出一丝满意的笑容。我真想也回过头去看看，想知道他们在看些什么。然而我打消了这个念头，因为那样做是不礼貌、不适当和不文雅的。于是，我瞟了安娜丽丝一眼。她低着脑袋，眼睛也往上瞧着。显然，她是在竖起耳朵听着前厅的动静。

我故意停下刀叉不再进餐，也注意倾听着身后的情况。沉重的脚步摩擦着地板，发出咔嚓咔嚓的声音，越来越响，越来越近。姨娘不再进餐。罗伯特·苏霍夫也没法再吃下去，就把汤匙和叉放在盘子上。这时，越走越近的脚步声慢慢地盖过了嘀嗒嘀嗒的钟摆声。

罗伯特·梅莱玛继续吃着，像什么也没有发生一样。

到后来，坐在我身边的安娜丽丝也回头张望。她惊恐万状，汤匙从手中掉到了地板上。我想伸手去拾，只见一位仆人飞也似的跑过来捡了起来，然后又很快离去，不知跑到哪里躲起来了。那人越走越近，安娜丽丝站起来面对着他。

我把餐具往盘子上一放，也学着安娜丽丝的样子，转过身去，背靠着桌子，站着。

姨娘已做好了准备。

前厅里的灯光把那个人的影子一直映到后厅。影子越来越近，脚步声越来越清晰。顷刻间，一个欧洲男人出现在我的眼前。他又高又胖，挺着一个大肚子，衣衫上满是褶皱，头发蓬乱不堪，那灰白的头发不知是天生如此呢，还是衰老的象征。

那人停下脚步，向我们这边看了一眼。

"是你父亲吗？"我低声问安娜丽丝。

"嗯。"她回答的声音低得几乎听不见。

梅莱玛先生目不转睛地看着我，他拖着疲惫的步伐，径直向我走来。他只盯住我一个人，并在我面前停了下来。他两道浓眉不像头发那样花白，脸孔宛如青灰的石板。我偷眼瞥了一下他的鞋子，鞋子上没有鞋带。这时，我记起了老师的教导：有人跟你讲话时，你应该抬头正视着他。于是，我马上抬起眼皮看看他的眼睛，并向他问安："晚上好，梅莱玛先生！"我彬彬有礼，用荷兰语说道。

他气得像条疯狗。他那满是褶皱的衣服显然过于肥大。他那不梳洗的很薄的一层头发盖过了耳朵。

"是谁准你到我这里来的，你这小毛猴！"他用市场马来语

（Melayu–pasar）①申斥着我，语调也和内容一样生硬、粗鲁。

身后，我听到罗伯特·梅莱玛在干咳，接着又听到安娜丽丝在抽噎。罗伯特·苏霍夫"咔嚓"一声并拢双脚，在向他致敬。然而，那个庞然大物根本就不理他。

我承认，我的身体在颤抖着，尽管不算太厉害。在这种情况下，我只能期待着姨娘帮我说话。除此以外，别无他人。假如她不开口，那我就该倒霉了。可不是吗？她就是没开腔嘛！

"哟，你小子（Kowé）②以为穿上一套西服，和欧洲人混在一起，会讲两句荷兰语，你也就成了欧洲人了？告诉你，你仍然只是小毛猴！"

"住嘴！"姨娘用荷兰语呵斥着，语调是那样坚定而且有力，"他是我的客人。"

梅莱玛先生黯然无神的目光又移到了他的小老婆身上。是不是非得因为我这位土著民不速之客而闹出什么事情来呢？

"姨娘！"梅莱玛先生叫着。

"欧洲疯子和土著疯子都是一路货色！"姨娘仍然用荷兰语训斥着。她两眼冒火，放射出憎恨和厌恶的光芒："我这个家里没有你说话的份儿！你知道你应该到哪儿去！"姨娘用食指指着一个方向说，她的指头犹如猫爪一样锐利。

梅莱玛先生站在我的前面，不知所措。

---

① 通用于港口、集市等商贸场所的马来语，混有少许华语方言、英语、淡米尔语等成分，是一种语法不规范的非正式口语，也被称为低级马来语（Bahasa Melayu Rendah）。

② kowé 是爪哇语的第二人称用词，语气粗鄙；另一含义为"肉豆蔻的劣质种仁（biji pala yang bermutu jelek）"，可借指坏人、坏蛋、坏种。在熟人之间的非正式日常口语中，kowé 也可作为普通第二人称，但这里罗伯特·梅莱玛是第一次见到明克。

"是不是要我把达萨姆叫来？"姨娘威胁说。

这位身高体胖、大腹便便的男人一时慌了手脚。他以愤怒的嘶吼作为回答。他转过身去，拖着沉重的步子，走进了我刚才待过的那个房间。

"罗伯特！"罗伯特·梅莱玛招呼着他的客人，"我们到外面去吧，这儿太热啦！"

他们两人走了出去，跟姨娘连个招呼也没打。

"混蛋！"姨娘咒骂。

安娜丽丝在呜咽着。

"别哭啦，安娜！对不起，明克少爷！请您坐到原来的座位上去吧。别哭哭啼啼啦，安娜，坐到你的位置上去。"

我们两人重又坐了下来。安娜丽丝用丝绸手绢捂住自己的脸。姨娘仍然生气地望着那扇刚被梅莱玛先生关上的门。

"你没有必要对少爷过意不去。"姨娘对安娜丽丝说。因为仍然很生气，她并没有看着我们："是的，少爷，这事已经使你感到难忘，可我并不为此而羞愧。少爷您也别为此担惊受怕，也不必感到不好意思。我请您不要生气。我已妥善地为您安排好了一切。少爷，请您别把这事放在心上，就像没有发生过一样。不错，从前我是他忠实的姨娘，白天黑夜都伴随着他。如今，他已成了一钱不值的废物。他只会给他的后代带来耻辱。安娜呀，这就是你的父亲！"

等骂了个痛快之后，她才又坐了下来。她不再继续用她的晚餐。她的神色是这样刚毅和敏锐。我一次又一次地把她细细端详。她到底是一位什么样的妇女呢？

"如果我不给他点颜色看，少爷——对不起，我不得不厚着脸皮为自己辩护几句——这一切将会成为什么样子？他的子女……他的农场……一切的一切，都将化为乌有！想到这些，少爷，对在您面前如此对待他，我问心无愧！"她向我控诉着，声音慢慢低沉下来，"您可别以为我蛮不讲理！"她继续用地道的荷兰语说着，"一切都是为了他好。我已使他的愿望得到满足。这本来就是他自己的愿望。这也是欧洲人，明克，是欧洲人自己教我那样做的。"她似乎在渴求我的信任，"这些都不是在学校学的，是生活教的。"

我默默地听着。我在脑子里回味她对我说的每一句话："不是在学校学的，是生活教的。"可别以为她蛮不讲理！是欧洲人自己教她那样做的！……

这时，姨娘站起身来，缓步走到窗口。窗帘背后有一根绳子，绳子下端坠着一个流苏飘拂的小球。她拉了拉那根绳子，从远处隐隐约约传来一串铃声，刚才离去的女仆重又出现在眼前。姨娘吩咐她把桌上的饭菜端走。而我，仍跟刚才一样，不知所措。

"您回去吧，少爷！"她转过身来对我说道。

"是的，妈妈，我还是回去的好。"

她走到我的身边，用慈母般的目光望着我。

"安娜，"她的声调更为温和，"还是让你的客人先回去吧！快把你的眼泪擦干净。"

"让我先回去吧，安娜！我在这里过得十分愉快。"我说道。

"很抱歉，少爷，非常抱歉，这么好的气氛竟给他破坏得一塌糊涂！"姨娘感到遗憾地说道。

"原谅我们，明克。"安娜丽丝低声地抽泣着。

"没什么，安娜。"

"以后放假，您到我家来度假好啦，少爷。不要犹豫不决。他不会拿您怎么样的。如何？您答应了？好吧，您先回家吧，我叫达萨姆用马车送您走。"

她又走到窗户边，拉了拉那根绳子，然后，回到位置上坐下。我始终在钦佩着这位姨娘惊人的才能:她掌握着周围所有的人和一切事物,连我自己也不例外。她是这样博学,这样机敏,同时能以不同的方式处置不同的人。她到底受的是哪一种学校的教育?如果她曾毕业于某个学校,那她怎么会愿意接受这种给欧洲人当姘妇的社会地位呢?我百思不得其解。

一位马都拉汉子走了进来。他不算年轻,约莫四十岁光景,身高一米六左右。他黑衣、黑裤、黑色的包头巾,浑身上下一身青。腰间别着一把短刀。八字胡子分向两边,浓密乌黑。

姨娘用马都拉语向他作了交代。我并没有都听懂,大致的意思是,叫他用马车一直把我安全地送到家里。

达萨姆笔直地站着恭听。他没有说话,只是定定地从上到下打量着我,恨不得能把我的形象印到他的脑子里去。

"这位少爷是我的客人,也是安娜丽丝小姐的客人。"姨娘用爪哇语说着,"你去护送他。别让他在路上出什么事。要多留神!"看来这也就是刚才那几句马都拉语的翻译。

达萨姆举了举手,没有说话,离开了。

"明克少爷,"姨娘抱怨地说,"安娜丽丝没有朋友。她非常愿意您到我家来。是的,您很忙,这我知道。不过,您还是应该设法经常来。至于梅莱玛先生,您不必担心。他由我来处理。如果您不介意,我们非常欢迎您住到我家来。我每天叫人用两轮小马车接送您。那当然啦,如果您愿意的话。"

这真是一个奇妙的家庭!也是一个令人担惊受怕的地方!怪不得人们不敢到这里来呢!我回答说:"先让我考虑考虑再说吧,妈妈!谢谢您对我如此盛情的邀请。"

"你可别不来呀,明克!"安娜丽丝不高兴地说。

"好吧,少爷,先考虑考虑吧。如果同意的话,您的一切将由安娜丽丝来安排。你说好吗,安娜?"

安娜丽丝·梅莱玛点点头表示同意。

听到有一辆马车在屋子外面经过。我们走到前厅,只见罗伯特·苏霍夫和罗伯特·梅莱玛默默无声地坐在那里,望着外面的黑暗发愣。马车在台阶前面停了下来。我和苏霍夫走下台阶,上了马车。

"再见吧,诸位!妈妈,安娜,罗伯特,太谢谢你们啦!"我道谢着。

马车走动了。

"先停一下!"姨娘命令着。马车停了下来。"明克少爷,您先下车!"

我犹如她的奴仆,已经被她充分掌握住了。我不假思索地下了马车,走到台阶边。姨娘从台阶上往下走了一步,安娜丽丝也下了一级台阶。只见姨娘凑到我的耳边,一字一句地低声说:"少爷,您可别生气,安娜丽丝跟我说,您已吻过她了。这是真的吗?"

这简直比晴天一声霹雳更令人惊愕。我惶恐不安,吓得两腿发软,情不自禁地颤抖起来。

"这是真的吗?"她紧接着又问了一句。她看我不回答,就把安娜丽丝拽到我身边,然后说:"好吧,看来是真的。那么现在,明克,您就当着我的面吻一下安娜丽丝。这才证明我的女儿没有欺骗我。"

我浑身筛糠似的颤抖着。然而我怎么敢违抗她的意愿呢?于是我在安娜丽丝的脸颊上亲了一下。

"少爷,是您亲了她,我感到自豪。好吧,现在您回去吧!"

整个回家的路上,我一句话也说不出来。我仿佛觉得,姨娘已经在我身上施了迷魂术了。安娜丽丝,像鲜花一样娇丽!她的母亲,神通广大,善于征服别人,使你不得不向她顶礼膜拜。

罗伯特·苏霍夫在车上像哑巴似的。

马车向前走着，车轮碾着石头路面发出咔嗒咔嗒的响声。明亮的电石灯，宛若利剑一般，划破了夜晚的黑暗。这时，路上只有我们一辆马车在行走。显然，人们都到泗水城里参加威廉明娜女王的加冕庆典去了。

达萨姆把我送到我在克朗甘的住处。他一直看着我走进了家门，然后才去送苏霍夫。

"哎呀，我的明克少爷！"啰唆的戴林卡太太一见我就说，"这么说，您不在家吃饭啰？刚才我把邮局送来的信放到您的房间里了。我看见您前些日子收到的信也还没有看！连信封都没拆开。少爷，您可要记住，人家写了信，贴上邮票给您寄来，为的是让您看的。谁敢担保里面没有重要事情呢？那都是从B县寄来的信啊！呃，少爷，您说我该怎么办呀？您瞧，我明天又没钱上街买菜啦！"

我从口袋里掏出了二角五分钱，交给了这位好心而多嘴的太太。她和往常一样，不假思索地随口连说了几声谢谢。

热可可已经送到我房里了。我一进门就把它喝了。我脱下鞋子和衣服，往床上一倒，随即回忆着刚才所发生的一切。然而，我的眼睛忽而又看到了我梦寐以求的那张少女画像——它挂在桌子上方的油灯旁。于是我跳下床来，把那画像好好地看了个够，才又走回去，重新躺在床上。

泗水和巴达维亚出版的报纸放在我的枕头上。我把它们推向一边。睡觉前读一会儿报，这已成了我的习惯。也不知是为了什么，我喜欢寻找有关日本的消息。看到有日本青年被派往英国和美国留学，我为此感到高兴。也许我是一位对日本问题非常关注的人。可现在，我已有了更为关注的事情——那个不可思议的家庭：姨娘，善于抓住人心，犹如一位掌握了迷魂术的巫师；安娜丽丝，漂亮、天真，然而领导工人有方，是位安排生产的能手；罗伯特·梅莱玛，始终斜着眼睛用锐利的目光看人,除了足球以外,他目空一切,甚至连母亲也不放在眼里;赫曼·梅莱玛先生,体格犹如一头大象,始终板着一副面孔,但他对他的小老婆却无能为力。这每一个人物,就像一出戏里不同的角色。这究竟是一个什么样的家庭呢?至于我自己,对姨娘也无能为力。就是躺在床上的当儿,我耳边也还萦绕着她的声音:安娜丽丝没有朋友。她非常愿意您到我家来。是的,您很忙。不过,您还是应该设法经常来……如果您愿意住在我家,我们将感到非常高兴……

我觉得我并没有睡多久,外面就响起了一阵吵闹的声音。我把房间里的油灯点着。那时才早晨五点钟。

"有信!这都是送给明克少爷的。"是一个男人的声音,"有牛奶、乳酪、黄油,还有温托索罗姨娘的亲笔信……"

第三章

生活,依然如故;而我,却已经起了变化。那地处沃诺克罗莫的"逸乐农场",无时无刻不在向我召唤。我是不是中邪了呢?我认识那么多西方姑娘,既有地道的白种人,又有混血的欧洲人,为什么唯有安娜丽丝浮现在我的眼前呢?为什么唯有姨娘的声音在我的耳边回响呢?"明克,明克少爷,您什么时候再来呀?"

我的思想,犹如一团乱麻!

每天早晨,我带着梅·马芮去上学。我挽着这个小女孩,把她送到岔路口的荷兰小学。然后,我一个人再向前走,到高中路我自己的学校去。一路上,我留心注意着每一个马车夫,看看是否有达萨姆。如果马车从我身后经过,我也总要回过头来张望再三。那么多的马车,仿佛每一辆都与我休戚相关似的。

即使在课堂上,我看到的也尽是安娜丽丝的身影,我听见的也尽是姨娘的声音:您什么时候再来呀?她梳妆打扮是为了您。您什么时候再来呀?

罗伯特·苏霍夫不再用沃诺克罗莫的那些事情来跟我捣乱了。他总是远避我。他曾说,要是我获得成功的话,他一定像对待老师那样尊敬我；他现在不愿意履行自己的诺言。我，犹如生活在云雾之中，缥缥缈缈，朦朦胧胧，恍恍惚惚。我觉得，我的那些同学，欧洲人亦好，混血儿亦好，男的亦好，女的亦好，都与从前不一样了。他们也觉得我变了。是的，我承认，我已不再像过去那样活跃，对人也不再那样热情了。

一放学，我就径直走到冉·马芮的作坊里去。我看到那些木工们刚上下午的班。冉自己跟平时一样，又画又描，构思着顾客们所需要的画。今天，我没有先回我的宿舍。我没有到港口去。我也没到报刊的广告编绘部去设计广告。我也懒得给那些编辑部写任何东西。我既不想到朋友家里去兜售新的家具，也不愿意拿着画去招徕顾客。

真的，我什么都不想干。我就愿意躺在床上想念安娜丽丝。安娜丽丝呀，这位天真稚气的少女，占据了我的整个心灵。

我一回到家，戴林卡太太就贫嘴薄舌地让我给她讲去"逸乐农场"的经过。她那样做的目的，是为了以后好挖苦我。她经常不顾我的脸面，跟我耍贫嘴："少爷呀，少爷！您肯定相中了她的闺女啦！可是妈妈比闺女对您更感兴趣。谁都夸她的闺女长得俊俏，可就是没有一个人敢上那儿去。您这位少爷呀，真是交上桃花运啦。可是您要提防着点啊！少爷您可别让那姨娘的情网把您套住了啊！"

不仅是戴林卡太太，也不仅是我，看来谁都了解那些姨娘们家里的道德情况。她们下流，淫乱，无文明可言。她们一天到晚津津乐道于男女私情。她们呀，都是些妓女，是没有人格的人，生来就注定要堕入泥潭，被人遗弃的。难道这位温托索罗姨娘也不例外，也属于这类人物吗？正是这一点，使我心烦意乱，犹疑不决。我曾想，她可不是那种人！可又思忖，也可能我对她仍缺乏了解。或者，也许是我根本就不愿意知道那些事。社会上的每个阶层、每个民族，无论是土著民、欧洲人，还是中国人、阿拉伯人，没有一个是不谴责那些姨娘们的家庭的。为什么偏偏就我一个人对她家那么有好感呢？温托索罗叫我当她的面去吻安娜丽丝，这不就足以证明她家的道德规范是如何地低下吗？是的，这些都是可能的。然而，戴林卡太太的那些话仍然刺伤了我的心。当然啰，这也完全有可能是因为我对她家抱有幻想的缘故。最近几天以来，我在想方设法说服自己，我和安娜丽丝之间所发生的事，是青年人的儿女常情，在任何家庭中也都是可能发生的。帝王、商人、宗教领袖、农民、工人，甚至那天上的神仙，也都是会那样做的。这是无可指责的嘛！然而，我仿佛也看到有人在指着我的鼻子质问：根本的问题在于，你要为自己的梦幻开脱罪责！

就这样，一天下午，我不得不跑去问冉·马芮。他的马来语已日见进步。尽管如此，我们的谈话不可能达到我所预期的效果。困难在于，他不会讲荷兰语。他能讲的马来语又十分有限。而我的法语呢，也可怜得很。冉·马芮曾在荷兰政府的殖民军里当过四年兵，参加过亚齐战争。可他就是一个劲儿地反对学荷兰语。这些年，他只能听懂部队里操练的几个口令。

不过，他是比我年长的知己，是我从事实业的伙伴。我有了什么问题，理所当然地要去找他。

作坊里，木工师傅们正在忙着做一个名叫阿章的人订购的家具。那人没准就是温托索罗姨娘家隔壁那座妓院的老板。因为他要的是欧式家具，所以这个中国人才没有到华侨那里去订货。这还是我通过别人揽下的一笔生意呢。

冉正在拨弄着铅笔，设想着怎样描绘他那新的画图。

"我给您添麻烦来啦，冉。"说着，我在他制图桌边上的一张椅子上坐了下来。他抬起了头，看了我一眼。我问他："你懂什么叫迷魂术（sihir）吗？"

他摇摇头。

"就是那种邪术（guna-guna）？"我又问道。

"这我知道，我曾听说过。据说，埃塞俄比亚人（Zanggi）①爱玩这种鬼把戏。假如我的耳朵没听错的话，人们是这样说的。"

我跟他讲述了自己那些完全是身不由己的举动。我跟他讲了人们对姨娘们家庭的一般看法。我也跟他讲了我对温托索罗姨娘家的看法。

他把铅笔往图纸上一放，目不转睛地看着我，努力想听懂我说的每一句话。听完以后，他不慌不忙地用几种混杂的语言对我说："你可不好办啦，明克。你已爱上她啦。"

"没有的事，冉。我根本没爱上她。那姑娘长得漂亮、迷人，这不假，但要说我已爱上了她，那倒是没有的事。"

"我都明白。你已经陷入了困境。麻烦就麻烦在你自己还说，你没爱上她。你听着，明克，作为一个青年，你自然而然想要把她据为己有，可你又怕别人对你议论纷纷。"他说着，慢慢地笑了起来，"要是人们说的有道理，我们就应该尊重他们，并认真加以考虑。倘使别人说的没有道理，那我们干吗要去理睬他们呢？明克，你上过学，是受过教育的人，思想上首先要学会分清是非，行为上更要坐得正，站得直。这才叫真正有学问。我劝你，不妨再去上两三次，你就会知道人们说的是否真有道理了。"

"这么说，你是主张我再到那里去？"

"我是让你到那里去深入地了解一下，人们说的是否属实。人们胡说八道，你也从众，总是不对的。说不定你会发现这个被人们评判的家庭，比评判者更好呢。"

"冉呀，你真是我的好朋友。我原先还以为你会责怪我哪！"

"在没有弄清事实真相之前，我是从来不随便责怪人的。"

---

① Zanggi 来自阿拉伯语。

"冉,她们还叫我住到那里去呢。"

"那你就去吧,只要别影响你的功课就行。最近,你可以不必为我招徕顾客。你瞧,我还有五张画没有完成。手头这一张,"他一面说着,一面拍打那张图纸,"我要画一幅我早就想画的东西。"

我把他面前的图纸拽了过来。一看画面,我就再不去想自己的问题了。一个荷印(Kompeni)①的士兵,头戴笠帽,手执马刀,一只脚踩着亚齐抗争者的腹部。那士兵正把刀尖插向受害者的心脏。黑色的衣服被撕裂,裸露出一只青年女子的乳房。这女子睁大了愤怒的眼睛。她的长发披散在凋落的竹叶上。她左手撑地,挣扎着想站起来;右手握着一把大刀,显然已无力举起。天空,狂风呼啸;头顶,竹林摇曳。整个大自然里,似乎只有他们两个人:一个刽子手,一个受害者。

"真残酷呀,冉!"

"是的。"他轻咳了一声,点上一支烟抽着。

"冉,平时你总喜欢讲美。你画这样残酷的场面,到底美在哪里呀,冉?"

"说来话长,明克。这幅画有它自己的特色。这可不是一张普通的画。我已将那美寓于对以往的回忆之中。"

"那么,这位士兵就是你啰,冉?你画的是你自己?"

"是我自己,明克。"他抬起了头。

"你竟干过如此野蛮的勾当?"我问。

他摇了摇头。

"你就是杀害那年轻女人的刽子手?"我又问。

他又摇了摇头。

"那么,你把她放了?"

---

① Kompeni 有三个含义:荷属东印度公司,荷印殖民政府,以上两者的雇佣兵。

他点了点头。

"那她肯定对你感恩不尽。"我说。

"不,明克。这位土生土长的亚齐姑娘,她要求把自己杀死。她为受到一位异教徒的蹂躏而感到耻辱。"

"可是,你并没有杀死她呀。"

"不,明克,不是这样。"他无精打采地回答着,仿佛他并不在对我说话,而是在回忆着他那一去不返的、流逝的岁月。

"那女子现在在什么地方?"我紧接着问了一句。

"她死了,明克!"他悲伤地回答道。

"那么,是你把她杀死的,是你杀了一位无能为力的女子?"

"不,不是我杀死的。是她的弟弟。她弟弟冲进了我们的营房,用一把亚齐短剑,从旁把她刺死了。那是一把剧毒的短剑。她被刺后就死了。那凶手也当场被杀。临死前,他高呼:'无耻叛徒,异教徒的走狗!'"

"为什么她的弟弟要把她刺死呢?"我已把自己的问题全忘到了脑后。

"为了他的国家,为了他的信仰。她弟弟在继续战斗着,而姐姐呢?投降啦,已经停止了战斗。明克,她死得可惨啦!那时,她的孩子正被邻居带着在散步。她的丈夫在外面执行任务。"

"你是说这姑娘后来当了俘虏,住在政府军的兵营里,还生了个孩子?"

"一开始她是俘虏来着,可后来没有。"他立即回答道。

"后来她跟谁结婚了?"

"没有。她没有结婚。"

"那邻居带着散步的孩子是哪里来的呢?"

"那是我的孩子,是她跟我生的,明克。"

"原来是你呀，冉！"

"好啦，明克，这些你可不能让梅知道。"

我顿时激动万分。我马上跑去找梅·马芮。她在木板床上熟睡着，床上连床单也没有。我把她抱起来，亲吻着她。她睁大了眼睛，惊讶地看着我，一句话也不说。

"梅！梅！"我激动地呼唤着她。我抱着她，又回到冉·马芮那里。我说："冉！她是你的孩子。你说的那个孩子就是她吗？你不会骗我吧，冉？哦，你在骗我，对吗？"

这位法国人，用手托着下巴，两眼望向屋外，凝视着远方。他不愿再提起那往事，没有回答我的问话。

我手中苦命的小女孩啊，怎能叫我不怜悯她呢！我为她的母亲感到悲伤。我更同情我的好朋友冉·马芮本人。他身居异国，前途茫茫。如今，他只剩下了一条腿，经常跟我谈起，他是如何如何地疼爱着他的妻子。

而梅·马芮，已不再可能有兄弟姐妹。她永远失去了母亲，只能偎依在她那独脚父亲的身边了。

"明白了，冉，我明白你为什么叫我再去沃诺克罗莫了！"我说。

他感慨地说："明克，爱情是美好的，是我们这短暂的人生中所能获得的最美好的东西。"说完，他把梅从我手中抱了过去，让她坐在自己的膝盖上。

梅·马芮亲吻着她父亲胡子拉碴的脸。冉用法语对梅说："你这一觉睡得真够长的啦，梅！"

"爸爸，我们出去散散步好吗？"梅用法语问道。

"好吧，那你先洗个澡怎么样？"冉说。

梅高兴得又蹦又跳，去到保姆那里。当这个从未见过她母亲的小女孩离去的时候，我望着她的背影沉思起来。冉又说道："爱情是美好的，明克，随之而来的也可能就是毁灭。人们必须要用勇气直面其后果。"

我说："至于我自己，冉，我还不知道是否爱上了沃诺克罗莫那位姑娘。我倒想问问你，你是怎么知道自己爱上了梅的妈妈的？"

他回答说："说不定你并不爱她，也许是你还没有爱上她。这不能由我来给你断定。再说，爱情是文化的产物，不是从天上掉下来的陨石，是不会在一瞬间就产生的。至少是，能做出结论的不是我，而应该是你自己。你应该问问自己，问问你的良心。也可能那位姑娘喜欢你。从你跟我讲的情况来看，很明显，她母亲对你印象很好，初次见面她就待你不错。我是不相信那些妖术的。谁知道有没有那回事？反正我觉得没必要去相信。只有那些文明程度非常低的人才会搞那些玩意儿。听你说，姨娘处理着办公室里的一切工作，那样的人是不会去装神弄鬼的，她更相信自己的力量。只有那些失去自信心的人才会去迷信鬼神的魔力，才会去玩弄那些迷信。姨娘清楚地知道她所做的一切。恐怕是她深深地体会到，她女儿的生活是何等孤寂。"

"给我讲讲梅的妈妈吧！"我把话题转到了他身上，"起初，你是怎样想杀她的，后来，你又怎样爱上了她。这肯定是一个非常精彩的故事。冉呀，快讲给我听听吧！"

"以后再跟你讲吧。我现在没心思讲那些事情。"冉推辞道，"来瞧我的这张画，你觉得怎么样？"

"我对画可真是一窍不通，冉。"我回答说。

"你是一位有知识的青年。你应该懂得这些。"他说。

"我也没心思去学那些东西，冉。"

"那好吧。你不是说今天下午要带梅出去散步吗？"

"我可从没见到你带她出去散步过。"我不满地对他说道，"梅可愿意跟你一起出去散步啦。"

"现在还不行,明克。"冉回答说,"她真够可怜的。如果我和她一起出去,人们是会看我们父女俩的笑话的。某一天,她会听到有人说:'瞧,快来瞧那一条腿的荷兰伤兵和他的女儿!'我不愿意人们这样议论我,明克。尽管说的是她父亲的缺陷,可是没必要用不必要的痛苦去伤孩子的心。她还小,应该避开人们恶意的议论和鄙视的目光,让她永远爱我,永远记着我是疼爱她的父亲。"

他从没说过这么多话,也从没这么郁闷过。他究竟在想些什么呢?也许他在缅怀往日,光阴啊,晃着晃着就过去了?也许他在思念他的祖国,那是他诞生和成长的地方,那里他第一次沐浴到温煦的阳光?如今,他残废了,并在异国生下了一个女儿,觉得无颜面回到故乡?或许,他在渴望着一件伟大的创作,使他一下子成名,好让祖国把他作为画家给予盛情的欢迎?

"冉呀,你曾经说过,你是从来不要别人的怜悯的。"我说道。

"是的,明克,我的确对你这样讲过,怜悯不过是一种善良而又无能的感情。它意味着什么呢?只不过是一种装饰,或者是一种怯懦。值得颂扬的,应该是那些既有善良的愿望又能付诸行动的人们。明克,我已经感到力不从心啦!如今,我已不在欧洲,而是在这东印度群岛。我越想,越体会到了怜悯这词的美好含义。"

他愈说,语调愈加凄切忧伤。

"你说的这些,可不是冉·马芮的性格。"我不同意他的观点,"冉呀,我担心,你已不再是从前的那个冉·马芮了。"

"谢谢你对我的关心,明克。我看你变得越来越聪明了。"

"谢谢你对我的夸奖,冉。我劝你别这样抑郁忧伤。还是有人了解你的。你也还有我这样一个知心的朋友嘛!"

梅走了过来。听到爸爸不想跟她一起出去,她的脸色一下子变得不高兴起来。

"去吧，梅，和明克叔叔一起去散步。爸爸忙得脱不开身。我的好宝贝，你可不要噘着小嘴生爸爸的气！"

梅·马芮是法国人和亚齐人的混血儿。我搀着这个小女孩，走出了屋子。

"爸爸从来也不愿意带我出去散步。"梅用荷兰语告诉我说，"叔叔，我能搀扶他。我不会让他摔跤的，可他就是不相信我。"

"是的，梅，你能搀扶他。今天，你爸爸确实太忙了。下次你再叫他，他一定会把你带出来的。"

我把她带到了科布伦广场。她忘掉了刚才的不愉快。我们坐在草地上，看别人斗风筝玩。她一个人在哇啦哇啦地说个没完，一会儿讲爪哇语，一会儿讲荷兰语，有时还夹杂几句法语。我不断地点着头，其实我并没有听清她在讲些什么。我自己的脑子里，也有各种各样的问题翻腾着：梅莱玛家，马芮家，同学们对我的不同态度以及我自己的变化。几只断了线的风筝，漫无目的地在天空中飘着、飘着……

远处，从地平线上升起一团乌云。梅拽了拽我的胳膊，举起小手，指给我看。我顺便问她："梅，你喜欢你爸爸吗？"

她感到问得奇怪，睁大了两只眼睛，望着我。她的脸型非常像冉·马芮，我一点也看不出竹林下被刺刀威逼的青年女子的轮廓。冉小时候也许就是梅现在这副模样。这个小马芮，根本就不了解她父亲究竟是怎么样的一个人。

据冉自己讲，他曾经在索邦学习过。可从来没听他说学的是什么专业，念到几年级。当时他听从内心的召唤，放弃了学业，全情投入绘画这门艺术。他承认，他始终没有获得成功。后来，他搬到了巴黎的拉丁区，在马路边上卖画。他的作品卖得不错，然而并没有引起巴黎评论界的重视。他在马路边上一面卖画，一面雕刻。这样的生活过了有五年。他的事业仍没有获得进展。他开始厌恶起这环境来，讨厌那些观看他雕刻非洲人像的人群。他讨厌巴黎，憎恨自己的周围，想离开欧洲。他渴望能用新鲜的东西去填补那枯竭的生活。他离开了欧洲，到摩洛哥、利比亚、阿尔及尔和埃及。他并没找到自己所祈求的新东西，其实他也不清楚那是什么。他始终感到不满，心中仍是怅惘不安。他没有创作出他所梦想的作品来。他离开了非洲，来到了东印度。这时，他已身无分文，唯一的谋生之路是去当荷兰政府的雇佣军。入伍以后，只受了几个月的训练，他就被派往亚齐战场。在部队里，他仍然过着独善其身的生活。他几乎跟谁都不说话，他的唯一社会交往是接受用荷兰语发布的命令。而且他讨厌学习荷兰语。

这一切，梅·马芮是不了解的，或者是还没有人告诉过她。

冉·马芮下了这么一个决心：他要在部队里一面当兵，一面作画。他想，东印度的土著民头脑过于简单，是永远也不可能打胜仗的。大刀和长矛怎么会是枪炮的对手呢？他是作为上等兵（spandri）被派往亚齐的。他的班长巴斯第安·戴林卡是一名上士，是混血欧洲人。倘使没有欧洲国籍，他也就只能成为一名下等兵。冉开始生活在欧洲士兵中间，他们都和他一样，不懂荷兰语。瑞士人、德国人、瑞典人、比利时人、俄罗斯人、匈牙利人、罗马尼亚人、葡萄牙人、西班牙人、意大利人，几乎欧洲的每个国家都有，他们是各自国家社会生活的弃儿。有悲观失望者，有逃跑的匪徒，有躲债的无赖，也有因赌博和投机而倾家荡产的，总之，他们是一些冒险家。可他们的军衔全在上等兵以上。只有混血儿和土著民才当下等兵，他们大都是从爪哇的普尔沃勒乔招募来的。

有一次，我也问过，为什么土著兵一般都是普尔沃勒乔人呢？回答是，那地方的人镇定，有耐心。而亚齐人不仅声势大，而且顽强、坚毅如钢，是一个实干善战的民族。像暴跳如雷的人，开头凶猛但无韧性的人，肯定是会被亚齐人打垮的。

到了亚齐，事实使他不得不承认，原先他对土著民战斗力的估计显然是错误的。他们非常勇敢和擅长战斗，组织、指挥的能力也很强，就是武器太差。另外，他也钦佩荷兰人在征兵点将方面的惊人才能。

有一次，他曾对我说，他原先以为亚齐人的大刀长矛和土雷是对付不了荷兰人的钢枪钢炮的。这也不见得完全正确。亚齐人有着一套独特的作战方式，他们利用自然条件，依靠自己的智慧和力量，借助于他们的信仰，消灭了大量荷印军队。他看到了这样的事实，更感到十分惊讶：所有的亚齐人都不怕死亡，连小孩也甘愿为保卫自己的权利而献身。即使他们失败了，也还要继续抗争，不断地抗争，不管成功与否，总是要抗争到底。

冉用混杂的语言跟我讲，有一次，他奉命前去执行任务。他们把亚齐人深深地逼进了内地，一直逼到南部的塔肯翁地区。一位名叫朱·阿里的亚齐军事首领，在丢失大片土地而又伤亡累累的情况下，仍能保持其残部的旺盛斗志。这真是一个叫我不可思议的谜！他们不停歇地战斗，不仅是在抵抗荷兰人，也是在抵抗自身的瓦解。政府军的交通联络始终是他们容易袭击的目标。他们破坏道路和桥梁，割断电话线，拆卸铁轨和弄翻火车，在水里放毒，发动突然袭击，布设尖竹蒺藜，出其不意地绑架和行刺，以及偷袭我们的营房……

荷兰的将军们要对他们进行扫荡，但是寸步难行。能抓到和杀掉的尽是些儿童、老弱病残者和怀孕的妇女。明克，这些无反抗能力的亚齐人把能这样死去视为幸运。从上面偷偷地传下来的消息说，欧洲士兵的死亡人数没像在爪哇战争（perang Jawa）①中那样达到三千，然而，在整个政府军里，在他们脚踩的每一寸土地上，弥漫着草木皆兵、

---

① 疑指日惹苏丹长子蒂博尼哥罗领导的反对荷兰统治的大起义（1825—1830），也称为爪哇人民大起义、蒂博尼哥罗起义或爪哇战争；一说荷方当时损失军队1.5万人。

风声鹤唳的紧张气氛。

冉·马芮开始钦佩和热爱这个勇敢、顽强、坚毅的土著民族。亚齐人面对的是当时最锐利的武器——科学技术的成果、欧洲全部文明的结晶。他们整整抵抗了二十七年!

他说:明克,爱情是美好的。太美好啦!讲到这里,他仍然没有解释清楚,他是怎样爱上一位他俘获的敌人,以及她是不是也爱上了他,并且给他生了个可爱的女儿——梅,她而今就坐在我膝盖上说话呢。

我抚摸着她的头发。我在心中问道:"乖乖,你吃了你妈妈几个月的奶呀?你没有见到过你妈妈那对慈祥的眼睛吧?她是一位土生土长的亚齐妇女。你再也报答不了她对你的恩情啦。梅呀,你这么小小年纪,就失去了一样珍宝。这珍宝,没有一样东西能与它相比,没有任何人能够偿还。"

"叔叔,您瞧那儿,"梅用荷兰语呼喊着,"在那片乌云上面,那风筝怎么像只螃蟹呀?"

我哄着她说:"是的,螃蟹在天上飞,真奇怪。乌云越扩越大了,梅,咱们回家吧!"

冉·马芮还在伏案作画。我们走进屋的时候,他抬起头来看了看我们。梅马上走到她爸爸身边,跟他讲述乌云上面像螃蟹一样的风筝。冉仔细地听着,点了点头。我在房间里走来走去,观看着他画好的画。明后天,我将把它们送给预订的顾客。

对于顾客们的挑剔,冉是应付不了的。为了使画能更合自己的心意,他们总是要求再三修改。我所从事的工作,就是从中调解。要说服他们,那当然是一件磨牙费舌的事。我经常作这样的解释:"他可是一位法国伟大的画家。他的作品值得让你永久保存,并传给后世。如果作了改动,那就破坏了原画的风格,变成了一张普通的显影照片。"我所遇到的最难对付的顾客,要算是妇女。庆幸的是,冉自己经常告诉我应该怎样向他们解释。他说:"女性更倾向于眼前,最害怕衰老。她们向往着年轻美貌,心灵总被这种脆弱的梦幻控制着。衰老对于她们是可怖的。年龄,对于女性来说,简直是一种折磨。"因此,我常常亲切地和她们解释,跟她们耍嘴皮子:"夫人,这幅画不仅是为您而作,将来还可以传给您的后代。"(幸运的是还没碰到一位没有后代的女性。)一般地说,这种争论我都能赢。有时我也说不服她们,于是我就吓唬她们,说:"好吧,如果夫人您真不想要的话,那这幅画我就不卖了,由我出钱,归我算了。我还真想把它挂在我家里留给自己看呢。"通常,这样能引起她们的好奇心。对方马上就会问我:"你为什么要这样做呀?"我回答:"如果把它买下来,变成自己的财产,这不也挺好吗!你问我为什么?唔,我爱怎么处理就怎么处理。譬如说,在上面画上两笔八字胡子……(其实我从没真这么说过)"总之,到目前为止,在与她们贫嘴饶舌的比拼中,我还没有输过。后来我才知道,爱伶牙俐齿地挑挑剔剔,还被看作是厉害泼辣的一种标志呢。

"天不早了,冉,我该回家了。"我对他说。

"谢谢,明克,谢谢你的好意。"他向我招招手,把我叫到他身边,然后对我说,"你的学习怎么样?为了梅,为了我,你总不在家里学习,我担心……"

"没事,冉,我每次考试都没问题。"我马上接过话头说。

穿过墙外的灌木篱笆,我回到了房东家的前院。达萨姆手里拿着一封信,已经在那里等候我很久了。

"少爷,"他向我请了个安,然后用爪哇语说,"姨娘马上要听您的回音。我在这里等候,少爷。"

姨娘的那封信告诉我说,她们盼望着我去她家。安娜丽丝现在变得精神恍惚，寡言呆滞，不想吃东西，也不想干活，浑身都不舒服。姨娘在信中说：

明克少爷：

  我工作甚忙。如您能体谅我的困境，作为一位母亲，我将对您感激不尽。安娜丽丝是我的唯一助手，没有她从旁协助，我一个人将无法胜任如此繁重的工作。如今我在为她的健康而担心。您的光临将是我们俩的全部指望。请您见信后速来我家，哪怕稍留片刻也行。如果能待上一两个小时，那我们就更感到欣慰。然而，我们仍深切地希望并恳求您能移居寒舍。对于您的体谅及诚意，谨表谢意。

温托索罗

  这封信是用荷兰语写的，文笔通顺流畅。看来小学毕业的人是写不出这样的信来的。那谁知道呀？也许是别人代笔呢？反正，罗伯特·梅莱玛是写不出这么好的信来的。可是，去考虑这封信的作者又有什么必要呢？要紧的是，这封信给了我勇气，使我重又充满自信：不仅仅是她们掌握住了我，反过来，我也把她们掌握住啦。如果说，这不叫互相使用迷魂术的话，那也可以叫作互相牵制吧？姨娘明智而有名望，每个女儿确实需要有这样一位贤母。安娜丽丝天姿无双，每个小伙子也确实需要有这样一位姑娘。您瞧，为了她们的家庭，为了她们的农场，她们竟离不开我。这不说明，我也挺了不起嘛！哎哟！如今，我可以摆出一条又一条的理由，证明我的一举一动都是无可非议的。这时，我当机立断：

  好！我马上就去！

第四章

的确，姨娘的信写得一点也没夸张。安娜丽丝消瘦多了。她走下台阶，在门口迎接我。当跟我握手的时候，她那一对眼睛闪烁着光芒，苍白的脸上又泛起了红晕。

我没见到罗伯特·梅莱玛。我也没去打听他。

姨娘从前厅旁边的一扇门里走了出来。她一见我就说："哎呀呀，总算把您盼来啦，少爷！安娜丽丝盼您来，把眼睛都快望穿啦！安娜，快去招待你的客人。"她又冲着我说："少爷，失陪啦，我还得忙我的工作去哪。"

我斜眼一瞟，看到了前厅旁边的那间屋子。显然是农场的办公室。只见姨娘走进屋子，重又把门关上。

跟第一次来一样，我心里仍有一种恐惧。我总感到，随时都有可能发生什么意外事件。我始终在提醒着自己：要警惕，可不能麻痹大意！和前次那样，我心中惴惴不安，似乎有一个咚咚的声音在质问我：你呀，真傻！怎么竟窜到这个地方来了？现在，你竟还想住在这里不走了？你要是真感到寄宿在别人家里腻烦了，那为什么不回到自己的家里去住呢？要不就另找一个新的宿舍？为什么偏要到这个可怕的地方来呢？人家给你几句好话，你也不动脑子想一想，不但不推辞，反而唯命是从，听人摆布起来。

安娜丽丝把我带到了我上次住过的那个房间。达萨姆帮我把箱子、书包从车上卸下来，搬进屋里。

"我来帮你把箱子放在柜橱里，"安娜丽丝说，"你箱子的钥匙在什么地方？把它给我！"

我把箱子的钥匙递给了她。她开始忙碌起来。她把我的书从箱子里拿出来，整齐地排列在桌子上。她把我的衣服放进了柜橱。接着，她帮我把书包里的东西掏了出来。达萨姆把空箱子和空书包放到柜橱里面。安娜丽丝重又整理着我桌上的书，按照高矮顺序，排列得整整齐齐。

"哥（Mas）①！"这是她第一次这样亲切地称呼我。这是一声激动人心的呼喊，我顿时感到自己已置身于爪哇人的家庭之中，"这儿有你的三封信。你还没有启封哪。干吗不拆开来看呀？"

收到了信，就应该看，看来，人们都向我提出了这样的质问。

"哥，有三封信，都是从 B 县寄来的。"她说着。

"嗯，待会儿我就看。"

她把三封信递给了我，说道："拆开看吧。说不定里面有重要事情。"

她走过去把通向外面的门打开。我把信往枕头上一扔，马上跟着她走了过去。向外眺望，我看到的是一座美丽的花园，不算大，只能说是小巧玲珑。一个小池塘，水面上有几只白鹅在闲游，俨然如画中一般。岸边，还有一条石头长凳。

"跟我来。"安娜丽丝带着我走出了房间，脚下是一条水泥路面小

---

① 爪哇语对男性的称呼，有尊敬、亲近之意，近似"老兄、先生"；也常是妻子对丈夫的亲昵叫法。

甬道，两边是绿茵茵的草坪。

我们俩在那条石头长凳上坐了下来。安娜丽丝仍然把我的手捏在她的手心里。她说道："哥，你是不是更喜欢听我说爪哇话呀？"

爪哇的社会，等级森严，各阶层的语言，尊卑分明，讲起话来，必须把自己放在适当的社会地位上，我不愿用这样复杂的语言来折磨她。我说："别费事了，还是讲荷兰语吧。"

于是她用荷兰语说："你可真叫我们等得心焦啊！"

"功课太忙，安娜，我得好好学习才行。"我回答说。

"你的成绩肯定赖不了。"

"谢谢你的夸奖。明年我就要毕业了。安娜，我心里一直在想你。"

她直盯着我，眉飞色舞起来，把身子紧紧地挨着我，说："可不能骗人。"

"那当然。谁骗你呀？"

"是真的吗？"

"当然是真的，那还能假！"

我搂住了她的腰，听到她浅浅的呼吸。真主啊，是您把人世间这位绝色少女赐给了我！我的心呀，也在怦怦地跳着。

"罗伯特到哪儿去啦？"我问道，其实只是为了减缓一下自己急促的心跳。

"你问他干什么？妈妈从来不过问他的去向。"她回答说。

这时，一个问题已经摆在我的面前。我觉得我不应该去过问。

"哥哥，妈妈都感到对他没有办法。"说着，她低下了头，感到十分悲伤，"如今，该他干的事，都必须由我来承担。"

我看到她那润泽的嘴唇，气得紫而发白。她又说："他不喜欢妈妈，也不喜欢我。他很少在家。你也亲眼见过我干活，不是么？"

我把她搂得更紧，以表示我对她的同情。我说："你可真是一位了不起的姑娘。"

"谢谢夸奖,哥。"她兴奋地回答道,"你不用理会罗伯特。他一见土著民就咬牙切齿,什么都恨,但那些能满足他享受的东西除外。似乎他不是妈妈的长子,似乎也不是我的兄长,而像窜到我家来的一个陌生人。"

可以看出,她为她的哥哥考虑很多。她在为他操心——她年纪还这么小。

"那梅莱玛先生呢,我也没有见到他呀?"我又换了个话题。

"你是说我爸爸吗?你还在害怕他吧?想起那个不愉快的晚上,我真对不起你。"她向我解释说,"你不必去考虑他。我们这个家里,仿佛就没有我爸这人。一星期他也不一定回来一趟,而且回来了也马上就走,很少在家躺上一会儿,长期在外头不知去向,因此,全家的重担都落到了妈妈和我的肩上。"

这到底是一个什么样的家庭呢?两位女性、一对母女默默工作,维持着全家和这么大的一个农场。我又问:"梅莱玛先生在哪儿工作呀?"

"我请求你别提起他,哥。谁也不知道他在哪儿工作。他就跟哑的一样,从来没跟我们谈起这些。我们也从来不去问他,没人去理他。这种情况持续到现在已经有五年了。似乎从我懂事以来就一直如此。从前,他心地善良,态度和蔼,每天都抽出空来跟我们玩。当我上荷兰小学四年级的时候,突然一切都变了。那时,农场停了几天工。妈妈两眼布满血丝,来到学校,把我接回了家。哥,我再也没有机会上学了。从那天开始,我必须在农场帮妈妈干活。爸爸除了一星期出现几分钟,就再也见不到人了。从那时起,妈妈不再跟他说话,即使他问什么,妈妈也不愿搭理……"

听起来令人心碎。

"也让罗伯特退学了吗?"我把话题岔开问道。

"我离开学校的时候他读七年级。没让他退学。"她回答说。

"后来他上哪个学校?"我问。

"小学毕业后,他不愿继续上学,也不想工作。什么踢足球呀,打猎呀,骑马呀,就那些事。"

"他怎么不帮助妈妈干点活呢?"我问。

"妈妈说,除去享乐,他恨土著。在他看来,至高无上的事情就是当欧洲人,所有土著民必须屈服于他。妈妈不愿意这样做。他竟想掌握整个农场,所有的人都必须为他服务,连妈妈和我也必须为他服务。"

"他把你也看作土著民?"我小心翼翼地问道。

"我就是土著民,哥。"她回答得干脆而又利索,"你觉得奇怪吗?照理,我可以称自己为混血,可是我更爱妈妈,更信任妈妈。而妈妈是土著。"

真是一个猜不透的家庭。这好比是一出恐怖的戏,每个人都扮演着一个角色。不少土著民梦想着能成为荷兰人,而这位模样长得更像欧洲人的少女,却偏要把自己说成是个土著民。

安娜丽丝继续讲着,我竖起耳朵听着:"妈妈对罗伯特说,如果你真想要那样做的话,那很容易。现在,你已经成年。等你父亲一死,你就可以去找律师,说不定你可以把这个农场全部掌握在手。然而,妈妈接着又提醒他:可是你必须记住,你还有一个同父异母的哥哥,他是你父亲合法婚姻生下的儿子。他是一位工程师,名叫毛里茨·梅莱玛。你是斗不过他的。因为他是一个纯血统的欧洲人,而你只不过是混血儿。如果你真想好好地管理这个农场,就应该像安娜丽丝那样努力学习和埋头苦干。试想:一个连自己都掌握不住的人,怎么可能去掌握那么多工人呢?一个连活都不会干的人,怎么可能去掌握自己的命运呢?"

安娜丽丝滔滔不绝地讲着。我设法把她的话题岔开:"安娜,你瞧那天鹅，羽毛白得像棉花一样。"她跟没有听见一样，继续讲着，因此我又问："你为什么要把你家的秘密都告诉我呢？"

"因为，五年来你是我们的第一位客人，是我的和我们家的第一位客人。其实，别的客人也来过几位，但都是来农场办事的。我们家的客人也有过一位，但他是我们家的医生。除去他们，你就是我们家的第一位客人。而你呢，又对我们这样亲近，无论对妈妈，还是对我，是那样的好。"

四周一片沉静，她的声音清晰、幽婉，一点也不显得天真。我听见她继续说："哥，我把什么都告诉你了，我不觉得有什么不好意思。我希望你在这儿也别感到不好意思。你是我的朋友，也是我妈妈的朋友。"她越说越激动，"哥，我的东西也就是你的东西，你在这个家里，可以想干什么就干什么。"

我感到这母女俩，守着万贯家业，心里却无比地孤寂和空虚。

"好吧，你该休息了。我现在该干我的活儿去了。"

说着，她站起来要走。她端详着我，犹豫片刻，突然在我脸上亲了一口，然后很快地离去，把我一个人扔在那里……

她的感情不知在心中被压抑了多久，如今，她都把它倾泻到我的身上。

远处，碾米厂的机器在轰轰隆隆地响着。牛奶车川流不息，满载货物的大车熙来攘往。人们一边谈天，一边捧打着豆荚。这一切，我坐在那里都听得清清楚楚。

我走进了房间，打开我的笔记本，开始把这古怪和令人可怕的家庭记录下来。只因为某种偶然性，我被牵连进去了，谁敢断定，将来的某一天，我不能用它来写一部长篇小说，也像拉姆耶伯爵（Hertog Lamoye）那本轰动一时的长篇连载故事《蔷薇凋落时》（*Bila Mawar* pada Layu）引人入胜呢？真的，谁敢说我就不行呢？到目前为止，我只为拍卖行小报草拟广告和撰写短文。那谁敢肯定将来我就不能扬名天下、人尽皆知呢？谁知道呢？

我把安娜丽丝说的每一句话都记录在笔记本上。那位达萨姆勇士呢？对于他，我还了解甚少。这个可怕的家庭存在三个派别，我不知道他站在哪一边。有没有可能他对三派来说都是最大的危险呢？如可能的话，我不也会被牵连受害吗？倘若事情真是那样的话，我何必住下来呢？现在就走，不是更好吗？

然而，要让我轻而易举地离开这里，那是不可能的。这么迷人的姑娘，我无论走到哪里，都会在心里想着她的。

一阵敲门声让我慌了手脚。姨娘出现在我的面前，说道："少爷，您的到来使安娜丽丝和我感到无比高兴。您瞧，她又开始干活去了，她的手脚又和从前一样麻利了。您的到来，不只是为了我们的农场，更主要还是为了安娜丽丝自己。她喜欢您，她需要您的关心。明克，我对您这样直言不讳，您可不要见怪。"

"不会的，妈妈。"我恭敬地回答。我尊敬她，甚于自己的亲生母亲。我再次感到，她的魔力已控制住了我的心身。我听到她说："好吧，您住在这里好啦。我可以为您配备一套专用的马车及车夫。"

"谢谢您，妈妈。"我答道。

"这么说，您是愿意住下来啰，是吗？您怎么不吭声？是呀，是呀，还是先考虑考虑为好。反正，您现在是已经在这里了。"

"不错，妈妈。"我越来越感觉到自己已经被她掌控住了。

"好吧，您该休息啦！祝您学业进步，升到新的年级！虽说我的祝愿晚了些，但总比不说强。"

这样，我就成了她们家里一名新的成员。当然，这是有条件的。我必须有所防备，尤其对那达萨姆。我不想与他过于接近。我应按照礼仪谨慎地对待他。那罗伯特，他当然会仇视我，把我看作愚蠢无用的土著民。那赫曼·梅莱玛，只要一有机会，他肯定会在任何场合训斥我。总之一句话，我必须保持警惕，可以说这是我应付出的代价，否则，我怎么能幸福地生活在安娜丽丝·梅莱玛、这美貌无双的少女身旁呢？在我们的人生中，哪有不付出代价就能获取的东西？哪怕是最短暂的幸福，都有一定代价。

晚饭的时候我没有见到罗伯特。我没看到梅莱玛先生的影子，也没听见他沉重的脚步声。

"明克少爷，"姨娘首先开腔说，"假如您想找工作或从事实业，那来这里和我们合伙干好啦。要是我们这个家里有一名男子，对于我们来说，也会感到更安全一些。当然啰，我所说的男子，是那种信得过的男子。"

"谢谢您，妈妈。您说的全是好意，我听了很高兴，尽管我还需要考虑一下。"于是，我把冉·马芮家的情况告诉了她们。我说，他家也还不能没有我的帮助。

"那很好，"姨娘说，"一个正常的人不能没有朋友，不能缺少真挚的友谊。那种没有朋友的生活，太寂寞了……"这话，她仿佛更多是说给自己听的。她突然又说："安娜，明克少爷在你的身边，你好好看看他吧。他已经来到了你的身旁。现在，你该干什么呢？"

"瞧你，妈——"安娜丽丝撒娇地说，并瞟了我一眼。

"只要我一问你，你总是跟我撒娇。快说吧，你想干什么！好让我也听听。"姨娘说着。

安娜丽丝又瞟了我一眼，羞得满脸绯红。姨娘幸福地笑着，目不转睛地盯着我，说道："少爷，她就是这个样子，跟小孩儿似的。而您呢，少爷，来到了安娜丽丝身边，您有何感想呢？"

这时，该是我感到羞涩了。我尴尬得一时无言以对。我当然不能像安娜丽丝那样跟她喊"瞧你，妈妈"来撒娇，姨娘脑子灵敏，思想锐利，一下子就能猜透别人的内心。她仿佛对别人的心理活动了如指掌。她为什么能把别人掌握住呢？这恐怕是她的力量所在。她有一种魔力，能从遥远的地方操纵你的行动。如果你在她身边，就更由不得你了。

"你们俩为什么像一对淋湿了的小猫似的，一声也不叫唤呀？"她觉得自己的比喻有趣，"扑哧"一声笑了起来。

这可真不是一位普普通通的姨娘。她在我面前，在一位荷兰高中学生面前，看不出一点自卑感。她敢于发表自己的意见。她充分意识到自己的人格魅力。

那天晚上，我们是这样度过的：安娜丽丝和我欣赏着奥地利的华尔兹舞曲唱片，姨娘读着一本书。至于读的是什么书，我并不知道。安娜丽丝坐在我的身边，沉静不语。我心中却在想念梅·马芮。要是她到这里来，肯定会高兴的。她很喜欢听欧洲歌曲，可她家没有留声机，我的宿舍里也没有。

我和安娜丽丝讲起了这个失去母亲的小女孩。她母亲的命运是何等地悲惨，她爸爸冉·马芮的善良、聪明和淳朴。

听到我在讲，姨娘停止了阅读。她把书本放在膝盖上，仔细听着。一位女仆走过来帮我们照看留声机。

我继续讲冉·马芮的故事。有一天，他们班接到命令，要去进攻布朗克哲兰的一个村庄。他们拂晓前出发，到达那里大约是早上九点钟。老远，他们就开始朝天放枪，报告那些抗争者，好让他们离开村庄，避免一场战斗。在树荫底下歇凉时，他们也朝天放着枪。休息了一会儿，他们继续前进，准备进村。不错，村子里的人都撤走了，他们班没有遇到任何抵抗，一举占领了那个地方。他们一个人也没抓着，连婴儿的影子都没有发现。他们开始到各家各户去搜查,翻箱捣柜,砸烂能砸烂的东西。

经过二十年的战争,村民们的生活已经极为困苦。掳掠不到什么值钱的东西,戴林卡上士便下命令把房屋烧光。就在这个时候,那些亚齐人,男男女女,像一群群蚂蚁似的从四面八方向村子麇集。他们身穿黑衣黑裤,口呼真主保佑,只有几个人在腰间系着红布带。刹那间,村子里也不知从哪儿冒出来一些亚齐青年,冷不防地向那些士兵袭来。他们抡起大刀,左砍右杀,犹如从天而降。士兵们的火枪已经派不上用场,从远方,亚齐人还蚂蚁似的黑压压地逼近。戴林卡带领的一班人被打得溃不成军,当然,亚齐人的伤亡也很大,剩下的很快就逃跑了。那些士兵带着伤员,只得急匆匆地离开那个村子。冉·马芮掉进了一个埋有尖竹蒺藜的陷阱,一根尖竹刺穿了他的一条腿。戴林卡也被竹蒺藜刺伤了,不过伤势不重。别人把冉·马芮腿上的尖竹拔出来的时候,他昏了过去。这些士兵们跑呀,跑呀,一直在逃跑。他们不知道在那些蚂蚁似的人群之外,还会遇到什么样的反抗。亚齐人有谋有略,新的作战单位随时都可能出现在面前,对那些士兵来说,逃跑才是最重要的。他们带着能走动的伤兵撤退。后来伤兵都被转移到政府军的医院里去治疗。十五天以后,冉·马芮得知,他那条腿的膝盖骨长了坏疽。几个月以前,他失去了自己的爱人;几个月以后,他的一条腿从膝盖上端被锯掉,也失去了。

讲到这里,姨娘对我说:"把那个孩子带到这里来吧。安娜丽丝很喜欢能有一个妹妹。安娜,你说对吗?噢,对了,你已经有了明克哥哥,就不再需要妹妹啦,是吗?"

"瞧你,妈——"安娜丽丝羞答答地喊着。

我和安娜丽丝一样,也羞得不知说什么好。我别无他法,只得再三努力,必须以一种有个性的、真正的男子汉的面貌出现在这位非凡的女性面前。但只要她一开口，我却无言以对，我一次又一次的努力都成为徒劳。我的个性在她面前始终发挥不出来。我懂得，决不能让这种情况再继续下去。

我试图着能挣脱她的控制，问道："妈妈，恕我冒昧地问您一声：您从前上的是什么学校？"

"上什么学校？"她摇了摇头，抬头望望天空，回忆着过去，说道，"我不记得我上过什么学校。"

"怎么可能呢？您能说，能读荷兰语，也许还能写一手漂亮的文章。没上过学校，怎么可能学得这样好？"

"那有什么可稀奇的？只要你愿意学习和善于学习，生活就将赐给你所需要的一切。"

她的回答震住了我。在所有的老师中，我还没听到有一个人能说出这样深刻的话来。

那天晚上，我辗转反侧，难以成眠。为能了解这位非凡的女性，我不停地思考着。外界的人们，有些只愿睁开一只眼睛去片面地看她，就因为她的地位是姨娘，是欧洲人的姘妇。也有人敬重她，那是因为她家财万贯。我却从另一个角度来看她，从她的工作能力，以及她所谈及的知识范围。我完全同意冉·马芮的看法：一个人的思想必须永远公正，对于真相不明的事物，决不要人云亦云，胡加谴责。

这世上有许多杰出的女性，但谁都比不上温托索罗姨娘。据冉·马芮讲，到前线去打击荷印政府军，这对亚齐妇女来说已经成了极普通的事。她们愿意和男人们一同殉身战场。巴厘岛的女性也如是。在我的家乡，女人们也都和男人们并肩在水田或旱田里劳作。然而，所有的这些女性都比不上这位姨娘，她的见识超越了本乡本土。

我的同学们也都知道，有一位了不起的土著女子。那是一位少女，才比我大一岁。她是 T 县县长的公主，第一位用荷兰语写作的土著女性。她的文章曾登载在巴达维亚的学术杂志上。她用非母语发表第一篇文章时，只有十七岁。读着这条消息，有些同学不相信这是事实。一个土著民，还是个小姑娘，小学文化程度，能和欧洲人一样进行写作、表达自己的思想，她的文章甚至登在学术杂志上，怎么可能？然而我相信，而且应该相信。我还可以给他们进一步提供证据：她能做到的事，我也能够做到。我不是已经证明自己做得到了吗？即便我习作阶段写的都是些篇幅不长的小东西又如何？甚至可以说，是她激起了我的写作热情。现在，有一个岁数比她更大的妇女，没有进行写作，而是善于把别人掌握在自己手中。她以欧洲人的方式经营着一个大农场。她直面自己的主人——赫曼·梅莱玛，和她的长子——罗伯特·梅莱玛作着斗争。她唤醒了她的小女儿、漂亮的姑娘、小伙子们追求的对象——安娜丽丝·梅莱玛，并把她培养成为管理农场的接班人。

　　我将继续观察这个古怪却吸引人的家庭。也许有一天，我会把它写下来。

第五章

温托索罗姨娘真了不起。她到底是一位什么样的人物呢？我迫不及待地想了解她的底细。几个月以后，安娜丽丝把母亲的身世告诉了我。我把她的话都记了下来，整理如下：

哥，你一定还记得第一次到我家来的情景吧？谁会忘记呢？我忘不了，一辈子也忘不了！你当着妈妈的面，战抖着吻了我。我也浑身在颤抖。要不是妈妈把我拽回去，我还站在台阶上发愣呢。后来，马车载着你，离我而去了。

我那被你吻过的脸颊感到火辣辣的。我连忙跑进房间，在镜子面前照了又照，没看到脸上有什么变化。那天晚餐我没有吃辣酱，只用了点胡椒，不知为什么脸上竟是这样地热。我擦了又擦，抹了又抹，脸上还是火辣辣的。只要我一睁眼，无论往哪里瞧，能看到的，始终是你那一对深情的目光。

难道我精神失常了吗？为什么我眼前总是闪动着你的身影呢，哥哥？为什么我愿意偎依在你身边，如果远离了你，就感到痛苦呢？为什么你一走，我就突然怅然若失呢？

我换上了睡衣，吹灭了蜡烛，躺在床上。房间里黑洞洞的，黑暗反而把你的脸衬托得更加清晰。我愿如白天一样，上前挽你的手，但空空如也。我辗转反侧，难以成眠。几个小时过去了。我胸中似有十指挠心，迫使自己干点什么。干什么呢？我也心中无数。我掀开毯子，推开抱枕，翻身下床离开了房间。

脸颊上那股火辣辣的劲儿，也不知在什么时候消退了。

我没有敲门，闯进了妈妈的卧室。跟往常一样，她还没有就寝，正在桌子前阅读。见我进来，她掉过了脸，把书本合上。我瞥见书的封面上写着：《达西玛姨娘》(*Nyai Dasima*)①。

"您看的是什么书呀，妈妈？"我问。

她把书塞进了抽屉，问我："怎么还没有睡呀？"

"今晚我想和妈妈睡在一起。"

"这么大的闺女，怎么还想和妈妈睡在一起？"

"妈，准许吧！"

"睡那边，你先上床！"

我先上了床。妈妈去到楼下，查看了一遍门窗，然后又上楼来，把房门锁好。她放下蚊帐，吹灭了蜡烛。顿时，屋里一片漆黑。

哥哥呀，在妈妈身边，我觉得镇定多了，但也急切地想听她对您的看法。

"安娜，"她问起我来，"你这么大了，怎么还害怕一个人睡觉呢？"

我反问起妈妈来："妈妈，您曾有过幸福吗？"

"有过，安娜，每个人都曾有过，尽管有的不多，有的时间很短。"妈妈回答说。

---

① 这是发表于 1896 年的长篇小说，全名《达西玛姨娘的故事》，在荷属东印度轰动一时，作者 G·弗兰西斯（1860—1915）祖籍英国，曾任马来语报刊编辑和主笔。小说以 1813 年西爪哇一桩社会惨案为蓝本，梗概见本书第十六章。

"您现在感到幸福吗？"

"现在嘛，我就不知道啦。如今我只有担心，只有一个愿望，与你所说的幸福已毫不相关。至于我自己的幸福，还有什么必要去考虑它呢？现在让我牵肠挂肚的是你。我希望能看到你获得幸福……"

我听了非常感动。在黑暗中，我拥抱着她，亲吻着她。妈妈对我真是太好了。世界上恐怕不会再有比她更好的人了。

"你爱你的妈妈吗，安娜？"她问我。

哥，这是妈妈第一次这样问我。我感动得热泪盈眶。她以前看起来都那么严厉。

"安娜，妈妈希望能看到你永远幸福。不要像我从前那样受痛苦折磨，也不要像我们现在这样寂寞孤独。没有朋友，没有伴侣，更谈不上知己。你为什么突然谈起幸福呢？"

"别问我啦，妈妈，跟我说说你的故事吧！"

"安娜呀安娜，可能你没有感觉到，但是，我的确严厉地要求你去学会工作，以便让你将来无须依赖于丈夫，万一——是的，但愿并非如此——万一你的丈夫也是你父亲那种人呢？"

我知道，妈妈的眼里已经没有爸爸了。我能够理解她的这种态度，因而无须多问。我也不希望她去谈论这些。我只想知道，她是否也曾有过像我现在这样的感受。

"妈妈，您感到非常、非常地幸福，那是在什么时候？"

"跟随你爸爸梅莱玛以后，我也曾有过许多幸福的年头。"

"那后来呢，妈妈？"

"你还记得吗？我曾把你从学校里接回来，让你辍学，那就是我幸福告终的日子。现在，你已经长大了，也确实该让你知道了，应该让你知道那事实的真相。最近几个星期以来，我一直想把事情告诉你，可是总找不到机会。你困了吗？"

"我听着呢，妈妈。"

"从前，当你还很小、很小的时候，你爸爸曾经说过：'一位母亲应该告诉她女儿所应该知道的一切……'"

"那时候……"

"是的，安娜，那时候你爸爸对我说的每一句话，我都牢记在心，并用它来指导我的行动。后来，他变了，变得与他对我的教导完全背道而驰。是的，从那时起，我对他失去了信任，失去了尊敬。"

"妈，我爸爸从前也聪明能干吗？"

"他不仅聪明能干，而且心地善良。是他教会了我怎样搞好农业、管理农场、饲养牲畜和处理办公室的事务。一开始，他先教我学马来语，教我写字和读书，后来，又教我学荷兰语。你爸爸不仅教我，还不厌其烦地测验我，看我是否掌握了他所教给我的知识。他要求我必须和他讲荷兰语。后来他又教了我许多关于银行、法律和商业方面的知识。总之，我现在开始教给你的那些东西，都是从你爸爸那里学来的。"

"爸爸后来是怎样变坏的呢，妈妈？"

"安娜，这是有原因的哪！我们家发生了一件不幸的事。就那么一件事，使他丧失了全部良心、才干、智慧和技能。都毁啦，安娜，就那么一件事，便毁掉了他的一切。他变得判若两人，变成了不顾妻子儿女的牲畜。"

"真可惜，我的爸爸！"

"是的，他变得不务正业，就喜欢白天黑夜地在外面游荡。"

妈妈没有立即讲下去。哥，妈妈讲的那些事，似乎是对我前途的警告。夜变得愈加死寂，能听到的，只有我们母女俩的呼吸声。我设想着，倘若妈妈对爸爸不那么严厉的话——妈妈曾多次对我这样讲过——我真不知道我会有一个什么样的遭遇。也许比我能够想象到的还要坏上千倍、万倍。

"起初，我曾想把他送到精神病医院去治疗，"妈妈继续说道，"但我一时拿不定主意，安娜。人们将会怎样看待你呢？一旦诊断说，你爸爸真的疯了，根据法规，他就要被置于监护之下。那该怎么办呢？法院将指定一名法律监护人来管理他的整个农场、他的所有家产和他的全体家庭成员。而你的妈妈，她只不过是一名土著妇女，无权支配任何事情。对于你，安娜，我的孩子，我也无从帮助你。我们俩拼死拼活地干，一年到头也从不休息一天，这样辛勤劳动得来的成果将全部落入他人手中。你是我亲生的女儿也无济于事，法律不承认我们之间的母女关系。没有什么道理可讲，就因为我是土著妇女，法院不承认我和你父亲的婚姻。你听明白了吗，安娜？"

"妈妈呀！"我在她耳边低声地呼唤着。真没料想到，她的处境是如此困难。

"甚至你的婚姻，也不是由我，而是要由那非亲非故的法律监护人来做主。如果把你父亲送进精神病院，如果让法院处理，公众将知道你父亲的全部情况。人们将会对你……安娜，你的命运将不堪设想。因此，安娜，我决不能那样做！"

"为什么偏偏只有我受牵连呢，妈妈？"

"难道你还不明白？设想一下，你是一个疯子的女儿，你的名声将会怎样呢？我们在公众面前将怎样做人呢？"

我把自己的头埋在妈妈的腋下，宛如小鸡紧偎在母鸡的翅膀下面。我万万没想到，我的境遇将会如此糟糕、耻辱。

"你父亲的病并不是遗传的，"妈妈肯定地说，"是一次灾祸把他折磨成那个样子的。不过，人们将会不分青红皂白地混为一谈。人们将认为你也有那种遗传因素。"我听了不禁有点后怕，"正因为如此，所以我才不去管他。我知道他在什么地方鬼混。只要能遮人耳目，就算大吉大利啦。"

我开始怜悯起我的父亲来。渐渐地，我不再去考虑自己的问题。我对妈妈说："别计较了，妈妈，由我来照顾爸爸吧！"

"他根本就不认你这个女儿。"

"可他总还是我的父亲嘛，妈妈！"

"别说傻话，怜悯只能给予那些懂得怜悯的人。你是他这种人的孩子，你才需要被人疼惜。安娜，难道你还不懂，他已经不再能算一个人。你越跟他亲近，你的生活就越会遭到他的破坏和威胁。他已经变成了不知好歹的牲口。他已无益于人类。算了吧，你别再问起他啦。"

我打消了刨根问底的念头。在妈妈这样严肃认真的情况下，我再给她压力是不合适的。我不了解别人家母女过的是一种什么样的日子。我们母女俩，一无伙伴，二无朋友。在我们的生活中只有农场主和雇工、老板和主顾的关系。我们接触的尽是生意人，这使我无法进行鉴别和比较。其他混血儿的家庭情况怎么样，我不知道。妈妈不仅禁止我与外界接触，而且留给我的空余时间也不允许我那样做。妈妈是我心目中唯一的权威和上司。

"你必须懂得，一辈子也别忘记，是你和我两个人千方百计地不让任何人知道你是一个疯子的女儿。"这时，妈妈结束了她的谈话。

我们俩谁也不说话，沉默了好长一段时间。我不知她在思考着什么或在想象着什么。我自己的心里又痒痒起来，感到火烧火燎地难受。哥呀，她仍还没有谈到对你的看法。谁知她欢不欢迎你？或者，她把你仅仅看作生意上的新伙伴？

黑暗，仿佛并不存在。我的眼前只有你的形象。除了你以外，我什么也看不见。我只得请求妈妈别再讲那令人沮丧的往事，于是说："妈妈，请您告诉我，您是怎样与爸爸相遇，后来又是怎样与爸爸生活在一起的，好吗？"

"是的，安娜，这些事应该让你知道。不过，你听了别太吃惊。你是一个娇生惯养的孩子。与你妈妈年轻的时候相比,你真是太幸福了。好吧,你听我讲,你要把它永远记在心里。"

于是,妈妈给我讲起了她的身世。

我有一个哥哥,名叫帕伊曼。因为他生在帕英(Paing)集市①那一天,所以名字中取了集市的头两个音节"帕伊"(Pai)。我比他小三岁,取名萨妮庚。我的父亲,结婚以后改了个名,叫作萨斯特罗托莫(Sastrotomo)。邻居告诉我说,这个名字是"首席文书"的意思。据说我父亲很勤奋。他很受人尊敬,因为他是村里唯一会读书写字的人,能在村公所里看看文件和写点东西。可是,他并不满足于自己只当工厂的文书。当时他已不用锄地、犁田,不用出卖劳力,也不用去栽种和收割甘蔗了。他已经有了一个受人尊敬的职位,但他并不以此为满足,仍然梦想着进一步往上爬。

我父亲不仅亲弟弟、亲妹妹多,而且堂兄弟、堂姐妹也不少。要把他们一个个都弄到工厂去工作,当文书这样的小官也还有许多困难。如果能弄到一个更高的职位,事情就会好办得多。再说,职位越高,脸上也越光彩嘛。另外,把那些兄弟姐妹和亲戚弄到工厂去工作,也决不是为了能当个苦力或者干些低贱工作。至少也要让他们弄个工头当当才行。假如只想去当个苦力的话,那用不着有文书这样的亲戚做靠山,只要工头同意,谁都可以去当苦力。

他工作很努力,而且越干越卖劲,一干就是十多年。虽然薪俸和补贴逐年增加,但职务始终未变,地位从未升高。为了开通仕途,他

---

① 爪哇的月历是35天,结合了五日的市场周(Legi, Paing, Pon, Wagé, Kliwon)和西方的七日周;Paing 是爪哇语,下文的"Pai"根据发音规则分成"pa"和"i"两个音节。

采用过各种手段：求巫请神（dukun），画符念咒，止欲斋戒，隐居修行，等等。结果，没有一个方法奏效。

他朝思暮想，一心想能当上西多阿乔城图朗安区糖厂的账房先生。试想，谁跟糖厂的账房先生没有关系？至少是那些甘蔗种植园的工头们要与他打交道。他们要到他那里去领钱、画押。假如工头不肯拿出一部分外快给他，他就可以向工头克扣整班苦力的周工资。要是能当上糖厂的账房先生，他准能成为图朗安的显赫人物。商人们将会向他点头致意。纯血统或混血的欧洲大亨们都将用马来语跟他打招呼。他只要在单据上写上几个字，随手就可以弄到一笔钱。他将成为糖厂的实权人物之一。人们从他手中取钱时，将会听到他这样神气地发布命令："先在长凳上坐一会儿！"

可怜得很！他的梦想并没有换来自己的发达和人们对他的尊敬，相反，招致了人们对他的憎恨和厌恶。账房先生的职务仍然是空中楼阁。他的溜须拍马、损人利己，使得人们一见他就退避。他在伙伴中间非常孤立。可是，他对这一切满不在乎。他是个硬心肠的人。他深信那些白皮肤大老爷们会对他开恩，会庇护他。他深信不移。他拉拢荷兰人到家里做客的手法，看了简直令人作呕。有时，也有个把荷兰人到他家去拜访，只要能博得来访的荷兰人的欢心，他什么都愿意奉献。

尽管如此，那个账房先生的职位仍然没有弄到手。

甚至，他通过求助于巫师和亲自修行，以便能获得魔力和妖术，把糖厂的总务长和经理驱使到他家去。同样，这一招也没有奏效。相反，他经常登门去拜访他们。他并不是因为有什么要紧事才去见那些大人物，而纯粹是为了去献殷勤，帮他们干点家务杂活。总务长从来就没把他放在眼里。

听说那些事，我本人也很反感。有时，我在一旁暗暗注视着父亲。

我觉得他非常可怜。为了那个梦想，他的身心不知受了多少折磨！他的自尊心和人格不知受到了何等的凌辱！但是，我什么都不敢说。真的，有时我也为他祈祷，希望他停止那可耻的行径。邻居们经常这样劝我：最最好的办法还是去祈求真主。人有什么办法呀！尤其是那些白人，他们更没有什么能耐。于是我为父亲向真主祈祷，当然不是为了他能获得那个职位，而是为了能让他别再热衷于那可耻的行径。我当然不能这样说出来，只在心里默默地想想罢了。结果，我的一切祈祷，都是枉费心机。

新来的荷兰人大都是单身汉，糖厂经理也是如此。他的岁数，恐怕比我那首席文书的父亲还要大。听人说，我父亲曾向他推荐过女人，那家伙不但不领情，不接受，反而把我父亲痛骂一顿，并威胁他，要撤他的职。后来，这事成了众人的笑柄。人们冷言冷语地说：可别把自己的女儿也拿去送人情呀！人们说的人是我。母亲听了这样的讥讽，闷闷不乐，形容憔悴。

而我呢，你一定想象得出来，听了那些话以后心里是多么难受。从那时起，我一步也不敢离开家门。我的眼睛时刻观察着前厅的动静，总担心有白种人来。谢天谢地，我一直没有看见那样的客人到我家。

糖厂每年在甘蔗收获季节都要举行一个仪式，请剧团和舞女来庆祝一番。经理先生与其他荷兰官员不同，他不喜欢跟舞女跳舞作乐。每个礼拜日，他都到西多阿乔城里的基督教堂去做礼拜。早晨七点钟，人们就可以看到他有时骑着马、有时坐着马车出发了。我也从远处看到过几次。

从十三岁起，我就被幽禁起来。厨房、后厅、卧室，我只能在这三个地方活动。与我同岁的童年伙伴都出嫁了。只有在邻居和亲戚来访时，我才能像幼时那样感受一点外界的气息。前厅也是我的禁地，是一步也不让我跨进去的。

工厂下班时，职工们都回到家里去。我经常从屋里向外张望，来来往往的人们都回过头来看我。到家里来的女客们也免不了要夸我几句，说我长得漂亮，是图朗安的县花，是倾倒西多阿乔的美女。我走到镜子前面去照照自己，也感到人们对我的夸奖并不过分。我的父亲相貌英俊，母亲——我从来不知道她叫什么名字——姿色出众，而且很会呵护自己的容颜。父亲拥有大片的土地，有一部分被糖厂租用，其他都租给农民耕种。照例他完全可以娶上两三个妻子，可是他没有那样做。他以能有一位美丽的妻子而心满意足。此外，他只有一个奢望：得到糖厂账房先生的职位。他一心想成为最受人尊敬的土著民。

这就是我当时的情况，安娜。

十四岁那年，人们认为我该出嫁了。我来月经已有两年。对于我，我父亲有着自己的打算。虽然人们憎恨他，但上门求婚的人仍然很多，一个一个全都被他拒绝了。我在自己的房间里也曾偶尔听到过几次。和其他土著妇女一样，这件事上我母亲没有发言权。事事都由父亲做主。母亲曾问父亲："你究竟要挑选一位什么样的女婿呀？"他始终不予答复。

我可与我父亲不同，安娜。你将来要找一个什么样的丈夫，是你决定，我只给参考意见。安娜，那个时候我和别的姑娘一样，只能等待着一个男人来把你娶走，不知他要把你带到什么地方，去做他的第几个妻子，是第一个呢，还是第四个①。什么事情都由、也只能由我父亲做主。假如那男人娶你当第一个妻子，而且只娶你一人，那就算你命好。可这样的事，在糖厂周围是罕见的。还有一种情况，到家里来娶你的那个男人多大岁数，是个老头儿，还是个小伙子，出嫁的姑娘事先也是不知道的。一旦终身已定，那么女人就应该全心全意地侍候那原来并

---

① 伊斯兰教有条件地允许多妻，一个男人最多可以娶四位妻子。

不相识的男人，侍候他一辈子，一直侍候到他死，或者到他嫌弃你，把你赶走为止。女人别无他路可走。谁知你丈夫是个坏蛋，是个赌棍，还是个酒鬼呀？女人在成为他的妻子前是不知道的。如果来娶你的是位正人君子，也就算你这一辈子走了红运了。

有一天晚上，糖厂的总务长和经理先生来了我家。我感到有些蹊跷。父亲心神不定地吩咐母亲和我，一会儿叫我们去干这个，一会儿又叫我们去干那个，来回折腾我们。他叫我一定要把最好的衣服穿起来，还亲自到我的房间里来了一两次，看看我是怎样打扮的。我开始怀疑，难道人们的私下议论要成真了？我的母亲更是惴惴不安。事情还没有发生，她就在厨房的角落里抽抽噎噎地哭起来，伤心得一句话也说不出来。

我那位首席文书的父亲，叫我把浓牛奶咖啡和糕点端上来。不错，父亲早就吩咐过我：必须把牛奶咖啡沏得浓浓的。我手托盘子走了出来。我不知道经理先生是什么模样。根据习俗，一位守规矩的姑娘是不能抬起头、睁开眼，去看一位陌生的男宾的。如果客人是位白人，那就更不合适了。因此，我只是低着头，把盘子里的牛奶咖啡和糕点放到桌上。可不管怎么说，我还是看到了他的两条裤腿，是白斜纹布做的。他那双鞋子又长又大，说明他的身材也一定很魁梧。

我感到，经理先生在仔细地看着我的手和脖子。

"这就是鄙人小女，经理先生。"父亲用马来语说。

"是时候该有个女婿啦。"客人回答说。那声音从整个胸腔里发出来，洪亮而又深沉，跟爪哇人的声音不一样。

我走进屋里，等候着父亲的吩咐。可他后来再也没有叫我。不久，我看到经理先生和父亲一起走了出去。我不知道他们要去哪儿。

三天以后，一个星期天的中午，吃过午饭以后，父亲把我叫到他的跟前。他和母亲坐在当中一间屋子里，我跪在父母面前。

"不能这样，孩子他爹！你可不能这样！"母亲劝阻着。

"庚，妮庚，"父亲开始对我说，"把你所有的东西和衣服都收拾到你妈妈的箱子里去。你自己，快去梳妆打扮。穿戴要整齐，打扮要漂亮。"

哎呀，多少个疑团啊，一个接一个地在我心中升起。但无论如何，我必须听从父母的吩咐，尤其不能违抗我的父亲。房间外面，我听见母亲在替我求情，可父亲拿定了主意，没有理睬。我把衣物都装进了箱子。在姑娘们中间，我的衣物还算是比较多而且贵重的，每样东西我都很爱护。光蜡染筒裙，我就至少有六条，有的还是自己亲手印染的呢。

那是一只棕褐色的箱子，已经十分破旧了。我拎着装满了衣物的皮箱，走出了房间。父亲和母亲仍然坐在那里，母亲不愿意去换衣服。一辆马车在外面等候，我们三人上了马车。

在车上，我父亲用清楚的声音、明确地对我说："再回头看看你的家吧，妮庚。从现在起，这已经不再是你的家了。"

我完全能理解他的意思。母亲抽抽搭搭地哭着。想到我被父亲赶出了家门，我也呜咽起来。

马车在经理先生家门前停了下来。我们下了马车。父亲提着我的皮箱。这是他第一次为自己的女儿服务。

我不敢环顾四周。但我感到，有几千双眼睛在惊诧地看着我们。

那是一幢石头房子。我站在他家的台阶上，思想和情感上的负担越来越重。我身不由己，全身像没有骨头似的软弱无力。像人们讽刺的那样，到头来，我还是被父亲带到这里了，带到经理先生的家里来了。真的，安娜，我感到害臊。我怎么会有这样一位当首席文书的父亲呢？他不配当我的父亲。然而，我毕竟是他的女儿。我无能为力。母亲的眼泪和劝说阻止不了灾难发生。何况这个世界不为我所知，也

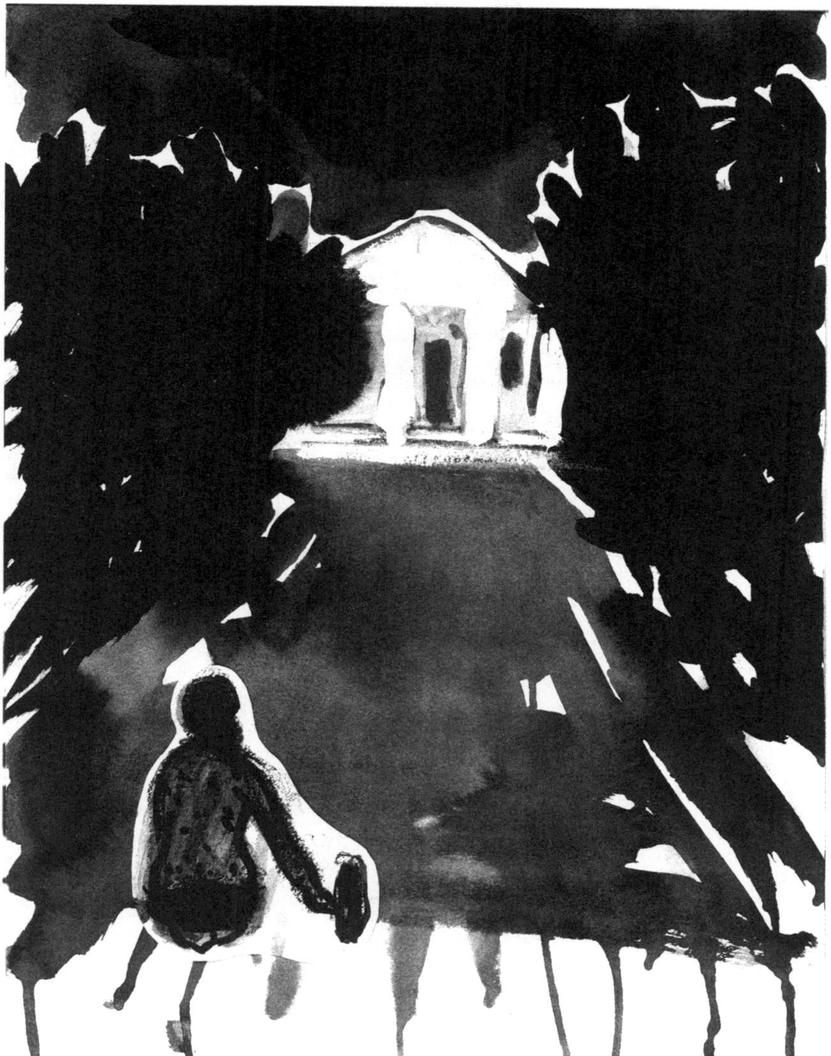

不为我所有。连我自己的身体，也都不归我所有！

经理先生从屋里走了出来。他微笑着，目光里闪动着欣喜。他说话的声音，我听得清清楚楚。他做了个我没见过的手势，把我们请进屋里。这时我才看清楚了，他的身材真叫高大，体重恐怕是父亲的三倍。他脸色红润，鼻子特别高，三四个爪哇人的鼻子加起来才抵得上他一个。他手上的皮肤特别粗糙，长满了焦黄的汗毛。我紧咬牙关，不寒而栗，把头埋得更深。我估计，他的胳膊和我的大腿差不多粗。

无须怀疑，父亲已把我送给了这个粗糙的白皮肤大怪物了。我在心中对自己说："你呀，一定要坚强起来！谁也拯救不了你！"我已被那些鬼魅包围住了。

在他的邀请下，我生平第一次坐上了和父亲一样高的椅子。经理先生坐在父亲、母亲和我的对面。他跟我们讲的是马来语，我没听懂几句。听着他们谈话，我就像大海里漂泊动荡的一叶孤舟，无依无靠。我看见经理先生从口袋里掏出一个信封，交给了父亲。他又从那个口袋里掏出了一张字据，父亲在上面签了字。后来我才知道，信封里装着二十五盾（gulden）①，是我的卖身金，外加许诺：父亲经过两年的实习假如表现良好，就将被提拔为账房先生。

安娜，手续就这么简单，萨斯特罗托莫首席文书把他的亲女儿卖掉了。那个被出卖的姑娘，名叫萨妮庚，就是我。从那时起，我对我父亲失去了信任和尊敬。一个人，在一生中，无论为了何种目的，总不能够出卖自己的亲生女儿吧！

我仍然低头坐着。我该向谁去诉说我的苦衷呢？在这个世界上，做儿女的必须顺从父母之命。既然自己的父亲已变成这样，既然自己的母亲已无力保护她的女儿，其他人又能为你做什么呢？

---

① 当时荷属东印度的货币单位，又称荷兰盾。

最后，父亲对我说："妮庚，没有经理先生的允许，你不准外出。没有他和我的同意，你不准回家。"

父亲讲这话的时候，我没看他的脸。我仍然埋着头。这是我最后一次听到他讲话。

父亲和母亲坐刚才那辆马车回去了。我还在那张椅子上，哭成了一个泪人。我战抖着，心里没有主意。我头晕目眩，觉得四周一片漆黑。透过睫毛，我模模糊糊地看到经理先生送走了我的父母，又回到了屋里。他把我的皮箱拿进了房间，又出来，走到我的身边。他搀着我的手，叫我站起来。我浑身上下筛糠似的哆嗦着。并不是我不愿意站起来，也不是我要执拗违抗，只是我失去了自制，已无法站起，整条筒裙都汗湿了，两条腿散了架似的支撑不住身子。他把我抱起来，好像我是一个旧枕头，用双臂将我抱进屋，放在一张华丽整洁的床上。我连坐都坐不起来，只好躺在床上，说不定已昏过去了。但我的眼睛还能模模糊糊看到房间里的陈设。经理先生把我没上锁的皮箱打开，把我的衣服放进了一个大柜橱里。他用抹布擦了擦我的箱子，把它放在柜橱的最底层。

我瘫痪了似的躺在床上，他又走过来，站在我的身边。

"别害怕。"他用马来语对我说。声音低沉，像闷雷一般，呼出的气吹到了我的脸上。

我紧闭着眼睛，一点也不敢睁开。这个巨人要把我怎么样呢？他把我举了起来，抱在怀里，就像玩弄着洋娃娃似的在房间里走来走去。他不在乎我那湿漉漉的筒裙，他用嘴亲我的脸，吻我的嘴唇。我听到他在我耳边喘着粗气。我不敢哭，也不敢动，吓出来的浑身冷汗湿透了我的衣衫。

他让我站在地板上。看到我摇摇晃晃地又要栽倒，他又把我抱住，举起来。他紧紧地搂住我，使劲地亲我。他对我说的那些话，我现在还记忆犹新,但当时并不明白是什么意思。他说:"亲爱的,我的宝贝,我的小美人,我的心肝,亲爱的。"

他把我抛向空中,又用双手从腰间把我接住。他使劲地摇晃着我,这使我稍为清醒了一点。他又让我站在地板上,我仍然站不稳。他用两只手保护着,不让我摔倒。我摇晃了一阵子,最后还是栽倒在床沿上了。

他走过来,用手指把我的嘴唇掰开,比画着,叫我从今后一定要刷牙。我明白以后,他把我领到后院,把我推进了洗澡间。在那里,我第一次见到了牙刷,并知道了怎样使用它。我在里面又洗又刷,他一直在外面等着我。刷完了牙,我的整个牙根,感到又酸又痛。

他又给我做了个手势,叫我去洗澡,告诉我要用香皂擦身。我就像对待父母一样,完全按照他的吩咐去做。他手里拿着一双拖鞋,站在洗澡间外面等着我。我洗完澡出来,他把那双拖鞋穿在我的脚上。那是一双皮拖鞋,又大又沉,我生平第一次穿那样的拖鞋。

他抱着我,回到了前屋,走进了房间。他让我在一面镜子前坐下来。他用一块很厚的布帮我把头发擦干。后来我知道,那样的布叫作毛巾。他给我的头发上油,我不知道是什么油,闻起来像花一样芳香。他又帮我把头发梳直,好像我不会梳头似的。他帮我挽发髻,可摆弄了半天也不行,最后还是我自己挽好的。

后来,他叫我换上一身衣服。他站在一旁注视着我的一举一动。我就像没有灵魂的哇扬(Wayang)①一样,完全听从皮影戏艺人(dalang)的摆布。穿好了衣服,他又给我的脸擦粉,嘴唇上涂了点口

---

① 在爪哇、巴厘等地流行的民间古典戏剧,题材源自印度史诗、伊斯兰教故事和历史传奇,常见皮影戏、木偶戏和真人演出三种形式,有过多种分支;其中皮影戏人物与艺人这一对关系,常被用来譬喻台前角色与幕后操纵者。

红。然后，他带着我走出了房间，叫来两位女用人。他对她们说："好好伺候我的姨娘。"

安娜呀，这就是我第一天的姨娘生活。看来他很心疼我，态度很和蔼，这使我不再像以前那样胆战心惊了。

叮嘱完用人之后，经理先生走了。我不知他到哪里去了。两位妇女嘻嘻地笑着，跟我打趣说，能在他家当姨娘，算我运气好。我可不这么想。那时我不能说话，我也不敢跟她们说话。我既不了解这个家庭，也不了解他的生活习惯。我心中曾经闪过逃跑的念头，可是逃到哪里去呢？逃出以后，我又该怎么办呢？我不敢那样做。因为我落入了一个非常有权威的人手中。他比我父亲还厉害，图朗安区的土著民没有一个能够比得上他。

我的吃喝全由用人侍候。她们不时地来敲我的门，一会儿给我送来这个，一会儿又问我要不要那个。我一声也不吭，坐在地板上，对房间里的东西一样也不敢去碰。我瞪大了两只眼睛，茫然失神，或许那就叫活死人。

晚上，经理先生回来了。我听到他的脚步声越来越近。他径直走进了房间。我一见他就浑身打战。天黑前，用人就在房间里点上了灯。灯光照在他一身洁白的衣服上，反射着炫目的光辉。他走到我身边，把我从地板上抱起来，放到床上，让我躺好。我怕惹他生气，胆怯得连声粗气都不敢出。

我不知道他那小山似的身躯和我一起待了多久。我晕过去了，安娜。我不知道发生了什么。

当我醒来的时候，我才明白，我已经不再是昨天的萨妮庚了。我已经成了真正的姨娘了。后来，我知道了经理先生的名字，他叫赫曼·梅莱玛。安娜，他就是你的父亲，就是你的生身父亲。从那时起，我萨妮庚的名字不再被人提起了。

你睡着了吧，安娜？没有吗？没有睡着？

我为什么要跟你讲这些呢，安娜？因为我不愿看到我的女儿再重复那悲惨的命运。你应该正常地结婚。你应该根据自己的意愿，跟你所喜欢的人结婚。你是我的女儿。我不允许别人把你当牲口来对待。不管出多少钱，谁也没权利买我的女儿。作为母亲，我要保证这样的事不再在你的身上发生。我要为我女儿的尊严而奋斗。我母亲，从前没有能力维护我的尊严，她不配当我的母亲。我父亲，把我当一匹马卖掉，他不配当我的父亲。我就跟没有父母一样。

当姨娘的生活是辛酸的。她是卖给别人的家奴，义务是满足主人的欲望，什么事情都得顺从她的主人。她必须随时提防发生这种可能：主人把她玩够了，玩腻了，说不定哪一天会把她和她生下的孩子一起赶走。因为不是正式婚姻，生下的子女在土著民中也被人瞧不起。

我在心中暗暗发誓：我再也不想回我的家，再也不想见我的父母，连想都不去想他们。我不愿意去回忆那丢人的辛酸事。是他们把我卖给了别人，使我沦落到了当姨娘这般地步。我已成了被卖给别人的奴仆，我必须成为一个合格的姨娘，甚至是最好的姨娘。我疯狂学习主人想要的一切：打扫房间、马来语、整理床铺、收拾屋子、做西餐。安娜呀，我恨透了自己的父母。不管他们对我怎么样，虽然我只不过是别人的姨娘，但我要向他们表明，我比他们更有尊严。

安娜，我在赫曼·梅莱玛经理先生家生活了一年。我一步也没迈出过大门。他不让我出来接待宾客，其实没必要那样做，我自己也不愿意在公开场合露面。我尤其害怕见到熟人和邻居，甚至替自己的父母感到害臊。后来，我把他家的用人全辞掉了，一切家务活都由自己来干。我不让别人在身旁观看我的姨娘生活，我不让别人这样议论我：瞧那个女人，卑贱、低下、任人玩弄，没有自己的意志。

萨斯特罗托莫的首席文书来探望过我几次。我拒绝见他。又有一次，他的妻子来了，我连看都没看她一眼。我这样做，梅莱玛先生从来没有嗔怪过我，相反，他对我的所作所为感到非常满意。他看到我很爱学习，从心眼里感到高兴。安娜，你爸爸很喜欢我，但这一切不能医治我心灵上失去个人尊严的创伤。我始终没把你父亲看作我的亲人，我也确实从没产生过依赖于他的想法。我仍然把他看作一个陌生人，随时都可能回到荷兰去，把我扔下，把他在图朗安的生活忘得一干二净；这我心中有数，我做好了应付这种可能的准备。一旦经理先生离我而去，我无须再回到萨斯特罗托莫的家去。安娜呀，这时我开始学习怎样省钱，把钱攒起来。你父亲从来不过问家庭的开支，每月一次亲自到西多阿乔或泗水去采购物品。

一年中，我积聚了一百多盾。倘若某一天梅莱玛先生回国了，或者把我赶出他家，我就有了去泗水的盘缠和做生意的资本。

我陪伴梅莱玛先生一年之后，（糖厂的）合同到期了。他没有续约。自从他到图朗安，他就从澳大利亚引来了良种奶牛，进行繁殖。白天，他教我饲养奶牛；晚上，他教我阅读拼写，用荷兰语遣词造句。

后来，我们从图朗安搬到泗水。梅莱玛先生在沃诺克罗莫买下很大一片土地。安娜，就是现在这个地方，但那时不像今天这样繁荣。那时，这里是一片荒芜的灌木林。我们把奶牛全都赶到了这个地方。

直到那时，你妈妈才开始感受到了愉快和幸福。你爸爸一向很器重我，征求我的意见，有什么事总和我一起商量。天长日久，我在他面前不再感到低人一等。有时不得不和过去的熟人相见，我也不再感到害臊了。一年来的学习和工作成绩赎回了我失去的个人尊严。但我的态度仍然没有改变：靠自己应付一切，不依赖任何人。对于一名爪哇女性，尤其是一位我这样年轻的女子来说，似乎还轮不到我去谈论个人尊严的问题。可是，安娜，这是你爸爸教我的。诚然，对个人尊严的含义，与后来的体会相比，我当时的理解还太肤浅。

迁到这里以后，我父亲又来探望过我几次，我仍然拒绝见他。

"应该去见你的父亲。"有一次，梅莱玛先生对我说，"不管怎么说，他终究是你的父亲嘛。"

我回答："不错，他是我的父亲，但只是在过去。现在，他已经不再是我的父亲了。如果他不是你的客人，我早就把他赶出大门去了。"

"不能那样做。"他劝阻我说。

"如果一定要我去见他，那还不如让我离开这里好。"

"要是你走了，那我该怎么办呢？这些牛该怎么办呢？谁能管理这么多牛呀？"

"你可以请人嘛，有的是人！"

"可那些牛只听你的话呀！"

这时，我开始领悟到，其实，你妈妈并不依赖于梅莱玛先生，相反是他依赖于我。因此，我也主动和他一起拿主意，作决定。他始终欢迎我这样做。除了学习以外，他不强迫我干任何事情。在学习上，他可称得上一位严厉的好老师。我也是一位勤奋听话的好学生。我懂得，他教授给我的一切知识，将来他回荷兰去后，对于我和我的子女都会是十分有用的。

以后，在萨斯特罗托莫那个人的问题上，他也不再催逼我了。首席文书有几次让你爸爸转告我说，如果我不愿见他，写封信也可以。我从来没有给他去过信，即使我的马来语和荷兰语读写都没问题。我一个字也没写过。首席文书给我寄来了好多信，我一封也没有拆开看过，都退了回去。

有一次，我母亲和父亲一起来到了沃诺克罗莫。因为我仍然不愿意见他们，梅莱玛先生感到不安。据他说，客人由于求见不成而非常恼恨。母亲甚至哭了起来。我通过他告诉我的父母说："请他们把我看作是一个鸡蛋吧：鸡蛋被人从鸡窝里扔了出去，摔在地上，破了。这难道能怪罪于那个鸡蛋吗？"

这样，我也就算处理完了我与父母亲之间的关系。

安娜，你为什么这样使劲地掐我的胳膊呀？我要把你培养成一位实业家或一位商人。你决不能感情用事。这是一个胜者存、败者亡的世界。你同意妈妈的看法吗，安娜？当老鹰从天空中俯冲下来抓小鸡的时候，老母鸡也知道要保护它的小鸡。我父母受到这样的冷遇，是罪有应得。假如我将来对你不好，你也可以用同样的态度来对我。条件是，你自己必须要有独立自主的能力。

后来你父亲又从澳大利亚买来了一批奶牛。农场的活越来越多，必须要雇人手。你父亲开始把管理整个农场的重担都压在我的肩上。一开始，我也不太敢吩咐工人们干这干那。梅莱玛先生给我做出榜样，手把手地教我。他说，老板是他们的生活之源。你就是给予他们生计的主人。在他的监督之下，我开始敢于吩咐工人们去干活了。作为老师，他对我仍然很严厉，也很明智。他可从来没有打过我。倘若他真要打我的话，一举手就能把我打趴在地。任凭工作千头万绪，经过一段刻苦学习，我已能根据他的意图，把一切安排得有条不紊了。

梅莱玛先生自己处理农场以外的事务。他负责外出去招待顾客。我们的农场经营顺利，发展迅速。

那时，达萨姆来到农场干活。他是一个无业游民。他很爱干活，你叫他干啥他就干啥。有一天晚上，他抓住了一个贼。对方手执利器与达萨姆展开了一场搏斗，斗不过他，在他手下丧了性命。照例，这是要受审、判罪的，但他逃脱了。从此，他得到了我的信任，我提拔他当我的得力助手。那时，梅莱玛先生经常外出，待在农场的时间越来越少。

我差点儿忘了告诉你，安娜。你父亲也教我怎样打扮，怎样配色。在我打扮时，他总愿意在一旁等候我。有一次，他看着我梳妆，对我说:"你必须保持你的美丽。如果你脸上有许多污痕,如果你衣衫上尽是褶皱,这说明你的农场也一定办得很糟糕,人们就不会信任你。"

你瞧,我全都按照他的要求去做。我使他一切都感到满足。我始终打扮得整齐、漂亮。甚至上床前,我也要在镜子里照一照自己的脸。花容月貌总是要比满脸污垢好看。安娜,你要记住:任何丑陋的东西是不会吸引人的。如果我是一个男人,看到一个不会爱护自己容貌的女人,我也会对自己的伙伴说:别跟那种女人结婚,她连打扮自己都不会,还会干什么呢?

你父亲对我说:"不许你去嚼蒌叶(berkinang)①,会把你的牙齿吃黑的。让你的牙齿保持洁净光泽多好!我爱看你那像珍珠似的颗颗白牙。"

我从没有嚼过蒌叶。

安娜,几乎每个月他都要收到从荷兰寄来的书和杂志。你爸爸很爱看书。我真不明白,为什么你跟你爸爸不同。其实,我也很爱看书。他那些书,没有一本是用马来语写的,用爪哇语写的就更没有了。干完了一天的工作,傍晚时分,我们坐在房间里面。安娜,那时我们家还是用竹盖的,还没有像现在这样漂亮的房子。他叫我替他朗读,不但读书,而且读报。我读他听。我读错了,他就给我纠正,我有不懂的词句,他就给我解释。我每天这样做,直到他教会我查辞典为止。我只不过是他花钱买来的一个奴仆。每天,他叫我干啥我就干啥,不能违抗他的意愿。后来,他给我规定每天阅读的页数。安娜,他让我读整本整本的书,我必须把书读完,并跟他复述书的内容。

随着时间流逝,从前的萨妮庚慢慢地消失了。妈妈开始用新的眼光来看问题,已经变成了一个新人。我觉得,我自己不再是几年前在

---

① 即嚼槟榔,一般用蒌叶包裹着槟榔、甘密、熟石灰一起嚼。

图朗安被人出卖的奴仆了。我好像把那些事情都忘掉了。有时我这样问自己：我是不是已经成了一个棕色皮肤的荷兰人了？我看到，我周围的土著民很落后。尽管如此，我也不敢回答自己的问题。除了跟你爸爸以外，妈妈跟其他欧洲人没有什么接触。

我曾经问他：欧洲的女性是不是也像我现在这样受到各种各样的教育？你知道吗，安娜，你爸爸是怎样回答我的？他说："你比欧洲一般的女性要强得多，尤其那些混血儿。"

啊，跟他生活在一起是多么幸福啊！他真会夸奖人，真会让人高兴！我愿将自己的全部身心交付给他。如果我的寿命没有他长的话，安娜，我愿死在他的怀抱里。我与过去已经一刀两断，我决不后悔。他正如爪哇人的教诲："夫者如师，师者若神（guru laki, guru dewa）。"为了证实他没有骗我，他又为我从荷兰订了几份关于妇女的杂志。

后来，我生下了罗伯特，四年以后，又生下了你，安娜。农场越办越大，土地越来越多。我们把农场边上村民的荒芜森林也买了下来。都是用我的名义买的。那时没有水田，也没有旱地。农场的规模扩大以后，钱赚得多了，梅莱玛先生愿意给我报酬，连同前几年的薪金一起付给了我。我用这笔款子买了一座碾米厂，又买了一大批农具。如此一来，农场就不再归我的主人——梅莱玛先生一个人所独有，其中也开始有我的股份。在后来的五年，我又分到了五千盾红利。你爸爸叫我用自己的名字在银行开了个户头，把钱存起来。现在，我们把农场命名为逸乐农场，由于农场的一切内务全由我料理，与我打交道的人们都叫我温托索罗姨娘、逸乐姨娘（Nyai Ontosoroh, Nyai Buitenzorg）。

你睡着了吧？还没呢？好的。

我一期不落地阅读着那些妇女杂志，并身体力行其中的许多教导。实践了一段时间后，有一次，我又把之前的老问题重复地问他一遍："你看我现在像不像一位荷兰妇女了？"

你父亲哈哈大笑起来，说："你不可能变成一位荷兰妇女，而且也没有必要成为一位荷兰妇女。你现在这样就很不错了。即使如此，你也比她们聪明，比她们能干，比她们任何人都强！"说完，他又哈哈哈地大笑不止。

他对我的夸奖当然有点过分，但我听了心里感到高兴，感到幸福。至少是我感到并不亚于她们。我爱听他对我的夸奖。他从来没有责怪过我，总是一味地夸我。只要我问他，他总是有问必答。因此，我的心情日益舒畅起来，不再像以前那样害怕了。

后来，安娜，后来一阵狂风把我的幸福全都刮跑了。它摧垮了我的整个生活。有一天，我和你爸到法院去，为罗伯特和你履行法律手续①，使你们和梅莱玛先生的关系合法化。起初我以为，履行这样的手续，我的孩子将被法律承认为合法子女。显然我想错了，安娜。你哥哥和你仍然被视为私生子，但你们被认为是梅莱玛先生的子女，有权使用他的名字。到法院办了这么个手续，法律反而不承认你哥哥和你是我的子女了。尽管你们是我生的，但你们不是我的子女！从那以后，法律只承认你们是梅莱玛先生的子女。安娜，你可别误解，这是根据法律，荷兰人在这里制订的法律。至于你，仍然是我的女儿。通过那一次，我可懂得了法律条文的可恶。你们争得了一个合法的父亲，却丧失了自己的母亲。

安娜，后来你父亲要把你俩送去洗礼。我没有跟你们一起到教堂。你们很快就回来了。牧师拒绝为你们洗礼。你父亲为此感到闷闷不乐。

"这两个孩子有权得到一位父亲，"梅莱玛先生感叹说，"但为什么他们就无权得到救世主基督的赦罪呢？"

---

① 根据殖民地法律，荷兰人和做侍妾的殖民地妇女生下的孩子，须经法院承认才能算荷兰人一方的合法子女。

我不理解那是怎么一回事,无法发表意见。后来我才知道,只有我们到民事登记处去正式登记结婚,你们才能成为合法子女,然后才能接受洗礼。于是,我一天到晚不满地嘟嘟囔囔,催你父亲和我去登记结婚。他郁郁不乐了好几天,后来突然大发雷霆,这么多年来,我第一次看到他发这么大的火。他不答复我的请求,也不跟我讲明原因。因此,在法律上,你们仍然是私生子,永远没法受洗礼。

安娜,以后我没有再作努力。我必须满足于现状。"太太"这个称号永远安不到我的头上。人们将继续叫我姨娘,叫我一辈子。这倒也没什么,如果你们有了一个足以受人尊敬的父亲,他靠得住、信得过、有自尊心,那我也聊以自慰了。再说,你们的合法地位,对你们活动的社会环境来说是事关重要的东西。至于我自己,我无须人们加以评论,只要你们能享受到应有的权利,也就行了。那我该怎么办呢?我自有办法。哎呀,安娜,你已经睡着啦!

"没睡着,妈妈。"我回答道。

哥哥,我还在等待着她讲讲对你的看法呢。如果不是这样的时刻,而在别的场合,她也许不会讲这么多。因此,哥,我得耐心地听着,一直听到她讲起我们的事为止。

我试探着问了一句:"这么说,最后妈妈还是爱上了爸爸的?"

"我不懂得什么叫爱情,"她回答说,"他很好地履行他的义务,我也很好地履行我的义务。我俩能做到这一点,就可以了。假如他将来要回到荷兰去,我也不会阻止。这倒不只因为我本来就没有这样的权利,而且也因为我们互相谁也不欠谁的债。他什么时候都可以离开我,我已学了不少知识,也获得了不少财产。我有钱有能力,不必再依赖于别人。但不管怎么说,我毕竟是他的侍妾,仍然是他花钱从我父母那儿买来的奴才。安娜呀,那时我已经存有上万盾了。"

"您一直没有去探望过您在图朗安的家吗？"我问道。

"我在图朗安不再有亲属了。我的亲属都在沃诺克罗莫。我哥哥帕伊曼到这里来过几次，我接待了他。他每次来，都是要求我在经济上帮助他。他上次来告诉我说，萨斯特罗托莫在一次霍乱中病死了。他妻子也在他前头死了，不知是得什么病死的。"

"妈，倘若我们能在他死之前去看他一次，也许会更好些。"我说。

"不，还是这样好。让那些往事一去不复返吧！对名誉和自尊的伤害不会消失……每当想起他们把我不当人给卖掉，是多么的羞辱……我不能原谅萨斯特罗托莫的贪得无厌，也不能原谅他妻子的软弱无能。一个人，生活在世界上，应该立场清清楚楚。否则，他就什么都不是。"

"您心肠太狠了，妈妈！太狠了！"

"如果我心肠不这样狠的话，那你的命运会如何呢？我对谁都那样。在这种事情上，我只允许自己一个人当牺牲品。我甘愿被卖给别人当奴仆。安娜，是你的心肠太软了，怜悯别人，怜悯得也不是个地方……"

妈妈讲了这么半天，哥，她还是没有讲到你。看来，妈妈从来就没有爱过爸爸，因此我也就不好意思谈到爱情。对妈妈来说，爸爸仍然不是她的亲人。可是你，哥，为什么我对你这样的亲呢？为什么你的样子总是一次又一次、一次又一次地出现在我的心里，总想要靠近你呢？

"后来，我又经受了第二次打击，安娜，"妈妈继续说，"这是一次永远医治不好的创伤啊……"

政府作出决定，要修建和扩建丹戎佩拉码头。他们从荷兰请来了一批港口工程师。那时，我们的牛奶生意特别兴隆，每月，新的订户成批成批地增加。整个巴达夫石油公司住宅区订的全是逸乐农场的牛奶。突然，犹如一声惊雷，灾难从天而降。一次灾难性的打击。

（妈妈讲渴了，下床去喝口水。房间里黑洞洞的。我们在楼上的卧室里，谁也听不见我们母女的谈话。那天夜里，万籁俱寂。透过被妈妈打开的房门，可以隐隐约约地听到楼下大厅里钟摆嘀嗒嘀嗒的响声。妈妈走进房间，把门关上，嘀嗒声也随之消失。）

请来的专家队伍里，有一名年轻的工程师。最早，我是从报上看到他的姓名的，叫毛里茨·梅莱玛工程师。报上还登了他的简介：他是一位有毅力的工程师，从事业务的时间虽然不长，但已经做出了很大的成绩。

我想，他没准是你父亲家里的人。那时，我们的生活过得平静、安宁、十分愉快。我不愿意再有旁人插进来，也不想让任何人来干预我们的农场。因此，我把那张报纸藏了起来，不让你爸爸看到。我说，报纸没来，也许是邮差病了。梅莱玛先生没再追问。

三个月后的一天，你和罗伯特都上学去了，我们家突然来了一位客人。他乘坐的是一辆政府的马车，宽敞而又漂亮，是用两匹大马拉的。当时你父亲在后面干活，而我在办公室里工作。那天，倒霉也就倒霉在这个碰巧上。为什么不反过来，你父亲在办公室工作，而我到后面去干活呢？

那辆马车在我们家台阶前停了下来。我走出办公室，上前迎接。我以为，也许是某个机关需要我们的乳制品。我看到车上下来了一位欧洲青年。他穿一身白制服，是不结领带的海军军官制服。他头戴海军帽，但袖口和肩膀上没有军衔标志。他身体壮实，胸膛宽阔。他毫不犹豫地上前敲了几下门。他的脸型很像梅莱玛先生。他制服上的银质纽扣闪耀着道道白光，可以看到，每粒纽扣上都有一个铁锚的图案。

他用蹩脚的马来语问："梅莱玛先生在哪。"他的问话没有问的语气，声音短促，态度傲慢。我第一次看到这种粗暴无礼的行为，与我所了解的欧洲礼节完全是两回事。

"您是哪一位？"我生气地问。

"我只需要见梅莱玛先生！"他的态度比刚才还要蛮横。

我再次感到，我只不过是个姨娘，什么权利也没有，即使在自己家里也得不到别人的尊重。好像我并不是这个大农场的一个股东。也许他把我当作是一个寄居在梅莱玛先生家的食客。安娜呀，没有我的帮助，梅莱玛先生是盖不起这样豪华的房子的。那个客人无权这样趾高气扬地对待我。

我没邀请他坐下。我让他继续站着。我叫一个人去把梅莱玛先生叫来。

你父亲多次告诫我，不该偷看别人的信件，也不该偷听别人的谈话。可是这一次，我感到十分可疑。我把办公室通向大厅的门打开一点。我得知道这个人是谁，他是来干什么。

梅莱玛先生到来的时候，这位年轻人仍然站着。我从门缝里窥见，你父亲呆若木鸡地站在那里。

"毛里茨！"他惊呼道，"你已经这么威风！"

一下子我全明白了，原来他就是毛里茨·梅莱玛工程师，来丹戎佩拉港进行水上工程的专家组成员。

安娜，他并没有回答你父亲的问候，而仍然是傲气十足，纠正着说："工程师——毛里茨·梅莱玛，梅莱玛先生！"

你父亲听到他的纠正，感到惊诧。那客人仍然站着。你爸爸请他坐下。他不还礼，也不坐下。

安娜，你应该好好听妈妈讲，你可不要把它忘了。这些事，将来应该让你的子孙知道，因为他的到来是一个祸根，是妈妈和你，也是我们农场遭难的根源。

那位年轻的荷兰客人说："我可不是为坐你的椅子而来的。我来还有比坐下更重要的事情。你听着，梅莱玛先生！当年，你这个懦夫，偷偷地扔下了我的母亲阿梅丽娅·梅莱玛—哈默斯太太，她含辛茹苦地日夜操劳，设法挣钱养活我，供我上学，一直把我培养成工程师。我和梅莱玛—哈默斯太太已经下了决心，不再盼望你回家。我们早认为你到阴曹去了，我们根本就不打听你的消息。"

门缝里，我能看到你父亲的半个脸面。他刚抬起的两只手还在空中。他的嘴唇颤动着，说不出话来，两腮的肌肉不断地抽搐。不一会儿，他的两条胳膊从空中落了下来。

安娜，梅莱玛工程师是这样讲的："你曾指控过阿梅丽娅·梅莱玛—哈默斯太太，说她行为不端。我，作为她的儿子，同样感到受了侮辱。你未将这样的指控告到法院去，我母亲也就没有机会为自己辩护和澄清事实。不知你还把对我母亲这种肮脏的指控转告谁或跟谁讲过。梅莱玛先生，碰巧我这次到泗水出差。有一次，又是碰巧，我偶然在报纸上看到了一幅广告，那是逸乐农场推销牛奶和乳制品的广告，下面写着你的姓名。我雇了一位侦探来查你的底细。不错，广告上的 H.梅莱玛就是赫曼·梅莱玛，是我母亲的丈夫。本来，阿梅丽娅·梅莱玛—哈默斯太太可以再次结婚，过幸福的生活。然而，你却让案子一直悬着。"

"如果需要离婚的话，当初她就可以到法院去办理手续。"你父亲有气无力地回答着。看到亲生儿子这样地凶，他显得十分害怕。

"是你提出的指控，为什么一定要梅莱玛—哈默斯太太到法院去申诉呢？"毛里茨说。

"如果我去法院控告的话，你母亲就会丧失在我那边牛奶厂的一切权利。"你父亲说。

"梅莱玛先生，请你别再去捕风捉影（pengandaian dan pengagakan）了。显然，你的指控并没有成立，而梅莱玛—哈默斯太太却成了你假设和想象的牺牲品。"毛里茨说。

"当初,你母亲对那桩丑闻并无异议。若要公布给大众,不用你来说,我必定已经那样做了。"

"那时,母亲没有钱去请律师。现在,她儿子已有了这个能力,再贵的律师他也请得起。你现在可以重新起诉。你的钱不也挺多吗?也可以去请律师嘛。即使要你付赡养费,你也有的是钱!"

你瞧,安娜,问题已经很清楚,梅莱玛工程师不是别人,就是你父亲的独生子,是他合法妻子生下的唯一合法的儿子。他这次来,非把我们的好日子闹个天翻地覆不可。我听了这些话,感到胆战心惊。那时,首席文书和他的妻子干预不了我们的生活。帕伊曼也干预不了。如果梅莱玛先生翻脸不认人,那也没有关系。如果我的孩子中有谁要胡闹,也无关紧要。我这个家庭,这个农场,仍将安然无恙。而现在来的不是上面这些人,是你同父异母的哥哥。他来不只是要干预我们的生活,而是为了攻击、摧毁这一切。

这时我仍没有参与他们的谈话。听到那些话,我心里再也憋不住了,走出了办公室,想缓和一下气氛。当然,我应该站在你父亲一边说话。

"侦探给我提供的情况非常详细,而且完全可靠。"他继续说,对于我的出现,他全然没放在眼里,"我对你这个家已了如指掌。每个房间里都放些什么,有多少雇工,有多少头牛,水田里出产多少吨稻谷,旱地里出产多少吨杂粮,你每年有多少收入,银行里有多少存款,我都知道得清清楚楚。然而,最厉害的还是,梅莱玛先生,有一件事牵涉你的生活道德,就是你留下了告发阿梅丽娅·梅莱玛—哈默斯太太行为不端的指控,但事实如何呢?法律上,你仍然是我母亲的丈夫。可是,行为不端的恰恰是你。你找了个土著女人厮混,不是一天、两天,而是让她白天黑夜跟你在一起,已经有十几年了!你们没有履行结婚手续，因此，生下的两个孩子都是野种（haram-jadah）！"

听了这些话，我气得热血上涌，两眼通红。我干裂的嘴唇颤抖着，把牙齿咬得咯咯地响。我向前跨了一步，站在他跟前，真想去抓他的脸。这么多年来，我所维护、培养和为之奋斗的那些东西，我所心爱的那些东西，一样一样，都被他侮辱了。

"你这些话只配到梅莱玛—哈默斯和她儿子的家里去说！"我用荷兰语反驳道。

安娜呀，那不讲理的家伙根本就不理睬我对他的训斥。他连看都不愿看我一眼。在他看来，我好像就是一块不值钱的劈柴。他指控我与他父亲乱搞，他父亲也与我乱搞。让他说去好啦，这也许是他的权利，全世界也都可以这么认为。然而，说你父亲和我欺诈（berbuat curang），我根本不认识那名叫阿梅丽娅的妇女以及她的儿子……这样的污蔑真是到了登峰造极的地步！而且这种事竟发生在我们用血汗经营、亲手建立起来的家里，竟发生在自己家里……

"你没有权利来谈论我们的家庭！"我发了疯似的用荷兰语向他怒骂。

"不关你（kowé）的事，姨娘。"他用粗鲁生硬的马来语还击了我一句。说完，他又对我摆出那副不屑一顾的神态来。

"这是我的家。你这些话到马路边上说去，别在这里讲！"

我向你父亲递了个眼色，让他走开，可他没有领会。那不讲理的家伙仍然不理睬我。看了这种情景，你父亲反而发起呆来，不知如何是好。后来，情况变成了这样：

"梅莱玛先生，"他又用荷兰语说，还是不愿意跟我说话，"即使你跟这个姘妇结了婚，合法地结了婚，但她仍然不是一名基督徒。她是一个异教徒！就算她是基督徒，你的名声仍然要比阿梅丽娅·梅莱玛—哈默斯太太坏得多，比您控告我母亲的所有丑事还要见不得人。因为

111

你的所作所为乃混血之过（dosa darah），侵犯血统（pelanggaran darah），把欧洲基督徒的血和有色土著异教徒的血混杂了起来。这是不可饶恕的罪孽！"

"滚出去！"我大声呵斥，他还是不理睬我。"是谁让你跑到别人家里来捣乱的？还有脸说自己是工程师，一点规矩都不懂！"

他仍然不理我。我又向前一步。他往后退了半步，表现出讨厌土著民接近他的姿态。

"梅莱玛先生，现在你该清楚你是一位什么样的人了吧？"

说完，他转身就走。他下了台阶，爬进马车，头也不回，连个招呼也不打，就离开了。

你父亲仍然木鸡似的站在那，一动不动。他陷入了沉思。

"难道你跟正式妻子生下的孩子就是这副德行吗？"我对你父亲吼起来，"难道这就是十几年来你所教导我的欧洲文明吗？过去你一天到晚吹嘘欧洲文明，把它捧上了天。难道欧洲文明是叫你派人去调查别人的家庭情况，窥探别人的私生活，欺负别人、时机一到就进行敲诈勒索吗？那不叫敲诈勒索又叫什么呢？如果不是为了敲诈勒索那又为什么要去调查别人家呢？"

安娜，你父亲显然没有听到我的吼声。他转动着眼珠，在朝马路的方向张望。他瞪大了眼睛，一眨也不眨。我又朝他喊叫，他仍然不听。几个工人跑了过来，想知道发生了什么事情，看到我正跟你父亲大发脾气，他们便马上散开，退了回去。

我把你父亲又推又搡，在他的胸脯上又挠又抓。他一声也不吭，也不感到痛。我只顾自己发泄内心的郁闷。我不知道他在想什么，也许在想他的妻子。我的心啊，安娜，是多么地痛苦！尤其看到他不愿了解我内心所受的折磨，这更使我感到伤心。

我推搡抓挠着你父亲，大闹了一阵。我感觉累了，精疲力竭地坐在椅子上，全身像瘫痪了一样，再也站不起来。我趴在桌子上，哭成了泪人。

对我这姨娘的侮辱何时算个终结呀？难道每个人都可以来伤害我吗？我的父母把我卖给别人当侍妾，难道我应该去诅咒父母吗？安娜呀，我从来也没去诅咒过他们。人们是否知道，那个有知识的人，还是工程师呢，他不仅侮辱了我，而且也侮辱了我的子女。难道我的子女就应该受他们的欺负和侮辱吗？为什么那身材魁梧、胸膛宽阔长满毛、肌肉发达而结实的赫曼·梅莱玛先生，竟没有能力来保护他生活的伴侣、他孩子的母亲呢？这样的人能算得上一个男子汉吗？他配当我的老师、配当我孩子的父亲以及我崇拜的偶像吗？他那些知识和学问有什么用呀？他作为一个受到所有土著民尊敬的欧洲人又有什么意思呢？如果他自身难保，那还有什么资格来做我的主人、当我的老师？怎么还会成为我心目中的神祇（dewa）？

从那时起，安娜，我对你父亲失去了尊敬。他对我关于个人尊严和自尊心的教育已在我心中深深地扎下了根。他也不比那首席文书和他的妻子强多少。在那小小的考验面前，他只不过如此而已。如果这样，没有他，我一个人也能照顾自己的子女，也能处理其他一切事情。我伤心透了，安娜。在我这一生中，恐怕再也不会发生比这更伤心的事了。

当我把头抬起的时候，我的眼睛透过泪珠，看到你父亲还站在那里，瞪大了两只眼睛，发愣地朝马路的方向张望。尽管我是他生活的伴侣，是他最得力的助手，但他看都不看我一眼。过了一会儿，他咳嗽着，慢慢地挪动脚步，仿佛害怕被魔鬼们听见似的，低声地呼唤："毛里茨！毛里茨！"

他走出屋子，下了台阶，穿过庭院，来到了门前的大马路上。他向右拐弯，朝着泗水的方向走去。他脚上只穿着一双拖鞋，身上穿的还是下地劳动的衣服。

那天，直到天黑也没见你父亲回家。我顾不了他。我沉浸在自己内心的痛苦之中。晚上他也没有回来，第二天也没见他回来。安娜，我等了他三天三夜，眼泪湿透了枕头。

这期间，达萨姆帮我料理着一切。到了第三天傍晚，他才鼓起勇气来敲门。安娜，是你去替他把我们家的门打开的，也是你把他带到了楼上。我从没想他敢到楼上来。他怎么敢上楼！我的痛苦和悲伤顿时爆发成怒火。后来我想，也许他有更重要的事情来向我报告。我房间的门本来就没有锁。安娜，又是你去替他开的门。也许你早把这事忘了。在他一生中，他就到楼上来过这么一次。

达萨姆这样对我说："姨娘，除了读写文件以外，其他，我达萨姆都帮你料理好了。"他是用马都拉语跟我说的。我没有回答他的话。我没去考虑那农场的事。我仍然抱着枕头躺在床上。他又说："请姨娘放心，一切都没问题。姨娘，我达萨姆，是可以让您信得过的！"

事实证明，他确实是一位让我信得过的人。

第四天，我走出了房间，走出了家门。我到学校去接你，让你辍了学。我想，决不能让我们辛辛苦苦经营的这个农场就此垮掉，我们日后的生活全都要靠它。安娜，我把这个农场当成我最大的孩子，就是说，我把农场看作是你最大的兄长。

（讲完了故事，妈妈伤心地哭泣起来。想起那时无法抗拒、无力还击的受辱情况，她内心又痛苦起来。哭泣了一阵子后，她继续往下讲。）

你自己也知道，安娜，我们一回到家，你看见我赶走了多少个雇工？恐怕十五个人都不止！他们为了能得到几角钱，曾向毛里茨出卖了我们家的情况。说不定他们一分钱也没得到。对了，安娜，妈妈也觉得对不起你。你爸爸和我早就商量好了，要送你到欧洲去学习，把你培养成为教师。我让你辍了学，感到非常、非常地对不起你。你还不到干活的年龄,可我不得不让你去干这么繁重的活,一年到头、一天也不得休息。你没有伙伴,没有朋友。为了我们的农场,我不得不这样要求你。我要把你培养成一个能干的农场主。老板是不能和雇工交朋友的,我不允许他们把你带坏了。安娜,我不得不那样做呀!

哥,梅莱玛工程师来过之后,事情发生了急剧的变化。谁也没有跟我讲过,我父亲的情况都是我自己看到和听见的。到了第七天,他回来了。奇怪的是,他变得衣冠楚楚起来,脚上还穿了一双新鞋。那天下午,干完了活,妈妈、我、罗伯特,坐在门前。这时,爸爸从外面走了进来。

"别理他,谁也不许跟他说话。"妈妈命令我们说。

等他走近的时候,我越来越清楚地看到他刮得光光的两腮,满是青灰的胡茬子。脸色显得苍白。他的头发梳得溜光,从中间向两边分开,头上抹着我们家从未用过的发油,一股奇异的香味扑鼻而来。他浑身是酒味和其他香料的气味。走过我们身边时,他没跟我们打招呼,也不看我们一眼,径直走进家里,直到我们看不见为止。

罗伯特猝然站起身,瞪了妈妈一眼,气呼呼地抱怨说:"我爸可不是土著民!"他一面喊着爸爸,一面跑了过去。

我看着妈妈,妈妈也注视着我,慢慢地说:"只要你愿意,你也可以学你哥哥的样。"

"不,妈妈,"我说着,搂住了她的脖子,"我只愿跟随妈妈。我和您一样,也是个土著民。"

哥,这就是我们家当时的情况。我不知道你是不是也会像我的亲哥哥罗伯特、我同父异母的哥哥毛里茨工程师那样欺负我们。

父亲在屋子里干了些什么,我们不知道。一层和二层所有房间的门都锁着。

大约一刻钟以后,父亲从屋子里走了出来。这次,他看了看妈妈和我,但没跟我们说话。罗伯特跟在他的后面。我父亲走出了庭院,上了大路,远去了。罗伯特又回到家里,哭丧着脸,为父亲没有理他而感到失望。

从那时起,在最近五年中,我几乎就不再能见到父亲。有时,他偶然露一两次面,但来时无言,去时无语。妈妈不愿理他,不去找他,也不管他。妈妈也不让我去找他,甚至连提都不让我提起他。妈妈叫达萨姆把父亲的相片从墙上取下来,在庭院里,当着全家和工人们的面烧掉了。也许,这是妈妈发泄胸中仇恨的一种方式。

罗伯特看到这情况,起初并没吭声,等烧完了,他才提出抗议。他跑进了屋子,到妈妈的房间里把妈妈的相片也取下来,一个人在厨房里烧掉了。

"他可以跟他爸走。"妈妈对达萨姆说。

达萨姆勇士对罗伯特说了这么几句话:"谁要是敢碰一碰姨娘和小姐,不管他是谁,少爷您自己也好,我就要用这大刀把他剁成肉泥。如果少爷愿意的话,您不妨就来试试,今天也行,明天也行,什么时候都行!同样,如果少爷敢去找老爷的话,那也别怪我不留情面……"

两个月以后,罗伯特从荷兰小学毕业了。他没把这事告诉妈妈,妈妈也没去过问。他一天到晚东游西逛,很少在家。妈妈和哥哥结下了仇恨,彼此心照不宣,到现在,已经有五年了。

起初,罗伯特尽拿东西出去卖。他在仓库、厨房、屋里以及办公室里,见什么拿什么,卖掉了钱就归自己。有的工人,受他的指使,帮他偷东西出去卖。妈妈知道了,毫不客气地就把他们撵走。后来,妈妈不让罗伯特在家到处乱窜,只许他去两个地方:一个是他的房间,一个是饭厅。

哥哥,就这样,我们过了五年。这五年中,我们家只来过两位客人：一位是罗伯特·苏霍夫，是我兄长的客人；还有一位明克，是我和妈妈的客人。这个客人就是你啊，哥！不是别人，是你本人……

第六章

我迁居沃诺克罗莫那豪华的住宅,已有五天了。有一天,罗伯特·梅莱玛请我到他的房间去。

我怀着戒备,步入他的屋子。这儿的摆设要比我住的那间多些,里面有一张写字台,上面铺着玻璃板,板下压着挺大的一幅画,画面是挂着英国国旗的驯鹿号(Caribou)商船。

罗伯特还算客气,然而他两眼通红,眼珠不停地转动着。他服饰洁净,散发出一股低劣香水味儿,那向左梳理的头发,用发蜡抹得油光锃亮。他是个相貌英俊、身材高大的小伙子,机灵、敏捷,强壮而彬彬有礼。他举止有节,看上去总是沉浸在遐想之中,好用眼角瞟人,褐色的眸珠长得像玻璃球似的,两片嘴唇不时地撇着。这些令我不安。房间里只有我和他两人,我感到心绪不宁。

"明克,"他首先发话说,"看来你乐意住在这儿。你是罗伯特·苏霍夫的同学吧?在荷兰高级中学里你跟他是同班?"我点点头,心中仍存有戒心。

我们俩面对面坐在椅子上。

"按说,我也该上荷兰高级中学,而且也该毕业了。"

"那你怎么中途辍学了呢？"

"这得怪我那位母亲，是她没有尽到责任。"

"遗憾。也许你没有提出要求吧！"

"这不必向她提出要求，她本来就有这个义务。"

"可能你母亲以为你不乐意继续念下去。"

"明克，对命运是不能作假设的。如今，我已经落到此种境地，被你压过一头去了。明克，你只不过是一个土著民，可是成了荷兰高级中学的学生。唉，说这些上学的事干什么呢？"他缄默片刻，接着用那玻璃球似的眼珠逼视着我，"我要问你，你是怎么住到这儿来的？看起来，你还很享受，是不是因为这儿有个安娜丽丝呀？"

"是的，罗伯特，因为这儿有你妹妹。我是被邀请来的。"

当我揣摩他的神色时，他干咳起来。

"也许你对此持有异议吧？"我诘问道。

"你喜欢我妹妹？"他反问了一句。

"一点不错。"

"太遗憾了，可惜你是一个土著民！"

"土著民就不行吗？"

他又干咳起来，搜肠刮肚地寻找遁词。接着，他把目光投向窗外。我趁机把房间扫视了一遍。他的床上没挂蚊帐，床底下放着一只瓶子，瓶颈上还剩一点没烧完的蚊香。瓶子的四周尽是散落的灰烬，房子久未被打扫过。

他的说话声使我把视线从床底下收了回来。

"我在这宅子里太寂寞了。"他换了个话题，"你也许喜欢下棋吧？"

"很遗憾，罗伯特，我不喜欢。"

"是的，太遗憾了。打猎呢？走吧，咱们打猎去！"

"又叫你失望了，罗伯特，我需要把时间用来学习。说实在的，我也喜欢打猎。下次陪你去，怎么样？"

"好吧，那就下次去吧。"他以阴森的目光同我对视着，看得出，眼神中隐伏着威胁。他把右手掌放到大腿上，说："现在出去遛遛，怎么样？"

"抱歉，罗伯特，我要学习。"

我们默默无语。良久，他站起身，摆动了一下门扉。我举目四下搜索，希望能找到一个交谈的话题，当然我并不放松警惕，随时准备应付种种不测。我所注视的目标是窗户。倘若他冷不防向我袭来，我便跳出窗户，逃之夭夭。我还知道，窗户外的正下方有一张小桌子。桌上空空的，没放花盆。

罗伯特没坐他的椅子。那把空椅子上摊放着一本压褶了的杂志，一看便知，那是被用来垫柜子或桌子腿的。

"你没有什么可翻阅的杂志吗？"我问道。他复又坐下，哑然一笑，露出一口光泽、洁白、保养得很好的牙齿。

"你是说那些可供阅读的纸片？"说着，他看了看那本压褶了的杂志，"是，我随便翻了翻，也看过。"

他抄起杂志，随手递给了我。这时，我猜度他还在犹豫。他也许想搞什么名堂。他那犀利的目光仿佛要穿透我的心脏。我不寒而栗。他说的那些纸片也确实是本杂志，封面已经破损，但上面的字还依稀可辨："东印度……"

"给懒汉看的玩意儿，"他尖刻地说，"拿去看吧！如果你喜欢的话，就把它带走好啦！"

从纸张和印刷看，显然是本新出的杂志。

"你高中毕业后想干什么呀？"他突然问我，"罗伯特·苏霍夫说你将去补县太爷的肥缺。"

"没那回事儿。我不愿意入仕途，更喜欢像现在这样自由自在。再说，谁来提拔我当县长呀？你自己想干什么，罗伯特？"我反问他道。

"我不喜欢这个家庭，也不喜欢这个国家。这儿太热。我更喜欢雪，这个国家烈日炙人。我将回到欧洲去，漂洋过海，周游世界。当我登上自己的第一艘船时，我要在胸脯和双臂文上我喜爱的图案。"

"太叫人神往了，"我回答说，"我也想到其他国家去游览一番。"

"我也这么想。要是那样，我们可以一起坐上海轮，周游列国。明克，你同我一起去。让我们一起来订个计划，你说好吗？哎呀，可惜你是个土著民！"

"是，太遗憾了，我是个土著民。"

"瞧这幅轮船的画，是我一位朋友送给我的。"他显出眉飞色舞的样子，"他在驯鹿号上当水手，我在丹戎佩拉同他偶然相遇。他海阔天空地跟我神聊了一通，谈得最多的是加拿大。我都已经打算跟他去了，可他又拒绝我说：'对你来说，当个水手算什么。你是纨绔子弟，还是在家里待着吧。如果你真想去，可以自己花钱买一条船嘛！'"罗伯特用陷入梦境般的目光凝视着我，"那是两年前的事。打那以后，再未见他来过丹戎佩拉。他杳无音信，说不定已经葬身鱼腹了。"

"没准你母亲不同意你去，"我说，"往后谁来照管这么大的家业呀？"

"哼，"他从鼻孔里出着粗气，"我已经是个大人了，有权自己支配自己。不过我还犹豫不定。我也说不上是怎么回事。"

"还是先跟母亲商议一下为好。"他摇了摇头，"要不就同父亲商量一下。"我给他出主意。

"真没意思！"他深深地叹息着。

"我从未听到你同你母亲说过一句话。看来还是我替你向她转达为好。"

"不用，谢谢。我从苏霍夫那儿听说，你是个流氓（buaya darat）。"

听了这话,我周身的血液直往上涌,脸上像被火烤似的发烧发胀。一下子,我全明白了,我已触到了他那根最敏感的神经末梢。他想做什么昭然若揭。这样也好,因为他已脱口道破了他既定的意图。

"我全懂了,"我回答道,"谁人背后无人说,谁人面前不说人呢?我,你,苏霍夫,都一样。"

"我吗?我可不是那种人!"他十分肯定地说,"我对他人的言谈举止从不在乎,何况是他们对你的看法,我更不去理睬人们对我的议论。只是苏霍夫跟我说:'小心那个低贱的土著民明克,他是下等无赖。'"

"他的话有道理。任何人都该有防人之心,苏霍夫也该如此。罗伯特,我对你就从来没有放松过警惕。"

"你瞧,为了一个女人,想入非非地住在别人家里,我可从来不会干这种事,尽管许多人向我发出过邀请。"

"我刚才已对你说了,我喜欢你妹妹。是你母亲邀请我住到这儿来的。"

"好吧,但是你要明白,我可没有邀请过你。"

"这我完全清楚,罗伯特。我还保存着你母亲的那封信呢。"

"给我瞧瞧。"

"那是写给我的,罗伯特,不是给你的信。遗憾!"

罗伯特的态度和声调越来越带有敌意,他开始恐吓我。蔑视人的冷眼开始逼视我,好让我变得畏怯。我自己也已感到忧心忡忡。

"我不知道你最终是否会同我的妹妹结婚。看样子,母亲和安娜丽丝都是喜欢你的。尽管如此,但你可别忘了,我才是这个家里的男孩,排行最大。"

"我在这儿同你的权利全然无关,罗伯特。我不是为削弱你的权利来的。你仍然是梅莱玛先生的儿子,是他的长子,没有人能改变你的这种地位。"

他干咳着，小心翼翼地挠着脑袋，生怕把梳理过的头发弄乱了。

"我明白，你也明白，这儿的人都在敌视我。没有谁理睬我。这一切都是因为有人在搞鬼。"他在"有人"两个字上加重了语气，"如今你也来了，也成了他们之中的一员。这已是确定无疑的了。我在这个家里十分孤立。希望你不至于不懂得一个孤立无援的人能干些什么。"他的唇边绽出一丝微笑，威胁着说。

"不错，罗伯特，可你也不要忘了自己所说的话，因为这些话对你也同样适用。"此时，他的目光已是迷离恍惚，直勾勾地盯着我。他正反复估量着我的实力，而我也效仿着他，同样报以轻蔑的一笑。我注视他的一举一动，到时候，一看到他做出可疑的动作，我便"嗖"地一下跃到窗外。在这个房间里，他就找不到我了。

"是的，"他边说边不住地点头，"不过你可也别忘了，你充其量也不过是个土著民。"

"哦，罗伯特，那当然。对此我不会忘记的，无须你为我操心。不过你也别忘了，你身上同样有印尼土著民的血液。我并非混血，不是欧洲人的后裔。但我在欧洲人的学校里念了书。如果你认为凡是欧洲的东西就高贵，那么告诉你，我身上也有欧洲人教给我的学问。"

"你很聪明，明克，不愧为荷兰高级中学的学生。"

这场交谈在咄咄逼人的气氛中仿佛持续了好几个小时。后来我发觉，只不过进行了十分钟。幸好，安娜丽丝在外面喊我，于是我起身告辞。

没料到，罗伯特坐着不动，竟慢腾腾地说出这样的话来："走你的吧，你的小姨娘正在找你！"

我不由得在门边停住脚步，以不可名状的神情盯了他一眼。他只是满不在乎地笑了一笑。

"他是你的妹妹,罗伯特。说这种话可不得体吧。我也有自己的尊严……"

安娜丽丝连忙过来,一下子把我拽到后厅,好像那间屋子里已发生了一起严重事故。我和她坐到一张沙发上,上面铺着松软的、绣有各种花卉的米黄色坐垫。她紧紧挨着我,小心地对我悄声耳语:"别跟罗伯特厮混,更不要进他的房间。我真为你提心吊胆。他已越来越不像话,妈妈不愿为他还债,都拒绝他两次了。"

"你有必要同自己的兄长作对吗?"

"话可不能这么说。他应当工作,自谋生计。如果他愿意的话,是能够做到的。可是他不肯干活。"

"是的,可是你们两人为什么非要搞得势不两立呢?"

"这不是由我引起的,如果你相信我的话。妈妈在哪一点上都做得比他合乎情理。可妈妈讲的道理他听不进去,就因为妈妈是个土著民。那我有什么法子呀!"

我知道,我不该介入别人家里的事。因此我收住了话头。此时,我不禁忖度起来:那个英俊的小伙子,从自己家庭的生活中得到的是什么呢?他从母亲那儿得不到(疼爱),从父亲那儿也得不到,从他胞妹那儿更无从谈起。我来到了这个家,他妒火中烧。这也是可以理解的。

"你为什么不充当个和事佬呢,安娜?"

"为了什么?他胡作非为,我恨透了他。"

"恨他,恨透了他?"

"他那副模样,我瞅都不乐意瞅他。从前,我倒还想跟他和好。如今,我一辈子,哥,我一辈子也不想再跟他好了。"

我后悔不该干预她的事。她脸骤然涨得通红,愤怒溢于言表。

姨娘来了,手执一张《泗水日报》,前来同我们坐在一起。她指着上面的一篇短篇小说《我熟识的一位杰出又平凡的姨娘》(*Een Buitengewoon Gewoone Nyai die Ik ken*)，对我说："你读过这篇小说了吗，明克？"

"读了，妈妈，在学校里读的。"

"我对小说里描写的主人公似乎非常熟悉。"

听她这么一说，我不知道自己的脸色是否变得苍白。尽管这篇小说的题目已经改了，但它正是出自我的手笔，也是我首次不在拍卖行小报上发表的作品。里面若干字句已被修改润色，但它终究是我的作品。它的素材并非来自安娜丽丝，而是大体上根据我对她母亲日常情况的想象。

"谁写的，妈妈？"我佯装不知地问。

"马科斯·托勒纳尔（Max Tollenaar）。你真的只给拍卖行小报撰稿吗？"

为了不让这个话题延宕下去，我立即改口承认了："妈妈，我实说了吧，这是我写的。"

"不出我的预料。你很有才华，孩子。一百个人里都挑不出一个，能写这样好的文章。可就是，如果小说里的人物是指我的话，那……"

"那是我根据您的形象虚构的。"我脱口回答。

"就是嘛，怪不得好多事情写得不真切。不过，作为小说，它确实是篇佳作。但愿你将来能成为一个像维克多·雨果那样的大文豪。"

我的天哪，她还知道雨果！我不好意思问她维克多·雨果是谁。而且她能说出故事的优点。她是什么时候知道这些的？要不，她是在有意卖弄自己？

"读过弗兰西斯的作品吗？G. 弗兰西斯，你读过吗？"

我实在招架不住。我都不明白她说的是一个什么样的人物。

"你好像从未读过马来语吧？"

"是马来语的书吗，妈妈？有吗？"

"如果你不知道的话，那就遗憾了，孩子。他写的马来语作品可多着呢！我估计他是个纯血统欧洲人，要不就是个混血儿，而不是土著民。孩子，要是你不予注意的话，真是遗憾极了。"

她还谈及许多小说界的事。她越是滔滔不绝，我越觉得困惑不解。兴许她是从赫曼·梅莱玛那儿听到一鳞半爪，然后到我面前来胡吹一通吧？关于荷兰的语言和文学，我的老师倒是讲得不少，但关于她讲到的这一切，却从未提及过。再说，我那敬爱的马赫达·皮特斯老师，肯定远比一个区区姨娘学识渊博得多。这样一个与人为妾的女流之辈，竟也道起小说的文笔来了！

"那个弗兰西斯，孩子，他写了一部名叫《达西玛姨娘》的小说。那真正是用欧洲人的笔调写的，只不过借助的语言是马来语罢了。我有这本书，你也许会乐意阅读欣赏的。"

我只是唯唯称诺。其实我想，她对小说界的事懂什么呀！她对阅读小说津津乐道，对作家笔下虚拟的人物评头品足，甚至还评论起书中的语言技巧来。可是她眼皮底下的儿子罗伯特怎么样呢？不予教化！这样的事真叫人难以理解。

她仿佛能看透我的心思似的，随即问道："也许你想动笔写点有关罗伯特的事吧？"

"为什么，妈妈？"

"那是出于你们年轻人的天性。你肯定想写周围熟悉的人，描写那些勾起你兴味的人，那些使你同情和你所厌恶的人。我看罗伯特准能引起你的注意。"

幸好晚餐开始，我们结束了令人不愉快的交谈。罗伯特没来一起进餐。无论安娜丽丝还是她母亲，对此都不感到意外，也不过问，连那端饭上菜的用人也都只字未提。

席间，我打定主意要转达罗伯特想当一名海员并返回欧洲去的意愿。这时，恰巧姨娘又开口道："故事，孩子，它本来就是描写人的，是描写人的生活，而不是亡故。是的，尽管跃然纸上的有动物、罗刹、神仙或魑魅魍魉，但最难理解的还是人们自己。因此，在这个世界上，故事无穷无尽，每天都在发展。对此，我个人的理解非常肤浅。有一回，我读到一篇作品，大意是：切勿将看上去如此质朴的人视为草芥；任凭你的双眼如同鹰目那般尖锐，任凭你的思谋像尖刀那样锋利，任凭你的触觉似神仙般灵敏，任凭你的耳朵能悉听生活的欢快和恸号，但对人的认识仍将是不可能穷尽的。"她已完全停止进餐，手中盛着食物的匙子总在颔下摇晃，"的确，最近这十年来，我读得更多的是小说。似乎感到每部书的内容都是叙述某个人为摆脱困境或克服困难而怎样历尽艰险。描写欢乐的小说总不吸引人。那种小说描写的不是凡人及其生活，而是关于天堂。显然，那是不可能发生在咱们这种人世间的。"

她又继续用餐。我凝神谛听，想理解她说出的每一句话。此时，她给人以不倦的教诲，尽管人们并不承认她是正式的老师。吃完饭后她仍继续侃侃而谈："因此我说，罗伯特肯定是会使你发生兴趣的。他总是自找困境，无法自拔。大概这就是所谓的悲剧吧。他父亲也是那样。通过你的作品——如果他愿意读的话——他或许能引以为鉴，从中看到他的影子，没准能改弦更辙。谁敢说这一定不行呢？不过，我有个要求，你在发表之前，最好能让我有先读为快的权利——当然，倘若你不反对那样做的话。或许，这样可以进一步避免那些失真描写和谬见。"

是的，我正在着手写作有关罗伯特的小说。姨娘的提醒颇使我愕然。我感到，她在用鹰隼般犀利的眼光注视着我。她的观点袭击着我作为一位小说作者所管辖的神圣领地。处女作的发表使我为之振奋。但是，我对罗伯特的刻画却因急于求成反倒无法下笔。姨娘过分热切的关注使得这篇作品半途而废。

那天席间的整个交谈使我陷入沉思。无疑，她已经博览群书。大概赫曼·梅莱玛原先就是一位有真才实学又循循善诱的老师，姨娘则是个勤学好问的学生。她理解了他所讲的道理，并能独立思考，进一步加以发挥。我在学校里没获得的知识，却在一个姨娘家学到了。谁会预料到这一点呢？也许她比我更了解罗伯特·梅莱玛。这个年轻人对土著深恶痛绝。从她对我所说的那些话中，可以看出她在深切地为她的长子担心。

对那个体魄高大的小伙子，我还没有更多了解。也许他也像他母亲那样博览群书。他送给我的那本杂志显然不是寻常的读物，可能属于家庭藏书，或者他从邮差那儿收到后未交给他母亲，也可能他从未有始有终地阅读过它。对此，我并无真切的了解。杂志里的文章都是谈论国家、人口以及荷属东印度问题的，其中有一篇或多或少地谈到了日本及其同荷属东印度的关系。

那篇文章丰富了我搜集日本问题资料的笔记。最近几个月来，人们热烈地谈论着日本。可我的那些同学中竟无一人去关心这个国家及其民族，虽然在学校讨论会上大约有两次提到过它。同学们认为，这个民族低下得不足挂齿，一谈起日本，他们就把它理解为挤满妓女的日本花街（Kembang Jepun）①、小铺子、居酒屋以及理发师和货郎小贩，等等。这些根本就代表不了敢向现代科学技术挑战的日本！

在学校的一次讨论会上，当我的老师拉斯敦丁斯特先生设法吸引学生的注意力时，同学们更多地仍在那儿海阔天空地侈谈。他说：在科学领域中，日本也在崛起。北里（Kitasato）发现了鼠疫病菌，志贺（Shigo）发现了痢疾病菌，这样，日本也已为人类做出了贡献。接着，

---

① 这是泗水最古老的街区，也曾是商业中心，靠近丹绒卑叻。

他又把上述这些同荷兰民族对人类文明做出的贡献进行比较。见我在全神贯注地听着，并认真做笔记，他便以挑战的口气问我：喂，明克，我们班上的爪哇族代表，你的民族对人类做了什么贡献呀？听到这突如其来的诘问，不光是我钳口结舌，就连被皮影戏艺人关在箱子里的那些古爪哇神灵们，也会被吓得面色如土、百喙莫辩。因此，为了避而不答，最最厉害的一招是对他说：是的，拉斯敦丁斯特先生，现在我还无可奉告。于是，我的老师便用他那十分迷人的微笑，向我表示会意。

这些片段摘录自我关于日本问题的笔记。罗伯特给的杂志上刊登的那篇文章，对我的笔记作了颇为可观的增补。关于日本正忙于确立防务战略的问题，我不甚了解。正因为如此，我才把这些记了下来，起码在学校的讨论会上，可以把它当作炫耀的资本。

文章谈到，日本的陆军和海军之间存在着竞争，嗣后采取了海军陆战队的防务战略。近百年来，陆军具有善战的传统，因而对此感到颇为不悦。

荷属东印度本身又如何呢？文章表明，荷属东印度没有海军，只有陆军。日本是个列岛国家，荷属东印度与它同条共贯。如果说日本置海洋于首位的话，那么荷属东印度何以看重陆地呢？对外的防务问题不是同出一理吗？荷属东印度在将近一个世纪之前陷于英国之手，不也是由于它的海军脆弱吗？为何不引以为鉴呢？

我还从杂志上了解到，荷属东印度没有海军。游弋于印度洋上的军舰并非归荷属东印度所有，而是荷兰王国的。丹德尔斯（Daendels）曾经把泗水作为海军基地①，可那时荷属东印度连舰队都没有。从那以

---

① 除了修建邮路干线，赫尔曼·威廉·丹德尔斯担任荷属东印度总督期间格外注重军事防御，在巴达维亚开设军事学院，在泗水和三宝垄开设军工厂、修建堡垒等。

后的几乎一百年中，人们从来不去考虑建立一支独立的海军对荷属东印度群岛究竟裨益何在。达官显贵们寄希望于英国在新加坡和美国在菲律宾的海上设防。

那篇文章做出的假想认为，倘若同日本发生战争，那么荷属东印度的海域不加设防，而荷兰王国的海军又只是间或前来巡弋，那时会出现何种态势呢？这岂不是重蹈 1811 年荷兰溃败①的覆辙吗？

我不知道罗伯特曾否浏览并研究这篇文章。作为一个想当海员环游世界的青年，他兴许已对它做过研究。但作为一个欧洲血统的膜拜者，他大概把一切都寄托在白种人的优越性上。

那篇文章还说，日本力图在海上仿效英国。作者提出忠告，不要把日本民族视为学人步履的猴子，赶快停止这种揶揄。他还说，每件事物，在它成长之初都无非是效法别的事物。我们每个人，在孩童时期也不外是模仿他人。然而，孩童终究要长大成人，并进一步发展自己……

我也和冉·马芮和戴林卡讨论过战争。我把他们的观点记录如下：

冉·马芮说：角色在不断变换，上一代和下一代不同，从一个民族转到另一个民族。从前，有色人种统治白种人。如今则由白种人统治有色人种。

戴林卡说：三个世纪以来，整整三个世纪以来，白种人从未败于有色人种之手。至于一个白色人种击败另一个白色人种，这种事倒曾有过。然而，有色人种不会击败白色人种，在将来的五个世纪是这样，而且往后将永远如此。

---

① 1811 年 8 月，英国与荷兰为争夺爪哇开战，荷兰战败投降，英国获得爪哇的统治权，莱佛士（Stamford Raffles）成为代理总督；1814 年，英荷签订《伦敦条约》，1815 年起，荷兰逐步恢复对爪哇的统治权，至 1816 年完全恢复。

罗伯特期望能以欧洲人的身份去当海员。他梦想着远涉重洋,乘坐驯鹿号,置身于英国的庇护之下——英国本土虽不大,却有"日不落之国"的美名……

第七章

我好像还没有睡多久,一阵急促的敲门声就把我从睡梦中惊醒。

"明克,快起来。"姨娘在叫我。

姨娘手持蜡烛,站在门前,头发有些蓬乱。黎明前的黑夜,安谧沉寂,大厅里只有钟摆在嘀嗒嘀嗒地响着。

"几点钟了,妈妈?"

"四点。有人来找你。"

借着昏暗的烛光,我看见桌子旁边坐着一个人。蜡烛离他愈来愈近,我便越看越清楚:啊,是警察!只见他站起身来,向我施了个礼,用带爪哇口音的马来语说:"明克先生(Tuan Minke)?"

"是的。"

"我奉命前来传您,请您现在就走。"说着,他向我出示传票。他说的是真的,那是 B 县警察局的传票,离我老家不远。上面有泗水警察局的批准。白纸黑字写着我的名字。姨娘也看到了这张传票。

"最近你都干什么事了,孩子?"姨娘问道。

"什么也没干呀!"我紧张地回答。然而,我开始对自己的所作所为怀疑起来。我想了又想,把上周以来的言行从头至尾回忆了一遍,再次肯定地说:"我没干什么错事,妈妈。"

安娜丽丝走了过来。她穿着黑色天鹅绒长裙,披头散发,睡眼惺忪。

姨娘靠近我,说:"那位警察没说你有什么过错,传票中也没写。"她转过脸去对警察说:"他有权利了解自己的问题。"

"我没得到这种指示,姨娘。如果传票中没有写明,显然,那就没人能知道,包括当事人。"

"怎么能对我这样呢?"我据理进行驳斥,"我身为贵胄(Raden Mas),决不允许你们对我如此无礼。"我停下来等待警察的回答。他无言以对,我又接下去说:"我有受法律保护的特权(Forum Privilegiatum)①。"

"这是无可否认的,明克少爷。"

"那你为什么还要如此对待我呢?"

"我只是奉命前来接您,说不定我的上司也不全知道这是怎么回事,明克少爷。"警察为自己辩解说,"请您赶快收拾行装,我们马上就要出发。下午五点钟前必须到达目的地。"

"哥,他为什么要把你带走呀?"安娜丽丝惊恐地问。我感到她的声音在颤抖。

"他不愿意说明原因。"我简单地回答说。

"安娜,收拾一下明克的衣服,拿到这儿来。"姨娘吩咐说,"谁知道你们要把他带去多久。让他洗个澡、吃顿早饭总可以吧?"

"那当然,姨娘。时间还勉强来得及。"

警察给了我半个钟头。

---

① 原文为拉丁语。"特权"是指按照殖民地法律,带有 Raden Mas 及更高级头衔的土著贵族(包括县长及其儿孙)在法庭上将会被等同于欧洲人对待。

在后厅，我发现罗伯特在看我们的热闹。他冲着我打了个哈欠，当是打了个招呼。在洗澡间里，我反复思忖着各种的可能性：说不定罗伯特是肇事者，他去诬告了我。已经有两天我没见他来吃晚饭了。他对我一次又一次的恐吓和威胁重又出现在我的脑海里。好哇，罗伯特，假如真是你制造的事端，我可决不会饶了你。

当我回到前厅时，咖啡和点心早已端上了桌子。警察正在美滋滋地吃着早餐。显然，他受到款待后，态度更加客气起来。从外表看不出他对我有什么私人怨仇，甚至还跟我有说有笑起来。

"不会发生什么不吉利的事，姨娘。"警察说，"最多两个星期，明克少爷就可以回来的。"

"问题不在于两个星期还是一个月。他是在我家给抓走的，那我就有权了解究竟出了什么事。"姨娘催逼着。

"对不起，我真的不知道少爷出了什么事。我这么早来接人，只是为了不让别人发现。"

"不让别人发现？那怎么可能呢？您和我见面之前，不就碰见我家的看守了吗？"

"那么请您关照一下他，别让他把这件事声张出去。"

"我可不能让你们这样不明不白地对待我。"姨娘说，"我将要求警察局做出解释。"

"那太好了。我想，姨娘很快就会得到解释的，而且一定是确切的解释。"

安娜丽丝一直提着皮箱呆立着，这时她走到我身边，一句话也说不出来。她把皮箱和提包放在地板上，拉住我的手，紧紧地握着。我觉出她的手在微微地颤抖。

"请您先用早餐吧，少爷。"警察提醒我说，"警察局大概还没有这样好的早点呢。您不吃了？那我们就出发吧。"

"安娜，妈妈，我很快就会回来的。肯定是发生了什么误会。请你们放心好了。"

安娜丽丝依然紧握着我的双手。

警察拎起我的行李向外走去。我跟着警察走出了家门。安娜丽丝还紧紧地攥着我的手。我吻了一下她的脸，扒开她的双手。她仍旧默默不语。

"但愿你平安无事，孩子。"姨娘为我祷告说。"好了，安娜，为明克的平安祈祷吧。"

等在外面的马车不是警察专用的，而是一辆雇来的普通马车。我们登上了马车，朝泗水方向进发。看来警察是要把我带到 B 县去。我在黎明前的黑暗中，想象 B 县的每一幢房屋。那一座座的房屋中，究竟哪儿是我要去的地方？是警察局？监狱？还是客店？反正不会是寻常百姓的家。

路上，只有我们这辆马车在行驶。平时，巴达夫石油公司炼油厂的运油马车在破晓时就出动了，每次总是二三十辆马车拉成一个长长的队伍。可现在，连个影儿也没有。只见偶尔有个把人担着蔬菜，到泗水去叫卖。那警察一路不言不语，仿佛他生来就不会说话似的。

没准是罗伯特诬告了我。可为什么要把我带到 B 县去呢？

雾气弥漫，天还不太亮。马车油灯的光芒微弱昏暗。一切都显得死气沉沉，仿佛只有我们——警察、我、车夫和马匹才是大路上唯一有生命的东西。我在脑海里想象着，安娜丽丝一定在伤心地啜泣，无人能够劝慰她，姨娘思绪紊乱，担心我这次被带走会毁坏农场的名声，而罗伯特·梅莱玛一定会幸灾乐祸地说：你瞧，怎么样？苏霍夫的话是千真万确的吧？

马车停在泗水警察局门前。警察请我先在客厅里坐下等候。我很想询问一下自己究竟有什么问题，可是一看这早晨灰蒙蒙的雾气，可以断定,人们不会有心思来解答我,于是也懒得开口。马车仍在门前等着。警察竟把我一个人撇在这里,甚至连句嘱咐的话都没留下。

时间似乎过了很久。太阳迟迟不肯露面,当它升起时,也无力驱散那晨雾。空气里充满着灰色的小水珠,我甚至把它们吸进了肺里。警察局前面开始热闹起来,双轮马车、四轮马车、行人、小贩、去上班的职员,熙熙攘攘,来去匆匆。而我却孑然一身,静坐在客厅里。

差一刻九点,那位警察才又露面。看样子,他已经睡了个把钟头,还洗了个热水澡,所以显得容光焕发。相反,我早已困顿不堪,等得不耐烦了。而且,等了这么长时间,我仍然没有找到机会问个究竟。

"走吧,少爷!"警察以和蔼的口气叫我。

我们又登上马车,向火车站驶去。仍是这位警察给我装卸行李,下车后,还帮我提着行李到售票处去。我见他把一封信递进售票口,取回了两张白色车票——头等座。现在不是快车出发的钟点,唉,说不定还要坐慢车。果然,我们乘坐的是往西去的那种令人讨厌的慢车。我从未坐过这样的慢车。只要有快车,我是肯定不会坐慢车的。也有例外的时候,就是从B县到我居住的T县,这段路没有快车。

警察还是不作声。我靠近车窗坐着。他和我相对而坐。

这节车厢旅客寥寥无几。除了我和警察以外,只三个欧洲人和一个华人。车厢内的气氛叫人烦躁不安。头一站就有两个旅客下了车,包括那个华人。上车的人却一个也没有。

这条路线我已经往返过几十次了,对沿途的景物已不再感兴趣。从前我到了B县,总是住在客店里,休息一宿,第二天继续上路到T县去。现在,我肯定不会再去原来住过的客店,估计是要到警察局去。

车外的景色越来越使人厌烦。干涸的土地,时而昏黄,时而灰蒙蒙一片。我饿着肚子睡着了。管他发生什么事,听天由命吧。啊,人世间!窗外偶尔出现一片烟草园,渐渐变小,最后被飞驰的列车抛在后面。接着又是一片烟草园,又越变越小,消失在后面。水田,水田,一片接着一片,全都干涸无水,种的都是即将收获的杂粮。火车缓缓地爬行着,喷吐着滚滚浓烟,夹杂着火花和灰粒。为什么不是英国人来统治这一切呢?为什么偏偏是荷兰人来统治呢?倘若换成日本人来统治又会是怎么样呢?

警察把我推醒。我发现身边已经铺好了一块他自己带来的餐布,上面放着用香蕉叶卷成的餐盘,里面是油汪汪的炒饭,炒饭上是荷包蛋和炸鸡块,旁边摆着汤匙和叉子。这些可能都是为我专门准备的。真是太奢华了。一个警察,这样请客必定要经过再三的思量。还有一个装着可可牛奶的细高瓶子放在饭菜旁边。可可牛奶,这对土著民来说可不是一般的饮料。

将近下午五点,B县终于朦胧地出现在我的眼前。警察还是一言不发,仍旧为我提着行李。我没去阻止他。我想,一个一等警察和一位荷兰高中的学生相比,他算得了什么呀?他顶多只会用爪哇语和马来语读读写写而已。

下了火车,我们乘上一辆马车离开了火车站。要到哪儿去呢?这些光亮耀眼的白石马路,我是很熟悉的。看来,我们不是去旅馆,不是去客店,也不是去B县警察局。

一片萧条冷落的广场映入我的眼帘。广场上枯黄的草坪斑斑点点,到处显露出硬土。究竟要带我去哪里呢?马车驶向县长官邸,在大石门对面较远的地方停了下来。我的案子与B县县长有什么关系?我开始胡思乱想起来。

警察先跳下马车,和刚才一样,帮我照管着行李。

"有请!"他突然用爪哇语的雅语跟我说话。

我随他步入县行政公署。县长官邸就在公署的一侧。公署布置简单,墙上无画,家具不多,里面空无一人。仅有的家具也制作简陋,全都是柚木做的，没有上漆。看来这些家具当初并没有按房间大小和需要来设计，只是随便拿来放在那里而已。从沃诺克罗莫的豪宅出来，再进入这个屋子，我感到仿佛是在参观一个杂粮仓库。也许它比安娜丽丝的鸡窝要稍微强些。看样子，这可能是间审讯室，室内只有几张桌椅和长凳，靠墙还有几个书架。书架上放着几提纸和一些书。没有任何刑具。桌子上只放着一个墨水瓶。

警察又撇下我一个人不管了。我不得不再次焦灼地等待。直到太阳落山，我还不见警察回来。大清真寺的鼓敲响了，传来低沉郁闷的召唤声，召集人们去祈祷。这时路灯已经点亮，县公署的房间却越来越黑。疯狂的蚊子向我围攻过来，不断袭击着室内我这个仅有的目标。真是岂有此理！竟有人如此对待一位堂堂贵族少爷，荷兰高中生！他还是一位受过高等教育的爪哇王族！

我觉得衣服都黏到了身上，满身散发出汗酸味。我可从来没有受过这样的折磨。

"万分抱歉，公子（Ndoro Raden Mas）恕罪！"警察回来时突然改变了对我的称呼，他领我走出满是蚊子的黑屋子，"我送您到正厅去吧！"

他又帮我拿着行李。

这么说，他要把我带去朝见 B 县县太爷。天哪，这又是怎么回事！难道堂堂的荷兰高中生还要在一个素不相识的人面前屈尊爬行，并且每说完一句话还要向他合掌跪拜吗？我向着那点着四盏油灯的正厅走着，一路上简直想哭出来。我想，如果最终还得像蜗牛一样在地上匍匐爬行，向一位可能目不识丁的小王爷跪倒朝拜，那我何必去学习欧洲的科学知识、与欧洲人交往呢？天哪，天哪（God, God）！朝见一位县太爷等于不容争辩地蒙受一场奇耻大辱。我从未强迫别人用那些礼节来对待我，如今，为什么我必须去向别人卑躬屈膝呢？实在令人厌恶!

你瞧,没错吧。这个缺德的警察无礼地叫我脱掉鞋袜。这仅仅是个开头,后面还不知有多少花样呢!一种奇异的力量迫使我唯命是从。我脚掌踏在地板上,感到冷冰冰的。按照警察的示意,我沿着台阶一步一步往上走。他指给我一个俯首落座的地方——这地方正对着一把摇椅,使我不由得想起一位老师的话:摇椅是东印度公司垮台①前留下的最雅致的遗物。啊,摇椅!你将成为我屈节受辱的见证,我不得不去崇奉一位素不相识的县太爷!恶心!摇椅,那东印度公司破产前的遗物,放在后墙中央稍前的地方;如今,我不得不跪在地上,像没腿的人一样,向着它爬行。如果同学们看到此种情景,他们会说些什么呢?

"对,跪着走,公子。"警察好像在向泥潭驱赶着一头水牛。

我一边爬,一边用超过三种语言咒骂着。这样,我爬完了将近十米远的距离。

我环顾周围,只见地板上摆满了各种贝壳的装饰物。地板在四盏油灯的照耀下显得油光发亮。平常,人们走路总是用脚掌着地,用两条腿迈步,而我现在,只用后半条腿,还要借助于两只手。倘使同学们看到我这种表演,一定会觉得可笑。啊,真主!啊,祖先!你们为什么要规定出这般损害自己子孙尊严的习俗呢?你们从未考虑过吧?你们做得太过分了!没有这种侮辱,你们的后代本可以更加体面!真倒霉!你们怎么能忍心把这样的习俗传给我呢?

我停在摇椅前,按规矩垂头跪坐在地板上,心里继续不停地用三四种语言咒骂着。我所能见到的东西,只是眼前那张雕花的矮凳,凳上放着黑色天鹅绒做的踏脚枕。那天鹅绒和今天早晨安娜丽丝穿的长裙是同一种布料。

---

① 荷兰东印度公司于1799年解散。

好吧，现在我已经在这可诅咒的摇椅前俯首就范了。然而我究竟与 B 县县太爷有何瓜葛呢？丝毫没有。我们既不是亲属，也不是一家人，既不相识，更谈不上是朋友。这样的折磨和羞辱还要我承受多久呢？还要我继续含垢忍侮地一直等待下去吗？

这时，传来了开门的吱扭声。紧接着，听到穿着皮拖鞋的脚步声愈来愈近。我猝然想起梅莱玛先生那天晚上拖着鞋走路的可怕情景。我看到，拖鞋在一步步缓慢地向前移动着。拖鞋上是两只干干净净的脚，是男人的脚。再往上看是褶有宽边的筒裙。

我向来者合掌跪拜，就像通常在开斋节时，看到宫廷小吏们向祖父、祖母、父亲、母亲贺节那样。在县太爷安然就座之前，我一直不敢放下双手。就在合掌跪拜的同时，我的感觉是，我多年寒窗所获得的科学知识全然失去了作用，先进科学所预言的美好世界已经无影无踪，我的尊师们迎接人类光明未来所拥有的那股满腔热情，也骤然消失了。我不晓得他们还要让我跪拜多少次。跪拜——低三下四、卑躬屈膝地去尊崇祖先和达官贵人。如果可能，还要做到头地相接！啊，我绝不能让我的子孙将来再忍受这样的羞辱。

那位县太爷大人咳了一声，慢腾腾地坐到了摇椅上。接着他把鞋脱在踏脚凳的后面，又把那双高贵的脚放在天鹅绒踏枕上。椅子开始微微地摇动了。真可恶！时间啊，为什么走得这样慢！我感到一个长长的东西朝我没戴帽子的头上轻轻地敲着。这个要我崇拜的家伙是何等地无礼啊！他每轻敲我一次，我都要用拜谢来做出反应。浑蛋（Keparat）！

敲打我五次以后，他才把那个东西收回，挂在椅子旁边。原来，那是条用公牛生殖器做成的马鞭，鞭把上缠着最精致的牛皮。

"你！"县太爷用低微沙哑的声音训斥着。

"是，县太爷大人！"我边说边机械地重复着刚才合掌跪拜的动作，同时，在心里也不知默默地咒骂了多少遍。

"我问你，你为什么现在才来？"听声音，我断定，他的感冒还没有全好。

似乎我在什么地方听到过他的声音。但由于他感冒的缘故，我无法确切地回忆出来。不，不可能，不可能是他！绝不可能！我仍不知是怎么回事，所以没有回答。

"政府的邮局没有白设，它把我的信准确无误地送到了指定的地点，并顺利地转到了你的手里。"

对，是他的声音。不，这不可能！不可能有这种事。我只是在毫无根据地猜想罢了。

"为什么不说话呀？是不是念几年洋学堂，现在读我的信都丢人了？"

没错，是他的声音！我又一次合掌跪拜，同时，故意把头微微扬起，向上看了一眼。真主哪，就是他！

"父亲大人！"我大声叫道，"孩儿请罪！"

"快说！你是不是觉得看我的信是一种耻辱？"

"孩儿罪该万死，父亲大人，孩儿不敢。"

"你为什么也不给你母亲回信？"

"父亲大人，万分抱歉！"

"还有你哥哥的信……"

"孩儿请罪，父亲大人，请您恕罪！孩儿碰巧外出，没收到您的信。请父亲恕罪，多多恕罪！"

"我把你送进最高学府，为的是让你学会欺骗我吗？"

"孩儿万分抱歉，父亲大人！"

"你以为我们都是瞎子。你以为我们不知道你什么时候搬到沃诺克罗莫去了？你把我们的信全都带到那里，连看都不看一眼。你以为我们全不知道?"

那条马鞭挂在那儿,不停地晃动着。我身上的汗毛根根竖起。我像一匹不驯服的野马在等待着马鞭的抽打。

"还需要我用这条鞭子在众人面前将你羞辱一番吗?"

"在众人面前挨鞭打,对我固然是一种耻辱,"我任性地说,显然我受不了这种暴政,"但是,假如(鞭打的)命令是出自父亲口中,那倒也是一种荣幸。"我愈发任性起来。我甚至想学姨娘的样子,采取像她对待罗伯特、赫曼·梅莱玛以及首席文书和他的妻子一样的态度。

"下流胚!"父亲咬牙切齿地低声骂道,"以前我不让你在T县念荷兰小学,也是因为怕你弄出这种事来。小小年纪就不学好,读书越多竟越发流氓成性!你玩够了和你一般大的姑娘,现在竟又跑到一个荷兰人的姨娘的窝里去了。你到底想做个什么样的人?"

我沉默着,内心却在怒吼:你侮辱了我,你这王族的后裔,我母亲的配偶!那也好,你甭想听到我的回答。由你说去吧!快,你快说呀,你这爪哇国王的子孙!昨天你只不过是一个小小的水利管理员(mantri pengairan),今天竟平步青云,变成了县太爷,当上了土皇帝。挥起你的鞭子吧,国王陛下!你哪里晓得,现代的科学知识已为我们这个人类世界开辟了新的纪元!

"祖祖辈辈望你成龙,希望你能光宗耀祖,成为一县之长……成为咱家最聪明的后代……全城最能干的高才……真主啊,你这畜生成何体统!"

好哇,你骂吧,土皇帝!

"我只有一件事能饶恕你,就是你升了级。"

就是升到十一年级,我也完全能办得到!我的心在痛苦地喊着。请吧,小皇上,赶快把你的愚昧无知统统抛出来吧!

"难道你没有想过,和一个姨娘鬼混在一起该有多么危险?如果她的主人失去了理智,他会把你打死的。他可能用砍刀、用剑或用菜刀把你砍死,要不就把你掐死……那将会引起什么样的后果?如果发生了这种事情,各家报纸肯定要登载关于你和你父母的情况。这样,会给你的双亲带来多大的耻辱?你是否已经想过这些问题……"

我准备像姨娘那样离开这个家庭,我在心中更强烈地喊道。这个家庭用绳索束缚着我,只想把我变成恭顺的奴仆。快说吧,继续说下去。说下去吧,你这爪哇君王的后裔!让你说下去!总有一天我也会忍受不了而爆发。

"你没看到报纸上的消息吗?明晚,为父我就要为晋升县长而举行庆典。我将任B县的县长。B州副州长先生、泗水州州长先生、督察官先生和各邻县的县长大人都将光临。一个荷兰高中的学生怎么能不读报纸呢?如果真的没读,别人也没有告诉过你?你那位姨娘也没为你读过这条消息?"

的确,我从来不关心那些官员变动的消息,什么提升、罢免、调动、退休,与我毫不相干。爪哇这个贵族、那个贵族,成为政府的长官,这种官场不是我的天地。今天什么魔鬼被提升当上了灭天花的小官,明天又因舞弊被无情地革职,我才不管这种闲事呢!我追求的不是官职地位、金钱俸禄,也不是营私舞弊。我的天地只有纷纷扰扰的人世间。

"你这不肖子听着!"父亲神气活现地以一个新官老爷的口气命令道,"你已经被别人的姨娘弄得神魂颠倒了。你已忘记了自己的双亲,忘记了做儿子的责任。大概你确实想娶妻了。好,这个以后再谈。现在我要跟你讲的是另一件事,你好好听着。明晚,我要你出面当翻译。你可不要在众人面前,在州长、副州长、督察官以及各位县长大人面前给我和全家人丢丑。"

"遵命,父亲大人!"

"你能胜任这翻译工作吗？"

"能，父亲大人。"

"这就对了，时不时你也要让父母开心一下。否则，督察官先生将充当翻译。你想想，在我任职的典礼上，有那么多大人物光临，如果我的儿子缺席，将成何体统呢？如果放弃了这样的良机，那要等待何时他们才能赏识你的才华呢？这对于你来说是最好不过的机会。可惜你是这样叛逆。做父母的费尽心机为你开辟仕途，你可能并不知道。你是男儿，谁都知道全家数你聪明。或者，说不定你把那姨娘看得比仕途更重要？"

"是，父亲大人。"

"你应走那高官厚禄的仕途大道。"

"是，父亲大人。"

"去吧，快拜见你的母亲去吧。你本来就不想回家。真替你害臊！最后竟让我去求助于副州长先生。把你像当场捕获的小偷一样抓回来，你觉得挺高兴，是不是？真是一点也不知道害臊！快去拜见你的母亲。和那个失本分的姨娘断绝关系！"

当然，我不会回答这样的问题。我只是不停地合掌跪拜着。接着，我又用半条腿，借助于两只手，弯着腰，曲着背，像海螺一样气鼓鼓地爬行着。目标是刚才我脱掉鞋袜的地方，也就是我所讨厌的行为开始的地方。在县衙门内，土著民是不允许穿鞋的。我拎着两只鞋，从边上走过正厅，来到内庭。通往厨房的路上，油灯暗淡无光。一到那里，我便躺在一张破旧的安乐椅上，无心再去管我带来的行李。

有一个人走了过来。我故作不知。他给我送来一杯黑咖啡。我一饮而尽。

要不是哥哥来，我可能就在那里睡着了。哥哥板着面孔，用荷兰语对我说："回来后还不赶快去拜见母亲？是不是连礼貌都忘了？"

我哥哥在土著民民政官员学校（SIBA）①学习，他将被培养成荷属东印度的官吏。我站起身来，跟在他后面走着。他仍然喋喋不休地责备我，俨然以苍天的卫士自居，生怕天就要塌下来似的。他荷兰语说得不好，于是改用爪哇语继续责备我，说我离经叛道，不懂礼教。我自然不去理他。我们步入县长官邸，通过几道房门，最后来到一座门前。他说："进去吧！"

我不知道这是谁的房间。我轻轻敲了敲门，然后开门走了进去。母亲正坐在镜子前面梳妆。她身旁的茶几上放着一盏高脚油灯。

"母亲大人，恕孩儿无礼。"说着，我跪在母亲面前，吻着她的双膝，几乎哭了起来。我真不明白，为什么此时在心头突然涌起对母亲如此深切的眷念。

"孩子（Gus），你到底回来了。你能平安无事，可要感谢真主呀。"母亲抬起我的下颌，仔细端详着我的脸，仿佛我是个三岁小孩似的。她那温柔慈爱的声音打动了我。我两眼噙满了泪。和从前一样，她还是我的母亲，亲生母亲！

"母亲大人，您不听话的孩子回来了。"我恭敬地说，声音有些喑哑。

"你都长成大男子汉了。嘴上都长胡子了。听说你喜欢上了一个又有钱又漂亮的姨娘。"我还没来得及反驳，母亲接下去说，"假如你真的喜欢她，她也喜欢你的话，那就随你的便吧。你已经长大成人了。我相信，你是一定敢于承担自己行为的后果和责任的，不会像罪犯那样，闯了祸就逃走了事。"母亲长长地吸了一口气，像对一个吃奶的孩

---

① 荷兰人为土著民开设的学校，目的是给殖民政府培养公务员。官方名称应是 Opleidingsschool voor Inlandse Ambtenaren（OSVIA），疑有民间称呼 School voor Inlandse Ambtenaren，这样简称即为 SIBA。

子那样,轻轻地抚摸着我的脸颊,"孩子,听说你学习有长进。感谢真主啊。有时候我也奇怪,如果你对那姨娘着了魔,你学业还进步了?也许你真的聪明过人。男人就是这样。"可以听出,母亲声音有些沮丧,"所有男人都是猫装的兔子,身为兔子时见草就吃,身为猫,见肉就垂涎三尺。好吧,孩子,你学习有长进,可要一直保持下去呀!"

瞧,母亲没有责怪我。那我就没有辩解的必要了。

"孩子,男人吃草也好,吃肉也好,问题都出在吃上。你要懂得,孩子,可不要学问越深,就越想去吃别人的东西,而是越应该懂得克制自己。这话不难理解吧,是不是?如果一个人不晓得边界,真主可不会客气,是要强迫你循规蹈矩的。"

啊,母亲,您有多少金玉良言已深深铭刻在我的心中。

"你还没说话呢,孩子。你想对母亲讲些什么呀?我不会在白等吧。"

"明年我就要毕业了,妈妈。"

"感谢真主,孩子。做父母的只会为你祈祷。你怎么现在才回来呀?你父亲对你多不放心哪!他天天因为你而生气。他突然被提拔为县长,谁也没想到会升迁这么快。将来你也是能当这种大官的,一定能的。你哪方面都比父亲强:你父亲只会爪哇语,你还懂荷兰语;你父亲就念过小学,你却是荷兰高中生;你和荷兰人交往很广,可你父亲就不行。没问题,你将来也是能当县长的。"

"不,母亲,我不想当。"

"不想当?真怪。那好,随你的便吧。你想当什么呢?如果你成功毕业,我看你什么都能当。"

"妈妈,我就想当个自由人,不听命于人,也不施命于人(tidak diperintah, tidak memerintah)。"

"啊?还有这种世道,孩子?我头一次听说。"

小时候，学校里老师跟我讲什么，我总兴致勃勃地回来告诉母亲。今天我又像过去那样，起劲地对母亲讲起马赫达·皮特斯老师跟我讲的引人入胜的故事：法国革命、意义及其原则。母亲只是笑着，还像我幼年时代那样。

"哎呀，你脏成这个样子，满身是汗臭。快洗个澡去。不要忘了用热水。天这么晚了，洗完澡就赶快去休息吧。明天你的任务还很重哪。知道你明天该干什么吗？"

这座楼对我还很陌生。我步入为我准备的房间，只见油灯已经点燃，哥哥也在里面。他正在台灯下读书。我想去收拾一下东西，从他身边走过。我哥总是喜欢摆出老大的架势，头都不抬。他眼里根本就没有我这个人。他这样做，不知是否要给我这样一个印象：他是个勤勉好学的学生。

我咳了一声。他仍旧毫无反应。我瞥了他一眼，看他在读什么。不是印刷品，而是手迹！我一看那书的封皮就怀疑起来。只有我才有那么漂亮的封面，那是冉·马芮亲手为我画的。我悄悄地站到他的背后。没错，正是我的日记本。我一把夺了过来，怒声喊道："不许你动这个！是谁给了你翻阅我日记的权利？你！难道你们学校就是这样教育你的吗？"

他站起身来，瞪大了两只眼睛看着我："你真的变得不像个爪哇人了！"

"如果个人的权利遭到这样侵犯，那当爪哇人有什么意思呢？难道你不懂得，日记这种东西完全是属于私人的吗？难道老师没教过你们伦理道德和个人权利吗？

哥哥哑口无言，无可奈何地怒视着我。

"或许你们学校就是这样训练你们这些未来的官员的？叫你们去干

涉别人的事情，侵犯他人的权利？没教过你们新文明？现代文明？难道你还想学先辈，做一个为所欲为的君主？"

我把满腔的恼怒和愤恨一下子都倾吐出来。

"你那样做就是现代文明？侮辱别人？侮辱行政官员？将来你自己也是要当官的！"他为自己辩解说。

"当官？站在你面前的人根本就不会去当官。"

"走，跟我去见父亲。你亲口当父亲的面说去！"

"不要说当着父亲的面去讲，就是叫我离开这个家——这个家有你没你都一样——我也办得到。可是你，触犯了我的权利，竟连道歉都不会。你是没有上过学呢，还是根本就不懂得文明礼貌？"

"住嘴！我要是没有上过学，早就叫你爬着向我跪拜了。"

"只有笨牛才能对我说出这种话来。文盲！"

母亲走进来，急忙调解说："两年才见一次面，怎么碰到一起，就像乡下孩子那样吵起架来了？"

"不论谁，只要侵犯了我个人的权利，我就不干。更不用说他是我的一位兄长。"

"妈妈，他在日记里供认了自己的一切罪过。我要拿去给父亲看。他害怕了，就对我大发雷霆。"

"你还没当上官呢。你没权利用出卖自己的弟弟来换取别人的夸奖。我看，你也不见得比你弟弟高明多少。"

我搬起了行李要走。

"最好我还是回泗水，妈妈。"

"不行！明天你父亲还需要用你。"

"他可以去干。"我瞥了哥哥一眼。

"你哥没上过荷兰中学。"

"既然需要我，为什么还要这样对待我呢？"

母亲叫哥哥搬到别的房间去。哥哥走后，母亲又对我说："你确实不像个爪哇人了。你受了荷兰人的教育，就变成了荷兰人了，棕色的荷兰人。说不定你都加入基督教了吧。"

"啊，妈妈，您想到哪儿去了。我仍然和从前一样，是您的儿子。"

"我从前的儿子可不这样爱跟我顶嘴。"

"妈妈，从前您的儿子还不懂什么叫对错。现在我反对的只是错误的东西。"

"这就证明你已不再是爪哇人了。现在你已不分老少，不讲尊卑，你也不再看重权力地位。"

"不，母亲，请您不要责怪我。我只是尊重真理。"

"爪哇人都敬重长辈，遵从长官，认为这是高尚的情操。人们之间要勇于退让。孩子，那首歌谣可能你已经忘了吧？"

"我还记得，妈妈。我还经常阅读爪哇典籍。不过，那是一个糊涂的爪哇人写了一首糊涂的歌谣。勇于退让的人总是遭人践踏。"

"孩子！"

"妈妈，我上了十多年的荷兰学校，就是为了弄懂这个道理。今天我懂得了。我该受您的责备吗？"

"你和荷兰人接触太多了。现在你都不愿意和同族人来往，甚至把自己的父老兄弟都忘到了脑后。我们给你写信，你一封也不回。你大概也不喜欢我这个当母亲的了吧！"

"请您原谅，妈妈。"母亲的话语猛然刺痛了我的心。我扑通一声跪倒在母亲面前，抱住母亲的双脚，说："妈妈，您可别这么说。不要过分责备我。我只是学会了爪哇人所不懂的东西。那些知识是属于欧洲人的，我从他们那儿确实懂得了不少道理。"

母亲拧了一下我的耳朵，跪下来，在我耳边细语："母亲不责怪你，你已经找到了自己的道路。母亲不会阻拦你，也不会叫你往回走。去走那条你认为最好的路吧。不过,不要伤父母的心,也不要去伤害那些懂得不如你多的人。

"妈妈,我从来没想过伤害任何人。"

"孩儿呀,也许女人命该如此。生孩子的时候她要忍受痛苦。以后她又要为自己孩子的行为继续操心。"

"请您放心吧,妈妈。您完全没有必要为我的行为而担心。您不经常嘱咐我要好好学习吗?我已经完全按您的教导去做了,如今您又对我怪罪起来。"

母亲依然把我看作是个孩童,轻轻地抚摩着我的头发和脸。她说:"我怀你的时候做了一个梦,梦见一位陌生人走过来,送给我一把匕首(belati)。孩子,从那以后我就知道,我这没有出世的孩子身怀利器。你可要小心谨慎地使用,千万不要伤了你自己。"

清晨,人们开始为父亲的晋升庆典忙碌起来。父亲从全县各地请来了最有名、最漂亮的舞女。父亲还从 T 县运来了用纯青铜做的最顶尖的加美兰(Gamelan)①乐器,这是我家的祖传,平日不用时,总是用红天鹅绒布包裹着,每年都要把音校准一次,还要用花瓣洒水清洗一遍。

运回加美兰的同时,还请来了调琴师。父亲要求乐器和它奏出的曲调都必须具有纯正的东爪哇色彩。一大早,正厅里就满是调音师们用工具调音的嗡嗡声。

县公署的行政工作全部停了下来。所有的人都来给尼哥罗·莫勒诺先生帮忙。他是一位从泗水请来的著名化妆师。他带来一大箱子我

---

① 流行于爪哇、巴厘等地的印度尼西亚民族音乐,以打击乐为主,也译作甘美兰、钢美郎。主要乐器包括钢片琴类、木琴类、鼓、锣、竹笛、拨弦及拉弦乐器,部分曲目有演唱者。

从未见过的装饰品。我才知道，布置和装饰也是一门学问。邀请尼哥罗·莫勒诺先生前来是出于 B 州副州长先生的推荐，泗水州州长先生也欣然同意，还为他做了担保。

这天早晨，我被带去拜见他。他亲自量了量我的身材，像是要给我做衣服的样子。量完，他便让我走了。

正厅被他布置得焕然一新，威廉明娜女王画像成为全场的焦点。这幅从泗水运来的画出自德国画家胡生费尔德（Hüssenfeld）的画笔。伊人芳容仍旧使我艳羡。

厅内挂满了荷兰三色国旗，有的单挂着，也有两面交叉在一起的。一条条三色的彩带从女王的画像伸延到大厅的各个方向，这将使来宾们感到女王更加威严崇高。大厅的柱子用快干漆粉刷一新。这种油漆我也是初次见到，刷过以后，它在两个小时之内就变干。榕树叶和嫩椰叶交相穿插，配成传统的色彩，把昨晚还是贫瘠无聊的墙壁改造得赏心悦目。姹紫嫣红，五彩缤纷，平素在篱笆上彼此分离、翘首相望的花朵，此时被织成了美丽的图案，看了眼花缭乱，叫人沉醉。

父亲一生中最荣耀的夜晚终于到来。加美兰徐徐奏起乐曲。悠扬的旋律在厅内袅袅回荡。尼哥罗·莫勒诺先生正在为打扮我忙得不可开交。谁曾料到，我长这么大，竟要请别人来替我化妆，还是一位白种人！仿佛我成了等出嫁的新娘。

化妆时，莫勒诺先生不停地用荷兰语跟我交谈。他的语调很怪，平平的没有重音，就像土著民讲荷兰语一样。显然，他并不是荷兰人。据他讲，他常为各县的县太爷——包括今晚的我父亲，还有苏门答腊和婆罗洲的苏丹们装扮。他为这些大人物设计了很多服装。这些服装到现在还一直采用着。他还说，爪哇各位王侯守卫部队的服装也是他设计的。

虽然他的话不可全信，我也是默默地听着，没肯定也没否定他。

莫勒诺先生给我穿上镶边的马甲。这马甲像是用玳瑁做的,硬邦邦的,穿上后根本无法弯腰。那硬得如牛皮似的高领子托着我的脖子,使我回头也极不方便。这本来就是设计师的目的,以便让我始终保持挺立的姿态,不要东张西望,而像真正的绅士一样双目正视前方。接着,他又给我穿上一条筒裙,筒裙上扎了一条白银腰带。这是东爪哇人的穿法。经过这样一打扮,我便显示出了东爪哇人威风凛凛的气派。这大概就是我父亲所期望的模样。我仍像出嫁前的大姑娘似的由他们摆弄。尼哥罗·莫勒诺特地为我设计了一块头巾（blangkon）①,参照东爪哇和马都拉两地的式样裹扎而成。他把这头巾戴在我的头上,再给我佩上一把嵌着珠宝的格利斯（keris）②。他再叫我穿上一件黑色西式上衣,后面有一道开缝,使人们可以看到里面那把漂亮的短剑。我系上一条打着蝴蝶结的黑色领带。我的脖子本来能随着眼睛观看的方向而自由转动,现在被勒得喘不过气来。热汗浸透了我的脊背和前胸。

我照了照镜子。我的打扮就像班基（Panji）故事③里的常胜刹帝利④一样,衣服下面还垂荡着一条绣了金线的绒布宽带。

显然,我是爪哇刹帝利的后裔,因此我也不得不被打扮成刹帝利。可为什么不是爪哇人把我装扮得如此威武、如此英气逼人呢？为什么是一个欧洲人？很可能是个意大利人？或许他自己也从未穿过？自从

---

① 爪哇语,也作 belangkon,一种半球形的包头布,采用蜡染布制作。
② 东南亚地区尤其海岛男子传统着装时经常佩戴的一种短剑,其铸造历史据传已近千年。
③ 班本意是"旗子",指爪哇各贵族部落标志,后亦指爪哇贵族封号。班基故事据说产生于麻喏巴歇王国鼎盛时期,内容和版本繁多,在东南亚地区广泛流传,其共同特点是英雄主人公主克服一切困难与挑战。班基故事有口头性、集体性、变异性等特点,多见印度文化影响。
④ 这里指爪哇的中上层贵族,而非其原意所指的印度掌握政治与军事权力的种姓,是爪哇群岛古代受印度文化影响的表达。

阿莽古拉一世①起，爪哇各诸侯王的服装就已经由欧洲人来设计和制作了。莫勒诺先生对我说："恕我直说，我们没来之前，你们没有衣服。上身，下身，从头到脚，你们就用一块布遮身。"这话听起来是何等伤人！

不管他说什么，也不管他说得正确与否，反正我在镜子里看到的形象威武而又英俊。不久人们将会对我说："你是一副地地道道的爪哇打扮。"不再会去注意这套服装里的欧式元素：马甲、高衣领、领带和英国产的天鹅绒西式上衣。

我认为，今天我的服装和形象是19世纪末、摩登时代初期人世间的产物。我深切地感到：爪哇和爪哇地区的人不过是人世间一个无足轻重的部分。荷兰的纺织中心顿特（Tuente）为爪哇人纺纱织布，并为他们选好了衣料。现在土布只有乡下人还穿。爪哇人仍然在制作蜡染花裙布（batik）。而我这副身躯，也还保持着爪哇的本色。

莫勒诺先生离开了。我独坐着沉思。东爪哇的加美兰乐曲在夜空中回荡。我蓦地从沉思中惊醒，看着镜子中的形象，满意地微笑起来——这是十分满意的微笑。

按传统规矩，我尾随着父亲和母亲步入大厅。哥哥在前面开路。我的姊妹们没有必要出头露面，她们的任务是在后面帮忙。

宾客们陆续到齐。父亲和母亲从后面走了出来。哥哥在前面引路，我跟在后面。按预定议程，我们步入大厅后，第一个进来的便是B州副州长先生。

全体起立，向副州长先生表示敬意。副州长先生径直走近父亲，向父亲问候致意，接着向母亲鞠躬施礼，然后向哥哥和我握手问候。

---

① 阿莽古拉一世（Amangkurat I，1619—1677），中爪哇马塔兰苏丹国国王，是爪哇进入殖民主义秩序的转折性人物。

施礼完毕，他在父亲身边就座。加美兰奏起了迎宾曲。乐曲欢畅，在大厅里回荡，激动着人们的心弦。宾客接踵而来，挤满了大厅。一个个在灯光的照耀下，显得兴高采烈，喜气洋洋。在后边的院子里，村长和村公务员们一排挨着一排地在席子上就座。

司仪是B县副县长。他宣布典礼开始。只见演奏者稍有迟疑，仿佛在一种神奇力量的操纵下，乐声戛然而止。

全体起立，唱荷兰国歌《威廉颂》。会唱的人寥寥无几。土著民中只有一两个人咿呀随和。大多数人不会唱，瞠目结舌地站在那里，说不定心中在咒骂那生疏而伤感的曲调。

副州长先生代表泗水州州长首先致辞。督察官维勒姆·埃姆德先生走出来要给他当爪哇语翻译，副州长先生摇摇头，摆摆手，表示婉拒。他是要我给他当翻译。

开始我有点紧张，很快我便镇静了下来。不，他们不会比我更高明！这个想法给了我胆量和勇气。我要像考试那样来完成这个任务！

我走到众人面前，忘记了先要向大家鞠躬致意的爪哇礼节。我感到自己就好像站在全班同学的面前一样。不论我往哪里看，总免不了要和那些县太爷们的目光相遇。也许他们在赞叹我这身半爪哇、半欧洲式的刹帝利打扮，也许是正对我发泄不满，因为刚才我忘了向他们施礼。

副州长先生致辞完毕，我也结束了我的翻译。他去向父亲握手祝贺。接着轮到父亲发言。父亲不懂荷兰语，可还比那些一字不识的县太爷们强得多。父亲说爪哇语，我把它译成荷兰语。此时，我便完全采取了地道的欧洲风度。副州长先生一边频频点头，一边凝视着我，宛若是在看我讲演。也可能他把我当成人群之中的一只猴子。父亲的发言和我的翻译完毕后，官员们便纷纷前来向我父亲、母亲、哥哥和我道贺。

副州长先生跟我握手祝贺时，特别赞扬了我的荷兰语。他说："你译得好极了！"接着他用马来语说："县长先生，您应该为有这样的公子而感到幸福。他不但荷兰语出众，而且风度非凡。"他又改用荷兰语说："你是一位荷兰高中的学生，对不对？明天下午五点钟，你到我家来怎么样？"

"乐意之至，副州长先生。"

"明天我派车来接你。"

庆贺的时间并不太长，按礼节，村长还没有资格与县长握手道贺，因此父亲也免去了跟大约一千二百个村官握手。这时，院子里的村长和公务员们仍在席子上一排紧挨一排坐着。

加美兰又重新奏起悠扬的乐曲。一位体态丰腴的舞女，手托装有披肩彩带的银盘，飞也似的进入场地，径直奔到副州长先生跟前。于是，这位白皮肤大人物站起身来，取下彩带，披到自己肩上。

人们齐声鼓掌喝彩。副州长先生向父亲、来宾们点头示意，请求主人让舞蹈开场。然后，他在舞女的陪同下，迈着稳健的步子，进入舞场中央。这时，全场爆发出一片热烈的欢呼声。只见他手持彩带的两端，潇洒地跳起来，每随着一声锣响，便扭动一下脖颈。他的舞伴，那位丰满诱人的舞女，也婀娜地摇曳着。

几分钟以后，又一位美丽的舞女飘然而至。她手托银盘，盘上放着盛有白酒的水晶杯。她轻快地进入舞场，转眼间来到副州长身旁，同副州长先生相对而舞。

副州长先生收住舞步，笔直地挺立在新来的舞女面前，举起水晶杯，将酒饮掉四分之三。接着，他把酒杯端至舞伴的唇边。那舞伴边舞边让，最后一饮而尽，然后低首、掩面，娇羞非常。

见此情景，与会者顿时兴奋得欢呼起来。那些原来呆坐着的村长和村公务员们也都站起来喝彩助兴。

"喝呀,美女!喝呀,哈哈!……"

这位新来的舞女双肩袒露,丰腴的肌肤淡黄闪亮。她从副州长手中接过水晶杯,把它放回托盘之中。

副州长先生笑容满面,一边点头,一边鼓掌,兴致勃勃地回到自己的座位上。

紧接着,另一位轻盈的舞女为父亲献上了披巾。父亲也跳起了优美的舞。舞女手托杯盘,为父亲敬酒,在观众的狂欢声中,父亲和舞女先后将酒饮尽。

举行完了这一仪式,副州长先生首先告辞回家。随后县太爷们也乘坐各自的马车一一离去。此时,坐在外面的村长、区长和警官们早已迫不及待,见副州长和各县太爷一走,便一窝蜂地拥入大厅。他们每喝完一杯酒,便发出一阵欢呼声。他们在音乐声中边喝边舞,闹了个通宵。

翌日清晨,我发现我的皮箱里有一小摞银圆盾币。银圆用纸包着,上面写:"别让我等得太久,别忘了给我来信。安娜丽丝。"这摞钱一共有十五盾,足够农村一家人吃上十个月。如果一天只花两分半的话,甚至够用二十个月。

同一天上午,我到邮局去了一次。邮局局长——我不知道他的名字,是一个印欧混血儿。他握着我的手夸奖我,说我在昨晚庆典上讲的荷兰语非常准确、漂亮。这个小邮局的所有职员停下了手头的工作,都在听我们的谈话,回忆着我的面容。局长说:"如果您愿意到我们这里来工作,我们将感到非常荣幸和自豪,您是一位荷兰高中的学生,对吧?"

"我来只是为了拍一封电报。"我回答。

"没什么令人不愉快的消息吧?"

"没有。"

邮局局长亲自把电报单递给我,并请我坐下。我把电报单填完交给他,他又亲自为我办好。

"如果您有空暇,我们可以请您吃顿便餐吗?"

看来,副州长先生对我的邀请已成了 B 县的头条新闻。可以预见:所有的官员,无论什么肤色,白种人或棕种人,都将向我发出邀请。突然,我成了没有王土的王子。在这个愚昧的社会里,一位即将毕业的荷兰高中生,竟被认为如此了不起!所有人都宠爱我。只要副州长一开请,我便成了一位品行端正、毫无瑕疵的完人,人们将认为我的行为一概正确,完全符合爪哇的习俗。

不用很久,我这种猜测便会成为现实。在离开这个小邮局之前,我用目光扫视了一下整个房间。全体职员马上起立,向我鞠躬行礼。在他们当中,说不定还有人正在我身上打着主意:选我做他们的女婿或与我结攀连襟兄弟。他们在心中赞叹说:瞧,荷兰高中的学生!真了不起!果然,我一到家便收到了几封用爪哇语写的信——邀请我去做客!

给我寄信的人都与我素昧平生。我仍然这样猜测着:他们是想争当我的岳父大人或与我结攀连襟。也许他们这样想:看哪,县太爷的公子,将来也一定是县太爷。荷兰高中的学生,快要毕业了,如此年轻就受到了副州长的器重。连督察官先生在他面前都相形见绌!

B 县!人世间一个沉闷的角落!纯粹是为了双亲的体面,我不得不花费整个上午的时间回道歉信,说我必须马上返回泗水,不能应邀。

那天下午,副州长先生果然派车来接我。我不顾母亲的反对,换上了在泗水平时穿的西装。

我被副州长邀请的消息似乎已经传遍全城。县长官邸和副州长官邸之间距离并不远,人们争先恐后地想来看看我的模样。一路上,我见到一个个生疏的面孔。他们光着脚，穿着整洁漂亮的爪哇服装，恭恭敬敬地向我鞠躬，头巾上戴着帽子的人也都特意向我脱帽致敬。

马车一直把我带到州长官邸的后院，在后廊前停了下来。

副州长先生本坐在花园的椅子上，一见我来，便起身相迎。他身边的两个女儿也都站了起来。副州长先生首先向我问候。

"这是我的大女儿，萨拉。"他介绍说，"这是我的小女儿，米丽娅姆。她们俩都是荷兰高中毕业生。米丽娅姆上的就是你的那个学校，她在你上学之前就毕业了。噢，对不起，我有件要紧的事。"说完他就走了。

他对我的邀请曾使我感到荣幸，并轰动了全城，没想到竟是这个样子！他把我介绍给自己的两个女儿，然后拍拍屁股就走了。

萨拉和米丽娅姆的年龄估计都比我大。在荷兰高中里，每个学生都清楚地知道：学长和学姐总爱寻找机会表现自己，摆老资格，极力挖苦和捉弄低届学生。

你可要提防啊。瞧，萨拉已在向我进攻了。

"原来教米丽娅姆荷兰语言和文学的那位老师，马赫勒先生，现在还在学校吗？那个没完没了爱唠叨的神经病？"

"他已被马赫达·皮特斯小姐替代了。"我回答说。

"不用说，你那位老师肯定更唠叨，她对厨房里的锅碗瓢勺那一套可谓非常精通。"萨拉接着说。

"你确定她真的是一位小姐？"米丽娅姆问。

"人们都是这样称呼她的。"

米丽娅姆格格地笑个不停，萨拉也跟着笑起来。我不明白她们在笑什么。

于是，我没有把握地回答说："我认为她可不单单懂得厨房里那一套。她是位很有学问的老师。我最喜欢她。"

这两个姑娘用手帕捂着嘴，格格地笑个不停。我相当困惑，不知究竟有什么好笑的，顿时我发现，从左右两侧都投来了轻蔑的目光。

"你喜欢那个老师？"米丽娅姆嘲弄说，"教荷兰语言和文学的老师还从来没被人喜欢过呢。他们都是卖狗皮膏药的。你能从她那里学到什么呀？"

"她能清晰地讲解'八十年代运动'①的风格，讲得可好啦。她还善于和现代派的风格作对比。"

"嚯，嚯！"萨拉感叹道，"如果真像你说的那样，那么请背一首格罗斯（Kloos）②的诗给我们听听，好让我们领教领教你们老师的本事。"

"她很善于剖析八十年代作品的思想内容和社会背景，"我继续回答着，"而且讲得非常引人入胜。"

"那么你说说，什么叫思想内容和社会背景呀？"萨拉和米丽娅姆又开始嬉笑。

这时我对她们的嘲弄和讥笑感到厌恶起来。为了避开她们的斜瞥，我挪了挪位置，走过去坐在刚才副州长坐的那张椅子上，与她们相对而坐。这时我才注意到，这两位纯欧洲血统姑娘显得十分机灵，而且也有几分姿色。然而作为低班生的我来说，对这两位高班生不得不有所提防。

"如果让我进一步解释，"我一本正经地回答，"那必须通过分析具体的文学作品才能讲得清楚。"

---

① 19世纪80年代，一群活跃在阿姆斯特丹的年轻作者对当时注重形式和矫饰的文学风格进行了革新，这被称为"八十年代运动"，给荷兰文学开辟了新的道路和留下诸多经典作品。

② 威廉·格罗斯（1859—1938），荷兰诗人、文学批评家，"八十年代运动"的领军人物之一。

她们看到我陷入窘境，便笑得更欢，眉来眼去地互相做鬼脸。

"哪有荷兰语言和文学老师讲解什么思想和社会背景的？一听就是吹牛！你们那位马赫达·皮特斯小姐要干什么呀？充其量她只能列举几个'八十年代运动'的作家。这些作家只会仰天长叹，感慨晴空已被工厂的浓烟染黑，铁路网破坏了田野，驱走了乡村的宁静，等等。"更为咄咄逼人的米丽娅姆进攻道，"如果真要谈社会背景的话，她就不应该讲那些怨天尤人的作家，而应该讲讲穆尔塔图里（Multatuli）[①]……应该讲讲东印度！"

"是的，那些才称得上真正了不起的文学，是从污泥里吸取营养而长出来的美丽的荷花。"萨拉在一旁说道。

"她也给我们讲过穆尔塔图里。"我毫不犹豫地回答说。

"穆尔塔图里？学校里怎么能讲穆尔塔图里呢？讲真的，教科书里从来就没有提到过他。"米丽娅姆在继续向我进攻。

"米丽娅姆说得对，"萨拉帮腔道，"假如谈及社会背景，穆尔塔图里应该是典型的例子。"说完，她瞟了妹妹一眼。

"马赫达·皮特斯小姐不仅把他作为典型提了出来，而且还进行了剖析。"

"剖析！"萨拉怀疑地嚷道，"一个东印度荷兰高中的老师还能剖析穆尔塔图里！再过十年也许才会有这样的事。米丽娅姆，你说呢？"米丽娅姆摇摇头，也表示怀疑。"你们的课本是新换的吧？"

[①] 穆尔塔图里（1820—1887），荷兰小说家、杂文家，原名爱德华·道维斯·戴克尔。他曾长期担任荷属东印度政府官员，根据亲身见闻完成的长篇小说《马格斯·哈弗拉尔，或荷兰贸易公司的咖啡拍卖》（*Max Havelaar, of de koffiveilingen der Nederlandsche Handelsmaatschappy*）以对殖民地现实的揭露和独特的叙事结构著称，至今仍是荷兰文学最重要的作品之一，普拉姆迪亚曾评价说："这个故事杀死了殖民主义。"

"不是。"

"你们这位老师真能吹牛，你也不愧是她的门徒。"萨拉蛮不讲理地说。

"不是这样的。"

"你那位老师真大胆。如果你没骗人，那她会遇上麻烦事的。"米丽娅姆开始严肃起来。

"为什么？"

"你怎么这么单纯，所以你还不知道。你应该知道，而且必须知道。"米丽娅姆继续说，"如果你讲的都是事实，那她可能是个自由派（golongan liberal）①。"

"自由派不是很好吗？它不是给东印度带来了进步吗？"此时我真感到脑子转不过来。

"好的不见得有道理，进步的不见得合时宜，得有天时地利呢。"米丽娅姆紧接着说。

萨拉清了清嗓子，没有说什么。

"好，你说说，你的老师介绍谁的作品最卖劲？"

她俩越来越使我感到讨厌。当初，也不知是谁做出的规定，低班生必须对高班生保持恭敬的态度，于是我只得回答道："那当然是穆尔

---

① 此处泛指反对殖民压榨的进步团体及自由党。1880 年荷兰卡尔文新教、天主教党领导人库普在小册子里宣称政府应推行对殖民地人民福利有益的政策；1899 年自由党人范芬特撰文称政府对荷属东印度欠下了"良心债"（印尼语 hutang kehormatan，英语 the Debt of Honor）；1901 年，库普担任内阁总理后，威廉明娜女王在公开演说中承认荷兰政府对东印度负有道义责任，正式启动"道义政策"（Ethical Policy，一译"伦理政策"，出自布鲁索夫的小册子《殖民政治中的伦理法庭》)。《人世间》的情节约开始于 1898 年，可见明克与萨拉、米丽娅姆的讨论和欧洲思想界的最新动向同步。

塔图里的作品了，也就是《马格斯·哈弗拉尔，或荷兰贸易公司的咖啡拍卖》。

"你知道穆尔塔图里是谁吗？"现在萨拉在向我开火。

"是谁？就是爱德华·道维斯·戴克尔！"

"好！可是你也必须知道还有另一个道维斯·戴克尔①。这你可不能不知道。"萨拉向我步步进逼。

这位趾高气扬的高班生愈来愈变本加厉。为什么她一面向我进攻，一面又要瞟着妹妹，还钳唇憋笑呢？她们分明是在演戏，要作弄一位土著青年。真是太不像话！历史上明明只有一个叫道维斯·戴克尔的名人。

"那么说你不知道了，"萨拉讥讽道，"要不你知道得不太确切？"

米丽娅姆忍不住又大笑起来。

好吧，事到如今，我不得不来应付她们的这套魔鬼伎俩。副州长先生向我发出轰动全城的邀请，使我受宠若惊，难道这就是它的意义所在吗？没什么了不起的！既然我不知道，我就坦然地回答好了。

我说："我只知道有一个爱德华·道维斯·戴克尔，他是个作家，笔名叫穆尔塔图里。至于还有另外一个叫道维斯·戴克尔的人，那我真不知道。"

"确实还有一个。"萨拉又说。米丽娅姆用丝绸手帕捂着脸。"这个人更重要。你说说，他到底是谁？不要着慌，不要害怕。"萨拉嘲弄道，

---

① 指埃·弗·厄·道维斯·戴克尔（Ernest François Eugène Douwes Dekker，1879—1950），是穆尔塔图里的侄孙，出生于东爪哇，曾到南非参加第二次布尔战争，后来积极参与印尼的政治活动，1912年在万隆组建东印度党（Indische Partij）。他在著作中积极使用源自麻喏巴歇（Majapahit，也译"满者伯夷"）王朝时期的"努山塔拉（Nusantara）"一词来指代大约接近于当今地理范围上的印度尼西亚群岛地区。

"其实你是知道的,你不过装糊涂罢了。"

"我真不知道。"我忐忑不安地回答。

"既然如此,那你所崇拜的那位马赫达·皮特斯小姐还缺乏起码的常识。你听着,小心可不要给我们高班生丢脸。你别忘了,那位道维斯·戴克尔比穆尔塔图里还重要,他是一位青年……"

"他现在还是一位青年?"

"那当然,他还是一位青年。他还在学习。在船上,也许现在已经到了南非,与荷兰人一起抗击英国人。你听说过吗?"

"没听说。他都有什么著作呀?"我虚心地问。

"他还很年轻,如果还没什么著作,那是可以原谅的。"说完,萨拉又呵呵地笑了起来。

"那我为什么要知道他呢?"我反问道,"人不都是因为作品而成名的吗?"这下我可找到了为自己辩护的时机,"地球上千百万人之所以不为世人所知,就是因为没有使其扬名的作品。"

"其实他也写过许多作品,只不过他的读者仅有一个人罢了。这就是他那最忠实的读者,名叫:米丽娅姆·德·拉·柯罗瓦。他是她的男朋友,懂了吗?"

不要脸!我在心中咒骂。米丽娅姆的男朋友与我有何相干?我敢打赌,这两位小姐肯定也不知道安娜丽丝·梅莱玛是谁。

"喂,米丽娅姆,那就谈谈你的男朋友吧。"萨拉兴致勃勃地催促道。

"不,这与我们的客人毫无关系。还是谈谈别的吧。"米丽娅姆拒绝说,"明克,你是地道的土著民,对吗?"

我默不作声,感到新的侮辱又要接踵而至。"一个土著民,受到了西方的教育,这很好。你对欧洲的了解已如此之多,大概已经超过了对你祖国的了解。很可能是这样吧,是吗?我没说错吧,嗯?"

我想，她们仍然在继续侮辱我。

"你的祖先，"米丽娅姆接着说，"对不起，我没有侮辱你的意思。你的祖先世世代代笃信，雷是奋力抓妖的天神打出的响声，是这样吗？你怎么不说话呀？因为祖先有这样的信仰而感到羞愧了吗？"

萨拉收敛了笑容，板起一副严肃的面孔，目不转睛地注视着我，仿佛把我看作一头奇怪的野兽。

"何止我的祖先，"我反驳道，"你们欧洲人、荷兰人的祖先所干的蠢事也不见得比我的祖先少。"

"好了，好了，"萨拉调解道，"我早就料到，你们要为自己的祖先吵嘴。"

"是啊，明克，咱们几个就像牛一样，"米丽娅姆接过去说，"初次见面就争斗不休，然后言归于好，就有可能友好终生。我说的对吗？"

多么精灵的姑娘！她的话顿时减轻了我的疑虑。

"我们的祖先可能比你的祖先还愚昧，明克。你的祖先已经学会耕田灌溉的时候，我们的老祖宗还在山洞群居呢。好，咱们不去谈那个。明克，在学校里，老师是这样教你的吧：雷是带有正电荷和负电荷的积云互相碰撞的结果。根据这个道理，本杰明·富兰克林还发明了避雷针。是不是这样呀？而你的祖先，却创造了美好的神话——这是我所听过的最美的故事——这个神话讲的是一个名叫阿根·瑟拉（Ki Ageng Sela）的老人。这家伙抓住雷以后，把雷关进了鸡笼。"

萨拉听了放声大笑不止。米丽娅姆却愈加正经，暮色中她凝眸望着我的面容，以便继续讲述她那不可捉摸的话。

"我相信，为了通过考试，你能够接受书本上教的正负电荷的原理。但问题是，你接受它仅仅是为了获得分数，通过考试。但请你坦白告诉我，你是否真的相信课本上讲的这个道理？"

这时我才恍然大悟，原来她在考验我的内心。是的，这确实是一个真正的考验。坦白地说，我从来没问过自己这样的问题。一切都在正常运转，这是很自然的嘛。

萨拉插嘴道："当然，我相信你已经理解也掌握了这门自然课讲的道理。现在的问题是：你是否相信它？"

"我必须相信它。"我答道。

"必须相信，只是为了应付考试才不得不相信。必须，那么说你还没有真正相信？"

"我的老师马赫达·皮特斯小姐说……"

"又是马赫达·皮特斯！"萨拉打断我。

"她是我的老师嘛。她认为，一切知识都来源于学习和实践。"我回答说，"信仰也是如此。如果不学习和实践，你就不可能信仰耶稣基督。"

"是，是，也许她是正确的。"萨拉对自己的观点动摇起来。

米丽娅姆反而凝睇着我，仿佛在端详爱人的照片。经过这一反击，我心里略微宽慰了一些。

"今年我们碰到一个新词：'摩登'。你知道它的含义吗？"好斗的米丽娅姆放弃了关于雷电的问题，又在向我挑衅了。

"我懂。我听马赫达·皮特斯老师跟我讲过。"

"似乎你再没别的老师了。"萨拉插嘴说。

"有什么办法呢，只有她能回答你们的问题。"

"那么按照你那位了不起的老师的解释，摩登是什么意思呢？"米丽娅姆突然发问。

"词典里没有这个词。我那位博学的老师告诉我们：摩登是注重学术研究、美学和效率的一种精神、态度和看法。至于其他解释，我就不知道了。她来自被教皇开除的天主教的一个分离派系。你们知道还有别的解释吗？"我最后也问道。

萨拉和米丽娅姆面面相觑，无言以对。夜，虽然姗姗来迟，但终于降临了。我看不清她俩的脸庞。只是她们默默地你看看我，我看看你，开始手忙脚乱地扑打起叮咬她们的蚊子来。

"这蚊子真讨厌！"萨拉嘟囔道，"它们以为我身体是饭店。"

轮到我笑了起来。

"哎呀，咱们都忘了喝咖啡啦！"萨拉说，"请吧！"

紧张的气氛渐渐缓和下来。我深深地吸了一口气。这时我不由得想起，刚才一个身着白色衣裤的仆人已经在桌上摆好了杯子和点心。我脸上第一次露出了微笑。这不仅由于气氛的缓和，我也发现她们知道的不比我多。

"你知道史努克·许尔格龙涅（Snouck Hurgronje）① 博士是谁吗？"米丽娅姆又在向我发问。

副州长先生呀，此时您能回来该有多好！您定能帮我结束这场痛苦的折磨。我的救星呀，您在哪里？为什么我还是见不到您的影子？您是否知道，您的两个闺女比傍晚的蚊子还凶！莫非你故意请我来让她们——我的高班同学来捉弄我？这些想法使我骤然醒悟到：副州长先生是有意把我撇在这里，让我接受两个女儿的考验。他想必对我是有所企图的。

"现在由我来向你们提问怎么样？"我说。

萨拉和米丽娅姆忍不住哈哈大笑起来。

"先等等，"米丽娅姆阻拦说，"你应先回答我的问题。你那位敬爱的老师的确很了不起，你作为她的学生也不比她逊色。所以你理所当然

---

① 史努克·许尔格龙涅（1857—1936），荷兰伊斯兰学家，1889年被荷兰政府任命为东印度事务顾问，1892年调至亚齐，利用自己的知识制定了分化、收买的策略，成功瓦解了亚齐的抗争力量，使亚齐沦为荷兰殖民地。

地尊敬她，说不定将来我也会敬重她的。好吧，现在你来回答我的问题。这也许是最后一个问题，大概你心爱的老师也一定跟你讲过了。"

"很遗憾，她没跟我们讲过。"我简短地回答说，"你告诉我吧。"

看来，米丽娅姆早有想当教师的夙愿，如今一俟机会到手便口齿伶俐地讲解起来。

"许尔格龙涅博士是一位杰出的学者。他敢想、敢干。为了科学的进步，他敢冒风险。就是他，在亚齐战争的关键时刻，为荷兰的胜利提出了宝贵的建议。很遗憾，现在他已陷入了与范·赫乌茨（Van Heutz）① 将军的关于亚齐战争的论战之中。这种争论有何意义呢？"米丽娅姆说，"丝毫没有意义。要紧的却是，他和三个土著青年一起做了个宝贵的实验，其目的是想了解，土著民是否能掌握欧洲的科学，是否能活学活用。三个青年被送去欧洲学校，每周他都特意去考察这三个青年，看他们作为欧洲学校的学生，内心有什么变化，接受能力如何？了解他们在校所学的知识是否巩固，是浮萍那样肤浅呢，还是像树根那样扎得很深。目前他还没有得出最后的结论。"

我又笑了。面前这两位小姐在神气活现地模仿着那位学者，而我却被当作从路边信手抓来的实验兔子。真是绝妙透顶！我真想立即还击她，但我遏止住了这种想法。我想，这可能是副州长先生的意图，而且可能并非出于恶意。于是我强忍着听米丽娅姆继续讲下去。然而，我现在不是作为低班生，也不是她的学生，而是观察者。

夜色安谧幽静。萨拉缄默不语。米丽娅姆问："你听说过'协同理论'（Teori Assosiasi）吗？"

---

① 范·赫乌茨（1851—1924），亚齐战争中的荷军指挥官，与许尔格龙涅合作结束了战争。《人世间》的故事发生时，他是亚齐省长，之后担任荷属东印度总督（1904—1909），热衷向外岛殖民扩张。

"米丽娅姆小姐，请您做我的老师，给我解释解释吧。"我迅速避开了问题。

"不，我不是老师。"她突然变得谦虚起来，"有学问的人之间交换观点，这不是很平常的事吗？这么说，你还没有听说过这个理论？"

"没听说过。"

"那好吧。这个理论是我刚才说到的那位学者提出的，是一个新理论。这位学者很有见地。假如他的实验获得成功，荷印政府将马上实施。萨拉，你说是不是这样？"

"你接着说吧。"萨拉回避道。

"协同的意思是指以欧洲的方式来直接合作，在欧洲官员和土著民知识分子之间合作。你们这些先进分子将被邀请来共同治理这个国家。这样，承担职责的就不光是白种人了。督察官这个在白人和土著民行政官员之间负责联络的职务也就不再必要，县长可以直接和白人政府进行合作。你明白吗？"

"请继续讲。"我说。

"你有什么看法呀？"

"很简单，"我回答说，"我们土著民读的是你们未曾读过的书：《爪哇史话》。我家历来要学习爪哇语的读写。从荷兰小学到荷兰高中，我们所学的课程都是赞颂东印度公司的军队对我们土著民的征服。"

"东印度公司的军队确实所向无敌。这是事实嘛。"米丽娅姆为她的国家辩解说。

"是的，那的确是事实。可是，你是否知道，在很多土著民写的历史著作中却记载着，土著民坚持抵抗你们长达几百年。"

"然而失败了，不是吗？"

"是的，屡遭失败。"不知为什么，我继续辩论的勇气蓦地消失了，紧接着从我口中进出的竟是这样一个问题，"为什么那个理论不在三百

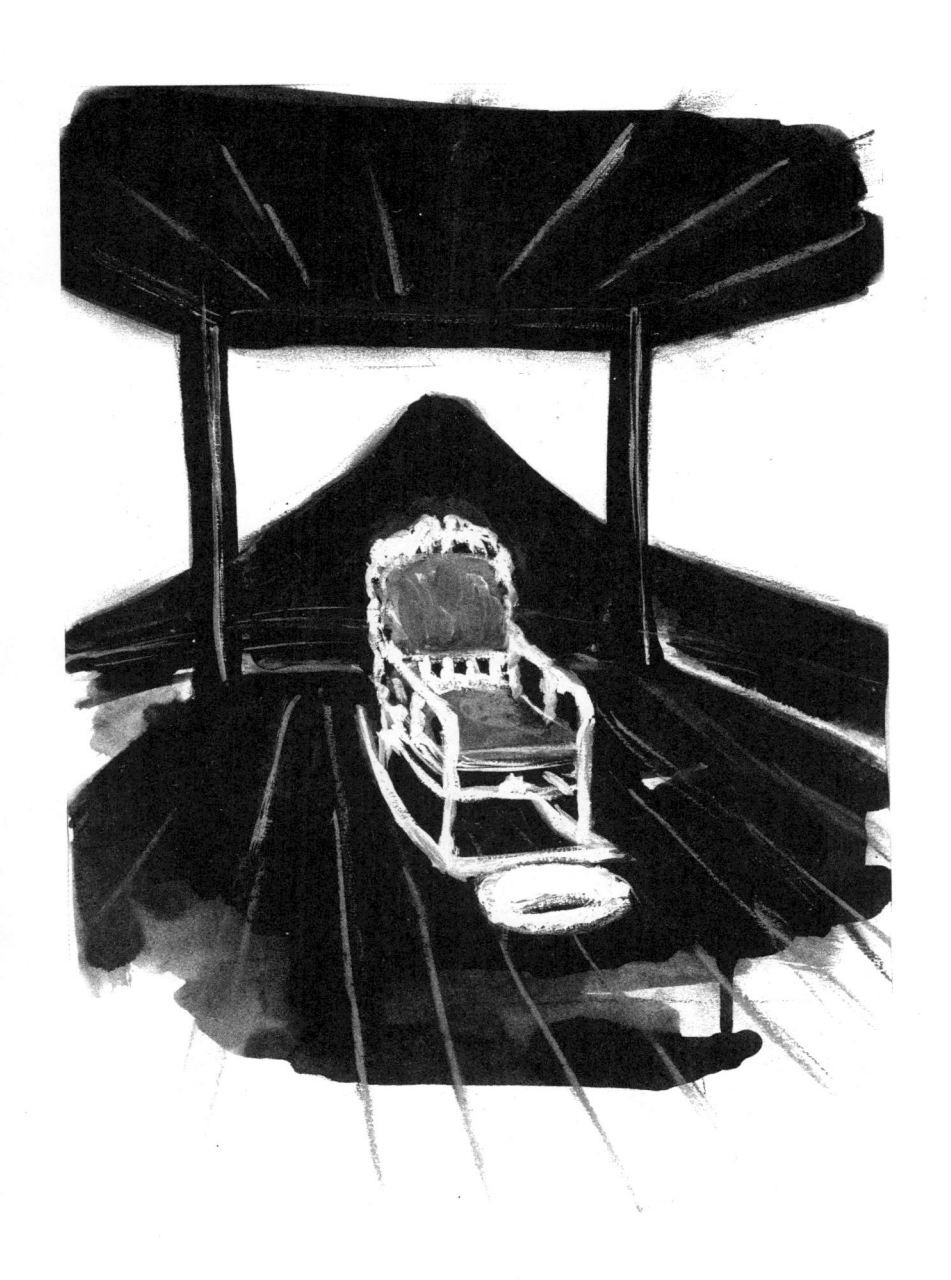

年前就提出来呢？那个时候，假若欧洲人提出要与土著民共理国事，也许土著民并不会反对。"

"我不太明白你的意思。"萨拉插话。

"我的意思是说，那位杰出的学者——什么博士——和他同时代的土著民相比，要整整落后三百年！"我理直气壮地说。

说完，我便起身告辞，离开了两位令人讨厌的高班学姐……

第八章

我的父母为我收到副州长赫勃特·德·拉·柯罗瓦先生的邀请深感骄傲。

当地的土著官员仍在纷纷给我投送请帖。

双亲最好还是不要知道，他们引以为豪的儿子受到了怎样的作弄。

我一再向父母推辞，不愿讲述副州长款待我的情景。我提出要马上回泗水去。

回复纷至沓来的请帖，把我忙得不可开交。

父亲已不再生我的气。副州长先生的邀请使我的全部罪过自然得到了宽宥。

我又向沃诺克罗莫发了封电报，告知我将抵达泗水的日子和时间，以便他们派车接我。

父母亲无法阻拦我，或许他们觉得也不应该阻拦我。他们不再在温托索罗姨娘的事情上指责我了。道理很简单：一个人，如能荣受副州长先生的邀请，自然就有了消灾祛祸的魔力。他不可能再做错事，甚至高官厚禄会接踵而至。临行前，父母只嘱咐我一件事：一定要去向那位欧洲要人辞行。

我真不想去，可还是去了。我又得和萨拉及米丽娅姆见面。显然，她们在父亲跟前已不再像上次咄咄逼人，而显得规规矩矩、彬彬有礼。

"你们校长是我的老同学，"副州长说，"回校以后，请你转达我对他的问候。"

接着，他告诉我，萨拉和米丽娅姆想回荷兰去。她们的母亲大约在十年前就去世了。两个女儿一走，他一定会感到十分寂寞。因此他说："希望你经常给我来信，谈谈你的近况。我将乐意知道你的情况。"他还嘱咐我说，"希望你也和萨拉及米丽娅姆通信。这年头，人们互相交换看法，不挺好吗？说不定这些讨论会成为你们未来美好生活的基础。何况，假如你们将来都成了重要人物呢？"

我答应将按照他的嘱咐去做。

"明克，如果你能继续这样，就是说，如果能继续保持欧洲人的风度，而不是像爪哇人通常的那样卑躬屈膝，将来你准能成为一个了不起的人物。你将成为你们族群的领袖、先驱和典范。作为一个受过教育的人，你应该了解，你的同胞是如此地低下和卑贱。要拯救它，欧洲人无从给你们帮助，只有靠你们土著民自己的奋发努力。"

副州长的话令人痛心疾首。是的，每当爪哇人的形象为外族损害时，我就心如刀割，这时我是一个真正的爪哇人。然而，每当谈及爪哇人的愚昧和无知时，我又感到自己是个欧洲人。这些话勾起我纷杂的思绪。坐在驶向泗水的快车上时，副州长的话语仍在我耳边萦绕。

如果德·拉·柯罗瓦先生是个爪哇人，那我很容易猜透他的意图：准是要我当他的女婿。但他是个欧洲人，所以这就无从谈起。况且，萨拉亦好，米丽娅姆亦好，都比我年长几岁。我想，副州长希望我能成为自己族群的典范、领袖和先锋。简直是童话！在祖先的传说中我从未听到这样的逸事。难道一个欧洲人竟对我抱有如此真诚的希望？在东印度的史册上也从未见过这样的记载。三百年来，荷兰人的军队从未让他们的枪炮休息过一天,怎么可能突然出现这样一个欧洲人,希望我成为先锋、领袖和典范呢?真是乏味的奇谈!叫人哭笑不得的笑话!看来他是想把我当作一只实验兔子来证明史努克·许尔格龙涅博士的协同理论。呸,见鬼去吧!我才不管你们的事情呢!多亏我平时爱记日记,为提醒自己和指导行动积累了丰富的参考资料。

我掏了掏手提包,想看看那些还没有启封的信。果然,信中告诉我,父亲将要举行盛典,庆祝他的擢升,并命令我,也可以说是邀请我马上回家。在哥哥的信中,还附有一张写给我们校长的请假条。

突然,我注意到,在火车上,一个眯缝着眼的、大腹便便的胖子(Si Gendut)老是盯着我。他穿着咖啡色的斜纹布上衣,咖啡色的斜纹布裤子,连鞋也是咖啡色的,很有坐头等车厢的派头。他戴着佩有绸带的呢帽子,从不摘下,而是把帽檐拉得低低的,一直遮到眉心,好让自己自由地四处探望而不被人察觉。他只带有一只小皮箱,把它放在座位上面的货架。他的座位离我不远。列车员过来查票时,他掏出一张白色车票,眼睛却滴溜溜地瞟着我。

这趟快车在 B 县和泗水之间只停几站。那个大肚子的胖家伙看不出有要中途下车的样子。显然他也是去终点站。算了,别想了!我告诉自己,就当这次是度假旅行,让我好好享受一下。我需要睡一大觉,以恢复体力。

列车隆隆地朝着泗水方向疾驰飞奔,下午五点便到达了泗水。驶过一片墓地,列车缓缓地停住了。站台上只有寥寥数人,十分冷清。他们有的站着,有的坐着,有的在踱来踱去。

"安娜,安娜丽丝!"我在窗口呼喊着。她来接我了。

她紧步向我的车厢跑来,停在我的窗下,把手伸给了我,问道:"一切都好吧,哥?"

刚才那个胖子拎着小皮箱,同我擦身而过。他要先下车,看了安娜丽丝两眼，缓慢地向门口走去。我目送着他。他并没下车，而是停下脚步，回过头来，再三张望着我。

"下车吧，快下车，还等什么呀？"安娜丽丝催促着。

我走下车，脚夫提着行李跟在后面。

"快走吧，达萨姆已经等了好久了。"

我们赶上了大胖子。他还没有走出站台。他的皮肤浅黄洁净，脸却是红润有光。和刚才在车厢里一样，他不时地用一块蓝手帕揩着脖子。我们一超过他，他便起步行走，好像故意在跟踪我们。

"您好，少爷！"达萨姆站在马车旁，向我大声打招呼。他用的马来语"少爷"（Tuanmuda），姨娘不许他用"小先生"（Sinyo）①叫我。

那胖子看着我们登上马车。这时，我确实怀疑起来，他是何许人呢？为什么总不离去，总一个劲儿地监视着我们？我们一登上车，他也仓促雇了一辆双轮马车。我们的车一起程，那辆马车就尾随而来。他显然怀有某种意图。

我回过头去看他的马车时，他正在擦拭脖颈，未注意我们。当我第二次看他时，他的眼睛正在盯着我们。

"喂，达萨姆，怎么不向右拐呀？"我不满地问。

"怎么向左拐呀，达萨姆？"安娜丽丝用马都拉语问他。

"我有点事儿。"达萨姆搪塞着说。

车子向左一拐，便离开了车站的广场，随即又向右经过州政府前的绿色草坪。达萨姆要到哪儿去？他的样子显得十分严肃。

"你怎么还不向右拐呀？"安娜丽丝责问他，"天都这么晚了。"

"别急嘛，小姐，天还没黑！我早就把车灯准备好了。您放心吧！"

很明显，那个胖子雇着一辆马车在尾随我们。等我再次回头看他

---

① 也可译作"少爷"，作为第二人称常用来称呼白种男孩或欧亚混血男孩。

时,只见他低下脑袋,把脸藏到车夫背后。

"把车赶慢一点儿,达萨姆。"我以命令的口气对他说。

我们的马车开始驶上一条不平的大路,慢悠悠地向前走着。后面那辆马车也放慢了速度。那也是迫不得已,因为路面太窄。不过,如果想超车,他们完全可以打铃叫我们让路。他们并未那样做,也不想从我们车旁穿过去。

突然,我们的马车停住了。

"为什么把车停在这儿呀?"安娜丽丝问。

"别慌,小姐,我有点事要办。"达萨姆说着,从车上跳了下来,把马牵到一边,在篱笆桩子上把缰绳系好。

胖子不便让他的马车停下,只得无可奈何地把车赶了过去。那家伙扭过脸去,用那块蓝手帕拭着鼻子。从外表看,他不是华人,不是侨生,也不像是商人。退一步说,如果他是个侨生的话,那也许是知识界人士,没准是中国玛腰事务厅(Majoor der Chineezen)①的职员。或者,他就是欧洲人和华人的后裔,度假后回他泗水的服务机关。他肯定不是商人。商人不是他那副打扮。要么,他是"荷兰五大贸易巨头"慕娘(Borsumij)公司或奇花里(Geowehrij)公司②的账房先生?或许他本人就是一位玛腰?可也不太像。玛腰常是目中无人的,自以为可同欧洲人平起平坐,所以没必要理睬我,他们对所有的土著民都不屑一顾。要不,他对安娜丽丝发生了兴趣?不对。他从 B 县就把我跟踪上了。

"小姐,请在这儿等我一会儿。我到那个小咖啡馆去有点事儿要办。"达萨姆一面说,一面向我递眼色,然后对我说:"少爷,请您下

---

① 玛腰(Majoor Tionghoa)是荷属东印度政府任命管理华人的侨领。
② 荷兰在印尼群岛地区开办的五个大公司中的两个。

来一会儿。"

我从车上跳了下来。当然,我不得不做好防备。我们走进小咖啡馆。那是一座铺着瓦屋顶的竹结构房子。

"到那儿去干什么呀,达萨姆?"安娜丽丝在车上惶惑不安地问。

达萨姆回过头来,回答说:"小姐,我达萨姆啥时候让您信不过来着!"

我也开始怀疑起来。那胖子把他的马车在稍远的地方停下。这时,达萨姆装模作样起来。

"安娜,你在车上坐着,别下来!"我喊着,目的是好让她放心。我嘴里虽这么说,但眼睛却一直盯着这位马都拉勇士手中的大刀。

小咖啡馆里,只有一位顾客坐在那喝咖啡。我们走进去时,他没有抬头,似乎在琢磨着自己的事。要不,他是佯装不知?要不,他和达萨姆都是那胖子的同伙?

达萨姆用命令的口气请我在那位顾客对面的一条长凳上坐下。他紧挨我坐着,以至我清楚地听到他的呼吸声和闻到他的汗臭。

达萨姆对老板娘说:"替我把茶点给车上的那位小姐送去!"他瞪圆了眼,监视着老板娘用木托盘把茶点端出门外。

他双目不失警惕地巡视着四周,两撇八字胡贴到了我的耳边,粗声粗气地用爪哇语对我低声说:"少爷,家里出事啦!这事就我知道,还没告诉小姐和姨娘。少爷,您先别害怕。您看这样行不:眼下,您先别去沃诺克罗莫。那儿太危险啦!"

"出什么事了,达萨姆?"

这时,他稍沉住气,说:"少爷,我达萨姆只听姨娘的话。姨娘喜欢啥,我达萨姆也喜欢啥。姨娘叫我干啥,我就干啥。她有什么吩咐,我都照办。姨娘要我维护您的安全,少爷,我就全力保护您。少爷,您不用多问,只要听我的话就行。"

"我理解你的好意。谢谢你的真诚帮助。不过，不过我还想知道，究竟出了什么事了？"

达萨姆回答说："姨娘是我的雇主。除了姨娘，小姐也是我的雇主。现在小姐跟您相好，我达萨姆也应该保证不让您出事。所以，我劝您还是先不要去沃诺克罗莫好。倒不是因为我达萨姆这把大刀不管用了。不是的，少爷！我是觉得，事情还有点蹊跷，到现在我达萨姆还没有完全弄明白。"

"我明白你的意思。可是，究竟出了什么事了？"

"长话短说，我得把您送到您在克朗甘的宿舍去，不能再让您去沃诺克罗莫。"

"你得告诉我为什么要这样做。"

达萨姆没有马上回答，两眼定定地看着老板娘走过来。

"完事了没有哇，达萨姆？"安娜丽丝在外面喊着。

"别着急，小姐！"达萨姆回答着，眼睛根本没朝外面看。等老板娘走过以后，他又接下去悄声地对我说："少爷，告诉您，罗伯特少爷一再收买我，要我暗害您。"

这我丝毫不感到奇怪。罗伯特对我存心不良，我早就有所察觉。可我不知道究竟是为了什么。我问："我哪一点得罪了他？"

"我看，无非是嫉妒心理。姨娘喜欢您，他看到家里有了别的男人，心里感到不痛快呗！"

"他可以开诚布公地对我讲，为什么要通过那种方式呢？"

"少爷，这孩子做事鲁莽，正因为这样，那才叫危险哪。如今我告诉您了，您明白我的意思了吗？不要告诉小姐。也不要告诉姨娘。真的，千万别告诉她们。好了，咱们走吧。"说完，他去付了钱，没顾得上问我有什么想法。

胖子的马车已不知去向。我们重新登上马车，继续上路。如果达萨姆没有骗人，那么，在沃诺克罗莫，有一个人要害我，他要我这仅有的一条性命。今天一早，从 B 县起，那个胖子就一直在窥探我的行踪。回想起来，父亲对我大发雷霆，不无他的道理。母亲告诫我，要勇于承担自己行为的后果，也挺及时。是啊，罗伯特·梅莱玛的确有权这样认为，我已侵入了他的王国。起码是，我已成了他思想上的负担。他呀，他完全有权利那样做。

安娜丽丝紧握着我的手不放，生怕我像条泥鳅、随时滑出车外一样。她沉默不语，两眼凝视远方。

"安娜，我在皮箱里看到你的钱了。"

"是的，那是我放的。你需要钱。你这次走，不知会遇上什么事情。我要你马上回到我的身边。"

"谢谢你，安娜，那钱我没有用。"

安娜丽丝这时才微笑。但她的笑靥没有给我带来愉快。车灯的光芒反射不到车厢里来。里面黑洞洞的。黑暗侵吞了安娜丽丝的容颜。不过即使我能看到，此刻我也无心欣赏。那些令人可怕的事占据了我的整个心灵，驱走了一切欢乐。人世间的一切都变化无常。造就我的科学知识啊，顿时全都失去了威力！什么东西都不可靠。那个罗伯特，我早就深知其人。那个胖子，我已认识他的外貌，即使在黑暗中，我也能把他认出来。一个与我素不相识的人，竟也可能来谋害我。泗水，以雇佣刺客之多闻名遐迩。用半盾到两盾钱就能雇到一名刺客。在海滩上，树林里，在路边，市场内，每周都有横尸。受害者身上还有刀痕。

马车往克朗甘的方向奔去。

"我们为什么朝这个方向走呀？"安娜丽丝不高兴地责问。

"还有些别的事要办，小姐。请您再忍耐一会儿。"

我该怎样向安娜丽丝解释呢？没等我找出辩解的理由，马车已经停在戴林卡家的门口了。达萨姆二话没说,把我的行李从车上卸了下来。

"怎么把行李卸下去呀?"安娜丽丝又责问道。

"安娜,"我和颜悦色地说,"这星期我得准备功课。很对不起你,现在我不能陪你回去了。谢谢你来接我,安娜。代我向妈妈表示歉意,好吗?暂时我真不能去沃诺克罗莫。我得住在这儿,离老师近一些,好复习功课。代我向妈妈问好。谢谢妈妈。复习完功课,我一定去你们家。"

"这段时间你在我家不是也能复习功课吗?谁也没有打扰你呀!要是我影响了你,那太对不起你了。"她说着,有点想哭的样子。

"没有,安娜,你一点也没有影响我。"

"要是我妨碍了你,你就说我好啦,好让我知道错在哪里。"她几乎都要哭出声来。

"没有,你真的没有妨碍我。"

我再也无法进行劝说。她哭了,哭得像个小孩一样。

"为什么哭呀?就一星期嘛,安娜,真的就一星期。过了一星期我一定去看你。你说是那样吧,达萨姆?"

"是的。小姐,不要在人家这儿哭。"

从前,我自认为是一位盖世无双的爪哇勇士。如今,我完全失去了英勇气概。一条说我的生命正受到威胁的消息,就使我吓破了胆,变成了懦夫。

"别下去,安娜,你在车里坐着吧。"我在黑暗的车厢里吻了一下她的脸颊。我感到,她的脸颊已流满泪水。

"你可要马上回沃诺克罗莫呀!"她边哭边说,终于让了步。

"这么说,你理解了我的意思,是吗?"她点了点头。我又说:"等把事情都办完了,我一定立刻就去。现在我希望你要听我的话,体谅我的困难。"

"嗯,哥哥,我听你的话。"她细声细气地回答着。

"再见吧,我的小仙女。"

"再见,哥哥。"

我跳下了车。达萨姆还在门前等着我。

已到晚上时分,盏盏灯火耀眼明亮。我心中却漆黑一团,见不到一点亮光。

"你为什么不告诉妈妈呢?"我悄悄地问达萨姆。

"不能告诉她。罗伯特和老爷已使姨娘够为难的了。这事应该由我达萨姆来处理。少爷,您不要着急。"

戴林卡夫妇坐在桌子边,等待我从房间里出来,告诉他们一路的经过。他俩真是一对和睦相处的恩爱夫妻。我不知他们对我有何感想。我进了屋就不再出来,从里面把门反锁,换了衣服,连晚饭也没有吃就上了床。在把油灯吹灭之前,我仍要把威廉明娜女王的画像端详一番。人世间!她身居宫掖,好不宁谧,幸福安逸,无忧无虑。有的最多也只是心中自寻的烦恼。而我,受她管辖的黎民,又怎样呢?据占星学预言,我的命运与她相同。然而我却蜷缩在这斗室的角落,罗伯特招来的死神说不定正窥伺我呢。

房间里漆黑一片。我隐隐约约能听到客厅里的谈话声,但听不清他们在讲些什么。唉,我还如此年轻,可就有人要害我的命了。老师讲的摩登时代,光辉灿烂、欢欣鼓舞的景象,哪儿有半点影子。罗伯特,你为何这等疯狂?因争风吃醋而进行的谋杀,在这个世界上已经屡见不鲜。这是人类兽性的残余,为人类所独有!人类另一个独有的兽性残余是谋财,这也是司空见惯的事。难道不对吗?可是你,罗伯特,比这要复杂。你憎恨自己的母亲,你的生身之母。你得不到她的疼爱。你在父亲面前摇尾乞怜，他对你却不予理睬。你妒忌我，就因为你母亲的爱现在流向了我。你担心你的财产继承权可能会被我这个局外人夺走。这类事，在欧洲小说里描写得很多。因此我在你眼里，也许只是一个贪财贪色的罪犯。

我扪心自问，我对得起自己。我也对得起这个世界。我只愿享受自己的劳动成果。其他，我无所需求。对我来说，幸福不是来自他人的恩赐，而要靠自己去奋斗。这一段时间我与家庭的分裂，深深地教育了我。这问题要比学校所有的课程更深奥复杂。

还有你，达萨姆，但愿你说的不是事实。但愿罗伯特不像你所描绘的那样坏。但愿是你另有企图，居心不良。

还有你，死胖子，皮肤浅黄洁净，眯缝着两只小眼。我与你究竟有何瓜葛？像你这样衣冠楚楚的人，能为要几个钱，能为贪图梅莱玛的家产和他的闺女，而去为别人充当凶手吗？

萨拉，米丽娅姆，副州长先生，还有协同理论……

我的心呀，在瑟瑟地颤抖。为什么我竟如此怯懦呢？

第九章

为了使故事更有头绪,我不得不先讲一讲自从我离开沃诺克罗莫,被那位一等警察带往 B 县之后,罗伯特怎么样了。

我把安娜丽丝、姨娘、达萨姆和其他几个人的叙述整理如下:

安娜丽丝看着我乘坐的马车消失在黎明前的黑暗之中,她抱着母亲,哭了起来。(我也不明白,她为什么这么娇,这么爱哭,仿佛几岁的孩子。)

"别哭了,安娜。他不会出什么事的。"姨娘说。

"妈妈眼巴巴地看着他让人带走,您怎么也不管一管呀?"安娜丽丝责怪地说。

"我们是法律的奴隶,安娜,是不可能违抗警察的。"

"我们也跟他去好了,妈妈。"

"没必要。现在还不到时候。再说,我们已经知道他是被带到 B 县去。"

"妈妈呀,该怎么办哪,妈妈!"

"你真的爱他吗?"

"您别用这问题来折磨我了,妈妈。"

"那该怎么办呢？我们毫无办法，安娜，现在只能等待。你不要太任性了。"

"想想办法吧，妈妈！您替我想想办法吧！"

"你以为明克是你喜爱的洋娃娃？你说要，妈妈就马上给你拿来？不是的，他是个人！想想办法，想想办法！当然我要替你想办法。但你也别太着急。现在还没到那个时候。"

"您就眼看着我这样不管吗，妈妈？您还想不想让我活呀，妈妈？"

姨娘不知所措。她从未见过她懂事的女儿这样唉声叹气。她知道，安娜丽丝正处在重要关头。安娜丽丝是她可靠的帮手。她应该尽一切努力来满足女儿所有合理的愿望。姨娘拉着女儿回家，让安娜丽丝在房间里好好休息。

安娜丽丝执意不肯，非要站在那里等着明克回来。

"他不可能马上回来，安娜。根本不可能！他也许后天，或者过四五天才能回来。"

安娜丽丝这才开始安静下来。

姨娘愈加惶恐不安。她知道，女儿自小从不向她要这要那，只是最近几周，她才一再提出要求——那不是要求，而是催逼，甚至是强迫——她的要求都与明克有关。女儿一向很听话，温文尔雅，是母亲的心肝宝贝。可是现在，却变得叛逆起来。

安娜丽丝要母亲把她的洋娃娃找回来。她只能向母亲提出这个要求。

姨娘担心女儿会病倒。她看到女儿越来越不正常。这个一向很听话的孩子，会不会像她父亲一样，也经不起沉重的精神打击呢？

这时，太阳慢慢升起。

达萨姆走过来把门窗打开。看到小姐这副模样，他吃了一惊。这是一个不能用力气和大刀来解决的难题，他感到爱莫能助。

"啊呀，这是政府管的事！"姨娘感叹道，"这种事看不见，也摸不着，简直像嘉夫山（jabalkat）①魔王国里发生的一样。"

突然，姨娘想起了儿子罗伯特。一个疑问迅速在她脑中闪过：是不是他给警察写了匿名信？姨娘对罗伯特怀疑起来。她想询问他一下。

姨娘吩咐达萨姆说："叫罗伯特过来！"

罗伯特揉着惺忪的睡眼，走了过来，默默地站着。要不是达萨姆去叫，罗伯特是不会来的。他站在那里一声不吭，两眼现出满不在乎的神情。

"你都给谁写过匿名信？写了几封了？"

罗伯特拒不回答姨娘的质问。达萨姆走到他的身边。

"快回答，少爷。"达萨姆催促着。

安娜丽丝仍旧偎在母亲身旁，就怕失去了依靠。

"匿名信与我毫无关系。"他恶狠狠地回答道。他又把脸转向达萨姆说："你看我像个写匿名信的人吗？"

"这你跟姨娘说去。我没问你。"达萨姆没好气地说。

罗伯特又把脸转向姨娘说："我从来没写过匿名信，更谈不上寄。"

"好吧。我总是尽量相信你。你为什么要恨明克？是因为他比你强，比你有学问，是不是？"

"我和明克毫不相干。他不过是个土著民罢了。"

"原来你恨他，就因为他是个土著民！"

"要不，干吗要欧洲血统呀？"罗伯特挑衅地说。

"那好，这么说，你恨明克，就因为他是土著民，而你有欧洲血统？好吧，我本来就不配教育你。让欧洲人教育你去吧！现在我告诉

---

① 传说位于天堂和地狱之间，jabalkat 源自阿拉伯语，疑应为 Jabal Kaf，其中 Jabal 用于标写与伊斯兰教有关的山。

你，罗伯特，我，你的母亲，一个土著民，知道，有欧洲血统的人想当然比土著民更高明、更有知识。你知道我在说什么。我现在要求你，用你身上土著民的血液，而不是欧洲人的血液，到泗水警察局去一趟，打听一下明克的消息。达萨姆办不了这件事，他不会荷兰语。我也去不了，这儿的工作离不开。你会说荷兰语，会读又会写。今天我想看看你到底都能干些什么事。骑上马，快去快回。"

罗伯特不回答。

"快去，少爷！"达萨姆命令道。

罗伯特默默地转过身，趿拉着拖鞋走进卧室，迟迟不肯出来。

"再去告诉他一遍，达萨姆！"姨娘吩咐说。

达萨姆随后走进罗伯特的房间。

外面，天已渐渐亮了。罗伯特在马都拉勇士的胁迫下，走出了卧室。他向后院的马厩走去。他穿上马裤和高筒靴，拿了一条鞭子，牵了一匹马。

"你睡去吧，安娜。"姨娘劝说道。

"不。"

姨娘发现安娜丽丝在发烧。女儿真的病了。母亲焦灼不安。

"达萨姆，把沙发搬到我的办公室去。我要一边工作，一边守着安娜。别忘了拿毯子。随后你就去请马第内特医生来。"她把女儿扶到椅子上坐好，说："别着急，安娜，不要着急。你非常爱他吗？"

"妈妈，我的好妈妈！"安娜丽丝低声对姨娘说。

"看你病成这个样子，安娜。妈妈不反对你爱他。真的不反对。我的好闺女。你可以和他结婚，只要他愿意，什么时候都行。现在，你要耐心点。"

"妈妈，"安娜丽丝闭着眼睛叫着，"您的脸在哪儿呀？妈妈，您到这儿来。让我亲亲您，妈妈。"姨娘让女儿在脸颊上亲了一口。

"你可不能生病。你要是病了,谁来帮助我呢?你忍心让妈妈一个人像牛马一样地劳累吗?"

"妈妈,我要永远帮您干活。"

"那你可不能像现在这样生病,我的宝贝。"

"我不愿意生病。妈妈。"

"你身体越来越烫了,安娜。你要学会想开一些,孩子。在这种情况下,我们只能想办法,耐心地等待,问题才会解决。"

达萨姆把沙发搬进了办公室,但安娜丽丝坚持要亲眼看着罗伯特骑马离开家,不然,她就不愿到办公室去。可她哥哥仍不露面。

"快找罗伯特去,达萨姆!"姨娘高声喊道。

达萨姆跑步奔向后院。十分钟后,那个身材魁梧的青年催着马,头也不回地直奔大道而去。一刻钟以后,达萨姆又赶着马车去接马第内特医生。

安娜丽丝这才同意跟着妈妈去办公室。到了办公室,姨娘用醋泡的红葱头为女儿做冷敷。

"委屈你了,安娜,妈妈抱不动你。你先睡吧。过一会儿医生就来。罗伯特了解清楚以后,也会回来的。"

姨娘走到办公室的一个角落,打开水龙头,洗了把脸,梳了梳头。

安娜丽丝蒙着毯子,在里面小声问道:"妈妈,您也喜欢他吗?"

"当然啦,安娜。他是个好孩子。"姨娘一边回答,一边梳理着头发,"你已爱上了他,我怎能不喜欢他呢?有他这样的好孩子,做父母的一定会感到骄傲。能当他的妻子,当他合法的妻子,哪个姑娘都将感到自豪。妈妈也会为有他做女婿而骄傲。"

"妈妈,你真是我的好妈妈!"

"所以你什么都不必担心。"

"那他爱我吗,妈妈?"

"哪个小伙子见了你不着迷呀？不论是欧洲人、混血儿，还是土著民，所有小伙子都会拜倒在你脚下。妈妈懂得这些，安娜，没有比你再漂亮的姑娘了。好了，睡觉吧。什么都不要想了。闭上眼睛。"

其实，安娜丽丝刚才就没有睁眼。她仍闭着眼问："妈妈，要是他父母反对，那怎么办呢？"

"妈妈说过，你什么都不用操心。一切都由妈妈来替你安排。睡吧，别说话了。我叫人替你去把牛奶取来。记住，你不能生病，应该把身体保护得好好的。你如果病得面黄肌瘦、蔫头耷脑，那明克回来，他该怎么说呀？一个姑娘，不管长得多漂亮，如果不健康，别人就不会喜欢她。"

姨娘向厨房里喊了一声。顷刻，用人端着热好的牛奶，走了进来。

"起来把奶喝了吧。妈妈要洗澡去了。安娜，你喝完奶就睡觉吧。"

姨娘洗澡去了。洗完澡，她带来热水和毛巾，帮女儿擦洗。

此时，安娜丽丝不再说话了。

马第内特医生来了。他仔细地为安娜丽丝检查治疗。他，四十来岁，文雅、雍容、宽厚，身着白色衣裤，头戴一顶灰色呢帽，右眼上夹着带有金链的单片眼睛，金链的另一端系在上衣的第一个扣眼上。

达萨姆匆匆忙忙地为医生准备早饭。姨娘陪着医生共进早餐。

"下午我再来，姨娘。睡前要给她吃些软食。不要打扰她。让她安静地休息。只有让她睡好，才能治好她的病。把她抬到自己的卧室去，不要睡在办公室里。也可以把沙发抬到中厅。要把门窗关好。"

罗伯特·梅莱玛离家以后到哪里去了呢？

根据农场一些人向我提供的材料以及后来法庭上证人的证词和被告的供词，我把事情的经过整理如下：

罗伯特出了家门，驱马上了大路，然后向右拐弯，朝泗水方向奔去。一上大路，他便把马步放慢，东张西望，欣赏着清晨的景色，也许这是为了消除他心中的懊恼。为了那个浪荡子明克，竟起这么早！还要到警察局去。干什么呀？让明克这小子一去不返才好呢。没有他，世界不会变得更穷，也不会变得更苦。不知是哪阵风吹来了这么一粒灰尘，死赖着不走，也不知要待多久。

马儿迈着缓慢的步子，似乎也感到闷闷不乐。也难怪，早晨并没有给它饮水喂料。罗伯特一早起来也没吃东西，不得不饿着肚子去为他人奔忙。

这天早晨，天气异常凉爽。往常，载着石油桶的马车，一辆接着一辆，排成长队，向沃诺克罗莫进发。此时，尚未出现这种场面。只有从农村来的商贩们，挑着土产，一个挨着一个奔向泗水市场。

罗伯特赶着马慢腾腾地走了五十来米，正想入非非。忽然，从右边的灌木篱笆里传来了向他问候的声音："您早啊，罗伯特少爷！"

他勒住马头，透过灌木篱笆的树梢向院子里张望。只见一个华人，穿一身条纹睡衣，正满脸堆笑地向他打招呼。他稀稀拉拉的头发，拧成一根细细的辫子。嬉笑时，两颊的肌肉向上凸起，以至两只眼睛眯成一条线。寥寥可数的几根长髭无力地垂落在嘴角边。下巴的胡须也很稀疏，唯独那块黑痣上的毛，长得较为浓密。

看到罗伯特犹豫着没有回答，他又补充了一句："您早，少爷。"

"您早，阿章（Babah Ah Tjong）！"罗伯特颔首微笑，客气地回礼道。

"您好，您好，少爷！姨娘怎么样，她也好吧？"

"很好，阿章。好久不见您，您到哪儿去了？"

"还不是干那些行当。忙得很哪。老爷最近怎么样？"

"也很好，阿章。"

"怎么总也见不到他呀？"

"他跟往常一样，阿章，也很忙。今天你家的门窗怎么全打开了？跟往常可不一样，有什么事吧？"

"今天是黄道吉日，少爷，现在正是逍遥作乐的良辰美时。少爷，快进来玩一会儿吧。"阿章奉承的笑脸，消除了罗伯特心中不少烦恼，也冲淡了一贯仇视华人的心理。往常，他从不愿和华人交朋友。华人向他打招呼，他理都不愿理睬，更不用说进院子或到屋里坐坐。可现在，他的心被阿章家的什么东西吸引住了。

"好吧，阿章，我进去坐一会儿。"罗伯特把马一拍，拐进了他的邻居阿章家的院子。

罗伯特以前不认识阿章，只是见了面，猜到是此人。阿章没等罗伯特下马，就跑着迎上前去。然后他击了几下掌。只见一位新客（Sinkeh）[①]——纯正的华人移民，也是他家的园丁闻声走来，接过罗伯特手中的缰绳，把马牵往后院。

罗伯特和阿章肩并肩慢步走在一条石子路上。他们走进一座楼房。这座楼的门窗平常总是敞开着。楼前的台阶都覆盖着用椰棕编成的踏脚垫。没有凉台的前厅显得很宽敞。厅内摆着几套雕花柚木桌椅。一个角落里还放着一套棕色竹制花纹桌椅。墙上挂着各种各样的镜框。框内是写着红字的中国书法。大厅中央，放着一扇镂空的木雕屏风，遮住了通往楼内的走廊。另外还摆设着几个空着的大瓷花瓶，瓶脚上有蛟龙攀附的图案。地板朴素无华。厅内没挂威廉明娜女王的画像，也没有放各色鲜花。

阿章把罗伯特引到那套花纹竹椅坐下，这儿有三把竹椅，一张长椅，全都面向前院的空地。主人和客人对面就座。

"少爷，我们做了这么多年邻居，您还没光临过寒舍呀！"

---

① 当时人们把刚从中国移民到印度尼西亚群岛的华侨叫"新客"。

"您家的门窗一年到头关着,我怎么来呀!"

"哪里,少爷,不要开玩笑。我们家门窗怎么会一年到头老关着呢?"

"今天我可是第一次看见你家把门窗打开。"

"少爷,告诉您,要是我家像今天这样开着门窗,这说明,我一定在家。"

"要是你不在家,那在什么地方呀?"

"在什么地方?"主人嬉笑着,转过话题问,"喝点什么,少爷?喜欢什么酒?威士忌,白兰地,科涅克,还是其他什么酒?要白酒还是黄酒?大概您喜欢花雕吧?不论是白酒还是黄酒,凉的还是热的,我这里应有尽有。要不就喝点马拉加葡萄酒(Malaga),还是来点南印度人的酒(Keling)?"

"哎呀,阿章,一大早怎么就喝起酒来呢?"

"那有什么关系。来点油炸花生米,怎么样?"

"好吧,阿章,那很好。"

"好极了,少爷。我就喜欢招待像您这样的少爷,魁梧、英俊、年轻、大方……少爷呀,您身上什么都有,而且富有……哇!"说完,他又击了几下掌,动作是那样潇洒,神态是那样自若,活像个帝王(maharaja)。掌声刚落,屏风后面走出一位华人姑娘,穿着无袖旗袍。旗袍右侧的开衩很高,走路时露出了多半条大腿。这姑娘梳着两条长长的辫子。

罗伯特瞪大了两只馋眼,贪婪地看着姑娘白玉似的皮肤,直勾勾地盯住旗袍的豁开处,看着姑娘走到他眼前,在桌上摆好威士忌、酒杯和油炸花生米。

阿章对姑娘说了几句华语。罗伯特听不懂,只觉得他说话非常快。姑娘听完,马上挺直身子,站在罗伯特面前。

"喏，少爷，您自己瞅瞅（瞧瞧），这个女人咋么（怎么）样？"①

罗伯特十分羞怯，一时说不出话来。他转过脸去，不由自主地看着别处。

"她叫明花。少爷不喜欢她？"阿章咳了一声，"她刚从香港来。"

明花躬身施礼，把托盘放在桌上，挨着罗伯特坐了下来。

"很遗憾，少爷。明花不会讲马来语，也不会讲荷兰语和爪哇语。她就会说中国话。有什么办法呢？少爷怎么不开口哇，嗯？人都已经站在您面前了，少爷就别再假正经了。来吧，少爷，在我阿章面前有什么不好意思的呀！"

明花把斟满威士忌的酒杯递到罗伯特嘴边。罗伯特迟疑地喝着。

阿章故作笑脸，为罗伯特撑腰壮胆。明花仰起小脸，发出几声嘻嘻的媚笑，脸上的肌肉抽动着，露出满口玉牙，美中不足的是，其中有一颗牙歪扭着。接着明花用她的尖嗓子发起议论来，说话像连珠炮似的，中间没有一点间歇。这女人把椅子搬到罗伯特身边，紧挨着坐下。罗伯特不知道她的用意，很不自在起来。

罗伯特吓得脸色苍白，手中的酒杯颤抖着，几乎要掉下来。明花看准时机，将酒杯端到他的唇边。罗伯特来不及犹豫，便喝了一口，因为不曾喝过烈酒，当时发出一阵阵咳嗽，"噗"的一声，喷在阿章和明花身上。他们不但不生气，反而高兴得哈哈大笑。

"再来一杯，少爷。"主人提议道。

明花又斟上一杯威士忌，请罗伯特再喝。罗伯特一边谢绝，一边用手帕擦着嘴，他越发羞涩忸怩起来。

---

① 原文是 "Nah, Nyo, coba taksil sendili pelempuan ini."，句中 "taksil sendili pelempuan" 的马来语正确读写应为 "taksir sendiri perempuan"，作者意在体现阿章发不准马来语辅音大舌音 "r"，每一处均误为 "l"。后文多处如此，校者不再逐一标出。

"少爷装得倒像,怎么连威士忌也没喝过?"阿章开玩笑地说,"这么说少爷不喜欢威士忌,也不喜欢明花啰?"说完,他挥了一下手,明花便顺从地走开,消失在那扇镂空的屏风后面。接着阿章又击了几下掌。

另一位华人姑娘应声而来,身穿丝绸绣花长袖上衣和长裤,图案别致,花色艳丽。她手托盛有点心的竹盘,袅袅婷婷地走到桌边,把点心放在刚才明花端来的盘子上。

她躬身向罗伯特施礼,魅惑地笑着。和明花一样,她也涂了火一样的嘴唇。没等她把点心摆好,明花用玻璃托盘端出一大杯清凉的白开水,放到了罗伯特的前面。然后她又在原来的位置上坐好。

"啊哈,少爷,现在来了两个。您看哪个漂亮?来吧,别不好意思啦!她叫思思。"

楼前陆续停下几辆马车。客人们下了车,大摇大摆地径直走进楼里。他们有的穿着中式服装,有的穿着睡衣。全是男人,都梳着辫子。他们根本不管老板在不在场,马上便找好座位,开起赌局。顿时,大厅里喧闹起来。

"看来,少爷哪个都看不中喽。"阿章用嘶哑的嗓子说,然后把手一挥,叫她们去招待刚来的那些客人。

"少爷连思思也看不上?"阿章站起身,又把思思叫了回来。思思刚折回,阿章就把她拉过来,使她坐在罗伯特的身边。

"少爷,说不定您会喜欢她的。"

罗伯特仍显得十分羞涩,心里犹豫不决。阿章笑个不停,眯着眼望着这个六神无主的青年。大厅里的其他客人赌得正欢,根本没注意这个角落。

这时,思思开始喋喋不休。她声音很大,说话很快,讲了一通以后,开始引诱客人,一会儿为罗伯特整理衬衣和腰带,一会儿弹弄着他衬衣的饰球。阿章在一旁边瞧边笑。罗伯特的心越跳越急。只听见这两个华人你一句我一句华语讲得十分热闹。罗伯特仍很茫然,一句也没有听懂。

"那好吧,少爷。看来您对这两个都不感兴趣。"

思思站起身,走到屏风后面。阿章又击掌四次。

罗伯特垂头丧气,心里懊恼开始时跟阿章进来。从屏风后面,又走出来一位日本姑娘。她身穿大花和服,头上绾着发髻,圆脸,朱唇,面容红润,和颜悦色。只见迈着轻盈的碎步,她径直向这个角落走来,坐在主人身边。她粲然一笑,露出一颗熠熠发光的金牙。

"往这儿瞧,少爷,又来了一个。"

也许由于不愿再次后悔的缘故,罗伯特这回壮起了胆,仔细地端详着这位日本女人。

"您瞧,少爷,她叫吴姬(Maiko),从日本到这儿才两个月。"

阿章的话还没说完,吴姬便用尖嗓门儿讲起日本话来。罗伯特仍然听不懂,然而已鼓起了勇气,敢于正视这个女人了。

阿章用手捂住吴姬的嘴,接着说他没说完的话:"她是专门服侍我的。如果少爷喜欢,也可以把她让给您。您过来,挨着她坐下。"

罗伯特活像一条受到主人棍棒威胁的狗,站了起来,然后慢慢地挪动脚步,坐到长椅上,把吴姬夹在他和阿章中间。

"这么说,少爷愿意要这个了?要吴姬,是不是?好!"阿章会心地笑着说,"那我走了,少爷。我把她交给您了。"

罗伯特目送着阿章离去。

阿章去到其他客人中间。这时,客人越来越多。他们有的玩牌,有的打台球,也有的打麻将。阿章慢慢地走着,一张桌子、一张桌子地察看着。然后又回到原来的地方,站在这对语言不通的青年人面前。

"是啊,少爷,的确不方便。吴姬不懂马来语,更不懂荷兰语。我真不相信，少爷从来没和日本小姐打过交道？您没有逛过日本花街？"

"有生以来，我还是头一次看到。"罗伯特终于启齿了。

"亏了，少爷，您这样有钱，没玩过日本姑娘，可是亏了。在我们的妓院里，差不多都有日本小姐。少爷，您真是亏了。至今您还没有进城逛过红灯区？没逛过日本花街？没去过巴达维亚？真是太亏了，罗伯特少爷，您真可怜，那些妓院里全都是日本姑娘。好吧，请……"阿章煞有皇帝的气派，请罗伯特入室消遣。三人离开了座位。阿章走在前面，罗伯特·梅莱玛跟在后面，吴姬尾随。她挪动着轻快的细步，不断用娇声细语引诱着罗伯特。他们绕过镂空的屏风，步入走廊。到处都可以嗅到香水的味道。

走廊两侧，是一排排房间，房内没什么家具，只是墙上有些装饰。华人女子三三两两地凑在一起，互相交谈。一个个都打扮得花枝招展，油头粉面。她们恭敬地对阿章和罗伯特施礼，笑脸相迎；而吴姬走过时，却毫不在意。

罗伯特的眼睛不放过任何一个女人。不论是高的、矮的、胖的、瘦的，还是丰满的、苗条的，他都挨个细细打量。那些女人则一个个皓齿朱唇，盈盈嬉笑，娇媚诱人。

"少爷，和这种美女玩真是人生乐事。遗憾，少爷不喜欢华人姑娘。"阿章讥讽地笑他，"您看，少爷，这些房间都门对着门，只要不锁，随便您用哪一间。"

阿章打开一间屋子，让客人看里面的摆设。罗伯特觉得室内的家具和清洁程度与自己的房间差不多，只是面积稍小一些，家具更考究一些。

"对于您来说，还有更豪华、更阔绰的房间。少爷您可以随便选用。"阿章继续向前走了几步，又打开另一个房间，"请看，这就是我说的豪华阔绰的房间。这是专为招待玛腰老爷准备的。碰巧，他老人家去香港了。"

室内全是崭新的家具,风格独特,罗伯特根本叫不上名称,也从来没见过。阿章站在门口,问客人意见如何。罗伯特连连点头赞许,说不出别的话。阿章先进了屋,罗伯特和吴姬随后跟了进去。

"这可是最高级的家具,少爷,都是新做的,是地地道道的法国式样。本来嘛,玛腰老爷就喜欢法国东西。这些家具都出自法国有名的能工巧匠之手。告诉您,少爷,这是这座楼里最贵重的家具。那边角落里,茶具上有个小酒柜,里面有威士忌和日本名酒。您喜欢什么就用什么,茶几、衣柜、沙发、长椅,"他边说边指点着,"还有这张雕花床。在这样漂亮的床上睡觉,可真叫舒服、自在!你说对不对呀,吴姬?"

吴姬躬身回答,声音柔媚、轻快、多情,像鹊鸟叫。

"喏,少爷,爽歪歪吧(senang belplesil)!"

罗伯特目送阿章走出门外,注意地看着他脑后的辫子,直到拐进走廊看不见为止。

第十章

为了照顾故事的时间顺序，有必要把**后来**[1]在法庭上得到的一些材料先介绍给读者。这些材料大都来自吴姬的答辩，通过法庭正式翻译，我把她的话记了下来，并整理如下：

我出生在日本名古屋，被当作妓女卖到香港。我的老板一开始是个日本人。后来他把我卖给在香港的一个中国人。我已忘了这个中国老板的名字，因为我在那里待的时间很短，只有几个星期，加上他的名字很绕口。他又把我卖给另一个老板，也是个中国人。是他带着我坐船到了新加坡。关于这第三个老板，我只知道他叫"明"（Ming），其他就不知道了。由于我身材丰盈，很会接待客人，帮他赚了不少钱，因此他对我很满意，十分喜欢我。

我的第四个老板是个新加坡日侨。他看中了我，很想把我据为己有。经过和第三个老板一番艰苦的讨价还价，最后他花了七十五元新加坡币买下了我。这是在新加坡买一个日本妓女最高的价钱。一般来说，在东南亚的花街柳巷里，巽他女人最吃香，价钱最高。而我的身

---

[1] 原文中为斜体：*kemudianhari*。

价竟能比一般其他女人还高,这使我感到荣幸。

可是我的好景不长,只有五个月。后来,那个日本老板对我恨之入骨。他经常打我,甚至用燃着的烟头烫我,我的客人越来越少。原因是,我得了一种特殊的花柳病,我们烟花姐妹把它称之为"缅甸梅毒"(Sipilis "Birma")——我也不知道为什么会取这样的名称。这种性病是有名的不治之症。女人得上以后,在相当长一段时间内并没有什么感觉,可男人一得上,身体很快就垮,比女人更加痛苦。

于是,我这个名叫中川的日本老板,又把我卖给了一个中国老板,要价才二十五元。卖我之前,中川把我领进一间屋子,他猛打我的胸部和腰部。我晕了过去。等我苏醒时,我的衣裤已被他剥得精光。他在我身上的要害部位捏摸点穴,使我失去了性欲。第二天他才把我交给那个华人。我的第五个老板把我带到了巴达维亚。

头一天,这位新老板要尝新,我婉言谢绝了。我想,他要是发现我患有要命的性病,我一定又要吃苦头。说不定他会把我弄死的。要知道,老板弄死一个妓女,然后销尸匿迹,这是不足为奇的事情。没有保护人的妓女是最脆弱的,毫无人身保障。再加上这时我的性欲正在消退,更不能答应老板的要求。我请求老板给我请个中医看看病,老板同意了。中医给我治疗了三次,我的性欲才又恢复,可我仍然劝阻老板别和我睡觉。算是走运,老板勉强同意了我的请求。

不到三个月,老板发觉了我的疾病。他非常生气。我不懂中国话,我是从他的语气和神态中感觉出来的。那时,找我的客人越来越少。人们都不敢和我接触。老板为此非常恼火。我日夜祈祷他不要折磨我,要不,打我骂我也行,但可别把我那些积蓄抢走。来年,我还要回日本去,我的未婚夫中谷还在盼望着我带钱回家和他结婚哪!

后来老板没有虐待我,也没抢我的积蓄。他以十元新加坡币的价格把我卖给了华侨阿章。交人的时候,他给了我半盾小费,还用结结巴巴的日语跟我说："我曾想把你留作自己的姘妇。"

听了这话，我后悔极了。做私人姘妇要比当妓女轻松得多，生活可以正常些，也比嫁给一个只知道伸手向你要钱的日本男子自由些。可是这种倒霉的疾病缠住了我。后悔又有什么用呢？

阿章对我也垂涎三尺。可是为了避免再遭不幸，我一再谢绝了他。很明显，倘使这次再露马脚，我的身价也就只值五元钱了，就会成为流落他乡无人要的垃圾。因此我又要求请一位中医给我看病。那位中医向我保证，只要在傍晚坚持他的点穴疗法，一个月治疗十次，就能替我把病治好。可是阿章不同意用这种疗法，一来疗程太长，二来费用太贵。因此，中医只给我治了一次，算作试验。

出发来泗水时，我已没有任何理由再拒绝老板的要求。一路上，我一直陪着阿章一个人。他把我送进他在沃诺克罗莫的妓院，给我分配了一个最好的房间。

阿章如果不外出，几乎每个晚上都睡在我的房间里，其他十四个房间，他哪个也不爱去。

看来阿章没有被我传染，所以我很放心，也很高兴。确实有一类男子，他们对性病有免疫力。也许是因为中医给我点穴治疗的结果，我的病情已经减轻，不再传染了？谁知道呀？说不定我的身价又要抬高了？是呀，谁说没可能呢？假如我能当上阿章的姘妇，那可谢天谢地！我一定要尽自己的义务，好好地侍候他。如果当不上，我也只需在妓院里待上十一个月，就可以回国了。到那时，至少我在经济上已有足够的能力，把自己从最后一个老板那里赎出来。

一个月过去了。阿章也感染上了"缅甸梅毒"。可他对这种怪病一无所知，得了以后也不知得的是什么病。起初他没有直接责怪我，因为与他一起睡觉的还有不少别的女人。我们之间语言不通，也是一个原因。

我是怎么知道他得了这种病的呢？有一天，阿章把他的十四个妓女——她们来自好几个国家——一叫到跟前，让她们赤身裸体地排好队，阿章右手执皮鞭，左手逐个检查这些可怜女人的阴道，温度是否疑似染病。

作为唯一的日本女人，只有我没有被他怀疑。原因是，在世界各国的妓院里，人们普遍认为日本女人最干净，最会保护身体。他们认为日本女人不可能得病。所以，我没受到阿章的检查。

阿章从队伍里挑出三个人，然后，除了我以外，他命令其他人把那三个人用绳捆绑起来，把她们的嘴堵上。接着阿章亲自用皮鞭抽打她们。因为嘴里被塞着布，她们一点儿声音也喊不出来。这三个人成了我的牺牲品。我在一旁，却一声不敢吭。

当妓女的确不容易。如果得了性病，你必须立即报告。老板马上就会来折磨你。所以，与其主动报告，倒不如不声张，等着老板发觉以后再说。当然，最后免不了总还要吃苦头。

那三个女人身上的鞭伤养好以后，阿章把她们卖给了一个新加坡掮客，被带往棉兰。我在阿章的妓院里一直平安无事。我一到他手里始终就只侍候阿章一个人，所以我不太累。我觉得，我的病好多了，体力也恢复了，又开始和从前那样漂亮了。

差不多每个像阿章这样的华人巨贾，都有自己的逍遥宫。不管在新加坡、巴达维亚，还是在泗水，他们有一个习惯，就是轮流着互相去。因此有一天，轮到了阿章的妓院供那些大富翁们聚头作乐。

一大早，阿章就在外面击掌为号，叫我出去。我循声而出。前厅里已经来了几个客人，正在玩牌、打麻将和打台球。他们早就计划好了：上午赌博，下午和晚上才各自寻欢。

这时我开始担心起来。阿章可别在这次轮流寻欢中把我让给其他客人。谁知道他们是不是最喜欢日本女人？只要阿章肯放手，我这一天就不知道要接待多少客人!

果然,阿章吩咐我去接待一个客人。他身材魁梧、结实、英俊,是一个健康而又帅气的小伙子。他是个欧洲混血儿,名叫罗伯特。我一眼便看出,他是个初进柳巷的新手。后来想起这事,我心中感到内疚。当时我想,他这样年纪轻轻,如果想和我睡觉,也就会传染上那要命的疾病,说不定要终生遭受痛苦的折磨,轻则身残,重则夭折?

我很注意察看老板的脸色,想知道他是真心,还是假意。看来他把我交给罗伯特,毫无后悔之感。于是我顿时醒悟到,他已经发觉是我把病传染给了他。很快他就要把我卖给别人。或者他要强迫我付出不知几十元钱的赎金。因此那天上午,我感到格外难过。

阿章把我和罗伯特领进一个房间。他在外面上了锁。这时我意识到,我还得干,而且要抛弃一切伤感和惶感,好好地干。

罗伯特坐在长椅上,我马上跪在他面前,给他把长筒靴脱下。没想到这么早就要我接客!他的袜子真脏,似乎从来没有洗过。我从柜子里拿出一双拖鞋让他穿,太小。我再找,没有一双合适的。他的脚实在太大!我又把袜子从他那双结实有力的大脚上拽下来。我把拖鞋放在他面前,没给他穿上。如果硬要给他穿上,那稻草编的拖鞋,非给他撑破不可。

他也没去穿那拖鞋。看得出,他是个优柔寡断的人。

罗伯特一句话也不说,不管我做什么,都用诧异的眼光看着我。

我给他脱掉衬衣,他还是不说话。我发现他衬衣上的两个兜都是空空的。我又请他站起来。他脱下马裤,叠好后,挂到衣柜里。他的裤子又脏又臭,我真不愿意给他脱。那背心看来有一个多星期没换了,脏得要命。他显得很害羞。

这就是年轻的罗伯特。除了年轻、健康、俊美和蓬勃的情欲,他一无所有。这不禁使我发问:阿章为什么把我交给这样一个身无分文的毛孩呢？也许他不一定会卖掉我，也不会强迫我赎身。也许他还没有发现我的病。我这么一想，感到了几分欣慰，心里坦然起来。

我帮罗伯特脱下了背心，从另一个衣柜里取出一件玛腰老爷的和服给他穿上。他还是缄默不语地坐着。我又倒了一盅强身的葡萄补酒，让他喝，为的是让他将来得上了这种不治之症后，不至于太后悔。也让他在今后无边的痛苦中能够找到一点美好的回忆，获得一些他应得的享受和乐趣。

他一边喝着补酒，一边仍用惊奇的眼光注视着我。这时，我喃喃自语，不断用脉脉温情抚慰着他，不让他失望和扫兴。这可是件不容易做的事，然而却是我们当妓女的本分。

当然，我说的话他一句也不懂，可是，我说的全是甜言蜜语，估计他听了也是会高兴的。哪个男人不喜欢听日本女人讲话？不爱看日本女人婀娜行走？不希望享受日本女人里里外外的侍候？

早上八点半我们上了床。罗伯特拒绝吃午饭。他身体真壮，全身是汗，如同铁打铜铸一般，不肯放我走。他毛手毛脚，慌里慌张，显然是因为太年轻，没有经验。要不是刚才喝了点补酒，他早就精疲力竭，下不了床了。算了吧，不用多久，他这么强壮的身体也是要垮掉的。他青春的热血、英俊的面貌、强壮的体魄——这些并不是每个青年都具有的天赋，都将从他的身上消失。我很惋惜他，因此我想起了中医的点穴疗法，于是也学着中医在他身上按摩。他不明白我的意图，只是像娇傻的孩童般服服帖帖，任我在他强有力的怀抱之中来回摩挲。

直到下午四点钟，他才放开我。我跟他下了床，拿出毛巾给他擦拭汗涔涔的身体。我用喷着玫瑰香水的毛巾给他擦汗，一共用了五条毛巾！他已筋疲力尽，耷拉着脑袋，活像一件搭在靠背椅上的破衣服。他向我要衣服，我把他的衣服拿过去，一件一件给他穿好。我把他那双又脏又臭的袜子和那双沉重的皮靴也套到了他的脚上。接着，我给他把头发擦干，在头部按摩了几下，使他不至感到头晕。我先把他的头发梳理整齐，然后才用湿毛巾擦自己的身体，把衣服穿好。

显然罗伯特已经心满意足了。不过他还是不放过机会，有时突然拽住我的胳膊，让我坐在他的腿上。他用低沉的声音慢慢地跟我说话。虽然我听不懂他说些什么，但深沉的嗓音听起来十分悦耳。我挣脱着，不愿再让他玩弄。我担心他再次冲动起来。那天，我早饭和午饭都没吃。如果让我再陪他一次，我的身体非垮不可。他自己，说不定肚子也饿了。

罗伯特好像刚得过一场大病，脸色惨白。我看了很不忍心。我又给他倒了一杯强身的葡萄酒，使他的面容红润起来。等他喝完，我把他送出了房间。

走到门口，他迟疑起来，停下脚步，突然又转身跑回房间，抱住我，疯狂地吻我。我用力挣脱开，很客气、很礼貌地将他推了出去，把门从里面锁上。我累极了……

下面是阿章在法庭上的证词，是用马来语讲的，法庭翻译把它译成了荷兰语。我把它整理如下：

那天下午四点钟光景，我正坐在妓院的办公室里，突然，从头等房间里传来了铃声，要求把门从外面打开。

我从办公室里走出来，亲自去开门。真的，罗伯特少爷已成了我的上等宾客。要问原因嘛，我也说不出为什么。反正他是我邻居的少爷，与邻居和睦相处，也是人之常情嘛。何况他总会从少爷变成老爷的，成为我真正的邻居。

罗伯特走出房间，脸色苍白，再也不像原先那样可爱了。他累得几乎连头都抬不起来。一看便知，他是个贪得无厌的毛头小伙子。他将来准会放纵自己的性欲，把整条命都豁上。尽管这样伤神耗力，可他感到心满意足。他嘴边挂着心甘情愿的笑意，就是证明。不用说，我看到这些，心里感到高兴。

"少爷，"我打招呼说，"从今以后，咱们做个好邻居，怎么样？"

他倏地睁大了两只眼睛，怀疑地看着我。他哆嗦了一下。像我这样老练的人，一看便知，他已经意识到，要取得刚才那样的欢乐，需要付出很多钱。

"让我在单据上签字赊账吧。"他迟疑地说。

"哪里，少爷，咱们都是要好的邻居嘛，没有必要掏钱。不要为这个担心。说不定将来咱们还能成为合伙人呢。反正您可以随时到我这里来。不上锁的房间您可以随便开，不受时间限制，白天也行，晚上也行，要玩女人，您可以随便挑。如果前面的门锁着，您可以从后门进来，回头我跟园丁和看门的打个招呼。"

他的疑虑顿时消除了，马上回答说："太感谢您了，阿章。真没想到，您对我这么好！"

"少爷今天才来，其实您早该来啦！"

"我以后一定再来。"

"一言为定！"

既然我们是好邻居，我当然不能拒绝他来。再说，他正年轻，精力处在最旺盛时期。于是，我思想上做好准备，为他提供方便，满足他的情欲。不仅如此，我还不得不舍出我的吴姬，供他尽情玩乐，直到玩够为止。

他向我告辞说："天不早了，阿章，我该回家了。"

我没有挽留他。临走前，我又把他领到办公室。到了那里，他看到有那么多女人，两只好色的眼睛滴溜溜地转着，看个没够。这时他已经变了，不再像早晨刚来时那么腼腆了。我假装没有看见。要是我由着他的性子来，我们这里的规矩就会被他破坏。于是我叫来一个女理发师，让她按照我指定的发型给罗伯特理了个发。

罗伯特没有推辞，给他理了个缝在中间的西班牙分头，头发抹上最高级的发油。理完发，我又请他喝些我私藏的特制酒。

"理完发，再喝点酒，少爷又显得精神焕发了。"我说。

除此以外，我还给罗伯特一块银币。那是一枚锃亮锃亮、闪闪发光的银币。他很不好意思地收下了，不住地点头表示感谢。半天只说出这么一句话："阿章呀，您真是我最好的邻居！"

这时，客人越来越多。我领着罗伯特穿过人群，送他出去。有几个客人拦住我，点名要吴姬陪客。我见罗伯特板起了面孔，便一一谢绝了。我陪他走出庭院，看着他骑马上了大路，向左拐去，才回身进楼去找吴姬。

以后，罗伯特出了什么事，我就不知道了。

姨娘和安娜丽丝也告诉了我关于罗伯特·梅莱玛的情况，我也把它整理如下：

下午两点钟，安娜丽丝睡醒了。她已经退烧。一睁开睡眼，她就问罗伯特回来没有。

"还没有，安娜。不知道他跑到哪去了。"

姨娘对儿子十分恼火，吩咐达萨姆不要离开家。她把往城里送奶、送乳酪和奶油的事都交给别的马车夫去做。她叫一名还不太称职的工头代替达萨姆在后院监督工人劳动。

"妈妈，我要到门前去等罗伯特回来。"安娜丽丝说。

"不要去，安娜。在外面等和在这儿等不都一样吗？要不就到前厅去，一边等，一边陪着妈妈。"

姨娘扶着安娜丽丝走到前厅，两人并排坐在椅子上。

罗伯特还没有回来。钟摆嘀嗒嘀嗒地响着，更增添了母女俩焦灼的心情。姨娘不时地向外张望。总是不见罗伯特的影子。

"这是怎么回事呀,安娜?你认识他才几天,怎么就对他这样钟情?照例,应该是他为你如痴如醉才对。"

安娜丽丝没有回答。妈妈的话有点刺痛她的心。

"我给你拿饭去,好吗?"

"不用,妈妈。"

姨娘没听女儿的话,还是到后面去端来两盘抓饭(nasi ramas)、两杯饮料以及汤匙、叉子。

姨娘一边自己吃着,一边还一勺一勺喂着女儿。

"要是懒得嚼,就直接咽下去算了。"姨娘对女儿说。

安娜丽丝真的不嚼了,饭一喂到嘴里,她就咽了下去。罗伯特还是没有回来。

姨娘先后两次呼唤达萨姆,吩咐他去接待登门的顾客。安娜丽丝默默地坐着,两眼望着远方。

两个小时过去了。

"看,这个失心疯的孩子到底还是回来了!"姨娘说。

安娜丽丝定睛向大路望去。

"达萨姆!"姨娘大声呼喊着。等达萨姆来到跟前,她继续说,"把办公室的门锁上。你站到这儿来。"姨娘用手指着通向前厅和办公室的门。

罗伯特骑着马回来了。他不慌不忙,镇定自若。他在屋前的台阶旁勒住马头,下了马,把缰绳一丢,就走进屋里,站到姨娘和安娜丽丝面前。

姨娘仔细打量着儿子。看到他那新理的分头,姨娘皱了皱眉。再看看罗伯特的身上和脸上,既没有汗水,也没挂尘土。他手里的马鞭不见了,帽子也没了。这些东西都丢到哪里去了呢?

"啊，西班牙式分头！"姨娘自言自语道，"苍白的脸！……"姨娘用双手捂住自己的脸说："瞧，安娜，瞧你哥那副样子！从前你爸爸逛窑子回来时也是这副样子。逛窑子的都是这副样子。你来闻闻那股香水的味道……一点不差。如果他开口讲话，喷出的酒味说不定和你父亲五年前也一样……"

姨娘一句话也没对罗伯特说。

安娜丽丝失神地望着哥哥。达萨姆默默无语，伫立在一旁。看到无人开口，马都拉勇士干咳了两声，如同得到命令，罗伯特抬头望了望达萨姆，又看了看母亲，说："警察根本不知道明克的下落。他们根本就没听说过这个名字。"

姨娘从椅子上站起，勃然大怒，面孔涨得通红。她用手指着儿子的鼻子，大声说："骗人！"

"为了打听他的消息，我哪儿都去过了。"

"够了，别再说啦！你嘴里那股酒味，身上那股香水味，你那西班牙式分头……和你爹五年前一模一样，和他后来一模一样！安娜，你过来仔细看看，你爸爸就是这样开始误入歧途的。"姨娘又对儿子说："你给我滚开，骗人的东西！我没有你这个骗人的儿子！"

达萨姆站在通往办公室的门口，又干咳了几声。

"安娜，你永远不要忘了今天这个日子。五年前，你父亲回家时就是这副狼狈相。我不得不当作生活里再没有这个人。今天，你哥哥又是这样，步他老子的后尘。随他们的便吧！"

安娜丽丝没有回答。

"所以说，安娜，你要坚强些。一个懦弱的人，很容易沦为玩物，被他们那种人作弄。别哭了，安娜。告诉妈妈，你是否也想学你哥和父亲的样？"

"不，妈妈，我要跟您一起。"

"那好,那就不能娇里娇气。你要坚强起来。"

看到姨娘已失望到了极点,安娜丽丝只得缄默不语。

马在屋前嘶鸣起来。罗伯特走出卧室。他已换上新装,显得整洁、漂亮。他急匆匆地走出家门,无视他的母亲和他的妹妹,也没去理睬达萨姆。他那匹没拴的马,仍然在院子里走来走去。

从此,罗伯特几乎再没有登过自己的家门……

第十一章

上午九点钟,我从睡梦中醒来,头昏沉沉的,眼睑跳个不停。仿佛有人在我的脑袋里播下了一颗会引起头痛的山豆根①种子,现在它正生根发芽,且有长成大树之势。

我突然想起报纸上登过的那些消息,说人类已发明了一种灵丹妙药,对治疗头痛病空前有效。据说那是德国人发明的,名字叫阿司匹林。然而这毕竟是则新闻,在东印度还没人见过这种药。至少我还不知道那是怎么一回事。唉,东印度啊,你只能等待欧洲人创造发明的成果。

戴林卡太太用泡有红葱的醋在我头部冷敷了好几次,满屋充溢着醋味。

"也许有我的信吧,太太?"

"哈!今天您倒打听起信来啦!平常我把信送到您手里,您都不想看。您可真是变了。没准有您的信。刚才还有人等着要见您哪。我说

---

① 一种灌木植物,其种子味苦,有毒,可作药用。

您还在睡觉。我不认得那个人。现在,他也许已经走了。我对他说:明克少爷不是已住到沃诺克罗莫去了吗?他不但没有理会我,反而还要求到隔壁马芮先生家去等候。"

宿舍里冷冷清清的。其他伙伴都去上学了。

这位好心的老太太把饭桌拉到我的床边,然后把可可牛奶和点心放在桌子上。

"少爷今天想吃点什么呀?"

"太太您还有钱吗?"

"没钱可以向您要嘛!"

"有警察来打听过我吗?"

"有人打听过您,但他不是警察。那是个年轻人,岁数和您差不多。我还以为是少爷的朋友,所以我把您的情况都向他讲了。"

"是个混血儿?欧洲人?还是土著民?"

"土著民。"

我没再问下去。我猜这个人肯定还是那个警察。

"少爷您快说,今天想吃些什么呀?"

"给我做一碗通心粉汤吧,太太。"

"好吧。您头一次想吃通心粉汤。您知道买一包通心粉要多少钱吗?五分钱哪,少爷!所以……"

"那买两包准够啦。"

她接过一角五分钱,欣喜地笑着,便匆匆地向她的小天地——厨房走去。

那天上午十分安静,偶尔才能听到几声马车的铃响,可是我的脑子里却开了锅:我看见刽子手及其帮凶排成了长长一串,个个青面獠牙,在向我叱骂威吓。甚至我最敬爱的老师马赫达·皮特斯也在队伍里向我挥舞着明晃晃的大刀。都怪那条消息!因为我听到了那条消息,就变得神经错乱起来。事情的原委尚未搞清,也不知真实与否,可我为什么竟被吓得如此丧魂落魄呢!我,算得上一名通晓世事的智者吗?即使达萨姆说的都是事实,难道就值得我惶惶不可终日吗?

明克,万一那消息确凿,那你就要吃两次亏:第一次,被吓破了胆;第二次,到头来还是要被杀掉。难道你吃一次亏还不够吗?明克,起床吧,任选其中一次就够了。干吗还要吃两次亏呢?你这个傻瓜,白让你念了那么多书!

对于这种想法,我自己也觉得好笑。于是我下了床,晃晃悠悠地站起身来,试着往后面的洗澡间挪了几步。这时我只觉得天旋地转,便赶紧拉过一把椅子,双手扶住靠背,闭目养了一会儿神,才缓缓走出房间。我没去洗澡间,而是去到前厅,想翻阅一下报纸。头晕减轻了一些,可那股泡着红葱的醋味熏得实在叫人难受。

我在心中对自己说,我的身体太娇气了。

后来,我还是去了洗澡间,洗了个热水澡,不过遭到了戴林卡太太的一顿训斥。你别看她对我没完没了地唠叨,但她非常疼爱我。她不会生育,是个印欧混血儿,可长得更像土著人,身体发福得像个醋罐子,没有留下一点青春的美。尽管她的荷兰语说得很糟糕,可这就是她的日常交际语言,也是她的家庭用语。戴林卡太太从来没有登过学校的门,是个文盲。她养了一条长得很难看的公狗,它很会到市场去偷鱼,一天要去偷上两三回。它把鱼偷来,就让主人烤给它吃。吃完了,便在门口睡大觉,睡醒后,再去偷。这条狗看到生人来,不但不叫唤,反而还用两只闪亮的眼睛盯着客人,好像在等候着客人先向它打招呼。

我穿好衣服,梳好头,便去到冉·马芮家里。梅的母亲在蹂躏中反抗的那幅画还没有完成。看来马芮是在呕心沥血,精描细绘。他希望这幅画能成为他的代表作。

梅坐在我的膝盖上撒娇。几天不见了，她很想我。往常我总是给她带些糖果来，这次我的兜里什么都没有。

"咱们出去走走好吗，叔叔？"

"叔叔身体不太舒服，梅。"

"你的脸色很不好，明克。"马芮用法语插话道。

"我没看叔叔的脸。"梅也说了一句法语，站起身来端详着我，"是啊，叔叔，您脸上没有血色。"

"我没睡够。"

"明克，自从和沃诺克罗莫搭上关系以来，你真是祸不单行。"马芮责备我说，"你也不再为我寻找订单了。"

"冉呀，如果你了解我这一段的境遇，就不会忍心说出这样的话来了。真的。"

"你又碰到麻烦了，"他说，"你的眼神和平常不一样，十分不安。"

"光凭眼睛怎么能了解一个人呢？"

"梅，快来给爸爸买烟去。"

小姑娘走了出去。

"说吧，明克。告诉我，你有什么难处？"

我自然跟他讲到了我对胖子的怀疑。我还告诉他，似乎有人正在寻机暗害我。我觉得，到处有人在监视我，都在挥刀向我砍来。

"正如我所料。这些，当然是你要住到姨娘家去的风险。过去你人云亦云，跟着人家谴责姨娘们的人格和品德。以前我怎么对你说来着？我说，对那些你不了解的事情，别去参与评判。我主张你再去上两三次，目的是让你作为一个受过教育的人，去亲自检验一下公众的舆论是否正确。"

"我记得，冉。"

"是啊，你的确去了。岂止是去了，而且还住在那里了。"

"是的。"

"但可惜的是，你住在那里不只是为了检验公众舆论是否符合事实，而恰恰去印证了公众的舆论，把自己拖入道德泥潭，遭人指指点点。你受到了不知来自何处的威胁，你想想，你侵犯谁的利益了？谁与你所干的事最利害攸关？说不定威胁就来自他。明克，现在你感到有人追逐你不放。我倒认为，更多的是你内疚的心理在折磨着你自己。"

"你还要跟我说什么呢，冉？"

"难道我说得不对吗？"

"很可能是你说得对。"

"为什么是'很可能'呢？"

"就是说，如果我真的做了那些不光彩的事，那你的话才是正确的。"

"这么说，你没有那样做？"

"根本没有。"

"明克呀，我的朋友！至少我听你这么说，心里感到很高兴。"

"冉，姨娘可不是个一般的女人。她很有学问。我认为她是我一生中见过第一个受过教育的土著女性。真叫人佩服，冉。找个机会，我领你去一次，和她认识一下。再带上梅，她一定很喜欢在那儿玩。真的。"

"如果没做错什么，为什么会有人要杀你呢？明克，你是个有知识的人，一定要说实话。你属于第一批受过教育的土著民，你行事须有严格要求。否则，以后的土著民就会比你更糟糕。"

"别说了，冉。不要说废话了。我真的惹麻烦了。"

"只不过是你自己的感觉罢了。"

梅走进来，手里拿着一卷用玉米叶卷的烟。马芮接过烟，便抽起来。

"你抽得太多了。"

马芮笑了一笑。那天,这个法国人真叫人扫兴。他不像话,竟用毫无根据的猜测来捉弄我。父亲刚一见面就训斥我,母亲也怀疑我,不过方法更隐晦罢了。现在,冉·马芮显然也不相信我的话。到头来,他也不得不用公众舆论这把标尺来衡量我,认为我已经被那些不光彩的人拉下了水,和他们同流合污了。看来是有嘴难辩哪!

我领着梅回到了我的住处,在屋旁一张长凳上坐下。

"你怎么不上学呀,梅?"

"爸爸叫我陪着他画画。"

"那你都干些什么呢?"

"看爸爸画画。看着他画呗!"

"爸爸没对你说什么吗?"

"那还能不说。他说,风呀,不停地刮着。那竹林下面,被风刮得空气清新。可是,叔叔,那个人被大兵踩在脚下,多可怜哪!"

她至今不知道,被踩在脚下的人就是她的母亲。

"梅,你给我唱支歌吧!"梅马上唱起她心爱的歌来。"唱个法国歌吧,梅,荷兰歌我全听过了。"

"法国歌?"她想了想,然后唱起来,"嘟,嘟,啪嗒,啵嘟!嘟,啵嘟,啵嘟(Ran, ran pa ta plan! Ran, plan, plan)……"这来自《漂亮鼓手》(*Joli Tambour*)。"叔叔,您怎么不听我唱呀?"

那时,我正注视着马路对面,在一棵罗望子树下,在卖生拌瓜果片(rujak)的摊贩旁边坐着一个胖子。他头戴一顶无檐帽,光着脚,把筒裙团弄着,挂在脖子上。他穿着粗白布上衣和又肥又大的黑裤子,宽宽的皮腰带上有一排排鼓出的小口袋。他敞着胸。那神态,那肤色,还有那双眯缝的小眼,再也瞒不过我的眼睛。他就是想杀害我的凶手。没错,就是那胖子!罗伯特收买达萨姆没成功,于是唆使他充当了爪牙。

那个胖子一面吃着生拌瓜果片,一面不时地向我们这边窥视。

"叫你爸爸过来,梅。"

小姑娘跑出去叫她爸爸。又瘦又高的马芮,腋下夹着拐杖,一瘸一拐地走了过来,坐在我的身边。

"我没弄错,冉。你看,就是他!他从 B 县一直跟踪我到这里,现在只是换了身打扮罢了。"

"胡说,明克,你又在胡思乱想了。"马芮对我生气地说。

正在这时,戴林卡先生不知从哪儿回来了。他一只手挎着篮子,看不出里面装的是什么,另一只手拿着根一米来长的铁管,也不知是从哪里捡来的。

"你们好,冉,明克!怎么你们俩这么早就闲坐在这儿?"戴林卡先生用马来语向我们打招呼。

"是这样——"马芮向戴林卡先生讲了我刚才的想法,然后朝着那个我所怀疑的胖子撇了撇嘴。

戴林卡先生把篮子放在地上,这时才看出里面装的是青嫩的人酸果(kedondong)。他手里仍然握着那根铁管,瞪大了两只凶狠的眼睛,望着马路对面。

"让我走过去看看。来,明克,你认识那个人。很可能就是他。如果有必要,我就敲他的头。"我跟在他后面走,冉·马芮一瘸一拐地尾随着。

我们越走近,也就看得越加清楚,没错,就是那个胖子。他肯定在监视着我。我们走近时,他佯装不知,继续津津有味地吃生拌瓜果片,可眼睛却在滴溜滴溜地瞥着我们。他的那副乔装打扮更加使我怀疑起来。

"就是他。"我肯定地说。

戴林卡咄咄逼人地走近那个胖子，手里握着那根铁管。我反而不知所措了。冉·马芮仍在我们后面一瘸一拐地走着。

"喂，你这个人是怎么回事？"戴林卡用爪哇语喝道，"你怎老监视着我家？"

胖子装作没有听见，仍在不停地吃着。

"你是装聋作哑还是怎么的，嗯？"戴林卡这位荷印政府的退伍军人改用马来语厉声说。他上前一把抢过胖子手里的生拌瓜果片，把它扔到了地上。

看来胖子对这位混血欧洲人毫无惧色，他不慌不忙地站起身来，把满手辣椒酱往罗望子树皮上擦了擦，咽下了嘴里的生果片，又弯下腰，在小贩的桶里洗了洗手，然后镇定自若地用爪哇雅语说："鄙人既没监视您家，也没监视过他人。"他睥睨着我，微微一笑。

这人确实可恶。他竟朝我微笑。你这该死的刽子手，你还笑！

"快给我滚开！"戴林卡呵斥道。

摆摊的是位老妇人，见势不妙，吓得躲开了。人们开始站在远处看热闹。他们都想知道：为什么土著民竟敢与一位混血欧洲人顶撞起来？

"我说老爷，我哪天不在这里买瓜果片吃呀？"

"我可从来没见过你。快给我滚开！要不……"说着，戴林卡把手里的铁管举了起来。胖子仍无惧色。他头也不抬，只是机灵地转动着一对警惕的眼睛。

"我说老爷，可从来没有什么不许在这里吃瓜果片的禁令。"胖子反驳。

"好哇，你竟敢和我顶嘴！也不睁眼瞧瞧我是谁？老子是荷印政府的退伍军人！"

毫无疑问，这胖子是会功夫的（pendekar）。他根本不怕那荷印政府的退伍军人。说不定他练过马来武术（silat），或者跆拳道（kuntow）。

"我说老爷,不管你怎么说,警察可没来禁止过我。这里也没贴禁令嘛!你让我吃完这盘瓜果片不行吗?瞧,我还没有付钱哪。"说完,他又要坐下。

听到这个人说出"禁令",我更加对他怀疑起来。很明显,他了解规定。看来,戴林卡必须多加小心才行。然而这位退伍军人是个只会动武的粗人,二话没说,伸手就去扇胖子的耳光。胖子用手一挡,并不还击。

"算了,算了!"冉·马芮调解道。

"别再打了,老爷。"胖子请求说。

看到有人敢和自己作对,并和他顶嘴,戴林卡不禁勃然大怒。他哪管胖子是谁,现在不能失了派头。他想到的只是他的威风:他是个混血欧洲人,荷印政府的退伍军人。他抡起右手握的那根铁管,狠狠打胖子的头部。胖子从容避开。由于没打着人,戴林卡随铁管的猛劲打了个趔趄,几乎要摔倒在地。其实,胖子这时完全可以照他的肋骨重击,但胖子并没有这样做。戴林卡左抡右打,都扑了空,这使他火冒三丈,暴跳如雷。胖子左躲右闪,步步退让,最后逃之夭夭。戴林卡猛追对手不放。胖子便钻进了一条堆满垃圾的小巷,一拐弯不见了。

"戴林卡疯啦!"马芮不满地喊,"他以为他还在部队呢!"

不顾马芮的呼喊,戴林卡继续往前追赶,也消失在那条小巷。

"这是干什么呀?走,快回去,明克,全都怪你。"马芮责备我说。

在回来的路上,我去搀扶马芮,他把我推开了。一到家,梅和戴林卡太太慌忙跑来,问发生了什么事情。我们谁也没有回答。于是大家怀着焦躁不安的心情,等那性急如火的戴林卡回家。十分钟过后,戴林卡回来了。他汗流浃背,满脸通红,累得上气不接下气。他一进屋就倒坐在帆布躺椅上。

"老头子(Jan),"他的妻子责备道,"你怎么啦,忘了自己已经退伍了？没事就到处树敌。你觉得自己还年轻哪？"说着，她走到丈夫跟前，从他手里夺下那根铁管，走进了里屋。

戴林卡先生什么也没说，仿佛我们之间已经有了默契。恐怕这时心里感到最懊恼的还要算我。但我也觉得庆幸，好在刚才没闹出大乱子来。我还想，多亏没有把达萨姆的话告诉他们，否则，一切真的都得怪到我头上。

"少爷，您还有病哪！"戴林卡太太在里面嚷道，"您不要坐在那儿贪凉，还是去躺一会儿吧。饭待会儿就好了。"

"回家去吧，梅。"马芮跟女儿说。梅自己回家去了。

我们仨默默地坐着，一直等到戴林卡喘过气来。

"忘掉刚才那件事吧。"我开腔道。是啊，万一落到警察手里，事情就变得没完没了。到那时，我将成为下不来台的真正的肇事者："哎呀，我的头又疼起来了，冉！原谅我吧，戴林卡先生。对不起，冉……"

回到房间，我又琢磨起刚才发生的事情，我愈加深信：胖子肯定是在监视我。他一定是罗伯特的帮凶。达萨姆可没有瞎说；我必须相信他的话。明克呀，你一定要小心！

我把房间从里面锁起来。在大白天这样做，还是第一次。我把窗户也关上了。我还从破墩布上拆下了一根硬木棍，放在随手可取的角落。尽管我的本领不怎么样，但也学过一两招自卫的功夫。那还是从前在T县上学时学的。

作为一个受过教育的人，我必须接受这样的现实：有人想取我性命。而且这件事又不可能去报告警察。因为这样做很不明智，那会给姨娘、安娜丽丝、我刚刚晋升为县长的父亲，尤其是母亲带来麻烦。

我必须毫不声张地、小心翼翼地去处理好。

头痛已经四天了，仍然不见好转。天天失眠。每天早晨，牛奶照常送来。

但是，仍然没有达萨姆送来的消息……

我很久没去上学了。医生给我开了三个星期的病假。我脑袋里那颗会引起头痛的山豆根籽啊，不知不觉又在发作啦。是呀，我要拔除那头痛的病根。我的确应该忘掉姨娘，忘掉安娜丽丝，应该与她们断绝关系。我和她们来往毫无裨益，结果只能是自讨苦吃。假如不结识这个可怕而古怪的家庭，我在生活中也不会有任何损失，更不会身染现在这样可怕的病症。我一定要尽快恢复健康，像过去那样为马芮招徕顾客，为报纸写文章，读完高中的课程，不辜负众人的希望。我毕竟还是喜欢读书的。我也愿意和一切朋友公开自由地来往。我要去吸取那浩如烟海的知识，接受人世间一切有益的东西，无论是过去的、现在的还是将来的，都要兼收并蓄。下个月末，马赫达·皮特斯老师将要举行课堂讨论会，从各个角度去照亮人世间。遗憾的是，我却病成这样。

学校临时给我安排的假期眼看就要白白地过去了。这段时间里，我几乎每时每刻都处在高度的紧张之中。有时我反问自己：我如此年纪轻轻，就把自己搞得这样疲惫不堪，究竟有何必要？我有时肯定地回答：大可不必！马赫达老师曾经介绍过作家穆尔塔图里，也介绍过他的朋友、诗人兼记者鲁达·范·埃辛卡（Roorda van Eysinga）[①]的生活。她说，他们俩的生活也是高度紧张的，那是由于信仰和激烈斗争的需要，也为他们的个性所驱使。他们紧张地生活，是为了改善东印度各民族的悲惨命运，是为了解除来自欧洲人和土著民的种种压迫。为拯救与世隔绝的东印度各民族，他们被流放，没有朋友去探望他们，

[①] 鲁达·范·埃辛卡（1825—1887），荷兰诗人、记者，下文提到的他的作品由印尼诗人凯里尔·安瓦尔（Chairil Anwar, 1922—1949）译成印尼语。

无人向他们伸出援助之手……

去读鲁达·范·埃辛卡以森托特（Sentot）为笔名的一首诗吧，题目是《荷兰人在爪哇的末日》（*Hari Terakhir Ollanda di Jawa*）。每个词都充满了发出警告的紧张感。

穆尔塔图里和范·埃辛卡因为崇高的行为，只能生活在高压之下。而我终日遭惶恐之灾的紧张，仅仅是一位女性崇拜者的错误行为所致。我应该放弃安娜丽丝。我不仅应该，而且必定能够放弃她。可是我的心仍然不听使唤。她是一位多么漂亮的姑娘啊！还有那姨娘，这位令人钦佩和令人难忘的人物，简直像一位富有魅力的女王。是啊，爱她的人赞叹不已，恨她的人诽谤不绝。

我渐渐地意识到：这一切紧张都来自不愿意付出代价，因为要进入幸福的、把梦想变成现实的世界，必须付出代价。穆尔塔图里和范·埃辛卡已经付出了代价，但他们并不为个人谋求任何私利。我写的文章和他们的巨著相比，有何意义呢？我所希望和竭力想得到的东西全然是为了个人。多羞耻啊！

是的，我应该舍弃安娜丽丝。再见吧，我的美人（Adieu, ma belle）！① 无论何时何地，我都不愿再见到你了！这世上有比少女的美貌、姨娘的魅力更宝贵的东西。我不能毫无意义地死去。我的躯体，我的生命，是实现这一理想最重要的和唯一的资本。

这个决定使我的头痛症减轻，尽管并没有使病根彻底消除。事情本来就是如此：病来如山倒，病去似抽丝。那颗引起头痛的种子不再作祟了，而且发出的芽也枯死了，原因是，我收到了一封米丽娅姆的来信。她的字精致又工整。

---

① 法语。

她在信中写道：

我的朋友：

你一定已经平安到达了泗水。我一直在盼你的来信，可至今尚未得到。于是我便向你让了一步，还是先给你写这封信吧。

看到下面的话，请你不要感到惊奇：我爸爸对你非常关心。他曾两次打听有没有你的来信。他很想了解你最近有什么进步。你的风度给他留下了深刻的印象。他说，你是个与众不同的爪哇人，是由不同的材料制成的。他还把你称作既是先驱者，又是创新者。

我怀着兴奋的心情给你写这封信，甚至为能转达我父亲对你的看法而感到荣幸。爸爸还对我们说，你的形象代表着未来深受我们欧洲文明影响的爪哇人。他们不再像烈日下的蠕形动物一样，只知道爬行。明克，请原谅我爸爸如此粗俗的比喻。他全然没有侮辱的意思。我想，你听了是不会生气的，对吗？别生气，我的朋友，千万别生气。说真的，不论爸爸，还是我们姐妹俩，对土著民，尤其是对你，都丝毫没有恶意。

父亲看到爪哇民族给毁成这个样子，心里感到十分难过。请再听听他对我们说过的话吧（请原谅，他又用了刚才那个难听的比喻）："你们知道这个像蠕虫一样的民族当前最需要的是什么吗？是一个领袖人物，能够提高他们自己地位的领袖人物。"你明白我的意思吗？希望你在未能理解我的意图之前，先不要恼怒。

并不是每一个欧洲人都参与并导致了你们的衰落。比如我的爸爸，虽然他身为副州长，但并不属于这类人。他对你们民族无能为力，我和萨拉也一样。即使我们全心想伸出援手。但我们只能猜测自己应该做什么。你不是很喜欢穆尔塔图里吗？是的，这个为自由主义者所推崇的作家确实为你们做了很多。除了穆尔塔图里，还有杜明·巴隆·范·胡斐尔①，另外还有一个作家叫鲁达·范·埃辛卡。你们老师可能把他忘了，没有向你们作过介绍。不过，这两位作家从来没有直接对爪哇人发言。他们只是对本族人，即荷兰人发出过呼吁。他们曾要求欧洲人得体地对待你们。

　　我的朋友，爸爸说，他们为你们民族所做的一切，在今天，在19世纪末的今天，已经没啥用了。爸爸认为，现在应该是土著民自己起来为本民族做出贡献。因此我们之前谈到史努克·许尔格龙涅博士的理论决不是偶然的。我们全家都对这位学者作出了高度评价。我们都赞同他的协同理论。而你却嘲笑它。因此，我的朋友啊，你该明白了吧，我爸爸为什么这样器重你。爸爸和我们姐妹俩，的确从来没有见过像你这样的爪哇人。爸爸说，你的言谈举止已经全部欧化，从你身上看不到爪哇人的奴颜媚骨。那是欧洲人踏上了你们的国土，你们惨遭失败的那个时代的标志。

　　每当黑夜来到我们这所宽敞而寂静的大楼，假如爸爸还不太疲乏，我们总愿意听他给我们讲述你们民族的命运，听他讲述你们民族在反抗欧洲人压迫的斗争中出现的千百名领袖和英雄。那些领袖和英雄一个个地倒下去了，阵亡了，失败了，有的屈节投降，有的精神失常，有的含垢忍辱地离开人世，有的在放逐中被遗忘。没有一个人能赢得战争的胜利。我们听了都为之感动。当听到那些大人物屈辱地向东印度公司出卖祖国的土地时，我们也为之愤慨。他们的行径完全是为了个人的私利，暴露了他们脆弱的精神本质。爸爸还说，你们民族的英雄人物是在反对丧失和羞

---

① 杜明·巴隆·范·胡斐尔（原文 Domine Baron von Höewell，疑应为 Wolter Robert van Hoëvell，1812—1879），荷兰政治家、改革家、作家，19世纪最重要和著名的反殖民主义者之一，启发了穆尔塔图里等人。

辱的斗争中出现的。这种斗争持续地进行着，一个世纪又一个世纪，然而他们却没有意识到，每次斗争都重蹈失败的覆辙，致使规模越来越小，直到微不足道。爸爸接着说，一个民族，为了捍卫尊严这个极为抽象的概念，献出了生命和财产，得到的就是这个下场。

他们是注定要失败的，爸爸说。而更令人怜悯的是他们尚未了解自己的命运。这个伟大而英勇的民族总是想把头抬出水面，但每次都被欧洲人重新按到水下。欧洲人不愿看见土著民扬起头颅，呼吸新鲜空气，欣赏真主创造的美好世界。他们坚持不懈地斗争着，接连不断地失败着，以致最后对自己的斗争和失败都变得麻木不仁。

根据爸爸的观点，人类目前和将来的命运取决于能否掌握科学。没有科学，一切个人和民族都必将垮台。反对科学就意味着向死神和耻辱投降。

因此，爸爸赞赏协同理论。他认为，这是摆在土著民面前最好的一条出路。我的朋友，爸爸和我们姐妹俩都希望你将来能和欧洲人平起平坐，共同把你们民族和国家推向前进。我们高兴地看到，你已经有了良好的开端。你一定能理解我们的意图。我们都很爱自己的父亲，他引导我们观察和认识世界。他经验丰富，博闻强识，不仅是我们的父亲，也是我们的良师益友，同时是个了解下级甘苦、不谋私利的民政官员。

下面让我来谈谈你第一次到我家做客后，我爸爸说的一些话吧。那天，你从我家悻悻而去，是吗？我们能够理解你的心情，因为你还不明白我们的意图。爸爸那天的确是故意走开了，为的是好让你能和我们自由地交谈。可是很遗憾，你是那样拘谨、紧张。你一走，爸爸就问我们对你有什么看法。萨拉汇报说，明克最后生气了。她复述你的话说：史努克·许尔格龙涅博士及其协同理论已经落后了三百年。爸爸听了很吃惊，不得不再听我们的进一步介绍。后来，爸爸说：明克是个爪哇人。他以此而自豪。无论作为个人，还是作为一个民族的成员，有这样的自尊心是很好的。不能像一般的爪哇人那样，在同族人中间，感到自己是全世界最优越的民族，然而一来到欧洲人面前，哪怕是一个欧洲人，他们就卑躬屈膝起来，甚至连抬头望一眼的勇气都没有。我很同意爸爸对你的夸奖。祝贺你，我的朋友。

不一会儿，从古典戏院里传来了加美兰的乐曲声。两年前爸爸就让我们注意学习爪哇音乐。爸爸说，你们已经学习加美兰好一阵子了，可能已经学会鉴赏这种音乐了。你们要注意，各种乐器都是为锣（gung）声的出现作准备的。这是爪哇音乐的演奏方法。可是，现实的情况却并非如此。这个可怜的民族还没找到自己的"锣"，一位敢作敢为的领袖和思想家。

我的朋友啊，我殷切地希望你能深刻领会我父亲的这些话。说实在的，除了我父亲，谁也不会说出这样的话来，包括那个大学者史努克·许尔格龙涅博士在内。因此，我们为有这样的父亲而感到骄傲。爸爸确信，你喜欢加美兰一定多过欧洲音乐，因为你是在这种高雅的乐曲声中诞生并在它的熏陶下长大的。

明克，我的朋友，现实生活中的"锣"会何时奏响呢？你将成为那面"锣"吗？那面伟大的"锣"？我们可以为你祈祷吗？

爸爸又说，你们听，几个世纪以来，加美兰乐曲依然如故，爪哇现实生活中的"锣"却迟迟未能诞生。加美兰更多的只是反映一个民族祈求救世主（Messias）降临的渴望和思念——仅仅是渴望，而不是去寻求，去催生。加美兰音乐反映了爪哇人的生活状态，懒于寻求，一味地徘徊彷徨，不厌其烦地重复老调，就像祈祷和念咒语一样，使人消沉、绝望，把人引入歧途，引入那混沌而凄凉的境地，以至磨灭你的个性。我的朋友，这是欧洲人的观点。依我看，没有一个爪哇人会持有这样的看法。爸爸还说，假如二十年后，加美兰音乐仍然没有任何改变的话，那就表明这个民族还是没有找到自己的救世主。

啊，我的朋友，二十年后，你们这个值得同情的民族究竟将成为什么样呢？将来我们有机会回到荷兰去，我一定要从事政治活动。非常遗憾，荷兰还没有任何女性下院（Tweede Kamer）① 议员。朋友，我有一个梦想，倘若以后情况有所改变，我当上了下院议员的话，我一定多多地为你们国家和民族说话。假如我能再回到爪哇，我将首先去听你们的加美兰，去听那优美动人、和谐无比的加美兰。如果主题仍然未变，只有憧憬，而无努力，那就意味着救世主尚未降临，尚未出世。也就是说，你还没有能成为现实生活中的"锣"，或者说，爪哇人中就没有爪哇人能够当"锣"。他们只会继续沉溺在老生常谈和恶性循环之中。假若加美兰乐曲发生了可喜的变化，那我一定去找你，特意向你握手祝贺。

二十年，我的朋友，在这激流勇进的时代里，二十年实在是漫长。和一个人的寿命相比，二十年也不算短了。明克，我的朋友，这就是你的诚挚的、充满良好祝愿的朋友给你写的第一封信。

米丽娅姆·德·拉·柯罗瓦

我叠信的时候才发现，信纸上已滴落着我的泪珠。眼泪滴落之处，蓝色墨水氤氲开来。为什么我读了一位仅见过两次面的姑娘写来的信

---

① 荷兰国会由一院（上议院或参议院）和二院（下议院或众议院）组成。

便会流泪呢？她既不是我的亲戚，也不是我的姐妹，更不属同一民族，她对我寄托着希望，而我却因自己的失足而感到惶恐不安。她希望我为自己的民族，而不是为她的民族做出贡献。难道真的出现了新型的穆尔塔图里和范·埃辛卡吗？

  该如何回复这样美好的来信呢？我也开始自以为是个作家了吗？不也受到《泗水日报》总编辑马尔顿·内曼先生的夸奖了吗？可是与米丽娅姆的思想一比较，我觉得自己非常渺小。然而我还是硬着头皮写了回信。感谢啊，感谢！我在回信中一再重复这样的词句，仿佛像加美兰音乐中锣声出现前反复演奏的序曲一样。在回信里，我还谈了一件使自己感到奇怪的事：为什么我刚刚回忆起穆尔塔图里和范·埃辛卡，她就在信里向我提到了他们？我写道，这可能是由于我们共同生活在同一个时代的潮流，即自由主义时代的潮流之中的缘故吧！于是，我在回信的结尾写道：

  亲爱的米丽娅姆，我为能结识像你这样的朋友感到十分幸运。我不能预测二十年后的情况。我从未想过要出头露面去当什么"锣"，甚至连当"鼓"都未曾梦想和考虑过。我从未有过这种想法，如果没收到这优美而动人的来信，我或许以后也不会这么想。特别是由于这封信并非来自我本族同胞。祝你安乐、进步，我的挚友米丽娅姆，愿你能成为一名受人尊敬的下院议员。

  我趴在桌子上，仔细回味着米丽娅姆的信。我要终生牢记她的话语，永远珍视这美好的友谊。此时，我的头痛逐渐消退，最后竟完全消失，那种疼痛的感觉不知跑到哪里去了。米丽娅姆，假如你能知道，你寄给我的不只是一封简单的书信，而是能消除我惶恐紧张的神灵法宝。我突然觉得勇气倍增。世界一片光明，你应该努力去做一面"锣"，去唤醒你的民族!

"少爷!"我抬起头。一看到面前那个人,脑袋里那颗山豆根的种子又发作起来,使我头痛得比刚才还要难受。达萨姆来了。

"打扰您了,少爷。您好像受惊了。脸色是那样苍白。"

我勉强做出一丝微笑,眼睛睨视着他的手和手中的大刀。达萨姆一边捋着胡子,一边亲切地笑着。

"少爷在怀疑我。"达萨姆说,"其实我达萨姆是少爷的好朋友。"

"找我有事吗?"我竭力装作若无其事的样子说。

"这是姨娘写给你的信。小姐得了重病了。"

我愕然睁大了双眼。达萨姆依旧站在桌子对面,伸手把信递给了我。我一边读信,一边不时地瞟着他的手和那大刀。姨娘在信中讲明了病因,恳切地要求我——而不是像过去那样仅仅建议我——遵照医生的嘱咐,立即回去一趟。马第内特医生说:如果我不去,安娜丽丝就没有希望康复,病情可能还会进一步恶化。

"走吧,少爷,到沃诺克罗莫去。马上就走。"

我的头呀,痛得就要裂开似的。我站不稳,摇摇晃晃地又要栽倒。我立刻抓住桌子。眼睛直视着这位勇士,觉得周围的一切都在摇晃。达萨姆上前一把抓住了我的肩膀。

"您别担心。罗伯特少爷不敢拿你怎么样的。有我达萨姆在呢。咱们走吧。"

米丽娅姆·德·拉·柯罗瓦突然从我的脑海里消失了。来自沃诺克罗莫的魔力主宰着我的一切。在达萨姆的搀扶下,我的双脚不由自主地挪动着,把我带到了停在外面的马车上。

"不跟房东告别一下吗?"

我不禁收住了脚步,唤了几声戴林卡太太,向她告辞。她站在门口,显出很不高兴的样子。

"快点回来，少爷。"戴林卡太太嘱咐道，"要保重身体呀！"

"到了沃诺克罗莫，少爷的病很快就会好的。"达萨姆答道。

由于害怕达萨姆那副吓人的模样，戴林卡太太没有再说下去。

"少爷，您的行李在哪儿？"

我没有回答。我不知道一路上我在马车里是否昏迷了过去。我所知道的只是如果不是罗伯特·苏霍夫邀我去姨娘家，决不会发生这一切，决不会牵连这么许多人，也决不会导致年纪轻轻的我这样惶惶不可终日。我所听到的只有一个声音、一句话，从马都拉勇士口中发出来的："少爷，从今以后，这辆马车连同马都归您使用了。"

第十二章

达萨姆领着我刚走上台阶，姨娘就匆忙前来迎接。

"少爷，你真不像话，让我们等得好苦哇。安娜丽丝天天想你，都想出重病来啦！"

"少爷也病了，姨娘。可我还是把他带来了。"

"没关系。两人见了面，到了一块儿，一切都会好的。病自然也就没有了。"

姨娘的话实在叫人难为情。可是我又觉得它像抗生素一样，把我的头痛治好了。姨娘把手搭在我的肩上，凑近我的耳朵，微笑着向我低语："你体温真的有点高。没关系。快上楼去吧，孩子。你妹妹盼你来，把眼睛都望穿了。你也不捎个信来。"

姨娘话语亲切，直达我的心田。她很像我的亲生母亲，我最亲爱的母亲。我就简直是她亲手抚育的孩子。尽管如此，我的两眼还是不停地向四处巡视着。不知什么时候，罗伯特会从黑暗中突然跳出来，鼓着肌肉猛扑向我。

"妈妈，罗伯特到哪去了？"我上楼梯时问。

"唉，别提他了。他已经不是我的儿子了。"

为什么我在这位女人手里竟变得如此温顺，像一块软面由她任意捏弄？为什么我丝毫不去反抗，甚至连坚持己见的想法都不曾出现？想必她了解并能驾驭我的心灵，把我引向我所神往的目标。

楼上更是豪华阔绰。走廊的地板几乎都铺着地毯。走起路来就像蹑足行走的小猫一样，没有一点声音。窗子都敞开着。向外瞭望，远处的景色尽收眼底。田地和树林一片挨着一片，伸向远方。我看到，一群人正在忙着收割最后的庄稼。割完稻子的水田一片空旷，正等待着旱季过后栽种晚茬庄稼。

报纸已经报道，今年是个喜人的丰收年。并说，虽然东爪哇和中爪哇最肥沃的土地大都种了甘蔗，但是今年不必再从暹罗进口质量很差的大米了。一位观察员说，这标志着，史上登基最年轻的威廉明娜女王已经得到了真主的保佑。

我们站在床前。姨娘替女儿把毯子盖好。安娜丽丝的乳房明显地从毯子下隆起。姨娘把女儿的手放在我的手上。

"可怜的安娜。"

安娜丽丝吃力地睁开双眼，直呆呆地向前看着。没有看到我们。她目光迟钝，扫视了一下天花板，又合上了眼睛。

"明克呀，我的好孩子！帮我好好照料我的心肝宝贝吧！"姨娘低声对我说，"如果你自己病了，那就快点好吧。也让我女儿的病和你一块好了吧。"她仿佛在为我们祈祷。

姨娘用殷切恳求的目光望着我。

"把她交给你了，孩子。只要我女儿的病能好……你是个有学问的人，能明白我的意思。"姨娘低下头，似乎不好意思再看我。她双手握着我的胳膊。须臾，她突然转过身，走出了房间。

我从毯子下摸到了安娜丽丝的手。凉得很。我又把嘴贴近她的耳朵，轻轻地呼喊着她的名字。她微笑了，可眼睛还闭着。体温不算太高。此时我感到，脑袋里那颗使我头痛的山豆根种子已经被挖出来了，已经给连根拔除，不知扔到哪里去了。

她离我很近，我的心脏在剧烈地跳动着，血迅速流遍全身，我开始出汗了。

"你不是一直盼着明克来吗？"

不知是感觉，还是事实，我看见她无力地点了点头。但仍然合着眼睛，闭着嘴。

"你想念他吗，安娜？不用说，你一定很想他。他也很想你，真的。不知你是否知道，他是多么希望永远在你的身旁，把你当成他的终身伴侣！倘若如愿以偿，那他就会感到整个世界都是属于他的，因为你就是他的幸福。睁开你的眼睛吧，安娜，明克已经来到了你的身边。"

安娜丽丝呻吟了一下，仍旧合着眼睛，紧闭双唇。

难道这姑娘认不出我的声音了吗？于是我抚摸着她的脸和头发。她侧过头来又哼了一声。哦，她会死吗？这么美丽的姑娘会死去吗？我抱住她的身体，吻着她的嘴唇。我听她心脏跳得十分微弱。手指在微微地颤动，几乎难以觉察出来。

"安娜，安娜丽丝！"我终于在她耳边大声呼唤起来，"快醒醒吧，安娜。"我边叫边摇动她的肩膀。

她睁开眼睛，双眸失神远望，显然没有看到什么，也不会看到我的脸庞。

"不认识我了吗，安娜？是我呀，安娜！你不认识明克了吗？"

她微微一笑，两眼呆滞，没有看我的脸。

"安娜，安娜，不要这样。我来了你还不高兴吗？明克已经来了。还要我再离开你吗？安娜，安娜丽丝，我的安娜丽丝呀！"

她千万不要在我的怀抱里死去。我站到床前，帮她揩拭汗涔涔的额头。

"继续喊呀,少爷,"姨娘在门边鼓励我,"你跟她不断讲话。这是马第内特医生的嘱咐。"

我转过身,看见姨娘从外面关上了门。她的鼓励安抚了我。显然安娜丽丝还没有到生命垂危的阶段。她只是昏迷而已。

我坐在床边。她还是呆呆地睁着眼睛,但没有在看什么。

"你别老是这样呀,安娜!"我自信是在遵照医生的嘱咐做。我把毯子掀开,拉住她的双手,强迫她坐了起来。可她的身体是那样软弱,我一放手,她又躺倒在枕头上。我又扶起她,她还是坐不住。

我还有什么办法呢?

我又吻了一下她的嘴唇。她的手开始动了,虽然不那么明显,但动作比原来大多了。我换用左臂撑着她的脖子,又和她说起话来:"安娜,要是你的病总这样好不了,谁来帮妈妈呢?谁也帮不了她。你千万不能生病,你必须好起来。只有这样,你才能帮妈妈工作,和我一起散步。安娜呀,咱们还能骑着马,到泗水兜风去哪!"

我注视着她那木然远视的眼睛,从无神的眸子里看到了自己的面影。可她仍然没有看我。我想,我的面影实际上并没有映入她的眼帘。

温托索罗姨娘端着两杯热奶又走了进来。她把一杯放在桌子上,另一杯端到我的嘴边,要我马上喝下去。

"快喝吧,明克。"我把牛奶一饮而尽。"你也要把身体保养得结结实实的。要知道,一个体弱多病的人,对谁都没有用处。"接着,她又对安娜丽丝说:"醒醒吧,安娜!明克已来到你的身边。你还有什么好盼望的呢?"

姨娘没等着看女儿有什么反应,就又走开了。

过了一会儿,安娜丽丝仍和刚才那样昏迷不醒。姨娘陪马第内特医生走了进来。我把安娜丽丝的头放在枕头上,站起身来迎接医生。

"这是明克，马第内特医生。今天是他照看安娜丽丝。"我和医生互相握手问候。姨娘仔细看了看我们，又说道："对不起，我得下楼去。"

"那么说，您就是明克先生，荷兰高中的学生？太好了。一个青年，能从这样俊秀的姑娘那得到深挚的爱情，真是太幸福了。"医生用荷兰语咕哝道。

"我来这里才一个小时，医生。来的时候，安娜丽丝就这样了。医生，我很担心……"

这位四十岁的男人爽朗地笑了，一边摇头，一边拍着我的肩膀："您喜欢这位姑娘吗？请您坦率地告诉我。"

"喜欢，医生先生。"

"您没有什么轻薄之意，对吗？"医生逼视着我问。

"为什么要轻薄她呢？"

"为什么？因为荷兰高中的学生一般都是姑娘们崇拜的对象。从建校到今天向来如此。在巴达维亚和三宝垄也是如此。我再重复一遍，明克少爷，您对她没有轻薄之意，对吗？"看我沉默不语，他又接着说："这位姑娘只有一个需要，就是需要您。她拥有一切，唯独缺少您。"

我垂下头，心里乱作一团。我绝无轻薄安娜丽丝之意，也未想过要认真地和一位姑娘谈这样的问题。现在，安娜丽丝希望能得到我的整个身心。是的，我正在接受对自己行为的考验。我的良心使我为还未能确信的事情作了肯定回答。

"您愿意让她苏醒过来吗？"

"那当然，医生，我非常愿意，而且对您十分感谢。"

"她会醒过来的。我一直在给她用麻醉药，目的就是等着您来。也就是说，她麻醉过久实际上是您造成的。她在清醒时，如果看到您不在身旁，她的精神就会分裂。假如您不在，麻醉过久，那她的心脏就会遭到破坏。所以一切都归咎于您——您是造成这一切的根源。"

"请原谅我。"

"她偏偏选中了您来承担这一后果。"

我没吭声,他继续往下说:"过一会儿她就会醒过来的。估计还要等一刻钟。只要她稍有知觉,您就应马上和她讲话,讲点好听的话。可别让她听生硬粗鲁的言辞。一切都取决于您了。别让她失望、恐惧或失去自信。"

"好的,医生先生。"

"您通过今年的考试了吗?"

"是的,医生。"

"祝贺您。您要耐心地等待,一直等到麻醉药在她身上失效为止。恕我冒昧地问一声:您贵姓?"

"我没有姓,医生。"

他轻咳了一声,目光扫了下我的脸庞。一瞬间而已。然后,他走到窗前,望着住宅附近的花园和远处的田野。

"请您到这儿来。"医生头也不回地呼唤我。

我走到窗前,站在医生旁边。

"您为什么要隐瞒自己的姓呢?"

"我本来就没有姓。"

"您的基督教名字叫什么?"

"也没有,医生。"

"您在荷兰高中读书,怎么可能没有姓,也没有教名呢?您是不愿说您是个土著民吧?"

"我本来就是个土著民。"

他转过脸来,用探究的语气说:"土著民的习惯可不是这样,即使上了荷兰高中也不是这样。您一定有所隐瞒。"

"不。"

他沉默了许久，大概在安定自己的心绪。

"如果少爷不介意的话，我再提一个问题：您对安娜丽丝能够始终保持热情和真诚吗？"

"当然能。"

"一生一世都能这样？"

"您这是什么意思，医生？"

"这孩子可怜极了。她受不了刺激。她渴望能得到一位真心疼爱她的人。她感到孤独寂寞，无依无靠，人世迷茫。因此，她把全部希望都寄托在您身上。"

他一定在夸大其词，我说："她还有母亲来指点、教育和疼爱嘛！"

"她在内心深处感到母亲的爱难以长久。总有一天要发生意外，母亲与她永远分离。所以她随时在等着这个时刻的到来。"

"噢……"

"姨娘是位深明大义的女人，医生。"

"谁也没有否认这一点。可是安娜丽丝心里却不相信。也许她暗中认为，与她相比，母亲更热衷于农场的事业。"说到这，医生马上补充道，"这是你我之间的一次特殊谈话，不要告诉任何人。你懂的。"

他沉思了好久，突然又说："那么说您听懂了？"

"大概是懂了。"

"不许对她讲生硬粗鲁的话。不能让她失望。她很爱您。我强调这点是因为土著男人还不习惯温柔、礼貌、真挚和相敬如宾地对待女人。起码我耳闻目睹以及从书本上得到的情况是这样。您一直在研究欧洲文明，一定知道欧洲男子和土著民男子在对待女人的态度上有什么区别。如果您和一般的爪哇男性没什么两样，那么这孩子的寿命就不会很长。坦白地告诉您吧，至少是，她会感到活得没有意思，就跟死了一样。假如说，我说的是假如，您娶她为妻，那您还想娶二房吗？"

"娶她为妻？"

"是的，起码这位姑娘是这样梦想的。您不是要娶她吗？您现在不是快毕业了吗？"

"我还没有拿定主意向她求婚，医生。"

"为了这位姑娘的安全，如果有必要的话，我来替您向她求婚。"

我无言以对。

"那么说您要娶她为妻了？而且不会再娶第二个妻子？"他向我伸出手，想从我嘴里得到最后的答复。

我握住他的手。真的，我从未打算过将来娶几个妻子。这时，我耳边响起了祖母的声音：娶两个以上妻子的男人没有一个不是骗子。不管他自己愿意不愿意，肯定都会变成骗子。

"这位姑娘心太软，太脆弱，经不起刺激。你必须要逗她乐、照顾她、保护她。看得出，她那颗少女的纯洁之心已被别人掠走了。"

"被人掠走了？"

"是的，被她亲近的人掠走了。"

"被谁掠走了呢，医生？"

"这我也不清楚。以后您自己会知道的。至少是她所生活的环境造成的。这个年轻姑娘的心里藏着不少秘密和不能说的问题。她像孤儿一样地生活着，总是需要依靠。但即使在最私密的世界里，她也没有人可以依靠。她需要一个人来支持她。她是在富有家庭中长大的，意识不到金钱给她的安全感的。对她来说，财富算不了什么。这就是我对这孩子的理解。您听到我说的话了吗？"

马第内特医生从上面的衣兜里掏出单片眼镜，戴在右眼上，看了看表，又注视着我说："谢谢您这样认真地听我讲话。请看这安然幽静的景色。幸亏这位姑娘的生活环境豪华而幽静。假如没有这两条，其后果是不堪设想的。"

我脑袋里那颗山豆根的种子被另一颗替代了，那是怀疑的种子，医生这些话是什么意思？

"对不起，我不是心理学家。我曾有意和她的母亲——那个不寻常的妇女谈了许多话。我发现，她成熟、有教养，个性坚定，她内心深处的仇恨让她更加顽强。作为一个女人，学识这样渊博，可谓聪明过人，才能出众。即使在欧洲，她也是杰出女性。我想，她之所以能这样，并非出于自觉，而是由于某件事或是她复杂的经历。至于是些什么经历，我说不上来。她性情刚毅，思维敏锐，这些使她的一切努力能获得成功，并把她造就成坚强勇敢、独具一格的人才。然而在某些事情上她却很失败。这是可以理解的，每个自学成材的人都会有突出的缺陷。"

马第内特医生打住了。他要我自己去领会他谈话的含义。

"您的安娜丽丝快醒过来了。"医生突然说。他看了她一眼，便离开我去到他的病人身边。他检查了一下安娜丽丝的脉搏，然后向我摆了摆手，说："好啦，用不了几分钟她就要苏醒了，就要变成您所认识的那位安娜丽丝了。但愿她见到您以后便将痊愈。从现在起，先生，这位姑娘不再是我的病人，而是您的病人了。我把什么都告诉您了。午安，再见！"

他走出房间，把门一关，消失在我的视野中。

这时，该我顾影自怜了。唉，愁肠几许！连日来，意外的事一件一件接踵而至，尚未处理完毕，此刻又要面临另一个难题：安娜丽丝。

记得冉·马芮曾对我说过：明克，伟大的艺术家，不论是画家还是别的什么家；不管是领袖，还是统帅，他们之所以伟大，都因为他们在感情上、精神上和肉体上经历过波澜壮阔的生活事件。他的这些话是在我向他介绍了荷兰诗人冯德尔（Vondel）[1]和格罗斯的生平后对我说的。他还说，没有深刻的经历，就想成为一个伟人，那简直是异想天开！那种伟大只是由于财迷们吹嘘捧场的结果。

冉·马芮那时还不知道我已经开始发表作品。倘若他说得有道理，说不定我将来也能像姨娘期待的那样，成为一个如同雨果那样的大文豪。或者像德·拉·柯罗瓦一家所期望的那样，我将成为一个领袖，民族的领袖。如果达萨姆说的属实，那我也许将如罗伯特·梅莱玛和胖子计划的那样，成为一块腐肉。

安娜丽丝在叹气，在活动着她的手指。她会好的，不会让我看着她死去的。我走远了几步，坐在一张椅子上细细地看着她。是的，即使在生病期间，她也显得俊俏迷人！她那皮肤、鼻子、眉毛、嘴唇、牙齿、耳朵、头发……无一不动人心弦。于是我怀疑起马第内特医生对这位漂亮姑娘内心世界的分析。难道在如此俊美的体态中会掩藏着那么脆弱的心灵吗？而我呢，只是个外人，与她相识不久，现在却要对她负起一份责任来，仅仅因为她的美貌？克里奥尔[2]式的美人。我生活的道路啊，竟是如此地曲折！我这个女性崇拜者呀，分明是在自食其果。

"妈妈！"安娜丽丝呼唤着。她的脚也开始动弹了。

"安娜！"

她睁开双眼，但仍然呆滞地望着远处。从现在起她就是归我护理的病人了。我想起马第内特医生对我说的这句话，竟忍不住地想笑出来。这时我明白了他的意思：只有我才能治好她的病。

---

[1] 冯德尔（1587—1679），荷兰剧作家、诗人，擅长将抒情诗和悲剧结合起来创作诗剧，被誉为"荷兰黄金世纪最伟大的诗人"。
[2] 克里奥尔（kreol，来自 Creole），指欧洲人与西印度群岛的黑人或印第安人所生的混血儿。

我从桌子上端过牛奶，用一只胳膊把她的头稍稍扶起，给她喂了一点牛奶。她喝了几小口，咂巴着嘴，品尝着味道。真的，她苏醒过来了。我再给她多喂一些，她开始喝起来。

"安娜，我的安娜丽丝，都喝了吧。"我一边说着，一边把更多的牛奶喂进她的嘴里。

她喝了一口又一口。

姨娘端着两份午饭走了进来。

"妈妈，您怎么亲自送饭来？"

"不是我自己要来，而是别人不被允许上来。医生说得真准，现在该醒过来了。"

"差不多好了，妈妈。"

"对了，明克，医生说过，只有你才能护理她。那就全托给你了。"说完，姨娘又走了出去。

安娜丽丝又睁开眼，这时才开始看我。

"安娜，你觉得哪儿不舒服呀？"

她没有回答，默然无语地望着我。我把她的头放回到枕头上。她漂亮的高鼻梁对我有一种无形的吸引力。我看了就想伸手去抚摩它。她的头发梢儿显得浅黄。她有天生的一对浓眉毛。那长长的睫毛扑动着，使一对眼睛像晴朗夜空中两颗明亮的星星，在白皙的面庞上闪闪发亮。

这克里奥尔式美人的容貌是多么完美、多么匀称啊！人世间再也找不到第二个这样的美人。真主只创造了一副这样的美貌，而且就赐给了她一个人。安娜，我将永远不会舍弃你。不管你内心涌着何种波澜，我将随时准备着去面对。

"安娜，今天天气真好，"我对她说，"比平时稍微热了一点，可是不太潮，很舒服。"

她还在望着我，目不转睛地盯着我的鼻子尖。她仍旧默不作声，慢慢地闪动着两只眼睛。但她还是那么美，那么高尚，人们的一切善行与之相比都相形见绌。她是何等深情，用人类全部语言中的所有词汇也难表达其丰富的寓意。她是真主举世无双、独一无二的恩赐。而她是只属于我的。

"醒醒吧，你这泗水的倾城美人（Puspita Surabaya）！难道你不知道，甚至连伊斯坎达尔·朱尔格奈因（Iskandar Zulkarnain）[①]、拿破仑都将向你跪倒求爱吗？为了能抚摩一下你的皮肤，他们甘愿献出整个民族和国家。醒醒吧，我的美人，没有你的明眸闪光，人类的生活将蒙受损失。"说着，我身不由己，然而是神智十分清醒的状态下吻起了她的双唇。

她长吁了一口气，吹到我的脸上。我重又端详起她来。她唇边露出一丝微笑，眼角也现出一丝笑意。然而这时她还不能说话。我不停地向她倾吐甜言蜜语，如同苏莱曼（Soleman）[②]不断赞美以色列的姑娘一样：下巴、乳房、脸颊、小腿、眼神、眼睛、脖颈、头发……一切的一切，都在我的赞美之列。直到她听见了我的声音，我才停下来。

"哥！"

"安娜，我的安娜丽丝！"我惊喜地叫道，打断了她的话。

"你好些了，安娜！快起来。咱们出去走走吧，我的小仙女！"

她开始活动了。她向我摆了摆手。我把她的手握在自己的手里。

"来，我来抱你。"于是我把她抱了起来。我抱着她，是的，抱着她。一会儿我就抱不动了。唉，我的身体真够呛，连个姑娘都抱不动！我只得把她放下。她蹒跚而行，身子东摇西晃。我搀扶着她。那挡路

[①] 一说即亚历山大大帝。
[②] 即以色列的所罗门王，下文所指见《雅歌》。

的桌子、椅子和床真讨厌。我扶着她来到窗前。刚才马第内特医生站在这里和我谈过话,也是在这里他推举我当了医生。我放眼窗外,辽阔的田野展现在面前。时间已经过了正午。

"往那边看,安娜。那片模糊的森林挡住了咱们的视线。你再看那山脉,那天空,还有那大地。你是在看吗,安娜?你看清了吗?"

她点了点头,一阵强风从外面袭来,透过窗棂的缝隙吹了进来。安娜丽丝打了个寒噤。

"你冷吗,安娜?"

"不冷。"

"你还是再睡一会儿吧。"

"我就愿意像这样待在你的身边。我已盼望你好久了,可你就是不来!"

"我现在来了,安娜。"

"你的手别松开,哥。"

"你这样要着凉的。"

"现在够温暖了。你瞧,远处的森林好像与平时不一样了。还有那山、那风、那鸟儿,好像一切都变了。"

"你的病好了,安娜。你开始痊愈了。"

"我不愿生病。我也没有生病。我只是在盼你快点回来。"

"安娜呀,如果你想知道的话,我的病也跑到天边去啦!"

这时,我听见后面有开门的声音。回头一看,只见姨娘和马第内特医生,他们没有进来,门又关了……

第十三章

医生给我开了假条,但我没有如期返校。校长倒是原谅了我。德·拉·柯罗瓦先生的关照使他对我客气多了。我用了数天补习落下的功课。我丝毫也不感到吃力。我爷爷曾勉励我说:你哪门功课都会学得好的。你应该相信自己能学好,这样,你学什么东西都不会感到困难。倘若你认为各门功课并不难学,那么你学起来就不会觉得吃力。无论学什么,你都别怕。因为畏怯本身就是愚昧的开始,它将使你什么也学不会。

我遵循他的规劝,也相信这种训导是正确的。学业上,我从来未居他人之后,尽管我花费的时间并不比他们多。话得说回来,眼下我确实是在一丝不苟地学,以便补上落下的功课。

姨娘给我提供了专用的马车和车夫,昼夜归我调用。我每次乘车上学时,总要去接梅·马芮,然后又把她送到位于辛庞(Simpang)的学校。

一切都已发生变化,尤其是我自己。现在,我坐着华丽的马车,穿梭于泗水的大街小巷,显得格外高贵。我的那些同学看来也变了。我的意思是说,他们颇为疏远我。也许,他们确实在疏远我。我只是把这种疏远看作是一种迹象——我的发迹使他们敬而远之。也许,这是我过高地估计了自己。因此,我应该把它看成是我心血来潮的妄自尊大。我的几位老师,由于我坐上了那辆华丽的马车,似乎更多地把我当成一个陌生的客人,一个同他们平起平坐的人。不过,这也是我一时的揣测而已。

我觉得我已不是从前的明克。我外表并无变化,但我的内涵和视野却已不同。我变得不苟言笑,自认为举足轻重,显得更深思熟虑。反之,我的同学们还是那样稚气。现在,我不满足于表面的一知半解,而总想一头扎到每次交谈和讨论的话题中去,把问题探个水落石出。

你瞧罗伯特·苏霍夫那模样,他仍旧不愿接近我。和我迎面相遇时,他总是躲着我。连那些女同学都对我敬而远之。仿佛我成了瘟神似的。

校长屡次把我召去,要我明确答复他,我是否真的没有结婚。因为一个学生,如果结了婚,就必须退学。我估摸着,准是苏霍夫告了我的状。不会是别人,唯有他知道我这件事的底细。久而久之,我算是了解到了,我的判断没错。他散布那些无稽之谈,煽动同学,让同学们疏远我。(可见,我原先对自己的估计显然错了!)他们看我的眼光,使我觉得仿佛不认识这些人。

一切都变了。如今,在学校里,我的周围再也没有欢快的气氛,反之,寂寞使人沉浸在深思之中。

唯独马赫达·皮特斯小姐,那位讲授荷兰语言和文学的老师,依然如故。她至今还没有结婚。在她肌肤的袒露部分,可以看到一些褐色雀斑。她那对明澈、褐色的眼睛总在闪耀。与她初次见面时,她给人的印象是,她长得像一只受惊的雌性白猴,让人看了觉得发笑。但是,只要一听到她开口讲课,整个教室便陡然鸦雀无声。雌性白猴的形象也就马上随之消失。人们不再去注意她皮肤上的斑点，反而对她尊敬起来。当她从荷兰来到东印度，第一次踏进我们教室时，讲了如下一段话：

"泗水荷兰高级中学的学生们，你们好！我叫马赫达·皮特斯，是教你们荷兰语言和文学的新老师。不喜欢文学的同学请举一下手。"

几乎全班同学都举起了手，有的甚至故意站起来，表示反感。

"很好，谢谢。请你们都坐好。即使最不开化的社会，譬如非洲内陆，人们从未上过学，一辈子没有见过书本，既不会识字，也不会书写，可他们还是爱好文学，尽管那只是口头文学。可你们荷兰高级中学的学生，至少在学校的板凳上坐了近十个年头，反倒不爱好文学和语言，这岂不骇人听闻吗？"

没有发生哄笑，也没有人嘲笑她。一片肃静。

"你们的学业可以有所长进，也可以一个接一个地通过各学科的考试，但是，没有文学修养的人，充其量只是聪明的动物。你们中的大部分人从未去过荷兰。我在那儿出生、长大，因此我知道，每个荷兰人都爱好并阅读自己国家的文学作品。人们还喜爱凡·高和伦勃朗的绘画。他们俩是荷兰的、也是世界的绘画大师。那些不爱好、不尊重文学艺术的人，还有那些不去培养自己这方面兴趣和素养的人，被认为是没有教养的荷兰人。绘画是抹上了色彩的文学，而文学则是语言的绘画。没听懂的请举手。"

从那以后，为了不使自己被看作没有教养，我们感到有必要认真听她讲的每一句话。她已经把学生的心紧紧地抓住了。

马赫达·皮特斯老师对我的态度未起变化。对罗伯特·苏霍夫的流言蜚语，她肯定也有所风闻。

几乎每个周六下午的讨论会都是由她主持的。她不仅乐于主持，而且很有热情。每个学生可以在会上提出任何议题，无论是公共或私人议题、地方或国际新闻，都可以提出来讨论。如果学生想不出新议题，才会由老师出题目。学生志愿参加。最受欢迎的讨论一般都是由马赫达·皮特斯主持的。学生们往往不愿错过。因此，讨论会不得不改在礼堂召开。学生全部席地而坐，轮到发言才站起来。到会的老师同样都坐在地上，会议主持者则站着。这种场合，马赫达·皮特斯身上的斑点便显而易见了。

为了适应情况，为了使自己的态度与周围的环境协调起来，为了检验一下我对自己以及周围环境的看法是否正确，看来我在讨论会上介绍一下自己经历过的那些事，是有必要的。

于是，我就史努克·许尔格龙涅博士的协同理论提出问题。马赫达·皮特斯让其他学生评议，但他们谁也回答不上来。转而，她又彬彬有礼地向其他教师瞟了一眼，他们也都没要回应的意思。接着，她便自己讲了起来：

"我本人对此也不太了解。也许这个论题出自殖民主义的政治生活。同学们，你们知道殖民主义政治吗？"没人回答她的问题。"那是一套用以巩固对殖民地国家和殖民地民族统治的权力结构。如果谁赞同这种制度，合法化它、执行它、保护它，那他就是殖民主义者。其中也包括对这种制度有所期待、寄予希望、怀有企图和感恩戴德的那些人。这种制度在根本上是一种生存方式。同学们，其实，对所有这一切，你们现在还不必多花脑筋去考虑它，因为你们太年轻。倘若把这些问题倾注到文学作品中去，将肯定会更加生动有趣。就像多次向你们介绍过的穆尔塔图里那样。好吧，明克，还是你来向大家解释一下史努克·许尔格龙涅博士的协同理论吧。"

我把我从米丽娅姆小姐那里听来的以及自己的理解说了一遍。

"别说了，"马赫达·皮特斯打断我的话，"这类问题现在还不准拿到荷兰高级中学里来讨论。如果在校外，那无所谓。这是女王陛下和荷兰政府的事情，是荷属东印度总督和殖民政府的事情。倘若同学们愿意进行探讨，最好到校外去。鉴于同学们没有什么议题讨论，那我给你们出个题目吧。

"最近，我看到一篇文章，是有关东印度生活的。写这类文章的人太少了。正因为如此，它使我发生了兴趣。也许文章的作者是个混血欧洲人。也许，我认为。文章是《美丽农家女的美好生活》(Uit het Schoone Leven van een Mooie Boerin)，作者是马科斯·托勒纳尔。"

有几个人举起了手。我尽力保持面无表情。马科斯·托勒纳尔就是我的笔名。编辑部给我的那篇文章换了个标题，对内容也作了些修改。对此，我不尽同意。

马赫达·皮特斯老师当众朗诵那篇文章，念得抑扬顿挫、铿锵有力，经她一读，文章显得比我原来的想象还要美。甚至可以说，它听起来宛如一首感人肺腑的长诗。人们全神贯注地倾听着，等她念完后，才纷纷舒气，从扣人心弦的魅力中解脱出来。

"可惜，这篇文章发表在东印度，是描写东印度的，写的是东印度的人和社会，因此，没有人在课堂上讨论它。同学们，这样吧，哪一位同学愿意来分析一下这篇文章，或者谈谈自己的见解。如果可能的话，同时作一番评价。"

话音未落，罗伯特·苏霍夫便动起来。他起身站在原地，两条腿叉开着，稳稳地站好，生怕被风刮倒似的。所有的目光都投向了他，唯独我对他疑虑丛生。

未开口，他先扫视了一下周围的同学，也许是为了寻求道义支持。他说："近来，我已经读了四篇马科斯·托勒纳尔的文章了。那些文章谈的都是同样的问题，调子也一样，文章作者正被一股外力所驱使。唔，是的，那位作者正在发高烧，也不想想自己是什么人，竟忘乎所以到这等地步。那几篇文章都是他冗长的梦呓。我不知道马科斯·托

Ui
va

Schoone Leven
Mooie Boerein
Max Tollenaar

勒纳尔是何许人。不过从文章的内容可以推断出,作者究竟是谁,因为我是文章中一连串事件的唯一目击者。

"马赫达·皮特斯老师,我不认为我们应该在荷兰高级中学的课堂上讨论这样的文章。这样的讨论只会玷污我们的讲台。如果我没有错的话——我相信我没有错,文章的作者甚至连个姓氏都没有。"

他停顿片刻。会场的气氛十分紧张。他向全体与会者扫视了一下。接着,他仰起头,双眼闪烁着胜利者的光芒。他终将要发出最后一击。

马赫达·皮特斯老师惊诧不已,不停地眨巴着两只眼睛。所有与会者中,唯有我一个人知道他的意图。他报复的矛头是直接指向我的。因此我便进一步恍然大悟,原来是他自己向往安娜丽丝。如果不是因为争风吃醋,他不会在这众目睽睽之下敌视我、辱没我。是的,想抢先占有安娜丽丝的正是他。他带着我上那儿去是为了显耀他自己,让我做见证人。他为什么偏偏要把我带去呢?因为我是个土著民,有我作陪衬,他更便于往自己脸上贴金。从前欧洲贵妇人就有这种习惯,她们到哪都随身带一只猴子,以显示自己比猴子漂亮。苏霍夫学的就是欧洲贵妇人的样子。可万万没想到,得到安娜丽丝芳心的不是苏霍夫,而恰好是那猴子。

"至于那个人,老师,"苏霍夫接着说,"连个混血儿都不够格,比那些连亲生父亲都不予承认的混血儿还低下。他只是个土人(lnlander),是个悄悄钻进欧洲文明隙缝里的土著民(Pribumi)。"

他向马赫达·皮特斯老师和其他老师鞠了个躬,然后焦躁不安地坐到地板上。

"同学们,罗伯特·苏霍夫就这篇文章的作者谈了自己的看法。除他以外,我们在座的都不了解作者是谁。然而,我希望你们回答的却是对这篇文章本身的见解。既然如此,那好吧,按你们的判断,这篇文章的作者是谁呢?"

同学们面面相觑,接着把目光投向那些既非欧洲人又非混血儿的同学,仿佛为苏霍夫的讲话寻找佐证。土著学生都低下了脑袋,感到那些目光咄咄逼人,压得他们透不过气来。

我发现苏霍夫正逼视着我,其他人也顺着他的视线瞧我。别怕,别怕他,我在心中鼓励自己说。让他们统统见鬼去吧!如果有必要,我可以离开这个学校,当场离去都行。

苏霍夫再次站起来,飞快补充说:"那篇文章的作者现在就坐在我们中间。"

看来,他那些飞短流长的恶话已经传遍了整个学校。此时,所有的脸都转向我。我直望着苏霍夫,他眼中闪烁着胜利者的喜悦。

"你说他在我们中间,那他是谁,苏霍夫?"马赫达·皮特斯老师追问道。

他俨然以恺撒的架势指着我说:

"就是明克!"

马赫达·皮特斯从包里掏出一块手绢,擦了擦脖颈,接着又擦了擦两只手。看样子,她感到茫然,忽而向坐成一排的教师们望望,忽而瞟向我,忽而又扫视着席地而坐的学生。然后,她挪步走向其他教员以及正巧来参加讨论会的校长,朝他们微微点了点头,转身来到人群中,扒开两边的学生,显然,她正在朝我走来。

这时我想,我将被轰走,将当众受到侮辱。

她在我面前停立片刻。我只能看到她脚上的斑点。接着我听到她在叫我的名字:"明克!"

"到,老师!"我站了起来。

"那文章真是你写的吗?"她指着《泗水日报》说,"你用的笔名是马科斯·托勒纳尔?"

"老师,难道我因此而犯了错误吗?"

"马科斯·托勒纳尔！"她低声说着，并向我伸出了手，"你过来！"她上前拉住我，一直把我带到校长的面前。

所有的目光都向我投来。我向校长和老师毕恭毕敬地行了个礼。几乎无人回应。接着她又让我转向学生。

肃静无声。

马赫达·皮特斯老师的手仍搭在我的肩上。我感到惶惑，不知道自己究竟犯下了什么罪孽，也许我当时已变得面无人色。

"同学们，老师们，校长先生，今天我向各位，尤其向同学们介绍一下本校一位学生，他叫明克。当然，诸位都是认识他的。但是，我要介绍的可不是你们已经熟悉的明克，而是具有另一种气质的明克、已写出作品的明克。他已证明自己能正确地使用非母语来写作。他已发表了一篇作品，反映了生活中的片段。尽管其他人对生活也有所感受，但他们都写不出这样的文章来。因此，我为有这样的学生而感到骄傲。"

她跟我握手，但仍未让我离去。她的溢美之词把我越捧越高，简直把我捧到了不敢承当的危险顶峰。我还在等待着她最后的撒手锏。

"明克，你真的没有自己的姓吗？"

"是的，老师。"

"同学们，姓氏仅仅是一种习俗。在拿破仑一世登上欧洲历史舞台前，在我们祖先的名字后面也都没有姓。"接着她便开始讲述，拿破仑一世做了个决定，并把它判定成法典，推行到他所管辖的一切地区。对那些找不到最理想姓氏的人，规定由官员给他们赐以恰当的姓氏。而对犹太人，就用动物的名称作为他们的姓氏。"纵然如此，同学们，姓氏也并非欧洲人或拿破仑的专利品，那是他们从其他民族那儿吸取的，早在欧洲文明起始之前，犹太人和中国人就已经使用宗姓了。与其他民族有了交往之后，欧洲人才懂得了姓氏的重要。"她停下来。

我依然在众目睽睽之下站立着。

"你真不是混血吗，明克？"她明知故问，可我不得不作肯定的回答。

"土人，老师，土著民。"

"那好，"她提高了嗓门说，"自以为纯而又纯的欧洲人，从来不知道他们身体内有多少亚洲人的血液。同学们，通过上历史课，你们当然已经了解到，数百年前，亚洲人的各种军队，有阿拉伯人的、土耳其人的，也有蒙古人的，曾经开进欧洲，并在那里留下了后代。这一切都发生在罗马帝国把基督教作为国教之后。你们别忘了，就在罗马帝国统治欧洲某几块特定区域的时期，亚洲人的血液，也许还有非洲人的，通过罗马帝国的亚洲各族臣民——阿拉伯人、犹太人、叙利亚人、埃及人，和欧洲人一起留下了自己的子孙。"

会场上仍然鸦雀无声。

这时，我心中空落落的，四肢软弱无力。我只有一个想法，就是重新坐到地上。

"欧洲的许多科学源于亚洲。甚至同学们每天使用的数目字，包括数字0，都是从阿拉伯传来的。请试想一下，如果没有阿拉伯数字，如果没有0，你们将如何计数呀？零的概念来源于印度哲学。哲学是什么意思，你们知道吗？好吧，这个问题我下次再讲。零就是一切皆空。有了零，才有起点。有了起点，才有趋向顶点九的递增；然后，又出现零，又是带有更大值的起点，十几，不断递进到数百、数千……至无限大。没有零，就不存在十进制。如果那样，同学们就要无一例外地使用罗马数字来计数。你们大部分人的名字，及本人的名字，也都是亚洲人的名字，因为基督教是起源于亚洲的。"

现在，坐在地上的那些同学开始不耐烦了。

"倘若土著居民没有自己的姓氏，那是由于他们不需要，或者说还没有这种需要。这并不意味着卑贱。如果说荷兰没有普兰巴南（Prambanan）和婆罗浮屠（Borobudur），那就说明那个时代它不及爪哇发达。如果说，荷兰至今还没有这类佛塔和陵庙建筑，那是因为它确实不需要……"

"马赫达·皮特斯小姐，"校长打断了她，"这个讨论会还是到此为止吧。"

散会以后，除了马赫达·皮特斯老师以外，似乎所有的人都故意远远地躲着我。人们不再像往常那样吵吵嚷嚷，有说有笑。那种熙熙攘攘的场面全然不见了。人们都在思索着各自的问题，慢慢走出会场。

一个名叫延·达伯斯特的学生——他的外表更像土著民，这时站在篱笆附近注视着我。在别人面前，他总自称混血儿；只有对我，他倒承认过自己是土著民。出于对朋友的信任，他曾不加隐讳地对我说，他只是达伯斯特牧师的养子，养子！他本身是纯粹的土著民。他同情我。自从我有了自备马车以来，他总是找我搭车。现在，他似乎也在疏远我。

相反，马赫达·皮特斯老师这时倒来找我搭车了。一路上，她一声不吭。本来在这种思绪万千、满腹疑团的情况下，有什么好说的呢？一路上我仿佛看不到来往的车辆。映入眼帘的只是同学和老师对马赫达·皮特斯的愤懑。因为他们觉得，她损伤了他们的欧洲性（keeropaan）。

间或，我察觉到女教师从旁边投来的审视目光。

"太可惜了。"她茫然地自言自语。

我只当没有听见她说的话。

马车到了她家门前。我跳下马车，按欧洲人的礼节，把她搀扶下车。她说了声谢谢，接着意外地对我说："进来一下，明克。"这是她第一次向我发出邀请。

我陪她走进屋里，在客厅的椅子上面对面地坐下。

"明克，你真了不起！那篇文章真是你写的吗？"

"是的，老师。"

"你是我最有成就的学生。我讲授荷兰语言文学课已经五年了，其中几乎有四年一直在荷兰本土教书。但没有一个学生能写出——而且是发表——这么漂亮的文章。你准是喜欢我的，是吗？"

"再没有比您更让我喜欢的老师了。"

"真的吗，明克？"

"这是发自肺腑的真心话，老师。"

"我没看错，你对我教的每堂课都是聚精会神、全力以赴的，否则，你不可能写出这漂亮的文章来。你没生苏霍夫的气吧，对吗？"

"我没生他的气，老师。"

"你做得对。你要比他高尚得多。你的行动已经证明了你的才能。"

她的赞美让我很不好意思。接着，她叫我站起来。

"至少，明克，五年来我呕心沥血，总算看到成果了。"她把我拉到她的身旁。

惊愕中，我竟然已经在她的怀里。她吻得我喘不过来气，几乎要窒息。

每天，我照例要到冉家里去——接送梅，或者交付新的订单，哪怕只是逗留一两分钟。另外，我也得去看看我原先住的那间房子。有了自备马车，出去找订户、给拍卖行小报写广告，或给别的刊物送些作品，方便多了。马车给我节省了不少时间。

回到沃诺克罗莫，我已是精疲力竭，至少是累得够呛了。因此，需要稍稍躺一会儿。往常，总是由安娜丽丝来唤醒我，并拿来干净的浴巾，叫我去洗澡。洗完澡，我们便坐着闲聊，浏览一下东印度的报纸或者荷兰杂志。

到了晚上，我便在安娜丽丝的房间里工作、学习或者写东西，同时也是为了陪她。她的身体日渐好转，不过还没有正常工作。

至于姨娘，里里外外忙得团团转，白天是无暇来同我们作伴的。

这天晚上，我和往常一样在安娜丽丝的房间里，坐在一张桌子前。她正在看笛福的《鲁滨孙漂流记》荷文版——每页都排成双栏的版本。我给她开了个必读书目，全是些大仲马、小仲马和斯蒂文生写的青年读物。我安排她在一个月中把这些书读完。她身旁摊着一本姨娘每天都要查阅的旧辞典——它已十分陈旧，近十年来出现的新词根本无法查到。

我坐在她的对面。我将写作的一篇小说暂时定名为《父与子》（*Anak Ayah*）。在那里面，我要着意勾勒的正是罗伯特·梅莱玛。在未动手之前，我先拆看米丽娅姆和萨拉的来信。

米丽娅姆的这封信更加热情洋溢。她写道：

也许你还记得那"另一个人"吧？我收到一封寄自荷兰的来信，那是我的一位朋友写的，他了解南非德兰士瓦地区的情况。他在一次短促的交火中受了伤，然后回到了荷兰。他本人曾同那"另一个人"在一起服役。据他说，他们那支部队的指挥官是一位姓梅莱玛的年轻工程师，他非常刚强、勇敢，而且雄心勃勃。

我的朋友，我收到他的来信，如同收到你的来信一样，心中非常高兴。他信中写到的一件事，我的朋友，也许能引起你的兴趣。那"另一个人"可能比你大几岁，他响应住在南非的荷兰人的号召，不假思索地去了非洲，为的是从英国人手里争取并维护当地独立，但后来他却大失所望。

虽然，东印度报纸对南非的战事略有涉及，不过，对大量情况从未作过应有的报道。那里的荷兰移民——我的朋友，我认为，你最喜欢的那位老师马赫达·皮特斯太不关心那里的战争了——已经统治着当地的土著民。然而,那些荷兰移民却又得受英国人的统治——那是欧洲人在那里建立的另一个政权。这就形成了一个以土著民为最底层的分等级的政权。我的朋友,你想象一下吧,这岂不同东印度的情况如出一辙吗?不也就同我父亲曾经讲过的一样吗?诚然,两者间存在着细微的差别,不过,这无碍于那种权力的实际形态。东印度的土著民不就是由土著官员,即那些王公、苏丹和县太爷统治着吗?继而,棕皮肤人的政权又受到白人政府的控制。这儿的王公、苏丹和县太爷连同他们的一切工具都和南非荷兰移民的政权别无二致。

我的朋友,"另一个人"看到英国人同布尔人(Boer)①——在那儿的荷兰移民——之间的战争纯粹是为了争夺对土地、黄金和土著民的统治权后,变得心灰意冷起来。荷兰青年从世界各地应征服役,只是为了同荷兰利益不相干的事情去负伤,去送命。他来信还讲,他看到的南非土著民的处境比东印度和亚齐土著民还要糟糕得多。坦白来说,他觉得自己无异于一名荷兰政府驻亚齐的殖民军。

但他意识到的时候已经太晚。他之所以醒悟,是因为同一位名叫马尔德·旺斯(Mard Wongs)的居民的偶遇。那个人既非白人,也非黑人,我的朋友,他只是那里会讲爪哇语的富农中的一个。他,或者他们,操当地口音很重的南非语(Afrikan)②,都是斯拉梅尔人(Slameier)③,和你是同一个民族。马尔德·旺斯是

---

① 荷兰语单词 boer 意为"农民"。
② 指南非荷兰语、阿非利堪语、斐语。历史上还有过其他称呼,如开普荷语、非洲荷语等。
③ Slameier 来自两个词:Islam、Maleier,后者意为 orang Melayu(马来人)。

他原名的南非语版本,依我看,他的名字应该读成马尔迪·旺梭(Mardi Wongso)。至于斯拉梅尔人,正是那些以前被荷属东印度公司放逐到南非去的爪哇和布吉斯以及望加锡、马都拉一带土著民的后裔。

这不是很有趣吗?

我的朋友,我那位荷兰朋友来信中就是这么写的,梅莱玛的部队来到马尔德·旺斯那宽敞的家中要求借宿一晚。这位满头白发的老人不但把他们拒之门外,还气势汹汹地轰他们走。这下可把梅莱玛给激怒了,他恐吓说要枪毙那老头。

马尔德·旺斯怒气冲冲地说:你们这些荷兰人又想来干什么!在爪哇,我们的产权,我们的自由,都让你们夺走了。在这儿,你们却来乞求,要在我的屋顶下避风躲雨。难道你们没有受过教育,连什么叫抢劫和乞求都不懂吗?开枪吧,马尔德·旺斯的胸膛在这儿!告诉你们,我的屋里没有你们的立足之地,哪怕是巴掌大的一块地方,我都不愿给你们。滚吧!

说来也怪,我的朋友,梅莱玛甘拜下风了。他只好带着他的部队在户外露宿。

这件事倒使"另一个人"意识到了东印度的土著有多么憎恨荷兰人。他意识到他肩负的那个使命并不光彩,只是殖民主义的工具而已。他因自己误入歧途而感到羞耻,思绪纷乱。他曾经梦想当一名英雄,对人类做出某种贡献。可是如今,他正置身于一个暴君的战场。

可怜,那"另一个人"。

翌晨,那支部队向英国南非轻骑兵所控制的地区发起攻击。我的朋友在信中写道,听人说,那支部队的司令官是瓦·茨中尉。早先,布尔人的大部队已抢先从另一翼攻了上去。他们受到英军的正面阻击，步步退却，几乎遭到围歼。

在这危急时刻，梅莱玛的部队又向敌后发起攻击。英国军队顿时惊恐起来，在腹背受击的情况下，溃不成军，四处逃窜。那块地方却被布尔人占领了。

但是，我的朋友，"另一个人"却中弹负伤，被俘虏了。据朋友信中讲，他可能被当作战俘，押往英国。在那之前的最后几天里，他对自己的愚蠢行为后悔不迭。

我把这件事告诉你，我的朋友，无非是想让你开阔眼界，让你了解那些在东印度报纸上不多见的事情。你从报上看到的不就是英国人的残暴和荷兰人的胜利吗？反之，据我父亲说，在英国，各家日报上报道的，则是荷兰人对待南非土著民的残暴和贪婪。从来就没有一家报纸——不管是荷兰的还是英国的，更不用说东印度的了——报道过南非的土著民，更别提斯拉梅尔人了。这个世界啊，真是怪极了，不是吗？

我想爪哇的土著民还是比较幸运的。已有几个人出来为他们的利益讲话了。不错，即使他们的呼声微弱，被官僚们的喧嚣所淹没了。这是我们还没有尝试谈论和分析的事情。我们今后有机会时再做尝试吧！你不会不同意吧？

好了，明克，我的朋友，别让我盼你的信太久。

米丽娅姆·德·拉·柯罗瓦

萨拉的信则完全不同，她写道：

如果马赫达·皮特斯老师不了解协同理论，我们是完全可以理解的。其实，米丽娅姆和我，除了对已经谈到的那些外，也是不甚了了。

我已经告诉我父亲，说你对这个问题一无所知。他听了只是哈哈大笑，说我知道的也不过如此。并说我们作为高年级学生对你也太过分了。

收到你的来信后，我便告诉父亲，马赫达·皮特斯老师显然对协同理论也不了解，而你的其他老师也不予介绍。也许他们是不愿意、自我克制，或者根本就不知道。你知道我父亲紧接着怎么说吗？他说，并不是每个人都对殖民主义问题感兴趣的，这同不是每个人都对烹饪手艺发生兴趣一样。更何况，在我们生活的这个时代里，整个东印度都信赖政府的神圣、威望、英明、公允和仁慈。街头没有一个乞丐饿死，也没有人被打死。人人受到政府法律的保护。外国人不会因为仅仅是外国人就被殴杀。外国人同样受到法律的保护。

有一件事，似乎应该让你知道。我父亲已经感觉到，像你这样的孩子理应到荷兰的大学里去深造。也许，他认为你进法律系学习更好。日后，即使你学无所成，至少也能从欧洲人的角度来理解法律。

你自己的意见如何呢？一个土著民在欧洲人的科学领域内成为学者，估计有可能吗？我直言相告，其实我父亲是持怀疑态度的。他说——请你不要因此而像过去那样恼羞成怒——土著民的心智并未达到欧洲人的高度，一经情欲刺激，他们就很容易丧失理智。对此，我个人也不敢完全肯定。然而，事实上，尤其在你们民族的上层，情况的确如此。你本人也应该去思索这个问题，不知你的意见如何？

此外，我还应该告诉你另外一件事：一个被史努克·许尔格龙涅博士当作实验对象的孩子，名叫阿赫马德（Achmad），是万丹人。我把他的名字告诉你——也许有一天你会同他相遇、结识和通信呢……

"你怎么叹起气来了?"安娜丽丝突然问。

"燃爆了。"

"什么要燃爆了?"

"脑袋,我的这颗脑袋!什么事都往里面挤,要考虑的问题已经够多的了,可还是不让它有片刻的安宁,哪怕是一会儿也好。你读读么?"我把那两封信推给了她。

"这又不是写给我的信,哥。"

"你也有必要读一读。"

安娜丽丝仔细地阅读着,一字一句地认真地阅读着。

"看样子,喜欢你的人还不少呢。可惜,我看不太懂。"

"那不是喜欢我,安娜。看来,她们都想当我的老师。"

"有老师岂不也是好事吗?"

安娜,你怎么也和我捣起乱来了?有人当老师固然好,没有哪种知识是无用的。我只是有这样一种感觉,她们抱着一股强烈的欲望:将来我成了重要人物,都要归功于她们。她们就不会去实践一下自己的理论吗?

"讨嫌的老师是种折磨。"我说。

"要是这么说,你就不必回信了。"

"这样也不对,安娜,我已经看了她们的信了。她们来信的目的就是为了要听听我的意见。"

萨拉太不像话了,竟不知羞愧地谈起情欲来了,而且还让我答复她。是不是她想让我自我暴露一下?那类问题,即使在欧洲,也不是可以众口议论的,而是一种隐私,被包得严严实实。德·拉·柯罗瓦家这两个姑娘做得真是太过分了!

安娜丽丝又接着看那两封信。她读完以后,知道那是两个姑娘写给我的,神情开始有些不安起来。她把信纸放到桌子上,叠得整整齐齐的,又塞回到信封中去,而未加评论。

我们俩沉默了好长一段时间。

"安娜,"我叫了她一声,"我看,你的身体开始见好了。"

"谢谢你的照料,医生哥(Mas Dokter)。"

"这样的话,安娜,从明天起,我就不用到这儿来陪你了吧?"

她望着我,露出困惑不解的神情。

"你不是不回克朗甘了吗?"

"如果你还想留我在这的话,安娜,我当然就不去了。"

她皱起了眉,眼睛时不时瞟着米丽娅姆和萨拉的信。

"你这么陪着我是否感到是个累赘呀?"她的话中已伴随着啜泣的声调。

"当然不是,安娜,在你生病的时候陪着你,我怎么会感到是个累赘呢!"

"难道还需要我再病一场吗?"

"安娜,看你把话说到哪儿去了!"

我蓦地想起了马第内特医生的话。不过我相信,我没有冒犯她。于是我改口道:"你应该彻底恢复健康,妈妈非常需要你。"

"我不病的话,你这么陪着我,是不是就感到是个累赘呀?"她惆怅地问。

"人家会怎么说呢?"

"他们都说些什么,哥?"

"这样吧,我就跟你说了吧:现在你的病已经好多了。不过,如果你不愿我离去,那我是一定不会回克朗甘的。你相信我,只要你愿意,我就一直留在这儿。但我可不能住在你这间屋子里。因此,从明天起,安娜,我将在我自己的房间里睡觉和工作,靠近花园那边。你要是感到寂寞的话,就上我那儿去好啦,那不是一样吗?"

"既然都一样,那你就像现在这样好了。你就住在这算了。"

"除了姨娘和你,这个楼是谁也不能上来的。这条戒律不能随随便便给破坏了。"我还絮絮叨叨地说了一大堆谢绝的理由。

她没有打断我的话。她的视线在慢慢地移向远处。她是在妒忌。

翌日,我拜访了冉·马芮。动身前,我已打算谈谈南非问题。我讲着,他默默地倾听,然后说:"明克,你知道,我作为一个欧洲人,对自己参与了殖民勾当而感到无地自容。大概同你谈到的那个人、我们都不认识的那个人一样,我在亚齐打过仗,是因为我原先估计土著民无力反抗,也不会反抗。事实是,他们反抗了,而且是竭力反抗,决不屈服。他们非常英勇,就像在欧洲许多次大战中见到的那样。明克,在那次令人心负愧疚的亚齐战争中,欧洲人用最新式的武器去对付赤手空拳的亚齐人。因为你来问我的看法,我会回答你,但今后,请你不要再提这件事了。它折磨我的良知。"

不知不觉,戴林卡先生走了过来,站在稍远的地方听我们交谈。后来,他走到我们跟前,在桌边坐下。看样子,他兴致勃勃地想参加我们的讨论。

"近二十五年来的殖民战争,都是出于资本的需要,目的在于保障欧洲资本持续盈利的市场。资本的权力已经变得如此之大,成为万能的东西,决定着人类的行动。"

"战争从来就是实力和策略的较量,它最后决定谁是胜利者。"戴林卡插话说。

"不,戴林卡先生,"马芮补充说,"世界上从没有为战争的战争。

有许多人打仗并非想成为胜利者。他们奔赴战场、尸横遍野,就像现在的亚齐人……是为了捍卫某一种东西,一种比单纯的生死、胜负更可贵的东西。"

"结果依然相同,冉,实力和策略的较量就是为了决出胜者。"

"那只是结果,戴林卡先生。不过,如果你的见解确实如此,那也好。现在,先生,倘若是亚齐人打赢了,荷兰人打输了,那么荷兰是否就为亚齐人所占有呢?"

"亚齐人不可能打赢。"

"正因为如此,先生,亚齐人自己就明白,他们准要失败。荷兰人也知道自己肯定会获胜。可是,先生,亚齐人还是照样奔赴战场。他们打仗可不是为了赢得胜利,这和荷兰人不同。倘若荷兰人知道亚齐人同他们一般强大,就不会有勇气进攻,更谈不上开战了。问题出就出在对资本盈亏的考虑。如果只是为了打胜仗,荷兰人为什么不去进攻卢森堡或比利时呢?它们不是更近、更富吗?"

"你是法国人,冉,同东印度并无利害关系。"

"也许是。至少,我为自己到这儿来打仗而感到后悔。"

"但你跟我一样,仍然在拿军队的退休金。"

"是的,像你那样。但拿退休金是我的权利,是从把我送上战场去的人那里获得的权利。我失去了一条腿,就像你已经丧失健康的体魄一样。亚齐战争给我俩带来的结果仅仅如此而已。我们不要为此而争吵,戴林卡先生。"

"从前你在服役的时候可从来不这样说话的!"戴林卡用责怪的口气说。

"那时候我是你的部下,现在不是。"

"你们这样吵有什么意思呢?"我打断了他们的争论,"我只不过是想打听一下南非的情况。我要走了,再见!"

接着，我去拜访马赫达·皮特斯。她摇着头说："南非？你问这个干什么？你是不是想去当政客（politikus）呀？"

"到底什么是政客，老师？"

她再次摇了摇头，看着我，好像承受着巨大的伤痛。我俩只得相互看着，无言以对。

"以后再说吧。等你毕了业，我们可以冷静地去探讨这个问题，现在还为时过早。你要设法念到毕业。你成绩确实不错，最好要坚持到毕业，别去考虑其他事情。对了，明克，我听到一则奇闻，不知是从哪儿传来的，说你现在住到一个姨娘家里去了？"

"是的，老师。"

"你知道人们怎么评论这件事的吗？"

"知道，老师。"

"那你为什么还要这样做呢？"

"因为我住在哪里不重要。何况，外界议论的那位姨娘恰好是个有教养的人，甚至也算是我的老师。"

"老师？教你什么的老师？"

"如何从无到有，自学成才，成为令人钦佩的人。"

"她自学了什么？"

"首先是学会如何做人，其次是如何经营一个大的农场……"

"你别用谎言来为自己辩解了。"

"我觉得我从来也没有欺骗过您。"

"是的，不过今天是例外。"她急速地眨着眼睛，朝我端详。我揣测，这说明她正在冥思苦想。"别叫我失望，明克，你受过教育，犯不着退化到从未受过教育的地步。"

"正因为受过教育，所以我才那样回答的，老师。"

她目光中的焦虑开始消退，眼睛又迅速地眨起来。不过，她原先那种滑稽神情已经不见了。

"那就请你说说吧,一个姨娘是怎么能无师自通的。你是指按欧洲人所理解的那种无师自通吗?"

"起码是根据我的理解。也许我错了,老师。但是,如果您有空的话,譬如说晚上,您不妨亲自到那儿去一趟。事后我再把您送回来。她们通常不接待客人。不过,老师您可以作为我的客人到那儿去。"

"好。"她欣然接受了我的挑战。

我知道,她是肯定会去的。

"老师,您是不是愿意现在就去?"

"好,你应该明白,我需要把事情弄明白,好向教师委员会转达。明克呀,你说不定会出事的。"

说罢,我们出发了。下午五点,我们抵达那里。我把马赫达·皮特斯带到前厅,请她坐下。我一直察看着她的脸色。

"这跟我原先想象的不一样,"她悄声对我说,"荷兰、欧洲的家庭也不过如此……你就寄宿在这儿吗?"我点点头。"原来是这样一个家,很难得。住在这儿也……哎,明克,这倒像欧洲中部德国人的房子。"

她忽然被什么东西吸引住了,我顺着她的目光望去。

只见安娜丽丝穿着黑色天鹅绒长裙正朝前庭走来。

"安娜,这位是我的老师,马赫达·皮特斯老师。"

安娜丽丝迎上前来,鞠了个躬,微笑着伸出手。我的老师却惊愕得不知如何是好,连眼睛都顾不上眨巴了。她站起身,目瞪口呆地同安娜丽丝握了握手。

"老师,她叫安娜丽丝·梅莱玛,病刚好。安娜,你想去叫妈妈来吗?"

安娜丽丝点了点头,行了个礼,一声不吭地告辞而去。

"明克,她像个女王,她的面容是那样温柔可爱,像意大利歌剧中的当红女主角（prima donna）。她就是那位姨娘的女儿吗？"我点了点头。"看样子她受到良好的教育，得体端庄。你是因为她才住在这儿的吗？"我没有回答。她应该从我的沉默中有所领悟。"她显然就是你《美丽农家女的美好生活》中的角色！"

"正是她，老师。"

"意大利和西班牙的当红女主角，法国和俄国的芭蕾舞演员都没有她漂亮。"她仿佛在为自己的命运悲叹。接着她又自言自语地说："怪不得这么多人对克里奥尔混血美人的姿色赞不绝口。可惜的是，那条长裙应该在晚上穿才合适。"

姨娘来了。她一身日常打扮：上身一件刺绣的白色可芭雅衫（kebaya），下身是绿、红、褐三色相间的花裙。她跟客人握了握手。

"这就是姨娘，老师。这位是我的老师马赫达·皮特斯小姐。姨娘，她教我们荷兰语言文学。老师，姨娘是不常会客的。"我这样说是为了同时向宾主表示歉意，也因为我未征得姨娘同意就带老师登门拜访。

看来，姨娘并未因我的冒失而介意，主动打招呼说："明克学业上有长进吗，小姐？"

"只要他肯多作努力，他还会进步得更快。"她礼貌地答道。

"我们平日不习惯会见客人，小姐。"姨娘的荷兰语讲得十分地道，"不过，对您愿意拨冗光临寒舍，我们感到十分荣幸。"

"夫人，我到这里来，其实是为了学校里的事。我们想确切地了解一下，明克在这里是否能好好学习。"

"他早上出门，下午回家。晚上，他就自己看书、学习或者写作。请原谅，小姐，您称呼我夫人，我真不敢当。确切地说，我不是一位夫人，这个称呼对我不贴切，因为我没有这样的权利。请您和大家一样，叫我姨娘吧。我本来就是一位姨娘嘛，小姐。"

马赫达·皮特斯不停地眨着两只眼睛。我能察觉得出来，她为面前这位女主人提出的要求而感到震惊。

"称呼您夫人（Merrouw），这没有什么不好，也不是侮辱您吧？"

"是没有什么不好，也不是侮辱我，只是稍稍背离了事实，也不符合法律。迄今为止，不瞒你说，我没有丈夫，只有一个占有我的主人。"她的话语满含苦涩，是那样尖刻，是对违反人道的抗议。

"占有？"

"事情就是如此，小姐，作为一个欧洲女人，您听了准会笑话的。"

我开始感到很不舒服。姨娘要用这次会见来抵消她昔日留下的伤痛。无论对听者或是对说话者，这都是令人不快的交谈。

"但是，姨娘，东印度的奴役制度（perbudakan）大概在三十年前就已被废止了。"马赫达·皮特斯答道。

"是这样，小姐，也就是对奴役制不作报道罢了。可是有一次，我曾经看到一篇文章，说东印度仍然到处存在着奴役制度。"

"您是从天主教的弥撒书（Missie）和基督教的布道团（Zending）那儿见到的吧？"

"我的处境同那些情况相差无几。"

马赫达·皮特斯的眼睛又迅速眨巴起来。沉默许久后她说："夫人，您不是奴仆，也不像奴仆。"

"我是侍妾，小姐，"姨娘纠正说，"当奴仆的可以住在皇宫里，可她毕竟还是奴仆。"

"您自认为是一名奴仆，这从何说起呢？"

今天，在这位欧洲妇女面前，她心中郁积得如此之深的隐衷找到出路发泄了，抗议、举发、诅咒、求得关注和进行谴责，同时又在控诉和审判。我越听越坐立不安，忙着寻思找个理由，以便离开那里。而姨娘正在打开她那往事的阀门。

"一个欧洲人，一个纯粹的欧洲人，从我父亲那儿买下了我。"她凄苦的话语中含着幽怨，即使为她盖上五座宫苑，也无法消除这种幽怨，"他花钱把我买来是为了给他生儿育女。"

马赫达·皮特斯默默地听着。我匆匆告辞离去了。听凭她们按各自的认识去交谈吧。我来到楼上，只见安娜丽丝正在窗前看书。

"安娜，你怎么不下楼去呀？"

"我想把这本书看完。"

"为什么急着读完？"

"其实我更喜欢听你给我讲故事。你不是还没讲上几个嘛？你尽让我看别人写在书上的故事。你是乐意给我讲故事的，是吗？"

"当然乐意。"

她接着看书，随即又放下书，回过头来问我："你怎么上这儿来了？这不是闲人莫入吗？"

"我是来叫你下楼的，安娜。老师想同你聊聊。"

她没理睬我，又继续看起书来。我挨近她，伸手抚摸着她的头发，她毫无反应。当我把书从她手中抽走时，她的目光显然不在书上。其实，安娜丽丝不在看书。她是用书在挡着她的脸。

"安娜，你怎么啦？生气了？"她仍然没有理我，"准是这部小说太吸引人了。"

她俯下身子。我感到她的双肩因哽咽而抽动起来。我把她的身子扭转过来，让她面对着我。突然，她一把搂住我，"哇"的一声哭了起来。

"你这是怎么回事呀，安娜？我没伤你的心，是不？"

为了抚慰她，我记不得自己说了几十句还是几百句宽心话。她仍是一语不发，紧紧地搂住我，仿佛怕我会挣脱她、插翅飞向蓝天……安娜丽丝显然有了嫉意。

宾主的交谈声，飘过没关严实的门扉传入屋内。声音越来越清楚了，来自那间过厅。姨娘在喊我们。安娜丽丝不由自主地把我松开。我走出房间，探头看了一眼。老师和姨娘在楼上一个房间的门前等着我。

"小姐想看看我们的书房，明克。我陪她去。"她说着，把房门打开，那间屋子我还未曾进去过。

它曾是赫曼·梅莱玛先生的书房。同安娜丽丝的卧室一般大小。摆成一排的三只书柜里，放着一排排装帧讲究的藏书。柜子里还有只玻璃盒，是梅莱玛先生用来收集竹烟斗的。屋里窗明几净，一尘不染。地上没有铺地毯，露着普通质地的地板，不是镶木花纹地板，也没有打蜡。室内只有一张桌子、一把椅子和一把扶手椅。桌上放着一具插有十四根蜡烛的银白金属烛台。一本书，不，是杂志合订本，在桌子上摊开着。

"这房间真好，既干净，又安静。"马赫达把目光投向一扇扇玻璃窗，透过窗子，乡村的景色历历在目，"太美了！"接着，她径直走向桌子，伸手拿起杂志合订本，"是谁在阅读这本《东印度指南》（*Indische Gids*）呀？"她眼睛盯着问道。

"我睡觉前随便翻翻而已，小姐。"

"睡觉前随便翻翻？"马赫达瞪大了眼睛，望着姨娘说道。

"医生关照我，睡前要多找些书看。"

"你睡眠不好？"

"是的。"

"有多长时间了？"

"五年多了，小姐。"

"您没有因此而病倒吗？"

姨娘摇摇头，绽出了一丝微笑。

"那么您从这本杂志里寻找些什么呢？"

"看它仅仅是为了能使我进入梦乡。"

"您睡觉前还看些什么别的书？"马赫达·皮特斯像个检察官似的

盘问。

"抓到什么就看什么,小姐。我什么都看。"

马赫达·皮特斯又在不停地眨着两只眼睛。

"在所有的书中,您最喜欢阅读哪些书呀?"

"能看懂的我都喜欢,小姐。"

"那您了解史努克·许尔格龙涅的协同理论吗?"

"稍等一下。"姨娘从我老师手中拿过杂志,翻找她所需要的页码,然后指给马赫达·皮特斯看。

老师迅速扫了一眼,点了点头,然后把目光投向我:"你为什么要到学校讨论会上去提协同理论的问题呢?你问姨娘就好了。"

"我只是想知道得更多些。"我信口回答着。其实我并不知道这里有一间书房,而且还有刊登那篇文章的杂志。

马赫达·皮特斯眼下在看柜子中的书籍。大部分是装帧得十分漂亮的杂志合订本。她似乎是想检阅一下姨娘的脑子里装了些什么东西。她看到的都是些有关畜牧业、农业、商业、林业方面的书,显然对它们不怎么感兴趣。接着,她又看了看东印度、荷兰和德国出版的合订的各种妇女杂志和综合性杂志,但大部分只是扫视一下。她转过身子,又回头看了一排有关殖民的杂志合订本。然后,她的目光在世界文学丛书的荷文译本上停住了。

"这里面没选荷兰的文学作品吗,姨娘?"

"我的那位老爷对荷兰文学不太感兴趣,但弗拉芒人写的东西却是例外。"

"这么说,您也读过弗拉芒语写的书啰?"

"读过一点。"

"如果允许的话,请问,是什么原因使梅莱玛先生不喜欢荷兰文学的呢?"

"不了解,小姐。不过,他曾经说起,那种作品太渺小,没有魂魄,没有火花。"

马赫达·皮特斯干咳了一声,把口水咽进肚里。她不继续发问,而是把整个书房仔细地看了一遍,以便在脑子里留下更深的印象。现在,她对姨娘家的文化水准已有了初步的了解。但近来,我们学校中却有不少人在诋毁这样的家庭。

"我可以同安娜丽丝·梅莱玛谈谈吗?"

"安娜,安娜丽丝!"姨娘呼唤起来。

我朝安娜丽丝的房间走去,发现她正坐在窗前,眺望远处的层峦叠嶂和林木。

"你不愿去,安娜?"

她依然皱着眉,理都不理我。

"好,那你就待着吧,安娜。"我径自离去了。

"安娜!"又响起了姨娘温和的喊声。

"她又觉得不舒服了,老师。请原谅,她病后初愈。"

两位女士下了楼,朝过厅走去,边走边热烈地交谈着。我不知道她们在谈些什么。一小时后,我仍用刚才那辆马车把老师送回了泗水。

一路上,她沉默不语。到了那里,她让我进屋稍坐片刻。

"第一个印象是,明克,我看了那个家庭的环境后,似乎很想经常到那儿走动走动。那位姨娘,她的穿着、仪态以及她的举止,确实与众不同。只是她的心理过于复杂。除了衣服上的花边和她使用的语言外,她从头到脚都是个土著妇女。她复杂的内心世界,已经和那些有进取心和思想开通的欧洲人相差无几。作为一个土著民,而且是一位土著妇女,她确实博闻强识,阅历很广。她完全配得上做你的老师。唯有包含在她说话声调和言词深处的幽怨……使我难以听下去。倘若没有这种耿耿于怀的个性,唉,明克,她真是个熠熠发光的女性。明克,我第一次结识这样的人,而且是一位女性,她始终在和自己的命运做着不妥协的斗争。"她深深地舒了一口气,接着说,"可也奇怪,她怎么对法律会有如此深刻的见地呢?"

我只是缄口不语。对有些事情,我确实不理解,如果有机会的话,我得去请教我的好友冉。

马赫达·皮特斯又说:"像是《一千零一夜》中的故事一样。你想想,她认为称呼她姨娘反倒更贴切些。我认为,这只能说明她心中的仇恨。的确,对一个给非土著民当侍妾的人来说,本地话中姨娘这个称呼再贴切不过了。她不喜欢别人用花言巧语去对待她。她始终在用带着幽怨的尊严去巩固她自身的地位。"

我还是没有打断她的话。看来,马赫达·皮特斯已把姨娘当成文学作品中的人物了。现在,她仿佛正在课堂上做人物性格剖析。

"明克,她可是个老练的管理者,每个行动都经过深思熟虑。再大的农场,她都能主持得起来。我从未见过这样能干的女农场主。商业专科学校的毕业生也未必能把那样的农场管理得有条不紊。你说得对,她是自学成才的人。上帝呀,我竟谈起企业的经营管理来啦。"她不住地啧啧称赞道,"这才叫历史的飞跃。明克,对一个土著民而言。上帝啊,上帝!你应该让她生活在下一个世纪才对。上帝呀!"

我仍然只是洗耳恭听。

"在语言文学方面,她当然还应向你请教,尽管在这方面她也有令人钦佩的长处。你知道我认为她最使人钦佩的长处是什么?勇于表明自己的见解,即使这种见解未必正确。她不怕出错,百折不挠,有胆量从自己的错误中学习。真了不起!"

马赫达·皮特斯继续侃侃而谈。我继续倾听着,没去打断她。

"我真想为这非凡的经历写篇文章。很遗憾,我不像你那么能写,明克。她刚才说的还是挺有道理的:没有魂魄,就没有火花。我呀,写作的愿望倒是有，可也就是个愿望而已。你有写作才能，该是多幸福啊！至于协同理论，明克，在这位土著女性——你钦佩的姨娘面前，已经破产了。假如在东印度有上千个像她这样的土著民，明克，这个荷属东印度政府就可以卷铺盖回老家了。我也许说得夸张了一点，但这是我得到的初步印象。请记住，这只是初步印象，不管有多么重要，却未必见得正确。"

她稍稍沉默了一会，长吐出一口气，眼睛不慌不忙地眨巴着。

"她还会有更大的长进。可惜，她这种人，在她本民族中间是无法容身的。她像一块自己发射出来的陨石，穿行在无边无际的宇宙，不知将会飞向何方——是飞向另一个星球呢，还是重又落到地面上来，或消失在辽阔的太空。"

"老师，瞧你把她捧得多高呀！"

"因为她是土著民，又是位女性，而且实在令人钦佩……"

"那就请老师有空经常去那儿吧。"

"遗憾，这不可能。"

"您作为我的客人去。"

"也不行，明克。"

"姨娘的确总是在忙。"

"也不是因为这个，而是，看样子，你那位当红女主角不喜欢我，明克。请原谅，谢谢你对我的邀请。她非常爱你，明克，祝你幸福。我现在明白那么多流言蜚语是在说什么了。"

第十四章

在沃诺科罗莫生活逐渐安定，无忧无虑。这些日子，没有见到罗伯特。姨娘和安娜丽丝对他闭口不提。纵然如此，这并不意味着我已经取代了罗伯特。相反，我千方百计地想给外人一种印象：我不是强盗，也无抢劫之意。我只是一位客人，随时都可告辞而去。

一个晚上，做完部分功课后，我决定不再写作。我想休息片刻，再继续学习。我自己都不明白，为什么现在要发奋读书，为什么要在学业上有所长进。然而有一点是肯定的：动力既不来自父母的鞭策，也不是来自安娜丽丝。

母亲给我来了许多信，问我有没有什么困难。母亲的这种关怀也不是我努力学习的原因。我在回复她的第四封信时告诉她，我生活尚且宽裕，我每月的生活费还是请她用来照顾弟妹为好。

通信是件最为费神的事。信件来往还都寄到戴林卡处，只是和米丽娅姆、萨拉通信时才用沃诺克罗莫这个地址。是她们先把信寄到这里来的。我也没有问，她们是从哪里获悉这个地址的。

今晚我做了三道代数题。时钟敲了九下。钟声一停，我便听见有人在敲门。没等我答应，安娜丽丝就走了进来。

"你应该在九点钟准时躺下，我们不是说好的吗？"我带着责怪的口吻说。

"不！"她噘嘴说，"你要不是像往常那样在我的房间里学习，我就不睡。"

"你越来越娇了，安娜！"是呀，像她这样难伺候的病人，马第内特医生都护理不过来。我很清楚，今晚，只要她的要求得不到完全满足，她是不会睡觉的。

"你跟我上楼去，和往日一样给我讲故事吧，一直到我睡着。"

"我的故事都讲完了。"

"哥，你可别让我睡不成觉。"

"妈妈的故事才多呢，安娜。"

"她不如你讲得好听。"说着，她把我的书一本一本都合上，把我拽了起来。

我这个顺从病人的医生跟着她离开，一起上了楼。经过姨娘的房间、书房，我又来到她的卧室。近日，我已不再给她盖毯子、放蚊帐了。从她的气色看，她已日趋健康。她也该自己料理这些事了。

安娜丽丝径自上床躺下，对我说："哥，给我把毯子盖上。"

"你怎么老这样撒娇呢？"我不满地说。

"不跟你撒娇，我还能跟谁去撒娇呀？好嘛，你就给我讲个故事嘛。你别老这样站着。你过来，还坐在那老地方。"

我便在床沿坐下。陪伴着这位开始康复的天仙，我真不知该如何是好。

"讲吧，给我讲个好听的故事，要比斯蒂文生的《金银岛》和《诱拐》更动人，比狄更斯的《我们共同的朋友》更精彩。哥哥，那些故事都是写在书上不出声的。"

有什么办法呢？为了她的健康，我只得让步。

"安娜，给你讲个什么故事呢？你爱听爪哇的还是欧洲的？"

"随你的便。我就盼着能听你的声音，听你在我耳边喁喁私语，连呼吸声都能听到。"

"用什么语讲，爪哇语还是荷兰语？"

"哥哥，你现在竟变得这么啰唆，讲就是了嘛！"

我开始搜索枯肠。事前没有准备，哪能出口成章呀。初始我想起阿莽古拉四世苏南（Susuhunan Amangkurat IV）①皇后与拉登·苏克拉（Raden Sukra）相爱的故事。可惜，那故事太凄惨悲伤了，对她的病没好处。马第内特医生曾叮嘱我："你要给她讲有益的故事，别让她担惊受怕。"医生还说："安娜丽丝有些怪，尽管在体力和智力上发育都很正常，但在心理上却还像个十岁的孩子。你要成为她的良医。唯有你能把她的病治好。要设法使她完全信赖你。她有着海市蜃楼般的幻想。这也许是让她过早地担负繁重工作引起的病态。她憧憬着无忧无虑的自由生活。明克，她无与伦比的姿色可不能失去光泽。你要想办法，只有当她信赖你，你才能激起她的自信心。你可要努力做到这一点！"

于是我尽量按医生的嘱咐开始编织我的故事。故事将如何结尾，我也心中无数。至于故事中的人物，我将生拉硬拽地编上几个，任他们在情节的发展中自生自灭就行了。

"在一个遥远、遥远的国度里——那儿可远着呢，"我开始说，"蚊子没叮你吧？"

"没有。你怎么把蚊子也带到那个遥远的国度去啦？"她笑道。烛光下，她的牙齿亮晶晶。笑声是那么清脆悦耳。

---

① 阿莽古拉四世苏南（约1690—1726），爪哇马打兰王国的国王，"苏南"是常见于梭罗君主的头衔。

"在那遥远、遥远的国度里,既不像这里有蚊子,也没有匍匐在墙上捕蚊的壁虎。可干净啦。那是个非常、非常洁净的国家。"

她像平时那样,目不转睛地看着我。正如她发病时,闪光的瞳眸充满着遐想。

"……那个国家土地肥沃,草木长青,种什么长什么,没有害虫,没有疾病,也没有贫困。人人安居乐业,个个能歌善舞。他们都有自己的马匹:白色的,红色的,黑色的,棕色的,黄色的,蓝色的,粉色的,灰色的,可就是没有一匹带斑纹的。"

"嘻嘻嘻,"安娜丽丝忍不住笑了起来,"竟还有蓝色的和黑色的马。"她喃喃自语。

"那国度里,有一位绝美无双的公主。她的皮肤白皙如象牙,两只眼睛明亮如晨星。谁见了她,都会如痴如醉。她眉清目秀,亭亭玉立,为所有男子所爱慕。全国上下都爱恋她。她的声音是那么柔和动听,听过的人都为之倾心。她嫣然一笑,男子的决心也会动摇。她笑时微露的皓齿,洁白明亮,给所有的爱慕者以希望。她生气时,柳眉倒竖,两颊绯红……说也奇怪,显得更加迷人……一天,她骑着一匹白马在宫苑游逛……"

"哥,那公主叫什么名字呀?"

我还没给她想出一个恰当的名字。因为我还没想好这故事是发生在欧洲,还是在印度、中国,或者在波斯。

我接着讲:"……和美丽的公主相比,百花相形见绌。公主走近时,她们羞得低头折腰、自惭形秽。顿时,朵朵花儿暗淡无光。公主走后,花儿们才敢举首直腰,向太阳神仰面哭诉:'太阳神呀,太阳神,您的奴婢真是羞愧难言、无地自容!想当初,正是您传下谕旨,让我们降生大地,作为您在世上最美的儿女;又是您授命奴婢下凡,来点缀人们的生活。可现在为何竟有人比我们更美呢?'

"听了花儿的哭诉,太阳神无言以答,十分窘迫,只得躲进密密的云层。这时,狂飙袭来,摇曳原已悲痛欲绝的花儿。俄顷,雨点摧打在姹紫嫣红的花瓣上,使她们纷纷萎谢、凋零。

"而那位公主,对身后发生的一切漠然置之,继续策马遨游。她的面前既无风,又无雨,因为连风雨都不忍去打扰她。一路上人们伫立仰望,对她的花容月貌赞叹不已……"

这时,安娜丽丝合上了眼睛。我拿起拂尘赶了一下蚊子,准备放下蚊帐。

"哥。"她突然睁眼叫我,还拉住我的手,不让我放下蚊帐。

我只得再次坐下,把中断了的故事匆匆讲下去,可也不知怎么继续,只能临时再编一段:

"公主继续策马向前。人们一边仰视着她,一边想,要是天神能把他们变作公主的坐骑,那该多么幸福呀!而公主却不理解人们的心情。她不觉得自己与众不同,从未感到自己美丽,是天姿国色,是绝代佳人。"

"那公主叫什么名字呀?"

"嗯……"

"她叫什么,叫什么呀?"她催问,"她是不是叫安娜丽丝?"

"对了,对了,她是叫安娜丽丝,"于是故事就转到了她身上,"她有很多衣服,什么式样的都有。而她最喜欢的却是件黑色天鹅绒晚礼服。平时她总爱把它穿在身上。"

"啊!"

"人们都把天神间的爱情传为佳话,而安娜丽丝憧憬的爱情,比天神间的爱情更甜蜜、更美好。她正期待一位威武、英俊、豪侠,比神仙还高贵的王子。

"一天,公主的夙愿实现了。她梦寐以求的王子终于驾到。王子确实英俊、威武。不过，他没有自己的马，甚至还不会骑马。"

安娜丽丝咯咯地笑了起来。

"王子来时坐了一辆雇来的双轮马车。因为从未上过战场，他身不佩剑，只有铅笔、钢笔和纸。"

安娜丽丝再次笑起来，但很快忍住了。

"你笑什么呀，安娜？"

"那王子是不是叫明克？"

"对，是叫明克。"

安娜丽丝闭上了眼睛，她的手仍然拽着我的胳膊，生怕我离开。

"王子驾到，得胜回朝似的走进公主的宫苑。他与公主互诉衷肠。不出所料，公主对他一见钟情。"

"不对，"安娜丽丝表示异议，"是王子首先吻了公主。"

"是的，王子差点忘了，是他首先亲吻公主。后来，公主把这件事告诉了她母亲。她不是要母亲去斥责王子，而是想让母亲赞同王子的举动。可她母亲却对此置之不理。"

"你这就在胡扯了，哥哥。公主的母亲哪里不管？她不仅管了，而且还很生气呢。"

"是吗？她母亲真的生气了吗？她是怎么说的呢？"

"她说，干吗要说给我听呀？不是你自己在盼着他来吻你吗？"

这次是我忍不住地笑了。为了不伤她的感情，我又匆匆接着往下讲："那王子太傻里傻气，越说越颠三倒四。实际上公主正盼着王子来亲吻她呢。"

"你胡说！她可没有盼他来，也没盼他来吻她。她根本没想到王子来。那个王子是自己来的。他不但不会骑马，而且见了马还害怕。可他一到，就冷不防地去吻公主。"

"可公主也没有反对呀！她还丢了一只拖鞋呢！"

"你瞎编！啊，哥，你瞎编一气！"她使劲拽我的两只胳膊，说我讲得不符合事实。

这时，我身不由己地倒入她那柔软的怀抱。我的心宛如狂风掀起大海的波涛，无法平静。全身的热血骤然涌向头部，使我全然忘记了自己作为医生的职责。她拥抱着我。我不由自主也拥抱着她。我听到了她浅浅的呼吸声。我也听到了自己的，说不定就是我自己的，只是没意识到罢了。我感到，周围的一切似乎都不复存在，世界上只有她和我两个人。一股神奇的强力把我们变成了一对原始动物。

我们筋疲力尽地倒下，并排躺在一起，若有所失。四周一片寂静，我的心仿佛停止了跳动。朵朵乌云在我心头浮起。这一切又是怎么回事呢？

安娜丽丝又一次握住我的手，默不作声。我俩好像怄气似的相对无言。难道真的在怄气吗？

我长长地嘘了口气。这时，安娜丽丝问我："你后悔了吧，哥？"

我确实有点后悔。我是一个有教养的人，又接受委托充当一名医生。心中的乌云在更加急剧地翻腾着。不管愿意与否，我似乎总还有什么令人遗憾的事。

安娜丽丝要求我回答她刚才的问题。她坐了起来，一边摇晃着我的身子，一边重复着她的问题。我没想到她力气这么大。我的回答只是又长叹了口气，比之前还长。她把脸紧贴在我身上以求得信心。我知道她在等我回答。

"说话呀，哥哥！"她恳求道。

我把目光投向别处，问："安娜，我不是你的第一个男人对吗？"

她一下挣脱开去，倒在床上，背对着我，冲着墙啜泣起来。我对自己提出如此粗暴的问题毫不后悔。

她还在啜泣。我不去理睬她。

"你后悔了，哥。你后悔了。"她哭了起来。

这时，我重新意识到自己的职责。

"请原谅我吧。"我轻轻地抚摸她浓密的头发，就像她平时抚摸着爱马的额发一样。这使她稍为平静了一些。

"我知道，"她强打起精神说，"总有一天，我的心上人会提出这样的问题。"她显得更加平静，"我已鼓足全部勇气来接受这一质问。可我仍然害怕，怕你离开我。哥哥，你会离开我吗？"她背对着我问。

"不会的，亲爱的安娜丽丝。"我像一名医生似的抚慰着她。

"你会娶我么，哥哥？"

"是的。"

她抽动起双肩，又呜咽起来。我等着她平静。她还是背对着我，断断续续、一字一句地低语："哥哥，可惜，你不是我的第一个男人，但前一次并不是出于我自愿，那是一场无法幸免的灾难。"

"谁是那第一个人？"我冷冷地问。

她沉默半晌："你恨他么，哥？"

"他是谁？"

"说出来真叫人丢脸！"她继续背对着我说。

我渐渐地、却是明白无疑地意识到，我已燃起了妒忌。

"那个畜生。"她猛捶着墙壁，"罗伯特！"

"罗伯特？"我凶狠地追问，"罗伯特·苏霍夫，这怎么可能？"

"不是苏霍夫，"她再次猛捶着墙壁说，"是罗伯特·梅莱玛！"

"你的亲哥哥？"我倏地坐了起来。

她又哭了。我使劲地拽着她，迫使她仰躺着。她急忙用手捂住泪水涔涔的脸。

"你胡说！"我呵斥道，仿佛已有权利如此对待她。

她摇了摇头，仍用双手紧紧捂着脸。我把她的手掰开。她却挣扎着、反抗着。

"如果你不是在骗我，就不必用手捂自己的脸。"

"我愧对你，也愧对我自己。"

"你干了几次？"

"一次。确实只有一次。一场不幸。"

"骗人！"

"要是我骗你，你就杀了我吧。"她肯定地说，"以后你会知道那究竟是怎么回事的。如果连你都不相信我，活着还有什么意思？"

"除了罗伯特·梅莱玛外，还有谁？"

"除了你，再没有别人了。"

我松开了她，开始思考起她那使我震惊的诉说。也许这就是姨娘家的道德水平吧？我几乎就要作出这样的结论。这时，冉·马芮的话却在我耳边萦绕：受过教育的人应该在理智上公允。我眼前又浮现起冉·马芮指着我的鼻子，责怪我："明克，你并不比她们高尚。"顿时，我不禁惭愧起来。她，安娜丽丝，并不比我明克更坏。

接着，我们久久地相对无言，各自陷入沉思。

"哥，我现在就跟你说吧！"她的声音镇定了下来。她需要为自己辩解。她的语调坚定，已经不再啜泣。不过，那只右手仍然捂着自己的眼睛。

"事情发生在哪年哪月哪日，甚至星期几，我都记得清清楚楚。你看那挂历，上面画着一道红杠。大约在半年前，我认识你之前，有一天，妈妈叫我去找达萨姆。人们说他到村子里去了。我骑着我那心爱的马去找他。我走了一村又一村，边走边喊。村民们忙着帮我找。可是连达萨姆的影儿也没有看见。

"有人告诉我，达萨姆正在地里看花生的收成。我便转向花生地。他不在那里。因为没有高大的树林挡住视线，我一眼便能看清。他平时

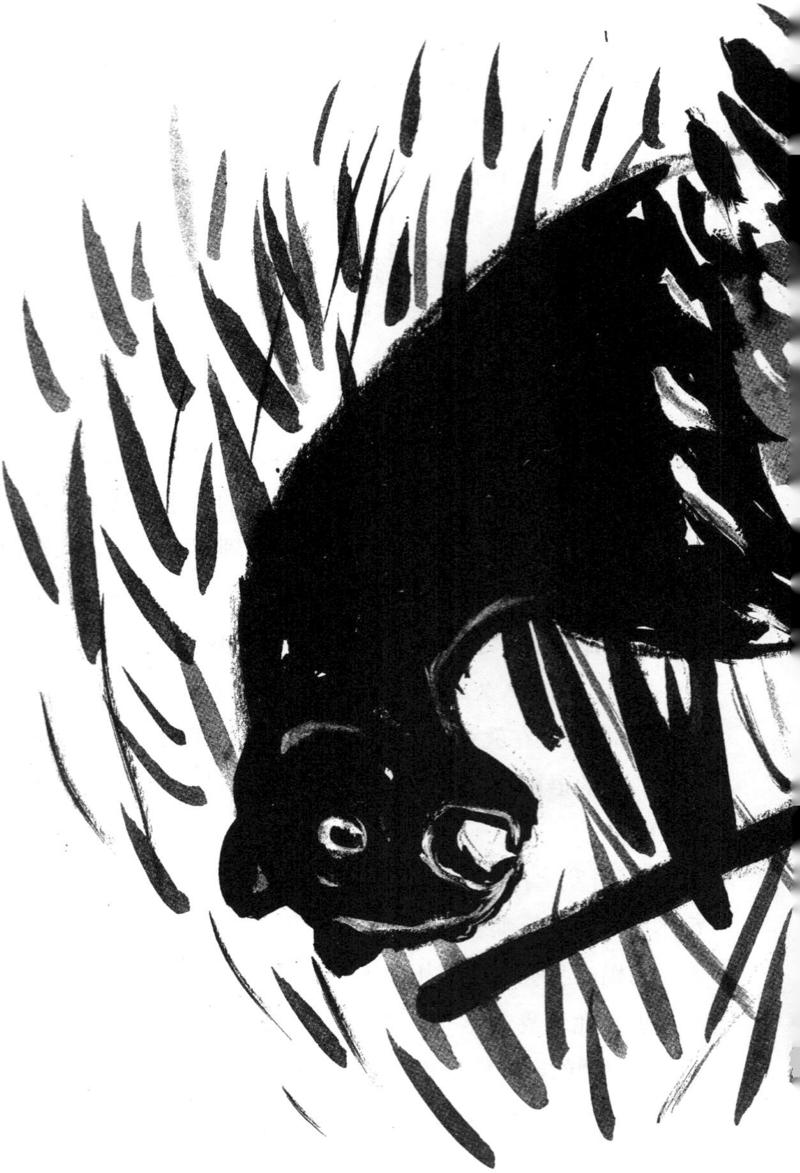

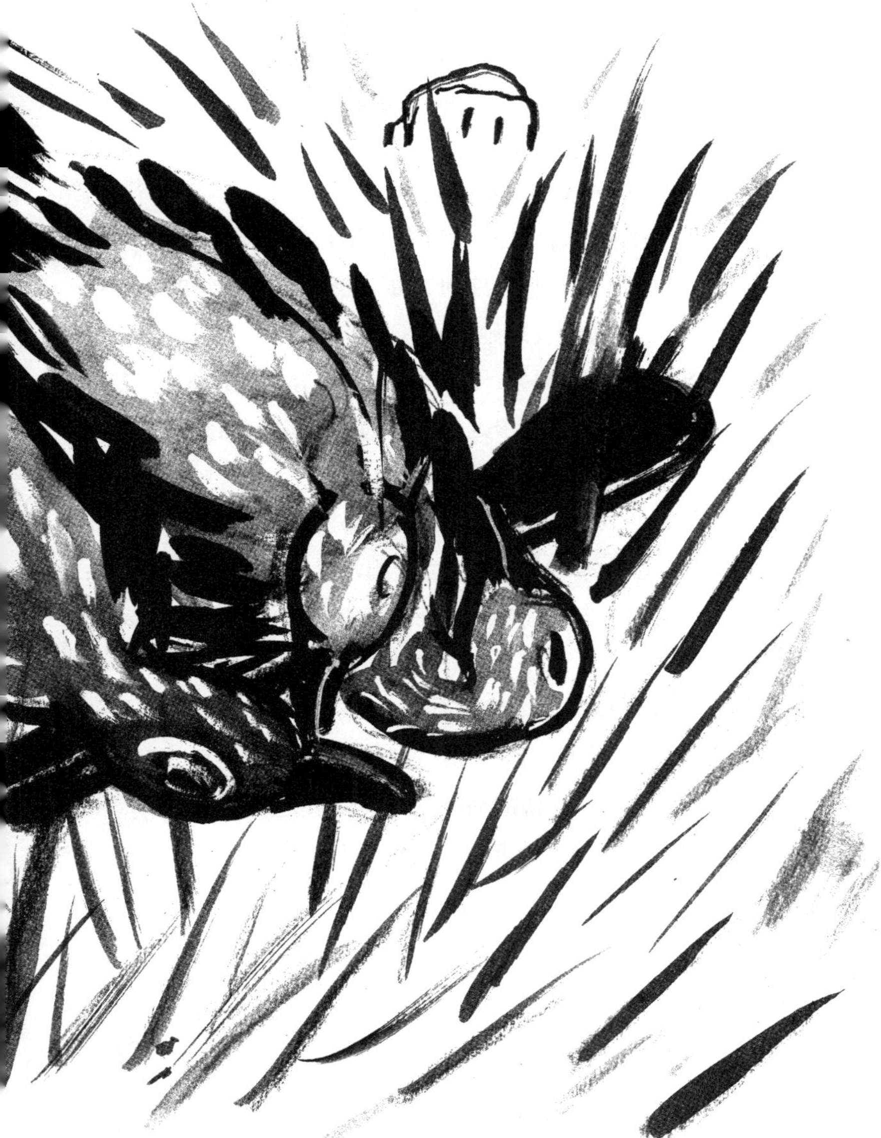

穿一身黑衣黑裤,非常醒目。看来他确实不在花生地里。

"后来,我遇见一个小孩。他告诉我,达萨姆在对面沼泽地里。那时我才想起,达萨姆要在一片茂密的灌木林中开辟一块新的试验田,打算种上紫苜蓿和野荬苡,供妈妈从澳大利亚新买的牛做饲料。那块地四周长满了野甘蔗,从外面是看不见他的。

"你还记得那块野甘蔗地吗?那天你要我领你去那,我拒绝了。"

"嗯,记得,"我答应着。那天见到又高又密的野甘蔗林时,她的确拒绝了我的要求。当时我还发现她身子有些哆嗦。

"我便调转马头朝沼泽地奔去,边走边朝远处呼叫达萨姆的名字。可是仍无回音。我便想从野甘蔗中走小道穿过去,没想到罗伯特躲在那里。

"'安娜,'罗伯特叫我,他的目光非常古怪,把枪和整个早晨猎获的一串野雁扔在地上,走来告诉我,'达萨姆刚从这走过去。'他说:'他要回去了,到妈妈那儿去。他本应该在上午九点去的,可是他忘了,已经晚了两个小时。'

"听了他的话,我信以为真。我问他:'你今天猎获的多吗?'他捡起地上的野雁在我面前晃了一晃,说:'这些玩意儿,小意思,安娜。'他又说:'今天我还猎到一只珍奇的动物。你下马来瞧!'

"他朝前迈了几步,从地上捡起他打死的一只黑毛大野猫。我便下马去瞧。

"'这可不是一般的猫,'他说,'也许是叫麝猫(blacan)。'

"我摸了摸那只可怜的猫的细毛,它头部被重击过。

"'其实我并没开枪。当时这只猫正蜷着身子在树下酣睡。我这么一下,就把它打死了。'

"罗伯特说完,伸出他那双脏手抓住我的肩膀。我训斥了他。你知道,他像头发了疯的野牛我扑来。我顿时站不稳脚,摔倒在野甘蔗丛中。倘若当时有尖利的野甘蔗残根，我准被扎死了。罗伯特乘势骑在我身上，搂住我，又用左手堵住我的嘴。我意识到他要谋害我。我挣扎着，使劲抓住他的脸。他膀大腰圆，我哪里是他的对手。我拼命喊妈妈和达萨姆，但喊声被他用手掌压住了。那时，我才想起妈妈的警告：'不要接近你哥。'可是太晚了。长久以来，妈妈一直暗讽他在觊觎爸爸的家产。

"后来我意识到，他要在谋害之前奸污我。他撕开我的衣服，继续堵我的嘴。这时，我的马大声嘶鸣起来。怎样让我的马来救我呢？我把双腿像钳子一样紧紧地并拢，他用粗壮的膝盖硬是把我的双腿顶开。于是，一场无法幸免的灾难临头了。

"是一场祸害，哥。"接着她沉默了一会。我没打断她的话，只在脑子里想象着当时的情景。

"那匹马再次嘶鸣起来。它走近罗伯特，咬他的屁股。罗伯特痛得直叫，一下子跳了起来，拔腿就跑。我的马追逐了他一阵。后来，罗伯特逃出了野甘蔗林。我捡起他的猎枪，跟着跑了过去，并朝他开了一枪。不知打中了没有。我远远地望见血从他的裤腿里流出来。看来，他是给马咬伤了。

"我把枪往地上一扔，感到浑身疼痛，满嘴是血，一股咸味。我跨不上那匹巴乌马了。快到村口时，我勉强爬上马鞍，不让别人看见我身上被撕破的衣服……"

"安娜丽丝！"我把她搂在怀里，喊了起来，"我相信你，安娜，我相信你！"

"哥哥，你的信赖就是我的生命。我一开始就这么认为的。"

我们又沉默了好一阵子。这时，我对马第内特医生的嘱咐产生了怀疑。安娜丽丝已经相当成熟。在遭受挫折时，明知不能取胜，她也知道如何保护自己。她明白死亡与信赖的意义。

"你没告诉妈妈?"

"那有什么用?情况只会更糟,倘若妈妈知道了,罗伯特肯定会死在达萨姆手里。一切都将完蛋。妈妈和我也都会毁灭。没有人会跟我们做生意。我们家会变成一座魔窟。"

她说最后几句话时很有力。但这种力量顷刻间又烟消云散了——她抱着我,哭起来了,不停地哭着。

"哥,我做得对还是不对?"

我紧紧拥抱她。忽然间,胸中如江海翻腾。我俩再次像原始动物那样,搂着躺在一起。现在,我心里的阴霾已荡然无存。我们再次相拥,仿佛木偶一般。

安娜丽丝不知不觉地睡着了。

我迷迷糊糊地觉察到,妈妈进来了。她在床前稍停片刻,一边驱赶蚊子,一边咕哝道:"瞧这俩孩子,两只螃蟹似的缠在一起。"

我在蒙眬中感到,她给我们盖上毯子,把蚊帐放下,吹熄蜡烛,关上了门,便悄然离去。

第十五章

同学们依旧疏远我。唯独延·达伯斯特又跟我接近起来。这次他很羡慕我,认为我是一个"五月之子"(Mei-kind),从未失败过的幸运儿。我们俩在一个班。他学习勤奋,但成绩没我好。他在校的日常零花钱都是我给的。也许正是由于这一点,他把我看作是他的兄长。

只要延·达伯斯特听到有关我的流言蜚语,总要跑来告诉我。这样,我就知道了苏霍夫对我所干下的种种卑鄙勾当。我还从他那里获悉,苏霍夫已向校长告了我的状。我想,管他呢!如果要开除我,那请便吧。在这个学校里,我什么都干不成。换个地方?自由自在,实现一番作为。

一次,校长真的召见了我。他问:"你现在怎么变得孤孤单单,同学们都不喜欢你了呢?"

我回答:"对他们,我谁都喜欢,但我不能强迫他们喜欢我。"

"他们不喜欢你,肯定是有原因的吧?"

"那当然,校长先生。"

"那是什么原因呢?"

"不十分清楚,"我答道,"我只知道关于我的流言蜚语都是苏霍夫散布的。"

"因为你现在已不再是他们中的一员。你已不属于他们那一伙,变得和他们不同了。"

我立即觉察到,校长这些话是个信号,他马上将开除我。好吧,我早已做好思想准备。没什么好害怕的。倘若我不能继续念书,那该怎么办?没关系!说穿了,学校无非是给我把每天的功课安排得满满的。如果学业能有所长进,固然是好;即使到此为止,我也感到无妨。

"我们希望你改进自己的作为。你将来是要成为重要人物的,当大官的。你接受的是欧洲教育,按说可以去欧洲深造。难道你不想当县长吗?"

"我不想当,校长先生。"

"不想当?"他以尖锐的目光逼视我,不一会儿,又接着说,"哦,对了,也许你想当作家,或者记者,就像你现在已经着手做的那样。尽管如此,良好的品行仍然是必不可少的。你看是否需要我给 B 县的县长先生,或者给副州长赫勃特·德·拉·柯罗瓦先生写封信?"

"如果您觉得有必要把我的情况告诉他们,我想,这肯定不会有什么坏处。"

"那么,你同意我给他们写信?"

"对我来说,这不成问题。这是校长先生的事,与我无关。"

"无关?"他的目光越发逼人,继之以莫名其妙。他迟疑地问:"现在我面前的人究竟是谁,明克还是马科斯·托勒纳尔?"

"都一样,先生。他俩是同一个人,只不过姓名不同罢了。"

说完,他就让我走了。之后再也没有召见我。

马赫达·皮特斯老师似乎也在疏远我,不过她眼神依然友好。我只有在上课的时候才见到她。

学校的讨论会暂时仍受到校长的禁止。

说来也怪，我感到，不管将来发生什么事，我不用依赖任何人了。看来，我自己有能力去应付。喜欢看我文章的读者在日渐增多。虽然至今我未收到分文稿费，但他们却一篇又一篇地发表我的作品。然而，一旦人们得知我只是个土著民，我想，他们可能对我的文章便会兴致索然。也许还会觉得是受骗上当。只是个土著民！对此，我已做好准备。延·达伯斯特跟我说了，苏霍夫打算在公众面前揭我的老底。

最近一个月中，校长的召见并不是占据我生活的唯一大事。就在延·达伯斯特悄悄地给我通风报信后不久，《泗水日报》通知我说去一趟，报社社长兼总编辑想见我。

延·达伯斯特陪我前往。

马尔顿·内曼先生接见了我们。他把一份读者来信递给我们。正如延告诉我的那样，信中说：马科斯·托勒纳尔只是个土著民。我和延都认识这是谁的字迹。延向我颔首示意。

"您叫我们来，是因为这封信揭发了我，要我赔偿损失吗？"

"那么说，这封信说的是事实？"

"是事实。"

"我们本应为此起诉。"他笑容可掬地说，"我们准备在起诉时向你提出要求。想必您已知道那是什么了吧？"

"我不知道。"

"托勒纳尔先生，我们要求您做我们的通讯员，做固定的通讯员。"这时，他把稿费单据以及我过去文章的稿费——虽然金额并不多——一并交给了我。他说："往后当了固定通讯员，您将得到更多的稿费。"

"您需要我写些什么稿子呢？"

"写什么都行，先生。祝您成功！"

马车把我们带到一家饭馆。延·达伯斯特向我表示祝贺，接着他像一辈子没吃过饭似的狼吞虎咽起来。

我在这个月的生活中遭遇的第三场会面是与马第内特医生。我和延·达伯斯特离开饭馆后，便径直到他家。

马第内特医生在凉台等着我们。他说想和我单独谈谈。

"医生，"他向我打招呼，"您的病人怎么样啦？"

"很好，医生。"

"您是指什么？"

"她身体越来越好，并且已照常工作了。甚至还在空闲时间里读了很多书。她已能骑马去田间和村里。她严格按照我给她开的书单读书。有时候，我们三人坐在一起，打开留声机，共同欣赏音乐。"

"是的，从外表看，她已经好了。"

延·达伯斯特独自一人在凉台上待着。

"从外表看起来？这么说，她还没有像您所希望的那样痊愈，是吗？"

"是这么回事，明克先生。近来，我已对她进行了五六次全身检查。起初，我没怎么留意。到第三次时，我发现，每当我的手触及她的身体时，她总是颤抖得汗毛直竖。从那时起，我就开始怀疑，这位美貌姑娘的体内存在着什么隐患？我猜测，她的潜意识中隐藏着某种缺憾。我便马上琢磨起来。开始时我认为她厌恶我。在她眼里，我可能像是叫人一看便厌恶的动物。于是，我站在镜子前，仔细端详自己的面容。我觉得近十年来，除了我那右眼戴上了单片眼镜外，脸上并没有发生什么变化。我的五官不是长得挺正常吗？还算得上有一点儿英俊。"

"不只是一点儿，医生。"

"哎，有一点儿就行啦。您才是更帅气！所以她看中的是您，而不是我。"

"医生，您……"我叫起来，表示不同意他的说法。

"是的，明克先生，"他笑着说，"自从我结识您以后，我才明白，安娜丽丝之所以见了我哆嗦，不是因为我的长相，而是由于我的肤色。白人。"

"她父亲就是个白人，纯血统（Totok）。"

"哎呀，这不过是我的臆测而已。她父亲是白人，一个纯血统的白种人，这没错。不过，您听着，我找您来是请您帮我解决这样一个问题：是的，她父亲是一位纯血统欧洲白人，此乃问题所在。在这世界上，究竟有多少孩子因为与他们父母的肤色不同，而或多或少、长期或偶尔地厌恶他们的父母呢？虽然没有确切的统计，但这种情况确实存在，而且为数不少。此种情形所以会产生，应归咎于他们父母的作为。如果父母与子女的肤色相同，子女决不会因为皮肤而厌恶他们的父母。"

"安娜丽丝也白（putih）。"

"是的，带着土著的柔细。我本人曾对她梦寐以求。明克先生，这不是很可笑吗？遗憾，她太年轻了，与我不相称。白日梦而已！请您别见怪。我只是信口说说。事实上，她一见我就不寒而栗。她本是白皮肤（berkulit putih）。我有这样一种猜想：外界的影响强大至无法抗拒，使她对自己产生了一种错觉。她认为自己是一位地地道道的土著民。也许她从母亲那里得到了这样一种印象：所有的欧洲人都行为卑劣，令人厌恶。我与姨娘、安娜丽丝的交谈，使我大胆地作出了上述结论。姨娘确实了不起，估计这是有口皆碑的。我不跟您说过吗？她是通过勤奋自学而成材的人。她本人不见得意识到这一点。因此她在别的方面遭到了失败。她不知道如何教育子女。她把他们也置于她身处的矛盾冲突之中。这不仅是她的不足——已然成为她的失败，明克先生。"

看来这次谈话还将持续很长时间。我请求马第内特医生让我出去一下，以便吩咐车夫把延·达伯斯特送回家。

"那一无所知的孩子,把母亲灌输的一切全部接受下来了,并成为自己思想的一部分。"医生接着说。

"可她妈妈并不厌恶欧洲人。她经常与欧洲人做生意,也与您这样的专家交往。她还读欧洲典籍呢。"我说。

"不错。那是在事情有利于她时。看看她与梅莱玛先生的关系如何?她能有长进,确实是靠她的主人。可她在潜意识中依然对他有所保留,并存有疑虑。也许,除了安娜丽丝,整个上流社会都知道梅莱玛及其侍妾的悲惨故事。不知不觉,姨娘已经把女儿塑造成和她一样的人。安娜丽丝对她母亲是亦步亦趋,自身毫无主见。母亲时刻影响着她。这影响犹如无法抗拒的命令。这么美的姑娘,真值得同情。明克先生,她的内在世界(pedalaman)是一片混乱。她的脑子里完完全全是她母亲的那一套。"

我听得目瞪口呆。他讲的内容是如此复杂,难以理解。这是我前所未闻的,但又那么清晰有趣。说来也怪,有的人怎么能透视别人的内心就像检修手表内部零件那样。

"这位母亲非常强势,在东印度无知的瀚海里,她有着远超生活所需的丰富知识。人们都对她望而生畏,生怕在她的威力面前招架不住。我自己就经常被她搞得狼狈不堪。即使她只是一位普通的姨娘,由于她的万贯家产、姿色出众,丈夫又外出乱跑,也会引来纷飞的画眉,为她唧啾歌唱。但事实并非如此。完全不是这样。就我所知,没有人登门拜访,也没有人来歌唱。欧洲人和混血儿都不来找她,土著民就更没有那股勇气。他们知道,他们面临的将是一只母老虎,只需一声吼叫,就能把成群的蟋蟀吓得溃不成军,四处逃窜。"

"医生,您说的这些是真的吗?"

"这正需要您来帮我进行思考。"

"像我这样一个荷兰学校的高中生,合适去做那种事吗?"

"嘿,恰恰是您与这件事休戚相关。明克医生,您以为我是在胡扯吗?您是个有学问的人。请您检验一下我的话是否正确。这就是我叫您来这的原因。您比我更接近她们。实际上,为了了解她们,您自己应该主动地去调查研究。我只是想给您一个起点罢了。您已经成年了。何况,能给安娜丽丝治病的,不是马第内特医生我本人,而是您。安娜丽丝很爱您。这种爱蕴蓄着无穷的力量,它能使事物改变、破坏和消失,也能使之出现和建立。我希望她对您的爱能把她从母亲的束缚中解脱出来,使她具有自己的个性。根据我最近的观察,并且从她的梦呓和眼神中,我发现她已经把自己的一切都交给了您。这可不是我的猜测,也不是什么假设……"

马第内特医生的话越来越使我感兴趣,因为它与我直接有关。

"一旦安娜丽丝开始不同意母亲的意见,就意味着她内心发生了变化。这种变化确实会带来痛苦,正如任何人内心变化所引起的后果一样。正是姨娘自己无意识地引起了女儿内心的变化。她不仅不反对您和她女儿的关系,还主张你们相好,甚至在促使你们的关系向前发展。可在姑娘心里还有一个疙瘩。"

(由于理解力有限,马第内特医生后面讲的某些话我没怎么听懂,所以没法在此写出来。)

"长期以来,您的情人安娜丽丝脆弱的心始终背负着一些沉重的负担。现在一切障碍都被姨娘清除,所有道路都向您打开了,明克先生,看来姨娘希望您这样的青年作她的女婿。似乎也正中您的下怀。尽管如此,姑娘心中的疙瘩不能不令人担忧。如果我没有搞错,她已经被您吸引住了。她理应享受幸福,可事实却并非如此,明克先生。她恰恰感到异乎寻常地痛苦。她生怕您——她真心实意所爱的人——离开她。喏,那些内心的垒块岂不翻倍?她可能会发疯。明克先生,这可不是闹着玩的。她会精神失常、神经错乱的。"

停顿了片刻，他从口袋里取出手帕，擦了擦脸和脖颈的汗。

"真热。"说着，他起身走到屋角，把风扇的发条上紧。风扇一转动，屋内便凉快起来。他又坐下来接着说："对我来说，如果把这些仅仅当作知识问题探讨，很令人沉迷。但另一方面，看到如此青春、美貌的少女竟被不确定和恐惧所禁锢，于心不忍……您明白我的意思吗？"

"我还没明白，医生。那些恐惧是指……"

"下面我会谈到这一点。也许从夏娃起，一个人的美貌就会让别人原谅她的不足和缺陷。女性的美貌使其卓尔不群，更加高贵，有荣光。但是，一旦人们被恐惧所禁锢，女人的美貌，甚至生活，都将变得毫无意义。倘若您还没有明白我的意思，那么明确地说，她应该从恐惧中，从一切恐惧中解脱出来。"

"是的，医生。"

"您别老点头称是是是，您受过教育，可别当应声虫。如果您有不同意见，不妨说出来。我不是一个心理学家，所以我说的并不一定正确。倘若您有别的看法，您直截了当地说好了，这有利于对安娜丽丝的治疗。"

"我没意见，医生。"

"这不可能。您还是说出来吧！"

我沉默无言。

"现在不太热了吧？瞧，明克先生，在科学领域内，不存在害臊这个词。人们不会因为有缺点或犯错误而感到害臊。缺点和错误将使真理更有威力，因此，也能有助于探索和钻研。"

"我确实没有什么不同意见，医生。"

"我知道，您有话藏在心里不说。有学问的人肯定会有自己的看法，哪怕不一定正确，不妨也请您讲讲吧！"

他注视着我。浅灰色的瞳仁闪闪发光，宛如一对晶莹的玻璃球。

他把双手搭在我的肩上，对我说："看我的眼睛，把您的真心话都说出来吧！不要让我为难。"

我盯着他的双目。他的瞳眸清澈晶莹，我仿佛能看穿他的大脑。

"我正式请求您谈谈自己的看法。我希望您能帮助我，使我的工作不致于失败。"

"医生，"我开始怯懦地喃喃，"说实话，我第一次听到这样的分析，惊诧不已，一时还没法把自己的思想理出头绪来。说到安娜丽丝和姨娘，我也曾经觉得有某些问题值得探讨。至于罗伯特，那就更是如此。您对我说的那些话，大致上都没有错，而且对我很有启发。这是就我的感觉而言，还不是我的看法，或者说，还没有成为我的看法。您说，我这么说对吗？"

"相当好，没错。可是我要说，在科学领域内，谦虚，在有的时候——仅仅在有的时候——是必要的。不过，在回答我的问题时，您就不必搞那些客套。哦，如果我行事像个检察官，那得请您原谅。可是，我相信，我这样做也是替您着想！"

风扇的转速开始变慢。他又走到屋角，再次把发条拧紧。

"好，"他站着对我说，"那么，现在就听我继续说吧。等您回家后，我的这些话也许可供您参考。首先来谈谈安娜丽丝怕您离去的恐惧心理吧。这件事完全取决于您自己。没人能帮忙。每当有迹象表明您要离开她时，她就忧心忡忡。因此，您不能让她看到这种迹象，更不能真的离开她。您如果离开她，她就会崩溃。"

马第内特医生随手从写字台上拿起一支铅笔，把它一折两段，说："就像这样。破碎的半截铅笔还可以继续使用，可是，明克先生，破碎的心智可不行。倘若她还活着，她将成为人们的负担；如果她死了，人们将为她惋惜。有一次，我不是曾经跟您说过吗？您是唯一能治好她病的医生。倘若您伤害了她的爱情，那您就可能变为杀害她的刽子手。

行了，我已经跟您讲得再明白也不过了。您不要不好意思，不要怕这怕那，不要只顾自己。您是想当救命的医生呢，是想当杀人的刽子手？何去何从，由您自己选择。另外，对您说了这些以后，我也如释重负，心情感到轻松多了。"

这时，他又坐了下来，把折断的铅笔放在桌上。他再次注视我，也许是要我相信，他可不是说着玩的。

"您说得对，医生。"

"另一方面，明克先生，正因为她爱上了您，她的人格便开始形成。因为爱情纯属是个人问题，别人不能发号施令。她那新生的人格还十分脆弱，因此她病倒了。"

这些我一点也没听懂。我冷静地盯着他的眼睛。不知什么原因，我蓦地对这位欧洲人产生了怀疑。看来他已觉察到我心绪的波动，匆忙地补说："我再说一遍，先生，我说的不一定对，也许只说对一半，甚至一无是处。但是，当您还没有自己的看法时，我说的这些可作为您的依据，一种暂时的依据，免得您困惑不解。"

他没继续往下说，沉默了许久。我想，他可能在犹豫。说真的，如果他困扰在犹豫之中，我会感到宽慰。至少我可以自由自在地舒上一口气。刚才，他只不过是向我倾诉了他的想法。可是那种感受！那滋味！我觉得自己仿佛是一块铁砧，正在被他用大铁锤强行敲进新认知。

"是这样，医生。"我不由脱口对他说。我只是想表明，我不是一块无生命的铁砧。

"嗯。"他感叹道。接着，他深深地叹了口气。看来他心中积聚了各种问题，"刚才的那些话只不过是此刻的猜测，以某些事实为依据的猜测。"他为自己辩解，又好像在表示道歉，"现在该轮到您说了。否则，我就不想再讲了。您告诉我，您在她家睡在哪一个房间里？"

看来，他已觉察到我无法掩饰的羞怯。在学校里，没有人敢提出这样无礼的问题。

"在科学问题上,羞怯一文不值。先生,帮助我吧,自觉自愿地帮助。只有我们两个人联手才能消除她的恐惧。我要问,您是在哪儿睡觉?"我没回答。"好吧,您害臊了。这种感觉毫无价值。但是,您的害臊恰恰证实了我的猜测。这说明姨娘真心希望她的女儿能够平安无事。正是这个原因,您才羞于启口。您实际上已经和安娜丽丝同居一室了。我没说错吧?"

我再也不敢正视他的脸。

"您别误会,"他语速很快,"我无意干涉您的私生活。对我来说,最重要的莫过病人安娜丽丝的健康,自然还有您和姨娘的安康。我希望能得到您的帮助,也就是说,理解及帮助。我的猜想需要得到验证。这对安娜丽丝来说,是唯一的解药。至于您和任何病人的私事,我都会保密。我是个正式医生,而您则是临时充当一下而已。喏,现在讲出来吧。"

为了使我有暇考虑,他起身朝后面的房间走去。他回来时,拿了一瓶柠檬水,给我斟了一杯。

"怎么您亲自招待?"我问。

"我家里没有别人,只有我自己。"

"连个仆人都没有吗?"

"没有。"

"什么事都得由您自己来干?"

"有个帮忙的,每天来干三个小时的活,干完就回去。"

"您的伙食呢?"

"全包给饭馆了。我们继续吧!您先喝口柠檬水。我知道,您需要勇气。"他亲切地笑着说。

我确实没有勇气。

"在必要的时候，"他开始劝导我，"您应该学会敢于从第三人角度看待自己。我指的并非语法上的第三人称，是这样的：您作为第一人而思考、计划、发出指令。作为第二人，您是权衡者、反对者、拒绝者，或反其道行之，也可以是第一个您的认可者、欢迎者。第三个您——他是谁？——那就是作为他人、作为问题的您。"他用手指敲了敲桌子，"作为执行者，作为您从镜子里看到的他人。喏，现在就来讲一下，第一个您和第二个您从镜子里看到的第三个您是什么样子？"

"我应该说些什么呢？"我再次怯怯地问。

"说什么都行，说说您和您病人之间的关系。"

"从哪说起呢？"

"这么说，您是准备讲了。让我把您引到我们要谈的话题上来吧。实际上，并不是您不知道怎样开始讲，而是作为第二者的您，还没有完全愿意讲。好，让我们开始吧。刚才说到您已经与安娜丽丝同居。现在继续往下说吧。"

"您没说错，医生。"

"很好。姨娘没有禁止你们，也没有为此而生气？"

"您说得对，医生。"

"不是我说得对，而是姨娘做得对。在保护她的女儿方面，她比以前更对了。这就是说，她按我的劝告去做了。现在让我们继续讲下去。您是与她分开睡，还是与她同睡一床？"

"我们没有分开睡。"

"从什么时候开始的？"

"两三个月以前。"

"时间够长了。这对了解安娜丽丝的恐惧心理有好处。那么，您已经和安娜丽丝行房了吗？"

我不禁瑟缩起来。

"怎么哆嗦了？您仔细听着，这个问题很关键。谁敢说今后就不会发生类似的事呢？您还想喝点饮料吗？"

"对不起，医生，请让我去下厕所。"

"请便。"他领我去到后屋。

无论在屋内，还是在屋后，我没有遇见任何人。周围像坟墓那样寂静。

我进到浴室，洗了把脸，用水冲了冲头。水是那么清凉。我的心神也随之清醒起来。水珠从头发上滴滴下流，我用手帕擦拭着。接着，我用梳子梳了梳头发，又照了照镜子。喏，镜子里就是马第内特说的第三个明克。

我回到座位上，马第内特医生接着说："您越想有所隐瞒，您越神经紧张。"

他进一步窥视着我的内心活动，使我重新惶恐起来。这里也没个地方能把脸藏一下。

"说吧！我会越来越感谢您的。现在不用我再向您提问了吧？您主动地讲吧。"

我摇了摇头，表示无能为力。

"好，这么说，您仍然需要我的引导。那我就说，您已经与安娜丽丝同床，发生了性关系。随后，您发现她不是处女。在您以前，她就失去了童贞。"

"医生！"我惊叫起来。我的精神太紧张了，不知不觉已到了无法控制的地步。我伤心地呜咽起来。

"哭吧，先生，哭得痛痛快快，像初生的婴儿般纯洁。"

我为什么要这般哭泣呢？为什么我不是在父母面前，而在别人面前哭泣呢？我究竟为什么事而烦恼呢？也许是我不愿让我的秘密、我们的秘密被别人知道吧？

"我没看错,您是真爱她。她的损失也是您的损失。您已失去了某种东西,可是您不想让外人知道您内心的失望。她不再是贞洁的少女。您继续哭吧,但您还得回答我的问题,而且这并不是最后一个问题。我想了解一下有关安娜丽丝第一次性生活的情况,以便能推测那件事对她的影响。这是至关重要的。因为第一次性生活将决定人们对性的态度。不,不,这么说还不够确切。应该这么说:它将决定人们此后对性的态度。现在的问题是:安娜丽丝是否告诉过您,或者是否愿意说出那人的姓名?那第一个人是谁?说得更准确些,谁是先于您的那个男人?"

"我回答不了,医生!"我痛苦地喊起来。

"第三个明克必须出场了。这还不是最后一个问题。那个人是谁?"

我没有回答。

"那么,您知道他或他们是什么人?"

"不是他们,医生,而是他。"

"好吧,是他!"他闭上眼,仿佛凝神深思。不一会儿,他漫不经心地又向我提出了一个问题:"是的,是他,本来就是他。他是谁?"这个我不想回答的问题像霹雳把我惊醒。

"啊,医生,医生!"

"好啦,不必说出他的姓名。您认为那个人是好人还是坏人?我指的是他平时的品行,不是他的性活动。"

"不敢,医生。我没权评价他。"

"看来您把一切都视为个人的隐私,视作您的家庭,或者说您未来的家庭的秘密。您和您家庭,或者未来家庭的所有成员,是那么团结友爱,这确实令人感动。"说完,他掉过脸去,仿佛有意让我自在些,让我能抬起头来。"嗯,正是从您刚才的态度,我至少能推测那个人是谁。您还年轻,相当年轻,只有您这个医生——尽管是暂时的医生,才能治好安娜丽丝的病。您应该坚强些。您喜欢她，如果您不愿别人说您'爱'她的话。但我却更喜欢用'爱'这个词。她因失去了某种东西而得了病。您有能力治好她的病，并愿意为她的安全负责。我认为，您无论如何也不会抛弃她。否则，她将被千万只鹰隼所吞噬。她确实美艳无比，任何国家的男人见了她，都会如痴如醉。不管从哪个角度看，您终究将娶她为妻。不论现在或将来，您永远要做她的好医生。人越老，所面临的生活就越复杂。因此，人们应该越来越勇敢地正视生活。"

他越是滔滔不绝，仿佛罗伯特·梅莱玛的身影在我眼前越清楚，似乎他又蹦又跳，手舞足蹈，有时斜着眼瞟我，有时挥动拳头，对我进行恫吓。

"是的，正是您自己的态度，使我对自己的推测更有把握。假如您不愿对我的推测表示肯定或否定，那我有什么办法呢……"

"医生，医生……是她的亲哥哥罗伯特·梅莱玛！"

主人手中的柠檬水杯猝然落地，摔得粉碎。我从椅子上跳起，冲出屋外，直奔我的马车。

马第内特医生已来过几次。他通常是下午偏晚时来，温托索罗姨娘和安娜丽丝都已处理完了一天的事情。他们坐在前院，一边聊天，一边欣赏着留声机的音乐。我的双轮马车一进入院子，我就会看到马第内特医生。我先去洗澡，然后再去到他们那里。

那次震撼性的谈话以后，我更加敬重马第内特医生。关于那次谈话内容，我除了把它写在日记本以外，没有告诉过任何人。我认为他不仅医术高超，还是一位有高度人道主义精神的学者，也是一个在我心中埋下新生力量种子的人。他总是设法理解他人！不只是理解——他总是向别人伸出援助之手——作为医生，作为人，作为导师。他是"人道主义之友"，这是马赫达·皮特斯老师后来给他的称号。他能通过多种方式表达他的友谊，每一种方式都使人们对他寄予莫大的信任。以前，我竟怀疑过他。有时候想到这一点，我不禁感到内疚，尽管我也有怀疑的权利。

通过长时间观察，我对马第内特医生的年龄，有了新的估计。他不是四十来岁，而是五十开外了。他容光焕发，显示出年轻人的神采，脸上找不到一条标志他年迈的皱纹。他的每次谈话都引人入胜，内容充实。他善于讲故事，而且在别人不知不觉中，把别人对故事的反应记下来，作为了解和熟悉病人的资料。这些就是我对他的看法，也许并不见得正确。

有一次，为了帮顾客定制家族画像，我去拜访一位大人物。当时主人正在凉台上读着一本英文杂志。他走进屋里去取一样东西，杂志打开放在那里。这真是个巧合。更巧的是，我瞟了一眼杂志，发现上面有马第内特医生的一篇文章，题目是《新时代初期和社会变迁是新疾病之源》(*Awal Jaman Baru dan Gejala Pergeseran Sosial sebagai Sumber Penyakit Baru*)。文章的提要里写道：不了解社会背景进行治疗是中世纪的疗法。

当主人回来时，我便把那本杂志放回原处。从那时候起，我才知道马第内特医生也是位写作者。不过，他和我不一样，我写故事，他是写科学。

当天下午，马第内特医生来了。我设法更加密切地注意他的一举一动。我无需再害怕他窥视我的内心世界了。

他又打开话匣子。同往常一样，他边讲边开着玩笑，但话语却意味深长。这次他讲的是一对双胞胎。他们自幼同吃一盘饭，同喝一杯水，但一进入成年，尽管两人的外貌仍然一样，内心却已迥然不同。他们为各自的愿望和梦想所驱使。而这不同的愿望和梦想出于同一个起因——无法使他们感到满足的现实。正所谓：两人内心世界不同，各的期待也不同。

起先，我不明白他的意思。姨娘和安娜丽丝一言不发。可能她们觉得有点无聊，但他接下来补充道："正如安娜丽丝小姐那样，一切都有了：金钱、慈母、无与伦比的容貌以及出色的才干，等等。可是，小姐感到还缺少个什么东西。她必须对这种愿望有明确的认识。否则，她就会生病。没被意识到的愿望将残酷无情地主宰人的躯体。它掌握着、主宰着人的思想和感情。如果不能正确处理这种愿望，她的举止就会和正常人不一样，变得杂乱无章。现在，我想问问小姐，您究竟想望着什么，致使您病倒了呢？"

"没什么，医生，真的没什么。"

"那您为什么要突然脸红呢？难道小姐真的不渴望明克先生吗？"

安娜丽丝瞟了我一眼，低下了头。

"姨娘，如果我可以提出建议，还是让他俩尽早地结婚吧。"转而，他又凝视着我，说："明克先生，您在勇于学习的同时，已经学会了如何变得勇敢、如何坚强吗？……"他没说下去，因为从外面来了一辆双轮马车。只见车夫把乘客冉·马芮扶下马车。梅跳了下来，上前领着父亲。

我把他们介绍给大家："这位是冉·马芮，画家，家具设计家，法国人，是我的朋友。他不会讲荷兰话。"

这里的气氛骤然变了。问题是马第内特医生不懂马来语。尽管他懂法语，但姨娘和安娜丽丝却不懂。只有梅和我懂他们讲的那些语言。梅马上去安娜丽丝身旁，和她亲热起来。

安娜丽丝得到了一个妹妹，梅得到了一个姐姐。马第内特看到她俩的高兴劲，不住地点着头。他向冉·马芮瞧了一眼，用法语问道："您有几个孩子呀？"

"我就这一个独生女,医生。"在回答这一问题时,他显出怏怏不乐的神情。

马第内特医生有观察别人内心活动的习惯。他对冉·马芮的不快并不介意,而用荷兰语自言自语:"要是有可能让她俩待在一起,那该多美呀!其实,早就该这么做了……"

这时,安娜丽丝把梅带到屋里去了,不再出来。从远处传来了她们的笑声和叽叽喳喳的话语声。一会儿说马来语,一会儿说爪哇语,一会儿又说荷兰语。冉·马芮听到女儿的声音,欣喜地晃了晃脑袋,绽露出满意的笑容。然而尴尬的气氛仍然笼罩着我们,这使马第内特医生感到不舒服。他告辞了。他登上他那辆停在屋子一侧的马车,离开了姨娘家。

"马第内特是位很高明的医生,"我用马来语说,"他治好了安娜丽丝的病。我们都非常感谢他。我的这位朋友,妈妈,他上这儿来,是要求您允许他替您画像,如果您同意并有时间的话。"

"画像有什么用呀?"

"太太。"冉称呼道。

"叫我姨娘吧,先生,别叫我太太。"

"明克非常敬佩太太……"

"姨娘,先生。"

"……作为一名出色的土著妇女。他高度评价太太,为此……"

"姨娘,先生。"

"为此,我们商量好来为您画个像永志留念。不论明年还是未来的四十年里,人们将永远记住您,敬佩您。"

"很抱歉,我没想叫别人敬佩我。"

"您的话有道理,只有蠢人才自以为了不起。可是,敬佩太太的不是太太自己,而是生活在这个时代、亲身耳闻目睹的人。"

"很遗憾，先生，我不打算让别人给我画像。照相都不愿意。"

"这样的话，唔，的确是非常令人遗憾的事。要是这样的话……这样的话……我能不能仔细地看看太太，以便把太太的容貌记在心里呢？"他彬彬有礼而又局促不安地说。姨娘的脸唰地红了起来。"这样，我回家后好把您默画下来，行吗？"

姨娘看了看我，然后看了看房子，看了看院子里那块大木牌的背面，最后把目光落在院内的桌子。看来她很不自然、羞怯和反常。

"别，可别这样做，"她羞涩地说，"你呀，明克，你在外面讲了我些什么啦？"

"他没说过您的坏话，太太。他一个劲儿地称赞您。"

见姨娘茫然不知所措的样子，我急忙说："现在妈妈还不愿意，也许下次会同意的。"

"下次也不。"

"他是我的朋友，妈妈。"

"那么，他也是我的朋友。"

冉·马芮原本就敏感，可能因为行动的不便，他此刻看起来非常紧张，想马上离开。他正以惶恐的目光寻找着自己的孩子。然而，他听到的只是从远处传来的女儿的歌声。

"她在屋里，先生。"姨娘说，"我们进去吧！"

我们进了屋。梅和安娜丽丝欢乐的歌声更加清晰。为此，姨娘感到十分欣喜。从我来到沃诺克罗莫，还是第一次听到安娜丽丝唱歌。她似乎回到了童年——那个时期对她来说太短暂，总被责任与工作牵绊。

这时，冉陷入沉思，默默无言。

"马芮先生，"见我们在前院坐着一言不发，姨娘便说，"您的孩子，显然给我们家带来了清新的气息。如果她能像马第内特医生刚才建议的那样,经常到这儿来,您看怎么样?"

"倘若孩子自己愿意,那当然没问题。"他的声音沮丧,仿佛怕失去什么。

"明克,你邀请马芮先生今晚住在这吧!"

"冉,你看如何?你愿意吗?"

我又一次见到他——一位创造美的艺术家——局促不安的神情。他无法回答这样简单的问题。他呆呆地望着我,束手无策。

"是呀,冉,你今晚最好在这住下。明天一早,我就送您回去,不耽误您的工作坊开门。"

冉点头表示同意,忘了对主人的盛情邀请表示感谢。

晚上,我和冉睡在一张床上。我试着用马第内特医生的谈话方式问他:"冉,你看来很低落。你还在哀叹过去的生活吗?请原谅我这样问你。"

"这是一个作家提的问题,明克。你真成了百分百的作家。"

"并非如此,冉。请原谅。我比你年轻太多,见识和经历远不如你。你愿意回答我的问题吗,冉?"

"这完全是个人私事。何况,我想把那幅画画完,以此来结束对过去的回忆。怎么,你想以我为题材写点什么吗?"

"你真有意思,冉,是的,如果我能写好的话。你真正想干什么,冉?"

"想干什么?啊,你这人!你是个艺术家,我也是艺术家。每个艺术家都渴望着、梦想着达到成就的顶点。成就!他们竭尽全力,明克,就是为了保持他们的成就——那折磨人的成就。"

"可是你听起来这么失落,好像不相信成功会到来。"

"那个问题——你已经是一名真正的艺术家了。我希望这些问题来源于你最近的内心纠葛和工作成果。这确实不像你这样年龄的人所能提出，问题有某种权威性。你相信那是你自己提出的问题吗？"

他的话使我愕然。我尽可能以婉转的口气问："你说的权威性是什么意思？"

"简单地说，就是人们真正理解他自己提出的问题。"

他显然还没睡意。而我的努力明显受挫了。更多是因为他不想再继续谈下去。

那天夜里，我百感交集，思绪万千。我必须与我的青年时代——充满胜利、无比美好的青年时代——告别了。对别人来说，也许这是毫无意义的。然而，我所写下来的一切已经赋予我权利，可以把这段时光称之为胜利。在这些胜利中，最大的莫过于赢得了安娜丽丝的爱。即使，是的，即使她只是一个脆弱的娃娃。

万籁俱寂。只有钟声，打破了深夜的沉静。

马第内特医生的声音蓦地萦绕在我耳边："姨娘的小奶牛，只需要三至十四个月就能成熟，成为够格的奶牛。它们的成长是按月来计算的。长大成人，聪明才智到达顶点，则需要十多年乃至数十年的时间。有些人始终没有达到成熟阶段。他们只是靠别人和社会的施舍过活，例如那些疯子和罪犯。一个人是否能成熟，是否能使他的聪明才智发展到顶点，取决于他所经历的考验的大小和多少——罪犯和疯子总是逃避各种考验——他们永远不会变成正常的人。而牛犊，则不需要任何考验，只需要三到十四个月，就能发育健全。"

安拉，在我这么年轻的时候，您就给了我如此重大的考验。现实生活已经使我过早背负各种问题，这些问题尚且不该成为我的事情。正如您对待别人那样，在您每次亲自考验我的时候，请赐予我勇气和力量……我不是疯子，也不是罪犯，而且永远不是！

第十六章

清晨,碧空如洗,万里无云。今日是个晴朗的星期天。然而我的心,却被阴暗笼罩着。乌云掠过心头,预示着一场暴风雨的来临。昨天下午,学校没有讨论会,我和安娜丽丝骑马外出溜达(现在我已学会骑马了),突然,那胖子的身影在我们面前闪过,我心中又开始忧虑起来。

当时,我看见胖子骑着一匹劣马,正离开我们农场的一个村子。昨晚,达萨姆到我房间来学习识字、写字、做算术。我没有像往常那样教他。我告诉达萨姆,那胖子形迹可疑。他从 B 县就开始尾随我。(不错,我猛然记起,在 B 县火车站买票时,胖子排在我的后面。我还记得,他比我先到月台,斜依在月台的一根柱子上,和另外一个人攀谈着什么。)

"他是眯缝小眼(sipit)吗,少爷?"达萨姆问。

"是有点眯缝眼……"我回答。

"没错,就是他。我在村里已见过他好几次了。"达萨姆继续说,"我还以为他是一般的放债人呢。"

"放债人肯定是梳辫子的,胖子没有辫子。"我说,"也许他是罗伯特·梅莱玛派来的人吧?"

达萨姆沉默了。

"罗伯特现在在哪里?我从B县回来后,就一直未见过他。"

"他不敢回家了。"达萨姆答道,"您还记得我上次告诉您的事吗,少爷?他吩咐我暗害您。可是,我对他说:'我只听姨娘和小姐的话。她们喜欢谁,我也喜欢谁。如果你要我暗害明克少爷,我就先宰了你!你不是我的主人。小心你的脑袋!'他见我抽出刀来,拔腿便跑……"

这就是昨天的事。胖子的出现使我忧心忡忡。太阳的光芒并没有驱散蒙在我心头的乌云。

"这么说,你见过那个胖子啰?"昨晚,我还这样问过达萨姆,"如果再见到他,你准备怎么办?"

"要是他确实是罗伯特少爷的狗腿子,我就宰了他!"

"不能啊,你可不能这样蛮干!"我劝阻说,"千万不能那样。如果你真的那样做了,我们都将遭殃。不能那么干,达萨姆,你不能那么干,懂吗?"

"懂,少爷。您说我不能那么干,好吧,我不干就是了。可我要教训教训他,打断他的脊梁骨,看他以后还敢不敢干坏事!"

"不行,我们还没有搞清楚事情的来龙去脉。万一将来姨娘要与警察打交道,谁去帮助她呢?我帮不了她的忙。我无能为力。"

达萨姆沉默不语。须臾,他慢腾腾地欲言又止:"好吧,我就听您的吧,少爷。"

"对,"我说,"你应该听我的劝告。我不愿带头给这个家庭闯祸。另外……这事你仍然不能跟任何人讲。"

今天早晨,我看到达萨姆在焦躁不安地走来走去。他是有意这样做的。他在向我示意,如果发生什么事,可以让我随时叫他。我知道他正在保护着我，不让我落入胖子之手。

我们仨，姨娘，安娜丽丝和我，坐在前院欣赏着乐曲。音乐的节奏雀跃，宛如河水泛滥时小虾在活蹦乱跳。我的心呀，依然被乌云笼罩着。我确实预感到，有什么事即将要发生了。

我一会看看安娜丽丝，一会又看看姨娘。姨娘看到达萨姆举动反常，心中怀疑起来。

"看来妈妈有什么心事。"我说。

"总是这样，每当看到达萨姆像厨房里的耗子跑来跑去，我就忐忑不安。肯定是要出事了。从昨晚开始，我就十分焦虑。达萨姆！"

达萨姆走过来，站在姨娘面前，施了个礼。

"你为什么那样跑来跑去啊？"姨娘用马都拉语问。

"我的脚痒痒，需要走动走动，姨娘。"

"你脚痒痒，怎么不到屋后去走呢？"

"有啥办法呢，姨娘？这两只脚就是爱往前屋走嘛！"

"行吧，你看起来很吓人，凶巴巴瞪着两只眼，要吃人似的。"

达萨姆故意哈哈大笑起来。他向姨娘举手敬了个礼，告辞而去。走开时，只见他的胡须在上下牵动，嘴里念念有词，仿佛在念咒语。今天一早，他就瞪大了两只眼，竖起两只耳朵，就像要捕捉从天外传来的怪音。

"你怎么一言不发，安娜？"我问。

"没什么。"她站起来，走到留声机旁，一下把它关掉了。

"为什么关掉呀？"姨娘问。

"不知为什么，妈妈，今天我觉得这音乐吵得叫人心慌。"

"也许明克还爱听呢。"

"没事，妈妈。安娜，你还记得昨天那个骑马的人吗？"

"穿咖啡色条纹布睡衣的人吗？"我点了点头。

"他是谁呀？"

"谁骑马？他在哪儿？"姨娘急忙问。

"在村子里，妈妈。"安娜丽丝解释道。

"除了卡里约大娘的儿子，那个巴达夫石油公司的看守，从来没有人骑马到村子里来过。"

"不是他，妈妈。那个看守从未穿睡衣骑马回去看望他父母。我们看见的是个胖子。他皮肤浅黄，有点眯缝眼。"

"达萨姆！"姨娘叫唤道。

"你瞧，姨娘，用得着我了吧！我脚痒痒不是也有好处吗？"

姨娘没理他的玩笑，问："你知道昨天在村子里骑马的胖子是谁吗？"

"只是个放债人吧，姨娘。"

"瞎说，哪有放债人骑马的？你今天的举动可跟往常不一样。就算那放债人能租到马，那他也不会骑。他梳辫子没有？"

达萨姆一反常态，再次哈哈大笑起来，以此来掩饰他心中的秘密。他说："从什么时候开始，我达萨姆让您姨娘信不过来着？"说着，他用胳膊擦了擦嘴上的髭须。

"达萨姆！今天你很奇怪！"

这位马都拉勇士又笑了起来。他向姨娘施了个礼，一句话没说，就走了。

"他准有什么事瞒着我。"姨娘喃喃自语，"我心里越来越感到不是个味儿。我们进屋去吧！"

姨娘没心思看书。她站起来，朝屋里走去。

"哥哥，你瞧，达萨姆和妈妈都变得这么奇怪。这是怎么回事呀？"

"那我怎么知道？还是进屋去吧。"

安娜丽丝走进了屋子。我还站着。两眼不停地四处张望。只见达萨姆右手举着大刀，朝大门口奔去。在那里，我看见了胖子的身影。他正朝泗水的方向走去。胖子穿一身米黄色衣服，头戴白帽，脚穿白鞋，手执拐杖，像一位观光客。我曾经以为他是位华人玛腰，其实，他根本不是我所想象的那种人。

一见达萨姆，我不禁叫起来："达萨姆，别去，别去！……"我边喊边追赶他。

可是达萨姆不听我的呼唤，继续追那个胖子。没有办法，我只得也去追达萨姆，上前去阻止他。可不要出什么事。达萨姆继续追赶胖子。我继续追赶那位勇士。我边跑边拼命喊着。

从后面传来安娜丽丝的喊声："哥，哥！"

我回头看了一眼，见安娜丽丝正在追我。

看来胖子知道有人在追他。他慌慌张张地赶快逃命。生怕那位勇士的大刀会砍掉他身上的肥肉。他一边跑，一边不时地回头张望。

"胖子，胖子，你给我站住！"达萨姆用嘶哑的声音叫喊着。

胖子弯下身子，加快他的脚步。

"达萨姆！回来！别再追了！"我喊。

"哥，哥，你别跟去！"安娜丽丝在我身后尖声叫着。

我已经跑到了大门口。胖子跑在最前面，直向泗水方向奔去。

达萨姆离他越来越近。

"安娜丽丝！安娜！安娜丽丝！回来！"传来姨娘的喊声。

我回头一瞧，只见姨娘正追赶她的女儿。她把筒裙撩得高高的。头上的发髻已经散开。那胖子在逃命。达萨姆在后面紧追不放。我追着达萨姆。安娜丽丝在后面追我。姨娘追着她的女儿。

"达萨姆！你听我说，别去追了！"

他根本不理会，仍继续追着。过不了一会，胖子肯定会被他追上的。马上就会闹出人头落地的事来。不行，可不能让他那样蛮干！

"哥！哥哥！别跟过去！"安娜丽丝叫道。

"安娜，安娜丽丝，回来！"姨娘喊道。

倘若胖子继续朝泗水的方向跑，那他肯定性命难保。星期天，这条路上行人稀少。前面是一片水田，再过去是阿章的妓院（rumahplesiran）或叫作"私轩"（suhian），接着是姨娘的水田、旱田，又是水田，然后便到了树林。看来胖子熟悉这里的路。对他来说，只有拐入阿章家院子，才是唯一的生路。他那样做了，一下子变得无影无踪。

"不许拐进去！"达萨姆大声喝他追赶的胖子。

"达萨姆！喂！达萨姆！"我嚷着。

过一会，那位勇士也拐进去，我不再能看到他了。

"别上那去！"从远处传来姨娘隐约可辨的喊声。

"别上那去！"安娜丽丝重复姨娘的喊声。

跟着，我也拐进了阿章家的院子。我没见到胖子。只见达萨姆站在那里，踌躇不前，不知所措。

我见前面屋子的门窗和平时一样，全都闭着。我所追的达萨姆正喘着粗气。我也跑得上气不接下气。

"那王八蛋不知躲到哪去了，少爷。"

"算了，我们回家吧，别再追了。"

"那可不行，我要教训教训他。"

达萨姆不顾我的阻拦，向前走着。他走过屋子侧面的一排窗户。

"哥！别进那屋子！"安娜丽丝在她邻居的大门口喊，"妈妈不让。"可她自己已经跟跟跄跄地走进了前院。

达萨姆左右巡视着。我拽了他几次，叫他回去。他置若罔闻，手里依然握着明晃晃的大刀。后来，我也跟着他察看起四周来。

峇峇阿章的楼房显然要比从外面看到的大得多，也宽敞得多。楼后，还有长长的一排平房。楼房四周是花园，几乎满园都是经过精心管理的果树、花卉。鹅卵石的蹊径纵横交错，坚实的黑漆木凳满园皆是。

猛然间，我看到一对男女，他们并没有发现我们。从外面是看不到这种情景的，因为周围都给密密层层的树木遮住了。

达萨姆向右拐弯，绕到楼后面。附近静悄悄的，不见一人。有一扇后门敞开着。我身后，安娜丽丝已经走过屋子侧面的一排窗户。这时，听得姨娘的喊声更加清晰："别进去！不要进那屋子！"

而达萨姆却毫不犹豫地从后门跨入屋内。然后，他停住脚步，环顾左右，手里依然执着明晃晃的大刀。

我也跟着走进屋里。

这是一间相当宽敞的房间，看来是个餐厅。家具齐备，有桌子、椅子，还有摆满餐具的碗柜。墙上挂着一面镜子，镜子上面是汉字书法。另外还挂着几幅画卷，画有虾、竹和马等。

突然，达萨姆显得十分震惊。他呆呆地望着地上。他张开双臂挡住我，不让我往前走。我仍然走上前去想看看，发生了什么？

原来，餐厅角落里横躺着一个欧洲人。他身材高大，大腹便便，十分肥胖。褐色的头发略显斑白，头顶微秃。他的右手举过头部，左手搁在胸脯。脖子周围全是浅黄色的呕吐物，一股刺鼻的烈性酒味弥漫全屋。他的衬衫和裤子非常邋遢，好像一个月没洗似的。

"是老爷！"达萨姆低声叫起来，"是梅莱玛老爷！"

听到他叫这个名字，我打了个冷战。当走近那躺在地上的人时，我不寒而栗。这个人比我上次见到时要胖，如今横卧在屋角的地上，宛若一堆破布（topo）。没准他喝得酩酊大醉，或是在呕吐后睡着了。

达萨姆走近那人，蹲下身子，用左手摸了摸他，而右手仍警惕地握着大刀。地上的人直挺挺地躺着，一动也不动。达萨姆摇晃着他的躯体，摸摸他的胸脯。

我凑近一看，的确是梅莱玛先生。

"死了！"达萨姆嘴里发出了嘶嘶声。然后他转过身，对我小声说："死了，梅莱玛老爷死了！"他脸上那股杀气顿时消失了。

安娜丽丝出现在门口，累得气喘吁吁。她用嘶哑而微弱的声音喊："哥，别进那屋！"

我走出屋子，下了台阶，拽着她的肩膀往外走。这时姨娘追了上来，也上气不接下气。她跑得满脸通红，披头散发，汗流浃背。

"快回家！全都回去！别进那倒霉的屋子！"她喘着气，压低嗓门说。

"少爷！"达萨姆在屋里喊。

"别进去！"现在到我不让安娜丽丝和姨娘进去了。我自己走了进去。

达萨姆正摇晃着梅莱玛的身体。他的右手仍紧握那把大刀。

"确实已经死了，"他说，"没气了。身体都已僵了。"

这时，我发现安娜丽丝和姨娘已经站在我身后。

"是我爸爸？"安娜丽丝低声地问。

"是的，安娜，是你爸爸。"

"是老爷？"姨娘低声地问。

"他死了，姨娘，小姐。梅莱玛老爷死了。"达萨姆回答。

母女俩走了几步上前，呆呆地站在那里。

"就是这般烈性酒味！"姨娘自言自语。

"妈妈？"

"安娜，你来仔细闻闻这股酒味。"姨娘站在原地低声说，"你还记得上次的事吗？"

"和罗伯特身上的酒味一样，妈妈，是吗？"

"是的，罗伯特开始变得疯疯癫癫，身上就是这股味。"姨娘接着说，"你爸爸第一次发疯时，也是这样一股味。别靠近他，安娜，别走过去！"

从后面突然传来女人的脚步声，大家不约而同地抬头。只见走来一个女人，身穿红、黑大花和服，白净的皮肤略略泛黄。显然是一个日本女人。她踏着琐碎的细步，径直朝我们走来。接着，她用清晰悦耳的日语和我们讲话，可我们一句也没听懂。

我当然没法回答她，只是指了指角落里的尸体。她吓得直摇晃脑袋，哆嗦起来，马上向右转过身，以更快的碎步跑过走廊，躲到屋里去了。

望着她的背影，我们十分诧异。这是我第一次见到日本女子。圆圆的脸蛋，眯眯的眼睛，嘴唇上涂着鲜艳的口红，还露出一颗金牙。这个模样，我一辈子也忘不了。

过了一会，从走廊里又走出一位高个子男人，是个印欧混血儿，瘦得双目深陷。

"妈妈，"安娜丽丝轻声叫，"是罗伯特，妈妈！"

我才认出了这个原来的英武小伙子，现在样貌变化得令人震惊。他确实是罗伯特。

一听到是罗伯特，达萨姆转身站起，忘掉了梅莱玛的尸体。

"少爷！"达萨姆喊起来。

罗伯特停住脚步，睁大两只眼睛。当看见手持大刀的达萨姆，他转身便跑。达萨姆追了过去。

安娜丽丝、姨娘和我站在那里，都不知所措，目瞪口呆。我脑里顿时出现这样的情景：罗伯特倒在血泊中，刀砍的地方还在咧着大口流血。然而事实并非这样。达萨姆回来了。他边走边用胳膊擦着髭须，满脸杀气腾腾。

"他跑了,姨娘。他逃进一个房间,又从窗口跳出去,不知道跑到哪了。"

"算了,达萨姆,算了吧!"姨娘这时才开口说话,"别再发疯似的追他了。他毕竟是我的儿子。"她的声音在颤抖,"料理你的老爷去吧!"

"是,姨娘。"

安娜丽丝紧紧拽住她妈妈的衣袖,颤抖着。

"你看,"姨娘强压住心头的怒火,低声说,"没有一个是好东西。安娜,你回去吧。我不是跟你说过吗?不要到这里来,不要进这倒霉的屋子。达萨姆,快把你老爷抬回家去!"

"在这里借一辆车子吧。"我吩咐达萨姆。

这时,达萨姆才把手里的大刀插进刀鞘,走了出去。

姨娘望着梅莱玛先生的尸体,不动感情,显出一副铁石心肠的神态,安娜丽丝却把脸藏到了母亲的怀里。

"照顾得好好的家里不愿待,偏要到阿章家来。阿章!阿章!"姨娘叫唤着,"阿章,峇峇!"始终不见阿章出来。

达萨姆又进屋来,嘀咕道:"那看家人真混账,说没有主人的话他就不愿借车。"

"那么峇峇在什么地方?"

"他说不在这里。"

"去把我们的车拉过来。"

"让我去取!"我说。

"你和达萨姆等在这,"姨娘说,"我回去取。走,我们回家去,安娜!"说完,她拽着女儿的手便往回走。

母女俩互相搀扶着走出后门,离开了阿章的妓院。她们对躺在地上的梅莱玛的尸体没多看一眼。

那时候，我亲眼看到了姨娘和梅莱玛先生完全破裂的关系。尽管死者是她自己孩子的父亲，可她连碰都不想去碰。说明她已早下了狠心，决不宽恕他。

"开始好好的，少爷，竟落得这样令人作呕的结局。"达萨姆牢骚满腹地说，"要追的跑了，得到的却是这个倒霉人！"

这时，从几间房间里传来一阵嘈杂，接着是一群女人跑来跑去的脚步声。

"都是阿章家的婊子！"达萨姆说，"老爷在这个窝里鬼混了五年，最后还死在这里了，死在这个淫窝里了。唉，老爷啊，梅莱玛老爷！姨娘心里的怒火也压了整整五年啦。到死你也不愿意照管自己的家。真是个废物！"达萨姆往地上啐了一口。

"罗伯特也在这鬼混。"

"父子同在一个妓院里，玩的也都是那些婊子。这哪有什么人性呀！"达萨姆说。

"他们花的钱都由妈妈来付吗？"我问。

"每月都有账单往家送。"

"别动这尸体。"我命令他，可是已经晚了。

来了一辆车，从车上下来的人既不是安娜丽丝，也不是姨娘，而是四名警察和一名警官；后者是印欧混血儿。他们来进行调查的。其中一名警察把警官说的每一句话都记录下来。

"尸体的位置移动过没有？"警官用马来语问。

"移动过一点儿，刚才我摇晃来着。"达萨姆用马都拉语回答。

"这家主人在吗？"

"不在。"

"这是谁家？"他从口袋里掏出一块怀表，看了看，又放回口袋。

原先住在这屋里的人谁都没有露面。

"谁先发现这尸体的？"警官又问。

达萨姆嗯嗯了两声，算作回答。

"农场主全家都到这儿来了。这是怎么回事呀？"警官用马都拉语问。

我的心怦怦直跳。没想到，最后竟还要和警察打交道。大家都将被牵连进去，难以脱身。

"我是追胖子追到这儿来的。"达萨姆说。

"谁是胖子？"

"他是个可疑的人。他逃跑，我就追。他跑到这儿，不见了。"达萨姆解释道。

"你进入别人家里，经过主人准许了吗？"

"我们来的时候，这儿没人。谁都可以上这来，不必经过准许。这是妓院嘛。"

"可是，你们并不是来逛妓院的呀。"

"刚才我已说过，"达萨姆有些不耐烦，"我是追胖子才追到这儿来的。谁知他是不是这儿的嫖客。"

警官轻蔑地笑了笑。另外几个警察忙着抬尸体，却抬不动。达萨姆便上去帮着抬。他这样做是为了逃避那警官一连串的问题。

"好吧，你们都叫什么名字？"

他们把尸体抬上了政府的一辆马车，达萨姆和我也随着上了车。警察将对我们进一步盘问……而且，我父亲终将在报纸上读到他儿子的名字。我是他最聪明能干的孩子，他曾引以为豪，如今竟然与案件有牵连，而且是与妓院的下流案件有牵连——一切正如父亲之前预料到的。

当天就查明了死因，梅莱玛先生是中毒身亡。这是分析死者的呕吐物，以及嘴里的黏液和喉咙受破坏的情况得出的结论。马第内特医生是叫来验尸的。据他的查验，死者生前有长期轻微中毒，他没有知觉，习以为常。在死亡当天，他吸入的毒量是平时的两到三倍。

不出所料，报纸上开始登载这样的消息：泗水最大的富翁之一、逸乐农场主梅莱玛先生，死在沃诺克罗莫阿章的妓院，死在一摊毒酒的呕吐物中！报道还多次提到我们的名字。

各色记者纷至沓来，有土著民、华人，也有印欧混血儿和欧洲人。姨娘和安娜丽丝缄口不语。是我叫她们这样做的。街上的人也朝我们的屋子张望，前来看热闹。我们开始被当作怪胎。

我们中没有人被拘留。我抓住这个机会赶快写报道，更客观地反映事件的真相，并由《泗水日报》发表。后来我才知道，由于登载我的报道，该报发行量大大增加。连别的城市也要订这家泗水的报纸，因为人们认为消息来源可靠。一位富翁的横死，自然会引起许许多多的猜测。

我从学校请了一周事假，利用这段时间多写文章，驳斥那些错误和别有用心的报道。然而，出现了另一些文章和报道，据说是根据警方提供的消息写成的。这些文章和报道说，警方正在侦察和追捕胖子、梅莱玛先生的长子罗伯特·梅莱玛。警方非常怀疑罗伯特参与了谋害父亲的勾当。

那胖子何许人也？一天，《马华日报》报道，胖子也许是新近潜入爪哇的新客，也可能是所谓"新青会"（Angkatan Muda Tiongkok）组织的一员。该组织的宗旨是推翻中国的王朝。其成员的标志之一，就是不留长辫！而胖子就没有留长辫。也许胖子在香港或新加坡遭到英国警察的追缉，才逃到了爪哇。现在他正在泗水闹事。因此，完全有必要对非法潜入者，尤其是对那个别有用心的不留长辫的人，采取坚决的措施。

这猜测是完全的空穴来风！针对这一报道，我写文章驳斥：胖子固然是眯缝细眼——但这不是华人唯一的特征；胖子没有长辫子，可也不能根据这一点，就把他说成是"新青会"的成员。

由于这篇文章，警方向《泗水日报》询问有关胖子的情况。但马尔顿·内曼先生拒绝提供。也因为他并不了解事实真相，结果，他被拘留了三天三夜。

米丽娅姆和萨拉来信，对我们三人表示同情，并且相信我们是无辜的。信中转达了赫勃特副州长的问候。他祝愿我们能坚定地经受住这一切考验。

母亲也来信表示了她的忧伤。她的信是感人肺腑的。同时，她告诉我，父亲愤怒至极，甚至说不愿再承认我是他的儿子。他还亲自写信给泗水荷兰高级中学的校长，要把我从学校开除。

紧接着母亲来了第二封信，仍是用爪哇语写的，信里说：我不见得有错，希望我能了结这桩案子。母亲还说，B州的副州长前来劝说父亲，叫他不要着急，说我虽然住在逸乐农场，不一定与那下流的勾当有牵连；这种案件有可能是某个体行为造成的，也可能是飞来横祸，任何人都无法预料灾难何时临头。父亲没有反驳他。但父亲对自己的儿女说，谁要是牵扯上警察的事，就意味着侮辱他，不应该再待在他身边。

我回复了所有的信。针对父亲的话，我写道：倘若父亲想那么做，我有什么办法呢？如果那样，我也就只好孝顺母亲一人。

哥哥来信说，母亲读了我的信后，哭得像泪人一般。她对我的态度感到十分痛心。她问道，父亲本人已经这般愤怒，而我却对他如此不孝，仿佛父亲对自己的孩子存有坏心。母亲说，我是父亲的儿子，是小辈，应该委曲求全。

我没有给我哥回信。父亲要生气就生气吧。何况，我对父亲也缺乏了解。我从小跟祖父一起生活，父亲对我来说只是个遥远的名称。每次拜见他时，他只想让我承认他作为父亲的权威。随他的便吧！要发怒，要摆威风，这是他的事，与我无关。如果他不让我在荷兰高级中学继续学习，那是他的权利。有显贵的担保，土著民才有可能上荷兰高级中学读书。不过，为我担保的不是父亲，而是已故的祖父。再说，校长先生不一定同意开除我。如果同意了，我有什么办法呢。好在我觉得已经有了足够的自学方法，能够靠自己的力量走上社会。

发现尸体后的第四天，在勃奈莱（Penéléh）欧洲人公墓为梅莱玛举行了葬礼。我们都去参加了。参加葬礼的，大部分是在农场工作的庄户。另外还有马第内特医生、冉·马芮和戴林卡。七名记者前来采访。葬礼是由弗勃罗赫殡葬馆主办的。

马第内特医生接受委托，以梅莱玛家属的名义在葬礼上发表了讲话。他对梅莱玛先生之死表示哀悼，对死者家属表示慰问。他说，近五年来，他看到梅莱玛的家属，尤其看到温托索罗姨娘和安娜丽丝受到了严酷的考验。只有真正坚强的人，才能经受住这些考验。而温托索罗姨娘是个土著民，她只有心灵手巧的女儿帮她。如今，这场考验尚未结束，因为有关的事情还要提到法庭上去。

马第内特医生充满同情心的讲话，立即被殖民地的媒体，包括马来语—荷兰语的媒体复制传播。记者纷纷采访他，要求他为他的演讲作进一步的说明。马第内特医生心里明白，这些记者将把他提供的细节改写成耸人听闻的连载小说，因此他坚决保持沉默。于是，当局的荷兰语报刊以他们特有的方式，指责马第内特医生，说他对一个土著民女性、一个姨娘表示了同情，而后者说不定还与案件有牵连。已经有许多事例说明，一些姨娘与外人狼狈为奸，谋害她们的欧洲主人，动机不外乎色欲与贪欲。有一家报纸写道，仅在19世纪，至少已有五名姨娘被处以绞刑。也许流行小说里的达西玛姨娘①会干同样的坏事，倘若她的主人爱德华·威廉不那么足智多谋的话。那个故事固然也以谋杀为结尾，但成为牺牲品的不是爱德华·威廉，却是达西玛姨娘自己。这家报纸最后还建议，要对温托索罗姨娘进行更缜密的调查。还有一家巴达维亚的报纸甚至说，应该更密切地注意明克这个家伙。

马第内特医生和马尔顿·内曼搜集了多个城市出版的许多报纸，把它们交给了我。

一次，读了这些评论和建议后，姨娘对我说："他们不把土著民踩在脚下是不甘心的。在他们看来，土著民必定有罪，欧洲人肯定洁白无瑕。作为土著民，本身就有罪；居然还降生到这个世界上来，那就罪上加罪啦。现在，我们的处境更困难了，明克，我的孩子（canakku）！"

（这是她第一次将我唤作"我的孩子"。我顿时热泪盈眶。）

"你会扔开我们逃跑吗，我的孩子？"

"不会的，妈妈。我们要共同来承担一切困难。我们也有朋友，妈妈，我请求您，别把我明克看成是一个罪犯。"

"他们可以用种种手段让我们当替罪羊。但是，只要我们中没有任何人，尤其是达萨姆，被警方收押，就表明警方没受他们的影响。"

后来，我读到另一篇文章，显然是罗伯特·苏霍夫写的。文章指控我是梅莱玛家中无耻的寄生虫，要谋取他家的钱财；又说我在公众

---

① 长篇小说《达西玛姨娘》的梗概如下：土著姑娘古丽潘当了种植园主、英国人爱德华·威廉的侍妾，改名为达西玛姨娘，二人相爱，育有一女，生活尚好。她不甘当姨娘，便去找她的朋友、土著贵族沙米温诉苦。沙米温是有妇之夫，恐吓、诱惑达西玛，最终娶了她为二房，并霸占她的财物。沙米温的正房好赌，赔光了达西玛的财物，逼得她回到爱德华·威廉处，沙米温害怕被告发，便勾结一名流氓，把达西玛杀死。案件侦破后，沙米温和那名流氓被处绞刑。

面前把自己打扮成一只无辜的麻雀（burung-gereja-tanpa-dosa），其实是一个没有姓氏的人，一个穷光蛋，除了不怕当流氓、敢于耍无赖以外，什么资本也没有。

这篇文章没有登在《泗水日报》上。我是在另一家报纸上读到的。该报有一批善于猎奇的记者，一贯刊登各种丑闻和危言耸听的消息，并以此闻名。用马第内特医生的话说，这些人有病，就像罗马时期的提图斯（Titus）。马第内特医生来慰问我们："可不要一蹶不振！"

不管别人说什么宽慰的话，用什么方式来安抚我们的心，我们始终感到，那篇文章是一个沉重的打击。我们读了感到浑身疼痛。

"我要向法院起诉，妈妈。"

"别这么做，"姨娘阻拦道，"那官司你是打不赢的。"

"只要妈妈否认那篇文章的论据，我就能打赢。"

"妈妈站在你一边。"姨娘说，"但是，你无法在法律面前取胜。你的对手是欧洲人，孩子。甚至连检察官和审判官都要围攻你。再说你没有法庭斗争经验。也不是所有律师都可以信赖的。我们土著民去控告欧洲人，这更不行。他写文章污蔑你，你就写文章驳斥他。还是用文章来对付他们好些。"

自称认识我的人可以是我的朋友，但可以是好朋友，也可以是坏朋友。为什么你不敢亮出真面目呢？为什么你要戴上假面具干卑鄙的勾当呢？先生，有胆量，你就走到光天化日下来。你为什么不敢露出真面目、说出真姓名呢？为什么对自己的所作所为，感到见不得人呢？

我这篇文章首先登在马尔顿·内曼的报纸上，后来由一家拍卖行小报转载，流传得更广。那家小报因为追踪梅莱玛身死的案子，一跃而成为畅销的普通日报，尽管广告仍然占据了它的主要篇幅。在整个泗水市有六家拍卖行，它们都有自己的小报。只有这一份发展成了普通日报。

我还写道：我究竟从死者梅莱玛先生那里取走了多少财物？如有可能，请列出细目。您完全可以要求梅莱玛的家属帮助您，甚至我都愿意为您效劳。若有必要，您还可以雇用一个会计嘛！

真出乎我的意料，对我的攻击犹如狂风恶浪般袭来。姨娘说得对，我还没把他们以前对我的诬蔑提到法庭上去，他们就已经那么疯狂了。问题的要害不在于我是否像寄生虫那样骗取了死者梅莱玛的财产。关键已转移到肤色的差异，即欧洲人与土著民之间的问题上了。接着，其他城市的报刊也跟着搅和此事。这使我这一个月中无暇复习学校的功课，每天忙着对付那些家伙的卑鄙行径。攻击我的文章，都是由马尔顿·内曼搜集起来交给我，然后让我予以驳斥的。

马赫达·皮特斯老师也来慰问我们。她说："无论在亚洲、非洲、美洲，还是在澳洲，殖民者的生活无不如此。凡不是欧洲人，凡不是殖民者，都要遭到蹂躏、嘲笑和侮辱，这仅仅是为了在各个方面，包括在干罪恶的勾当方面，显示欧洲人的优胜和殖民者的强大。你别忘了，明克，那些最早到东印度的只是一伙投机分子。他们在欧洲吃不开。到了这儿，他们却显得比一般欧洲人还要欧化。那是一帮社会渣滓。"

我们静静地听这些对我们表示同情的话以及对那些家伙的谴责。

我们设法使安娜丽丝不介入这些事情。看来效果还不错。姨娘和我联合起来，共同对付外界发生的事。

"如果你同意和我一起对付的话，明克，我的孩子，那你就奉陪他们到底吧。倘若他们以后招架不住了，你可要小心，他们会围攻你的。这样的事已发生过多次了。你有胆量吗？"

"对付他们确实是应该奉陪到底，妈妈。我想，我明克不是一个罪犯。我不会临阵脱逃的。"

"好，如果这样的话，你的确不必先上学。这场搏斗比上学还重要。在学校里，你会受到围攻，他们会伤害你的身心。在处理目前的事件中,你将在各种肤色的人们面前学识自卫和进攻。你会获得一张被称为名声的毕业文凭。

没想到,在一家欧洲人办的马来语报纸上,出现了一篇为我辩护的文章。这是一位署名高墨尔(Kommers)的人写的。

他写道,倘若明克,笔名为马科斯·托莱纳尔,确实犯了法,那么为什么在原告中无人向法院起诉他呢?是否他们认为荷属东印度的法律还不能满足他们的需要?是否他们故意想蔑视法律呢?或者故意要让公众看到司法部门那些高贵的先生们的无能呢?是否那些并不一定高贵的先生们企图以此来制订新的法律呢?

他的文章引起了一些法学家的争论。于是,那些家伙把对我的攻击搁在一边。这样,姨娘答应我的那份能使人成名的"毕业文凭",我也就无从弄到手了。

面对一切可能发生的事,温托索罗姨娘显得非常镇静。至于安娜丽丝,在繁忙的情况下,她对自己的工作更加专心致志。她把外面的一些事都托付给姨娘和我了。我一下子成了她们家中唯一的男子。当然,我这个家庭成员是非正式的。

开庭审讯的日子再不能往下拖了。仍然没有找到罗伯特·梅莱玛和胖子。于是,法院传讯被告阿章。审讯阿章的是白人法庭,欧洲人法庭!这倒不是因为阿章享有受法律保护的特权,而是由于在作案中,他与欧洲人有勾结(connexiteit)①。这一点是我后来才弄清楚的。阿章被

---

① 此处指非欧洲人与欧洲人互相串通,同谋(persekutuan)触犯刑法。可能通过调查,有迹象表明在策划谋杀赫尔曼·梅莱玛的过程中,罗伯特与阿章勾结,或协助阿章,或为他提供情况。这就产生了合谋作案的问题。这份文稿(tulisan)中甚少提及这件事。根据他们的动机,也许有人认为阿章是主谋,而罗伯特只是帮凶而已。
——原注

指控为采用慢性手段或立即见效的手段，有目的地、有计划地谋杀梅莱玛。

也许，这是泗水最大规模的一次审讯。报刊上的消息和互相间的争论使它变得更加热闹。泗水各族居民特地前来旁听。听说还有其他城市的人纷纷赶来。姨娘的哥哥也从图郎安来了。

人们说，这也是史上最昂贵的审讯。至少有四名翻译宣誓出庭。他们分别是爪哇语、马都拉语、华语、日语和马来语翻译，全都由纯种欧洲人担任。

戴林卡先生、冉·马芮和高墨尔也来了。高墨尔甚至说，当记者以来，他从未见过像今天这样，有这么多人来到这座令人望而生畏的法院大楼。

我认识的一位拍卖行小报的老板也到庭旁听。

泗水荷兰高级中学有史以来第一次关了校门。师生们把课堂搬到法院大楼的院子里来了。

马第内特医生作为法医出庭做证。

阿章请了一名从香港来的辩护律师，他讲英语，因而又增加了一名翻译。人们说，这是华人第一次被提交到白人法庭（Pengadilan Putih）审判。

一开始，审讯进展得很快。法庭使用荷兰语。从阿章那里，的确很难审讯出他有杀人动机。但最后他承认，曾用中国的草药害过人。这种草药是医药界所不了解的。阿章不愿意说出配方。他只说这种中药吃了能使人失去平衡，在卡里棱索（Kalisosok）监狱的十名犯人身上的试验证明了这点。

起初，阿章否认这种中药有损人的健康。他说，它只是被用作配酒的香料。于是法庭让一名中医（sinsei）出庭作为专业性证人。那名中医驳斥了阿章的说法。阿章理屈词穷，在要害问题上招架不住，被迫承认参与了谋杀。

谋杀的动机是什么？

开头，阿章说，他烦透了那个嫖客，因为他已经在他那里嫖了五年了，还赖着不走。可是，阿章无法回答这样一个问题：嫖客一直是付钱的，究竟有什么可以使他讨嫌呢？再说，为什么后来他又要接待罗伯特·梅莱玛呢？

接着，法庭向温托索罗姨娘提出质询。姨娘在法庭上璀璨如星，却被问得满面羞红。法庭不准她讲荷兰语，而命令她讲爪哇语。温托索罗姨娘表示反对。她用马来语进行辩护。她解释道，死者梅莱玛每月要付给阿章四十五盾。阿章总是派人把账单送到她的办公室，要她付钱。后来，又送来了罗伯特的账单，每月要六十盾。

为什么罗伯特要付更多的钱呢？

阿章回答，罗伯特少爷只喜欢吴姬，而吴姬的价钱最贵，罗伯特只愿吴姬供他一人玩乐。

吴姬真的只接待罗伯特一人吗？吴姬否认了阿章的说法。她说，她听阿章的命令。阿章叫她接待谁，她就得接待谁，包括接待阿章自己。再说，罗伯特已经越来越欲竭体衰了。

为了使出庭的一些对她感兴趣的人满意，吴姬接受了又一个质问：在卖淫期间，她是否得了性病？作为专业证人，马第内特医生证实吴姬患有梅毒。

吴姬是否因在别的国家传播了疾病而后悔呢？吴姬回答："如果我染上了疾病，这不是我的过错，因为我不会制造疾病。作为一名妓女，我的义务就是满足来客的欲望。"

应出庭者的要求，又继续追问：究竟是谁让她染上了这种病呢？吴姬娇滴滴、细声细气地回答："不知道。如果客人因为我而染上了这种病，那可不是我的过错。"

阿章是否曾向姨娘表示过他的不满呢？姨娘说，她从来没见过她这位邻居。她只见过他送来的账单。姨娘第一次见到阿章是在这个法庭上。

最后，法庭胡乱问了一连串问题，难以逐个澄清。人们对此大为不满。罗伯特和胖子缺席，这在审讯中成了不可逾越的障碍。可是那么多的提问和答辩中，在我看来，最无聊的是质询我与安娜丽丝的关系。这个问题每次提出，许多人不是捧腹大笑，就是低声窃笑。连法官和检察官也不放过机会，要在公众面前嘲笑我们的关系。法庭上还提出一些我与姨娘的关系的问题，它们令人作呕、粗野下流。我不禁奇怪，这些欧洲人，我的老师们，我的启蒙者，竟会干出这种事情。

幸好，这类提问和答辩没有再延长下去，虽然我心里明白，他们的目的无非是想证实，究竟我与安娜丽丝是否发生了两性关系，这种关系是否导致了我们参与谋害梅莱玛的勾当。

阿章作了声明，使我们松了一口气。他说，不论姨娘、我、安娜丽丝、达萨姆，还是其他人，都与这桩凶杀案无关。这是使我们能摆脱这一案件的关键。

审讯持续了两周。阿章的杀人动机未明。法庭判决令大众失望：有期徒刑及服苦役十年。有人要求判处阿章死刑，因为这是东方的外国人有计划地谋杀欧洲人。要求遭到拒绝。此外，被告还必须偿付开庭费及已故者梅莱玛先生的安葬费，并归还姨娘为罗伯特·梅莱玛所支付的多余钱款。①

阿章接受了法庭对他的判决，立即入狱。他的帮凶们分别被判处

---

① 在印度尼西亚 Hasta Mitra 出版社 2002 年 10 月第 9 版和英译本中，缺少阿章被判有期徒刑及服苦役并接受判决、立即入狱的内容，也未涉及开庭费、丧葬费和归还部分款项等。

三至五年的徒刑。吴姬被勒令送进医院，置于医生监管之下，相关费用由其老板阿章负担。与此同时，吴姬要等候可能的再度开庭，假如找到了胖子和罗伯特·梅莱玛。

第十七章

法院宣布暂时休庭。我又上学去了。

当我的马车在校门口停下时,不少同学正聚集在那里。他们一见我,便都呆呆地站着,目不转睛地注视着我。

还没进教室,就有人通知我说,校长要召见我。校长对我说的,原话如下:"明克,我以个人和全体师生的名义,对你在法庭上所取得的胜利,表示祝贺。在许多人的攻击面前,你英勇地作出自卫,对此,我个人向你祝贺。有像你这样天才的学生,我和大家都感到自豪。开庭期间,师生们一直参加旁听。这一点,你必定是知道的。我们很关心你,因为你是这个学校的学生。教师委员会为你开过多次会,反复讨论了你的问题。现在,我把教师委员会关于你的决定转告你。根据你在法庭上的几次答辩——我们是指有关你和安娜丽丝关系的答辩,教师委员会一致认为,你成熟过早,不再适合在我校继续学习。因为怕你在与同学们的交往中,产生不良影响,尤其对各位女同学来说,你被认为是一个危险分子。教师委员会要保证女学生的安全,对她们的家长或监护人负责。你理解我的意思吗?"

"何止是理解而已，校长先生。"

"真可惜哪。再过几个月，你就该毕业了。"

"这有什么好说的呢？一切都是校长先生您亲自决定的嘛！"

校长向我伸出手，一边和我握手，一边说："虽然你在学习上遭到了挫折，明克，但在爱情和生活中，却取得了成功。"

当离开校长办公室时，学校已经开始上课了。同学们在教室里，隔窗望着我。我挥手向他们告别，他们也回我以挥手。这突然让我十分难受。我不得不与他们分别了。显然，他们对我这个土著同学仍然关心。

马车夫还在原地等着。我立即登上马车。没走几步，听见有人在叫我。我让车夫把车停下。回头一看，原来是马赫达·皮特斯老师。她匆匆朝我跑来。我下了车。

"很遗憾，明克，我没能把你留下。我已经竭尽了我的全力。法庭在公众面前向你提那些私人问题，真是太无礼了！"

"谢谢，老师。"

她走后，我就上了马车，让车缓缓而行。一点不假，那法庭非常无礼！检察官故意在公众面前把我的私生活翻腾出来。这简直是在帮罗伯特·苏霍夫继续作弄我。检察官请翻译把他说的荷兰语译成爪哇语。他在重复马第内特医生的问题，向我问："明克，你在哪个房间睡觉呀？"我拒绝回答这个别有用心的问题。检察官便转向安娜丽丝，不通过翻译，直接用荷兰语问："安娜丽丝·梅莱玛小姐，你和谁睡在一起？"安娜丽丝不敢不回答检察官。人们哄堂大笑。这笑声包含着对我们的蔑视，也是向我们施加压力。

接着，检察官又问温托索罗姨娘："温托索罗姨娘，别名萨妮庚，是已故者赫曼·梅莱玛先生的侍妾。你怎么听任你家客人与你的女儿发生不正当关系呢？"

全场哗然。人们的笑声听起来更加尖刻、嘲讽，显示出对我们更加猖狂的挑战。欧洲妇女和混血妇女一向嫉妒这位土著妇女。今天，法官为能对她进行精神上的折磨而喜形于色。

无视法官强迫她讲爪哇语的命令和咚咚敲击的木槌声，姨娘以清晰完美的荷兰语做了答辩，她慷慨激昂的声音犹如开闸的洪水，汹涌而不可阻挡：

尊敬的法官先生，尊敬的检察官先生，既然我家庭里的事已被公布于众（这时传来了审判官的木槌声，警告她要直接回答问题），那么，我，温托索罗姨娘，又名萨妮庚，已故者梅莱玛先生的侍妾，对于我女儿和我家客人的关系问题，表达不同的看法。我，萨妮庚只是一位侍妾。在我当侍妾时，我生下了女儿安娜丽丝。从来没人质疑过我与赫曼·梅莱玛的关系。为什么呢？仅仅因为他是纯种欧洲人。现在人们质疑我女儿与明克先生的关系，为什么呢？就因为明克先生是土著民吗？对于其他印欧混血儿的父母，你们怎么提都不提？在我与梅莱玛先生之间，只有奴役般的从属关系，法庭却置若罔闻。我的女儿和明克先生真诚相爱。当然，他们还未办理法律手续。可是，在我和梅莱玛先生没有办法律手续的情况下，我的两个孩子也生出来了，无任何人有异议。欧洲人能够用金钱买我这样的土著女人，难道这样的买卖比真诚的爱情更合理吗？倘若欧洲人因为有钱有势，就能那样做，为什么土著民的真诚爱情反而遭到讽刺、嘲笑呢？

法庭上开始骚动起来。姨娘不理会法官的木锤声，继续激昂的发言。姨娘被迫承认安娜丽丝不是土著民，而是印欧混血儿（indo）。检察官凶狠地狂叫：她是印欧混血儿，印欧混血儿！她比你要高贵！明克是土著，但他享有受法律保护的特权，也就是出席这个法庭的权利，他的地位要高于你，姨娘，但他的特权随时都可以被取消。然而，安娜丽丝小姐的地位永远高于土著民。

先生，我的孩子安娜丽丝，难道只因为是个印欧混血儿，就不能享有她父亲那样的权利吗？是我生了她，是我抚养她，教育她。尊敬的先生们，你们没资助过我分文。难道不是我一直在对她全权负责吗？你们这些先生根本没为她操过心。凭什么说三道四？

姨娘对法庭的威严毫无顾忌。法官命令一名法警把她逐出法庭。姨娘被强行从座位上拉了起来，她仍不屈服，不断地控诉着，发泄她胸中的怨恨：

是谁使我沦为别人的侍妾？是谁逼迫我们成为姨娘？是你们这些被尊为老爷的欧洲人！为什么在这官方法庭上，我们却遭嘲笑？受侮辱？是不是你们也想让我女儿当侍妾？

姨娘愤怒的声音在整幢大楼回响。人们鸦雀无声。法警赶紧执行任务把她拉出去。此刻，这位土著女性已变身正式的检察官，对这个自我嘲弄的欧洲族群提出了指控。

姨娘不停说着，从法庭内一直到法庭外……

我坐在缓缓而行的马车上，回忆着这些往事。马车经过的一些街道，大清早便开始热闹起来了。现在——置身于法庭之外。而学校这个"法庭"也敲起了木槌：我已和本校同学们不同，对女生来说是一名危险分子，最终不体面地将我逐出学校。若是把教员们的隐私在法庭上无情地揭露出来……谁能保证他们不比别人更不堪呢？岂非每个人都有自己的隐私，并一直将其带进坟墓？而对我毫不留情的检察官和法官，谁知道他们是否公开或秘密包养着侍妾呢？如果没有公众和法律的监督，也许他们的行为远比赫曼·梅莱玛对萨妮庚更加丑恶！

坐在马车上，我望着熙熙攘攘的行人，觉得他们都仿佛在指着我说：瞧，这就是明克。他还没有结婚，就已经和安娜丽丝同居了。就是这个明克，他离经叛道，跟别人不一样——难道不是隐情已在法庭上给抖出来了？而别人的事却没有被揭发？检察官和法官也还没有自我暴露？

我现在极度沮丧和失落，就是过去我的祖辈称之为"忧伤"（nelangsa）的感觉。原先和我一起相处的人们，现在都变了。我在他们中间感到孤独。好比大家都承受着灼热的阳光，但只有我一个人心中的怒火在燃烧。我唯一的解脱就是去找那些与我风雨同舟、和衷共济的人们。温托索罗姨娘、安娜丽丝、冉·马芮和达萨姆。

于是，我去冉·马芮家。

"你看上去很疲乏，明克。被学校开除了吧？把头抬起来。"

冉平时一直低着头，现在连他竟也叫我把头抬起来，可见我已无一丝愉快的心情了。

"你的学校对你来说太狭隘了，明克。如果明克已经气馁，不是还有个马科斯·托勒纳尔吗？"

冉认为我有另一个生命。他没意识到我的绝望会阻碍我的工作——寻找订购家具的顾客。我把这告诉了冉。他沉默了片刻，突然哈哈大笑起来。对此，我不禁有些受伤。

"你知道吗，明克，我看到这里有滑稽之处。"

"一点也不好笑。"我不满地说。

"确实有可笑之处。你知道吗？只有一种办法能消除你的困难。就是结婚，明克。你应该和安娜丽丝结婚。你必须向外界表明，即使直视着魔鬼的眼睛，你也无所畏惧。你要使自己变成一个俗人。那些欧洲人对你要求并不高，只希望你和他们一样，成为没修养的蠢货。结婚吧，明克。只有结婚才是出路。"

"马赫达·皮特斯认为，法庭对我们又粗鲁又无礼。"

"他们没修养，这是最恰当的评价。荷兰人的马来语报纸也这么说，只是没说得那么明显罢了。法庭上的那些问题，本应在不公开的庭审时提出来。"

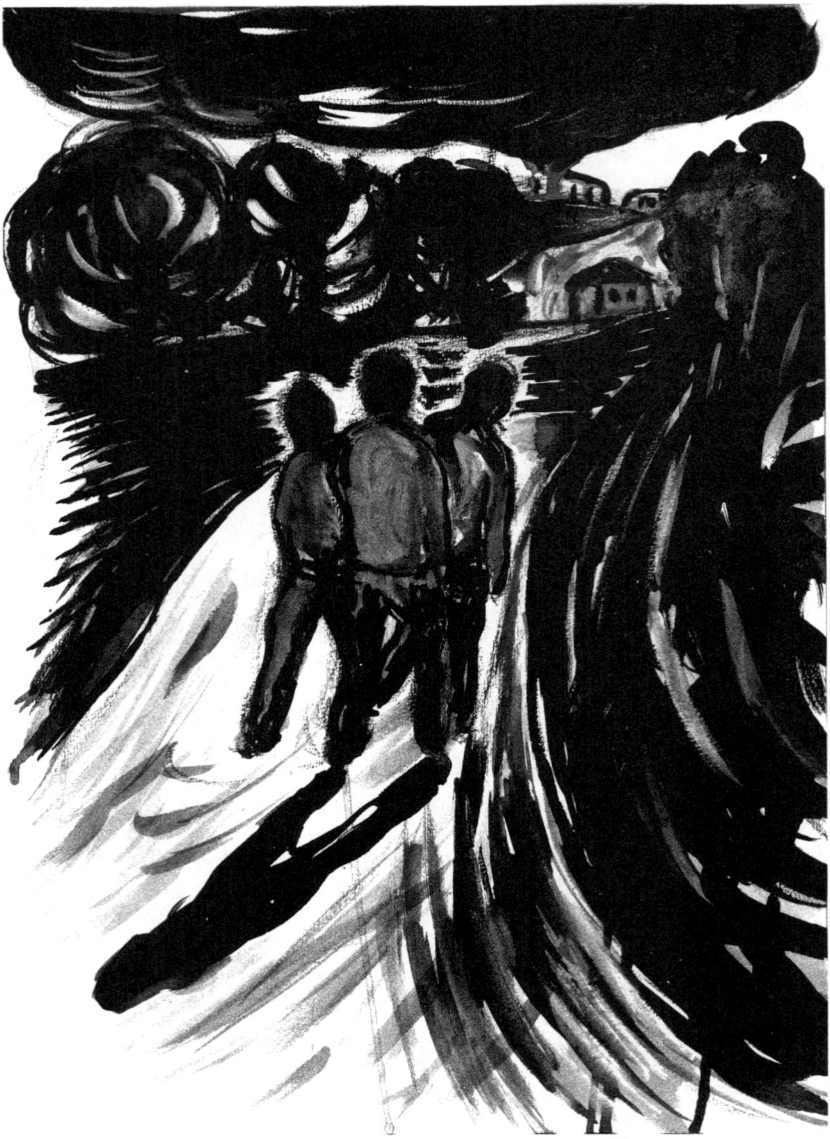

"对。可是还有一家荷兰语报纸竟说姨娘无理取闹,指责她扰乱了法庭审讯。然而它却不登姨娘的陈词。"

"你读一读高墨尔的文章吧。他像一头受了伤的狮子般在怒吼。他站在你这边。"

"你讲给我听。我懒得去读。"

"他写道,检察官和法官的行径侮辱了所有姨娘生的印欧混血儿群体。如果这些混血儿的父亲承认他们为自己的孩子,那么他们就不是土著民;倘若不为其父所承认,则成了土著民。换句话说,姨娘生的孩子,只要不为其父所承认,就等于土著民了。高墨尔还谴责法庭曝光个人隐私。他认为检察官和法官丧失了欧洲人的道德。大约二百五十年前,在土著民的法庭上,维罗古纳(Wiroguno)对普罗诺齐特罗(Pronocitro)进行了卑鄙的审讯①。而今天的检察官和法官比维罗古纳还要恶劣。明克,他们是谁?我不知道。"

"下次我讲给你听吧。"

一到家,我径直去姨娘的办公室,告诉她我被学校开除的这一新祸事,随后我试探着问:"妈妈,要是我和安娜丽丝结婚,您看行吗?"

"再等一等吧。急什么?"

我说我在寻找订购家具的顾客时遭到了困难。也许,这会影响冉·马芮的生意。

"有什么办法呢,孩子,很遗憾,不能答应你的要求。法院开庭的那些日子,农场已受了很大的损失。我们应该先弥补这个损失。孩子,因为,如果我们的农场经营不善,人家就会看不起我们。我希望你能谅解这一点。"

---

① 爪哇故事,县太爷维罗古纳想抢普罗诺齐特罗的情人,未能如愿后通过法律程序审判并处死了普罗诺齐特罗。

我注视着姨娘的嘴唇，她说话时从容不迫，真切地希望能得到我的谅解。

"明克，我思考着这生活中的混乱有些日子了。倘若我不能维持好这个农场，我将沦为普通的姨娘，任人蔑视和欺凌。安娜丽丝也将各种受苦。这样，我就没有尽到当母亲的责任。她应该比一个普通的印欧混血儿更高贵。她必须在自己的民族中成为体面的土著民。只有我们的农场兴旺，她才能获得这样的尊敬。这很奇怪，明克，但世界本来就是这样的！"

此时，安娜丽丝正在后屋工作。

我坐在姨娘办公室的椅子里，脑海中思忖着欧洲人、印欧混血儿和土著民等诸类问题。这些问题把我的忧伤扫到一旁。那些元素像蜘蛛织网一样交织成生活之网。而处在网正中心的因素就是"侍妾"，或者叫姨娘。她不去捕捉那些投入网中的牺牲品。相反，她用她的网独自承受了一切凌辱。虽然和老爷同住一屋，但她不是老板（majikan）。她不属于自己亲生孩子的那个阶层。她既不是欧洲人，也不是印欧混血儿，甚至可以说，她也不再是一个土著民。她是一座隐秘的山峦。

我开始奋笔疾书。高墨尔的想法成了这篇文章的主题。太阳下山时，我的文章就已经大体写成。

是的，真主，忧伤也能够成就您的信众（ummat）。正是您命令您的信众们分成各族，繁衍生息。您赐福经济和社会地位悬殊的男女缔结良缘。为什么您不赐福给那些并无经济和社会地位差别，又在相互负责基础之上自愿建立的男女关系，只是由于未遵循您的规则？您任由所有这一切发生，致使印欧混血儿阶层的权势高于您所保佑的土著民？

我转而向您求教，真主，因为就连那些接近您的人都从未回答过这些问题。现在请您赐教吧！我只是写我所知道的和我自认为知道的事情。我深信您能回答我的问题。毕竟世上的一切科学知识，不都是拜您所赐、来自您吗？

马科斯·托莱纳尔关于欧洲人、印欧混血儿和土著民的文章发表了。在文章发表十天后，马赫达·皮特斯在上课时间来到了我们家里。她告诉我说，校长要召见我。我拒绝去见他，理由是我已经与学校没有关系了。

姨娘也反对我去。

安娜丽丝跑去别的屋里。

"事情有了新局面。"马赫达·皮特斯说，"无论如何，你应该去见校长。在去以前，请接受我对你的祝贺。你最近写的那篇文章是对人道主义（kemanusiaan）的真挚呼吁。它强有力地刺激人们更明智地反思这一问题。你这样年轻，却……"

我便跟她去学校了。

一路上，马赫达·皮特斯喋喋不休地说，她为有我这样的学生而感到自豪。经历了最近一系列变故，听到她的赞扬令我欣慰。

到校后，校长先生笑容可掬地接待了我。他吩咐所有的学生回家去，同时把全体教师召集在一起。要搞非法审讯吗？为什么这一切都只为了我一个人？为我一个人又何必这样劳师动众呢？

校长先生首先讲话。他说："尊重人类及其文化上的成就，已成为欧洲人的传统。如今，在泗水这块土地上，也应该坚持欧洲人的传统。我们不该去问：那个文化人长什么样？因为这是私人的事情。人们将根据某个人的成就，为人类所做的贡献来评价他。"

接着他谈到了我最近写的文章。他说："感人肺腑，扣人心弦。更重要的是，它说的是真理。在东印度长期无人问津的欧洲人道主义，如今显然已经在马科斯·托勒纳尔身上萌芽了。马科斯·托莱纳尔是谁？

就是诸位的学生,明克。"

我并不清楚欧洲人道主义是什么意思。

"到目前为止,已有七封来信,两名来自我们的毕业生,抗议我们学校开除明克。有人说,不仅不应该开除明克,更应该帮助他,即使需要采取特殊的办法。B 州的副州长甚至专程去泗水,拜见泗水州州长,陈述对这个问题的看法。州长先生本人没什么意见。而副州长先生表示,他愿意做明克在我们学校学习的监护人。倘若这次努力失败的话,他甚至准备拜见荷印政府的教育、企事业和宗教事务局局长(Tuan Direktur Onderwijs, Nijverheid en Eeredienst)。

"这样,有史以来第一次,我们原先的决定受到了考验和挑战。但我们重新评估这个决定,并不是因为受到了考验和挑战,而是基于我们欧洲的人道主义本性,我们的传统和当代文明。

"今天,在这可敬的教师委员会的会议上,坐在我们前面的,就是明克,即马科斯·托莱纳尔。委员会要重新评估我们原先的决定,并作出新的决定。"

马赫达·皮特斯发言了。她像一头失崽的母狮,大声咆哮,张牙舞爪,竭力要找回她的幼狮。这时,她脸上的雀斑更加凸显,眼睛眨得更快。在发言末尾,她以低沉、缓慢的语调,一字一句地说:"如果不是为了培养人性,我们的教育和教学工作将一文不值。像明克这样一个被开除的学生,已经成为人文主义者了。正如他最近的一些文章所证明的,人道主义已成为他的观点和态度。为此,我们应该表示感谢和庆幸,虽然在培养他的过程中,我们几乎没付出什么心血。不凡的环境和条件造就不凡的人物。明克就是这样一个例子。因此,我建议重新接受明克入学,以便为他将来的成长打下更坚实的基础。"

会议继续进行。作为一个无言的被告,我不明白为什么一定要让我参加这次会议。最后,会议决定重新接纳我入学,有附加条件,我必须和别的同学分开坐；在课堂内外，不管回答问题还是提出问题，我都不能和同学交谈。

"明克，听完这些，你本人有什么想法？"校长先生问。看来他想推卸过去的错误。

"我还是像以前所希望的那样，只要有可能，就继续上学。倘若学校的大门为我重新打开，我肯定是要进去的！假如大门紧闭，那么进不去我也没意见。谢谢你们为我费心。"

会议结束了。教师们一一和我握手道贺。除马赫达·皮特斯外，其他人都绷着脸。教荷兰语言文学的马赫达·皮特斯老师，志满气扬。她把这一切都视作她个人的胜利。

告别时，校长先生把米丽娅姆和萨拉的未贴邮票的信转交给我。

校园静谧、无声。这所荷兰高级中学的校舍、校园和铺路的碎石，都变得那么陌生，仿佛我过去从未见过。老师们的目光，好像都集中在我的背影上。我头也不回，径直朝我的马车走去。

"慢点走，"我用爪哇语对车夫马朱基（Marjuki）吩咐，"直接上报馆去。"

在路上，马朱基怯声怯气地问："我看少爷（Ndoro）脸色铁青，还那么瘦。"

"嗯。"

"为什么不去休养休养呀，少爷？"

"嗯，几个月后，等我从学校毕业了再说。"

"再过三个月吗，少爷？"

"是呀，还要等三个月。"

"如果您一切都有了，再上学有啥用呀，少爷？"

"是啊，有啥用？如果我不把书念完，朱基，碰到其他问题时我就过不了关。"

"您什么关都已经过了。"

"怎么说？"

"哦，大家都是那么说的。我只是听来的。您什么都有了，美女……财富、本领，还结识了许多大人物，荷兰人，可不是一般人……"

"大家这么说的吗？"

"是的，少爷。他们还说，您那么年轻，帅气，过些日子要当县太爷呢……"

"以后别再提这些了，朱基，忘掉它吧！"

在《泗水日报》报馆，马尔顿·内曼说我既然被学校开除了，提议让我全职为报纸工作。虽然工资不高，只有十二盾半，但工作很有趣。作为回复，我把教师委员会刚才的决定告诉了他。

"这么说，马赫达·皮特斯小姐使劲为你辩护？哎呀，这个马赫达·皮特斯，你和她很熟吗？"

"她是最聪慧的老师，内曼先生。"

"嗯，我认为你最好还是离她远些为妙。"

"她人很好。"

"好？她就会耍那一套把戏，把人引入歧途，我认为。"

"引入歧途？"

"你肯定没听说过：也可以通过做善事，把人引入歧途。"

"怎么个歧途法呢？"我诧异地问。

"她是极端狂热的自由主义者。他们一伙人忙于'东印度为东印度服务'（*Hindia untuk Hindia*）。你听说过吗？"我摇摇头。"她认为东印度和荷兰是平等的。只有东印度狂热的自由主义者才持这种观点。她和她的组织不顾东印度有种种限制。如果有人胆敢反对甚至触犯这些限制，是要倒大霉的。除了许多明文规定的限制外，不成文的限制更不计其数。在荷兰，当然是彻底的自由；在这儿，一点自由也没有。只要人们尊重那些限制,不去制造动乱,自由主义并不是一件坏事。这一点,你应该是了解的。幸好还没有一个土著民追随他们。设想一下,如果你不小心,当了他们的追随者,那将会有什么样的后果?不管自由主义者犯了什么错,一旦受到政府的谴责,那么,他们就会因人种不同有不同的遭遇:如果是欧洲人,最严厉的惩罚不过是被勒令离开东印度;如果是印欧混血儿,那就比较惨,会失去工作;如果是土著民,我估计,他将丧失所有自由,不经审讯就被关进监狱。因为本来就没这方面的法律。因此,先生,你可要小心,别让他们把你牵连进去。你的国家不是荷兰,也不是欧洲,而是这个东印度。倘若你受牵连而吃了亏,那些自由主义组织里没有一个人能救你或愿意救你。"

"她是我的老师,内曼先生,她是我本人的老师。"

"瞧,明克先生,政府通常基于传闻而行事。上层社会传出来的某些消息还是值得一听。人们对马赫达·皮特斯小姐早就议论纷纷了。最近,你遇到了这么多不称心的事,别再给自己添麻烦了。"

他花了很长的时间,耐心细致地向我讲述了自由主义者的活动,从他的语气可以听出他对他们反感。谈到某方面的问题时,内曼指责自由主义者妄图改变东印度家国太平、民众的日常生活有保障有保护的现状。

"明克先生,在土著王公贵族的统治下,你们百姓从未安居乐业过。因为本来就没有法律嘛,当然也就谈不上受到法律的保护。荷印政府还有什么不好的地方呢?那些自由主义者对东印度的确有着稀奇古怪的幻想……"

马车向前,车里的我心想,这许多矛盾使情况变得越来越复杂!现在又加上了欧洲人反对欧洲人。其他东方民族(bangsa-bangsa Timur Asing lain)尚未计入。马尔顿·内曼也是推崇人道主义的,可他反对自由主义。显然,与人交往越广,各种问题就越多。这些问题我过去未曾想过，如今却雨后的笋般窜出来。

内曼提醒我要提前准备。他还说，马赫达·皮特斯也许很快就不得不离开东印度。这种可能性不仅存在，而且非常大。谣言越传越盛，正是个征兆。在事情发生之前，我最好离她远远的。内曼还说："马赫达·皮特斯顶多被强制离开东印度。但你可能被送到一个无法离开的地方。"

内曼不愿意解释在东印度的限制。好吧，我将试着去请教那些能够解答这些问题的人。倘若这些限制性的条件确实存在，内曼的话才真有些道理。

我一到戴林卡家，就看到母亲来信了。和往常一样，她是用爪哇语写的。

"孩子，大家读了报上和你有关的报道，都对你表示同情。你是我勇敢的孩子。这一点，使我感到欣慰。你的事应由你自己去处理。不要忘记我对你说的话：不要逃避现实，妥善地处理自己的问题。你还记得我的话么？如果出了问题就逃跑，那只能说明你白上那么多年学、念那么多书，因为只有罪犯才会那样做。你喜欢温托索罗姨娘的女儿？那由你做主吧。我要说的是，不要逃避问题。你有权做一名男子汉大丈夫。花开堪折直须折，芳心且待英雄至。切不要在爱情中充当罪犯——不要用叮叮当当作响的钱币、耀眼的财富和官职去征服女性。那样做的男子不过是罪犯，那样被征服的女子充其量也不过是些妓女罢了。

"有人读了荷兰语报纸后说，你已经成了作家。哎呀，我的好孩子，你为什么要用妈妈看不懂的语言创作呀？孩子，把你的恋爱故事，用祖先的各种诗韵音律①写下来吧。让妈妈和全国人都来吟诵。

"别为你父亲忧虑。他有他自己的乐趣……"

啊，亲爱的母亲，我应该怎样地敬爱您呢？您从来没有惩罚过我，从来没有质问过您的儿子。即使在小时候，您都没有打过我一下。如今，您没有责备我与安娜丽丝的关系。您要我用爪哇语，用您所用的语言写作。可是，我多么使您失望呀，妈妈，我不会写爪哇诗歌。我的生活节奏如此奔放，已经不容于祖先的诗歌形式啦，妈妈。

我回忆着我的母亲。爱唠叨的戴林卡太太走过来，打断了我的沉思。她说："怎么办哪，少爷！明天不上街买东西行不行啊？……"她的意思是，我至少应从口袋里掏出两角五分钱来给她。

在冉·马芮家，我看见梅正睡在屋内的竹榻上。榻上现在已经铺了一条新褥子，只是没有床单。冉正在沉思。屋后的作坊一片寂静。

"冉，从明天起，你可以开始为姨娘画像了。最好趁她在办公室处理信件时，你把她画下来。明天，我要重新去学校上课了。你画像期间，可让梅暂时住在那里。"

"我会去的，明克。"他嗫嚅着，声音微弱，"说实在的，我现在倒不太想为她画像了。"

"是你上次自己提出要为她画像的。"

"姨娘那么强悍，明克。她性格坚毅。我确实敬佩她，尤其敬佩她在法庭上的表现。她百折不挠，有自己的信念。我在她面前可能太平庸了。"

---

① 原文此处列举了五种古韵文体裁，分别是：tembang（一种可吟唱的爪哇韵文诗）、pangkur（一种可吟唱的爪哇古体诗）、kinanti（爪哇、巽他、巴厘等地的一种诗歌体裁）、durma（爪哇、巴厘等地的一种唱词）、gambuh（一种爪哇五行律诗，每行有固定音节数）、megatruh（古爪哇的一种诗歌形式，多为哀叹悲咏题材）。

我静静地凝视他。他是否想说：他已经爱上了姨娘，只不过无法向她表达爱慕之情？

这位法国男子没继续说下去。

"你受过爱情的折磨吗，冉？"

他抬起头，微微一笑，反问："你听说过法国大画家图卢兹·罗特列克（Toulouse Lautrec）的生平吗？他的画永远装点着卢浮宫。"

"当然没听说过。"

"实际上，他已在生活中获得了一切。"

"怎么回事，冉？"

他神秘地笑了，不愿意再说下去。

这时，梅已经醒来了。她打着哈欠，走到我跟前，伸开双手搂着我。

"梅，洗澡去。我们上沃诺克罗莫吧。明天一早，还是搭我上学的马车走吧。"

"从沃诺克罗莫搭车去吗？"梅望着父亲问。

冉点了点头。

"你也去，冉。不必等到明天。让我们现在就出发吧。"

我们仨出发了。马车里太拥挤，马朱基从一开始就表示异议。仅此一次，我安抚他说。

当晚，在冉·马芮见证下，我们做出决定：通过荷兰高级中学考试毕业后，我马上就与安娜丽丝结婚。

世界与内心，和睦相处了。

第十八章

毕业典礼开得锦上添花。

这三个月里，我一心埋头学习，修读功课。我中止了写作，也不干别的事，除了学习还是学习。在这段时间，我感到自己和往常一样，又过起学生生活来了。

我被允许和其他同学一样参加毕业典礼，重新回到了他们中，成为他们的一员，尽管这段时间并不长。是的，时间虽短，而我们行将分手，迈向茫茫无际的生活天地。

学生的家长和监护人已经入席。他们并排坐在那里。所有这些人中，有纯血统的欧洲人，有混血欧洲人，还有几个华人，但一个土著民也没有。

姨娘不肯出席，我便带着安娜丽丝一起来了。这是她第一次离家参加庆典活动。她穿着她那件心爱的黑色天鹅绒长裙，戴着三圈珠宝项链。项链上还吊挂着镶有钻石的闪闪发光的金属饰物。此外，她还戴上镶嵌钻石的手镯。毫无疑问，她的美貌和仪态堪与女王陛下媲美。

和将要接受毕业文凭的其他学生一样，我穿一身白色衣服，像个公务员，只是衣服上没有象征威廉明娜女王的 W 字样的黄铜纽扣罢了。

我同安娜丽丝步入毕业典礼的会堂时，身着礼服的马赫达·皮特斯老师迎上前来。她热情洋溢地欢迎安娜丽丝，说："当红女主角，你成了今天毕业典礼的女王啦！"

众目睽睽之下，她把安娜丽丝领向了来宾席。安娜丽丝完全顺从着她。男女同学们也急切引颈，目光紧随着我的"女王陛下"。今天，他们算是明白了，这里已经成了我的天下。不过这并非一帆风顺得来的。我竭力搜索着罗伯特·苏霍夫，要让他羞得无地自容。可一眼望去，只见延·达伯斯特在向我挥手示意，我便会意地点了点头。

置身于这种场合，我不禁想起了母亲。倘若她亲眼看到这一切——她的儿子将要拿到荷兰高级中学的文凭，她该是多么骄傲啊！没有那个高贵的女人在场，我总感到这隆重和欢乐的气氛中缺了点什么东西似的。

大厅里不再喧哗了。这时，人群肃立，三色国旗、三色飘带和彩旗在飘动着。大家唱起了荷兰国歌。唱毕，校长向毕业生致了简短的祝词。他祝贺我们顺利地走向社会，奔赴灿烂的前程，愿我们在未来的生活中取得最大的成绩。对那些今后想去荷兰的大学进一步深造的学生，他祝他们一路顺风，期望他们都能成为优秀的学者，对荷兰、东印度和世界做出他们的贡献。

那位欧洲人督学没有讲话。

接着开始宣读通过 1899 年国家考试的毕业生名单。教师们已经列好了队，站在校长的身后。

场内鸦雀无声，庄严肃穆。

"今年是 19 世纪最后一年。本学年末，在参加全东印度国家考试的前四十五位学生中，第一名为巴达维亚荷兰高级中学的学生。其中另有十一位学生不及格，被要求明年留级。泗水的一位学生获得第二名。这就是说，他同时又是泗水的第一名。"

会场上立即欢呼起来。

我想，当时我们中的任何一个人，如果在全东印度名列第二，在泗水独占鳌头，听到这样的消息，他的心情准会激荡不已。我自己也梦想已久。

"荣获全东印度第二名、泗水第一名的学生是：明——克！"

我浑身战栗起来。这完全出乎我的意料。土著出身的学生竟然能凌驾于欧洲人子弟之上，确实不可思议。这在荷属东印度可是忌讳。

"明克！"校长喊着我的名字。

我依然十分激动，两腿发软，只得由两侧的同学扶着站了起来。

"明克！"马赫达·皮特斯一边叫我的名字，一边向我招手致意。

我站起身，腿仍在颤抖。毋庸置疑，在我激动之际，所有人都在眼巴巴地望着我。人们没有像刚才那样热烈鼓掌，这无非因为我是个土著学生。连那些教师都不鼓掌。然而，我也听到了几下微弱的掌声。不难猜测，那是马赫达·皮特斯。也许安娜丽丝没有鼓掌，她本来就没有参加这类活动的经验。她像一个山区孩子，同外界毫无交往，直愣愣地坐在位子上，不知道可以说什么。

我走上讲台去领取证书，并接受对我的祝贺。接过证书时，我两只手还在不停地颤抖。

"镇静些，明克。"校长低声叮嘱。

我迈着缓慢的步子回到原来的座位。耳边响起了教师们零星的掌声。接着，有几个学生跟着鼓起掌。最后，部分观众也鼓了几下掌。

罗伯特·苏霍夫的名次在我之后五名。延·达伯斯特是通过的最后一名。当延·达伯斯特回到座位时，达伯斯特传教士——一个地道的欧洲人——从来宾席上走过去，与他亲切拥抱。传教士的妻子也上前拥抱了他。如果安娜丽丝懂得这一套，她也会如此仿效的。可她并没这样做。

为毕业生举办的庆祝活动开始了。一、二年级学生将演出话剧《大卫与拔士巴》。这出话剧取材于《圣经》，由一位老师改编的。

现在，观众同毕业生可以混坐在一起，安娜丽丝就坐在我身旁。

话剧开演前，校长特地来到我和安娜丽丝身旁，转交了一封从B州发来的电报。那是米丽娅姆、萨拉和德·拉·柯罗瓦先生祝贺我荣获国家考试第二名的贺电。显然，他们比我这个当事人知道得还早。校长和颜悦色地向安娜丽丝打着招呼。我心中仍然惶惶不安，怕他万一出言不逊，明目张胆或含沙射影地羞辱她。然而，我所担心的事并没有发生，校长没有羞辱她。从神情看，他的问候是由衷的。

"校长先生，我们定在下星期三晚上七点举行婚礼。如果我们邀请您、并邀请其他老师和同学们参加，您能欣然光临吗？"

"这么快？"他再次向我握手祝贺。

安娜丽丝对校长却十分冷淡。根据马第内特医生对她的病情的分析，这种态度是完全可以理解的。

由于兴奋，校长握着我的手，不住地摇晃，后来，竟高兴得鼓开了掌，以至人们都把目光投向我们。

"待会我可以为你们当众宣布一下吗？"

"谢谢您，校长先生。您当然可以这样做，把它作为我们向大家发出的正式口头邀请吧。"

"你们怎么也不印个请帖呀？"

"我有顾虑，校长先生。以往的经历……"

坐在那侧耳听的马赫达·皮特斯也跑过来向我们祝贺，但她未加置评。我摸不透她脑子里正想些什么，至少她的眼睛眨巴得不像以前那样快了。

校长离开了我们俩。报幕员说，演出即将开始。帷幕徐徐启开。

台上是乱石嶙峋的野外场景。也许拔士巴将要在那里洗澡，大卫将要在那里瞥见她的肌肤。幕布虽然已经全部拉开，但总不见拔士巴出场，更别说先知大卫了。观众们开始伸长脖子找美人拔士巴，可乱石丛中冒出来的却是校长大人。他微笑着，摘下了长柄眼镜（lorgnet）。

全场顿时哄堂大笑。校长也跟着咧嘴笑起来。于是这位既没穿长袍又没缠头巾的"大卫"（手持长柄眼镜），不得不带着歉意对观众说，他有一件事情必须立即当众宣布。如果拖到演出结束，那将有损事情的重要意义。接着他便代替我们向大家发出了婚礼邀请。

校长的话引来了一阵将信将疑的欢呼声。

他接着又说："老师们、同学们和毕业生们，欢迎大家都去！"

又是一阵叽叽嘎嘎的笑声。

"至于那些无法前往参加婚礼的人——他们或者因为即将回国，或者因为已经另有安排，我，作为泗水荷兰高级中学的校长，代表他们向未来的新郎新娘表示祝贺，祝愿他们生活幸福，白头偕老。谢谢各位！"

他从台上走下去，同正在帷幔后面窥望的拔士巴打了个照面……

由于在毕业典礼上即席发出了邀请，原来打算从简的婚礼不得不重作隆重的安排。姨娘同意我们的做法。她还兴致勃勃地听了安娜丽丝讲如何发出邀请的过程。

"这次婚礼也是为了庆祝考试成功，孩子。你经受了那么多挫折，却在考试中取得了优异成绩，一道道关口都被你闯过去了。"

婚礼的前几天，我母亲来了。她是我家唯一的代表。姨娘高兴地接待了她。她俩真是一见如故。母亲一眼就喜欢上了她未来的儿媳妇安娜丽丝，好像再也无法离开她，总是出神地望着她，对她的美丽的容颜赞叹不已。

"是啊，妹妹，"母亲对未来的亲家说，"这孩子长得这么秀气，就跟纳王乌兰（Nawangwulan）似的，说不定比巴诺瓦蒂（Banowati）[①]还俊呢。真主啊！我怎么也想不到，您会乐意挑上我儿子当女婿。我将永生永世地感激您啊，妹妹……"

"是的，姐姐，他们俩都愿意嘛。只是请您别见怪，我那孩子不是名门闺秀，她出身在……"

"哎，妹妹，姑娘的模样这么俏，还挑剔什么呀！"

到了晚上，母亲悄声对我说："孩子，你真有福气，娶到这么漂亮的妻子。要是在古代，我们的祖先会为这么美的女子打一场婆罗多战争[②]的。"

"难道妈妈以为我娶她就没有经过'大战'吗？"

"是啊，你这话说得有道理，孩子。你确实在'大战'中取得了胜利。"

我们按伊斯兰教教规举行了结婚仪式。达萨姆同时作为证婚人和安娜丽丝的监护人。仪式于上午九时正式举行。根据习俗，同时是出于感激，我和安娜丽丝双双向母亲和姨娘行了叩拜礼。

两位长辈热泪纵横，接受我们的大礼。她们向我们祝福时激动得说不出话来。安娜丽丝也掉下了眼泪，也许因为双方父亲在这大喜的日子都不在场，她觉得美中不足。可能是这样。

母亲和姨娘互相把手搭在对方的肩上。透过晶莹的泪花，她们互相看着对方，互相拥抱。激动啊，人类最真诚的情感是眼泪。同时，激动也是内心的苦衷和伤痛，因为人们超脱了设想和礼教，看到了自己的本相。

---

① 这两位都是传说中的爪哇美女。
② 见《摩诃婆罗多》。

接着，先进行小规模的聚餐（kenduri），然后才正式举行喜宴。

对农场庄户们来说，我们的结婚成了他们的盛大节日。晒谷场上搭起了一个大凉亭。农场工人全部放假，工钱照发；对那些饲养牲口、工作离不开的人，发给三倍的工钱。为喜宴共宰了五头小公牛，杀了三百只鸡，吃了二千二百五十个鸡蛋，农场当日生产的全部牛奶都送到厨房做成了美餐。农场里的所有车辆，不管是否派上用场，都披红挂绿，用各种颜色的纸装饰成了彩车。

沃诺克罗莫的居民还从来没见过如此盛大的婚礼。

安娜丽丝对我说起：只要是婚礼上用的，她需要什么，母亲总是有求必应。她还说，母亲希望看到有尽可能多的人围在她身旁，同她一起欢乐。这样，她将一辈子不会感到遗憾。

无论安娜丽丝还是姨娘，都不要任何彩礼。我们指望什么呢？姨娘说，安娜丽丝已从她的未婚夫那得到了一切。安娜丽丝则说，如果说非要彩礼的话，那我只要一样东西——一辈子不变心的海誓山盟。而这，我都已在婚约上给了她。

下午五点，有人敲我的房门。延·达伯斯特来了。他穿着讲究、干净，尽管衣服还是老式样。

"明克，对不起，我来得太早了。不过我是故意早来一会的，好帮帮你的忙。"他未经招呼就坐了下来，仿佛有十五年已没碰过椅子那般疲累。他叹息道："你真是个幸运儿，想要的东西全到手了，干什么都称心如意。再过几年，你准会当上县长的。"

"你话的口气怨天尤人，怨自己的命运。"

"你说对啦。我是从父母那逃走出来的。他们那艘开往欧洲的轮船起锚后，我跳下海去，凫着水，爬上了岸。"

"撒谎，瞧你这衣冠楚楚的样子。"

"这是从校外的朋友那里借的。"

"人们都向往欧洲,难道你就不想去?"

"我们也不是要去欧洲,仅仅是在那边逗留一下,然后到苏里南(Suriname)去。明克,我确实做得不像话。我这个养子真不识他们的抬举……"

"我大约有三次听到你这么咒骂自己了。"

"请别介意,尤其在今天这个大喜日子里,实在不该这样。请原谅。帮个忙吧,明克,我不想离开爪哇。我不是荷兰人,也没有他们的血统。"

"我听你这么说可不止一次了。"

"是的。再说,我从没喜欢过达伯斯特(Dapperste)[①]这个名字。"

达伯斯特牧师家没有孩子。他从小就被达伯斯特收养,受洗并冠以达伯斯特这个姓氏。从此,他的名字就叫延·达伯斯特。他不知道自己原来叫什么名字。传教士设法通过法律手续正式收养他为养子。然而,这种努力却未奏效,因为荷兰的民法中没有关于收养的条款。所以达伯斯特的名字仅仅得到社会的承认,而未被法律接受。

"我从小时候起,就是个胆小怕事的孩子。这你是知道的。所以达伯斯特这个名字真折磨人。它没完没了地折磨我。"

是的,学校里的同学都知道他胆小怕事。甚至有人改口用荷兰语中的"胆小鬼"——拉弗斯特(Lafste)[②]称呼他,把他的全名叫作延·德·拉弗斯特。如果事情正如他所讲的,即为了使自己摆脱折磨人的名字,便纵身跳入大海,逃离了收养他的老人,单凭这一点,他就已经变成一个勇士了。对此,我还不太相信。

"那么,你现在住谁的家里呢?"我问。

---

① 荷兰语 Dapperste 意为"最勇敢的"。
② 荷兰语 Lafste 意为"最胆怯的"。

"这里过一夜,那里投一宿。我想靠着荷兰高中这张文凭在这,在泗水,找个差事干干。可倒霉就倒霉在,明克,我那份毕业证书上的名字是达伯斯特。难道我这一辈子就非得叫这个名字吗?"

"你可以改名。"

"不错,这我懂。这一年来,我一直在打听,改名字要办些什么手续。"

"什么手续?"

"先向州长交一份书面申请,明克,然后由州长向总督呈报。"

"那你干吗不去办呢?"

他傻乎乎地看着我,根本不像个念过荷兰高级中学的人。他咂了咂嘴,把脸转了过去。

"不会写?不是有模板公文可循吗?"

"要改掉这个名字,要付的印花税太贵了,明克。申请书上我就得贴上一盾半的印花税。我还需要一份批准书,又得在上面贴一盾半印花税。我左思右想,反复琢磨……"

"那你干吗不去办呢?"

"难道你没听明白,明克?我到哪里去弄这三盾钱呀?还没把邮资算在内哪!"

"你苦于找不到钱,那干吗不告诉我呢?你只需要跟我说一声就行了,这不挺容易吗?"

"在你办喜事的时候跟你说这些,我真太不好意思啦。"

"你不会因为我的婚事而感到沮丧吧?"

"丝毫没这种想法。我真心诚意地为你高兴。"

"那就让我们一起感受这种幸福吧!"

"正因为如此,我才非来不可哪!"

"告诉你,延,我这桩婚事办完后,姨娘准备扩大农场的经营范围。

她想在香料方面做一番尝试。你可以到那去,边学着干活,边等待你那份更改姓名的批文下来。这样你总乐意吧?"

"谢谢你,明克。你对人总是那么好,那么慷慨。可惜,我拿到批文之前,先得交一份申请,我连这一步都还没进行呢!"

"那个新农场将由一个名叫范·多尔嫩波士(van Doornenbosch)的混血儿主持。待会我就把你介绍给他。这事回头再说,一切都交给我来办吧。"

他抓住我的手,低垂着头,没有说话。

"别不吭声呀,趁着我还有时间,我俩再聊聊吧!"

"谢谢,明克。事情的全过程还不只如此,不过,你可以听我说说,明克,我去泗水就要花一周时间,一路上住宿和四处奔走的盘缠还没有呢。"

母亲进屋来打扮我了。我这位受人尊敬的母亲是作了一番努力才争得这份差使的。引以为豪的儿子在这喜气洋洋的日子当新郎,她可不能把梳妆打扮这件事让给别人。只见她右手托着一只纸盒,左手提着篮子走了进来。篮子里放着扎成串的各种鲜花。

她见到延·达伯斯特正以轻蔑的目光盯着她,踌躇起来。

"延,这是我的母亲。"我对达伯斯特说。

我的朋友这才尴尬地堆起笑容,躬腰向我母亲行了个礼。

"我母亲不会讲荷兰语。"我提醒他。

于是,延·达伯斯特开始用爪哇雅语与她交谈。他讲得很流利。看到这情景,我也不禁愕然起来。我向母亲介绍说,达伯斯特是我的同届毕业生。他父亲是位传教士。

"传教士的前养子。"达伯斯特纠正。

"孩子,对不起,我要给儿子打扮了。"

"我帮您一起干吧,伯母。"

"多谢,孩子。这可不行。这是当母亲的为自己的亲生儿子做的最后一件事,应该亲自动手。请您出去一下,大概您不会介意吧?"

延向我投来了求援的目光。我对他的一举一动已经了如指掌。我明白,他是困了,而且也饿了。我顺手拿一张纸,写了个便条,吩咐达萨姆去办。

"找达萨姆去吧。"他接过便条,便走了。

我已经能够点亮房间里的汽灯。这标志着时间是六点整。输汽中心设在楼后的一间小石屋里,由达萨姆管理。这时,他已打足了汽。整个厅堂灯火辉煌,照得如同白昼。

母亲把一种液体——我说不上那是什么——抹在我的脸部、脖子、胸脯和手上。

"要是在从前,"她开始絮叨起来,和小时候哄我的语气一样,"为了争夺像我儿媳那样漂亮的美人,各大小诸侯国将会兴起连绵不断的战祸。倾城与倾国,佳人难再得(mbedah praja mboyong putri)!现在,时势已变得这么太平,跟我小时候比可不一样啦,更不用说跟你奶奶小时候比了。人们说,大家都怕荷兰人,所以局势就比早先太平多了。的确,荷兰人就是不一样,跟你的老祖宗不同。尽管现在荷兰人一手遮天,但他们也从来不像过去那些王公贵族去强占别人家的妻子和女儿。是啊,孩子,你要是生活在那个时代,就得马不停蹄地驰骋沙场,才能保住你的妻子,保住你那像仙女似的美人。没准她比仙女还美呢,孩子。你瞧她那脸蛋、嘴唇、眉毛、鼻子,甚至那两只耳朵都像是根据所有男人的理想用蜡浇铸出来的。有这样的儿媳妇,我脸面上感到无限光彩。你呀,你可真让妈妈开心!"

"妈,您那位儿媳妇可是太不像爪哇人了。"

"你不是都已经喜欢上她了吗?开始时你是喜欢她,孩子,结了婚你可要时时刻刻多加提防。她这么美……神仙是不会就此善罢甘休的。"

母亲仍在为我上下打扮，嘴巴唠叨不停。

"幸好，你用不着像我们的祖先那样，为美人而无休止地在疆场与人干戈相见了。"

"妈！"

"哎呀，我要是把她接到B县去，孩子，整个县的百姓都会拥上街头，为她赞叹不已。喂，你们以后去不去B县呀？"

"不去，妈妈。"

"好吧，好吧，我明白，孩子。那么说，为娘的总得不断来这儿看望你，看望我的儿媳妇。我还要来看我的孙子哪！"

"爸爸是不会同意的，妈妈。"

"得了，别说了，孩子。这么说你不愿意根据风俗把你妻子的牙齿锉平？你将来看到她那突出的利牙也不感到恶心吗？"

"妈妈，还是让她的牙齿保持原样为好。"

"就像荷兰人的那样，没挫平，长得凶神恶煞。"

"妈妈，你怎么老擦个没完呀？我也不是从来没洗过澡。"

"瞧你说的，在这大喜日子，我想看到你打扮得像个天使，好让你的后半辈子，还有我的后半辈子，没什么好抱怨的。"

"像天使那样有什么用呀？"

"话可不能这么说。不是为了你自己才打扮得像个天使。像今天这样的大喜日子，你所有的祖宗都要降临，观看你的婚礼，并为你们祝福。如果日后你的孩子成婚，我这个当祖母的也会来的。看望自己子孙的机会我是不能放过的。你想想，将来我要是看到我的孙子踏上这婚礼垫毯时，不像个爪哇勇士，我心里将是什么滋味呢？我死后，看到自己的孙子只是由于父母照料不周而不像个爪哇人，那我将会怎么说你呢？"

"妈妈，荷兰人的祖先是不是也会显灵去参加子孙的婚礼呀？"

"别这么说，你干吗去管人家荷兰人？你还够不上一个地道的爪哇人，对自己祖先还不够孝顺。瞧你，听人说，你已成了个文人（pujangga），你写的爪哇诗歌在哪？让我在夜里想你的时候吟诵。"

"我不会用爪哇语写作，妈妈。"

"就是嘛，你如果还是个爪哇人，总是会写出来的。你用荷兰语写作，孩子，是因为你不想当爪哇人了。你为荷兰人写文章，你为何那么崇拜荷兰人呢？他们吃的、喝的都是爪哇的东西。你自己又不是去吃、去喝荷兰人地界的东西。你何必那么看重他们呢？"

"是的，妈妈。"

"你都给我答应些什么呀？你的祖先，爪哇王公贵族，写的全是爪哇的事情。你是不是耻于做个爪哇人？耻于自己不是荷兰人？

母亲的话语绵里藏针，非常厉害。如果我去顺着她的提问——作答，那我显然太不智了。是呀，是的，每个人都在给我提要求，现在到母亲。她心里明白，我也明白，我是不会回答的。她唠叨着，更多的是为了让祖先宽恕我，宽恕她那心爱的儿子。她不让祖先生我的气。母亲啊，母亲，我敬爱的母亲，您从不对我施加压力，也没有虐待过我。您没拧过我一把，没训斥过我，连指头也没碰过我。

"孩子，围上这块蜡染花布（batik）吧。现在就围上。这是我亲手蜡染的，留给你结婚时用的。这块花布存放四年了。我特意找了个衣箱，把它收藏起来，每个礼拜撒上点茉莉花。我听人讲报上登了有关你在法庭的情况后，我就把这块花裙布放在神灵前供着。孩子，一块给你，一块给我的儿媳妇。你仔细瞧瞧妈妈的手艺吧。再闻闻这陈年的茉莉花香。"

于是，我细细地看起来，并且闻着它的香味。

"真好看，妈妈。好看极了。闻着也香，那味儿都渗到线里去了。"

"哎哟哟，你对花布懂个啥！"她知道我正装出一副内疚不安的鬼脸，故意不抬头瞅我，"孩子，这是我亲手为你染的花裙布。染料也是我亲手配制的。你再闻闻，还有盾柱木①的香味呢。"她把花布凑到我鼻子前说。

"真香，妈妈。"

"哼，你真会装！不过，看到你装模作样地让我这个老婆子开心，我也心满意足。"她还是不朝我显出内疚的脸瞅上一眼，"我已经料到，我那个儿媳妇和亲家都不会印染花裙布。所以我得自己动手干。孩子，我小的时候，一个女人要是不会印染花布，是会被人指指点点的。"

"妈妈，这筒裙做得这么精致，得花上个把月吧？"

"两个月，孩子。这是两条筒裙，是专门为你们今天用才做的。如果过了今天，那就随你们的便，你们把它扔了我也不管。"

"我要好好把它保存一辈子，妈妈。"

"你多会讨我喜欢呀！这种话，是个有孝心的孩子讲的。这一串串花也是我自己做的，这把格利斯是你祖上传下的，有好几百年了。孩子，这可是满者伯夷王朝时的东西，那时候巴章王国和马打兰王国都还没有建立呢。"

"妈您是从哪听说的？"

"你真说得出口，太不像话了。你祖上不是有家谱吗？你从不用心听讲家谱。这就是你的不对啦。也许你认为只有荷兰人的话才值得听。你的上代祖宗，除了你父亲，都用过这把剑。它是祖上专门给你留下的，孩子。唉，我该怎么对你说呢？真的，我已经不知道怎么说下去了，孩子。原谅我这个什么都不懂的老婆子吧，我的孩子！"

---

① 也叫双翼豆，树皮可做红色染料。

"妈妈！"

"没有一个荷兰人会造格利斯，孩子。他们不会，他们就是造不出来。你把它抽出来瞧瞧，上面还有剑匠留下的大拇指印呢。"

当时，我正在围蜡染布。我说："你饶了我吧，妈妈。您就代劳一下，帮我把这把格利斯抽出来，让我看看。"

"看你说的。你的确已经不是爪哇人了。难道你把它当成是厨房里的菜刀？"

见到母亲脸上的泪珠，我慌忙地把蜡染布围好，跪下说："妈妈，请您宽恕我，我可没有让您心里难受的意思。您就饶了我这一次吧！千万别把我的过失放到心里去，妈妈！"

母亲掉过脸去，用肩头蹭去泪水。

"别太过分了，孩子。不要太不像个爪哇人了。你什么时候听说一个女人可以把格利斯拔出鞘的？格利斯只是男人的佩物，给女人的东西就不能叫格利斯。你别胡说八道了。你也造不出这种短剑来。你得敬重比你有能耐的人。待会儿你自己去找面镜子照照，要是你身上佩带上这把格利斯，你就会换个模样，更像你的祖先，也更接近你本来的面目。"

母亲还在一个劲儿地讲。她终于给我装扮完毕。

"好吧，现在你坐到地板上，把头低下……"此时，我明白她要做什么了。她要对我婚前训话。一定会这样。可不，训话开始了。

"你是历代王朝的创造者和摧毁者——爪哇勇士们的后代。你体内流着勇士的血液。你是个勇士……我问你，一个爪哇勇士要具备哪些条件？"

"我不知道，妈妈。"

"真的，你太迷信那些全盘荷兰化的东西了。爪哇勇士应该具备五个条件，就是：房屋、女人、马匹、鸟和格利斯①。你能记住吗？"

"当然能记住，妈妈。"

"你懂它的意思吗？"

"懂，妈妈。"

"你知道这五个条件都象征着什么？"

"不明白。"

"你呀，生来就是个忘本的孩子。听着，将来好告诉你的孩子们……"

"是，妈妈！"

"第一是房屋，孩子。没有房屋，一个人就成不了勇士，只能做流浪汉。孩子，房屋不仅是一个勇士的起点，也是他的归宿。房屋不光是个住址，孩子。它是房屋的主人们相互信赖的地方。你听得不耐烦了吗？"

"我听着呢。"

她拽了拽我的耳朵，继续说："你从来不听老人言……"

"我仔细听着呢，妈妈，真的！"

"第二条是女人。孩子，没有女人，勇士就背离了男人的天性。女人是生存、生活、传宗接代、兴旺发达和繁荣昌盛的象征。女人不单是丈夫的妻子。女人是万物的核心，生命和生活都出自她，都围绕着她转。你也应该照此看待我这个老母亲，并以此为依据，为你将来的女儿们做筹划。"

"是的，妈妈！"

"这一切，荷兰人是不懂的。可是，孩子，你必须得懂，因为你是

---

① 原文为 wisma, wanita, turangga, kukira dan curiga，多系爪哇风格古旧用法；作者注为 rumah, wanita, kuda, burung dan keris。

爪哇人。"

"是的,妈妈,他们一点都不懂。"

"第三,马匹。马是工具,能把你带向任何一个地方,让你去获得科学、知识、才干、手艺、本领和专长,最后把你引向进步。没有马,你就会寸步难行,浅薄自欺。"

我频频点头,表示赞同。我明白那是千百年传下来的经验之谈。唯有一点我还不明白,不知是谁的真知灼见?我祖先的,还是我母亲个人的?

"第四是鸟。那是美和怡情(kelangenan)①的象征,同生存全然无关,只是个人内心的享受。缺少它,人便成了一块没有灵魂的岩石。最后是格利斯。它是警觉、防范和勇武的象征。孩子呀,它也是保住前面四个条件的武器。没有短剑,一旦遇到侵害,那四件东西便会全部丢失。你这个荷兰高中的毕业生,你那些荷兰老师,不是从来没有教过你这些吗?那好,现在你已经知道成为一个勇士所必须具备的条件了。如果还缺少其中某一项,你就去创造吧!对这五个条件,可不要弃之不顾。每一条都是你自身的标志。对你祖先讲的话,你应该听进去。如果说,别的事情可以不照着办的话,那么这五个条件你必须完全照着去做。你听到了吗,孩子?"

"听到了,妈妈。"

"现在静坐冥想(bersamadilah)吧,祈求你的祖先为你赐福,宽恕你,好让你免受折磨、诽谤和嫉恨。"

我依然低着头,坐在地上。

"打坐要端正,不是这种姿势。双臂要放松,交贴在胸前。要做一

---

① kelangenan 意为"爱好、嗜好、喜爱;宠物",词根 langen 来自爪哇语,意为"快乐、喜悦"。作者注为英文单词 hobby。

个像样的爪哇人,尽管只是一会儿,或者仅仅这一次而已。头再垂得低一点,孩子。"

母亲的每一个训示和希望,我都照办了。而且,我确实是在向我所不认识的和无法想象的祖先请求宽恕。甚至在我的脑际竟还掠过那个可疑的胖子的身影。

母亲跪坐在我的面前,把一串茉莉花挂在我的脖子上。她不住地抽泣。过了一会儿,她把小花环放在我的两个手心中。她安静地捏着我的手指,要我抓紧花环,又在我裹着蜡染布弧形头巾(batik blangkon)的下方前额吻了吻,那头巾是爪哇贵族的象征。她哭得越来越伤心。泪水一滴一滴滚落到我的脸上。突然间,我也哭了起来。

我还没来得及看看我的祖先到底是什么模样,他们便在我的想象中消失了。取代他们的是我胸中百感交集的激动心情,眼泪簌簌而下。

"祖先啊,给我的儿子,给你们的后代,也是给你们的心肝宝贝,赐福吧!请你们保佑他免遭灾祸、苦难、诽谤和嫉恨,因为他是我心疼的儿子啊!你们知道,我生他时几乎丧失了自己的生命!……"

"妈妈!"我趴倒在地,双手搂住她的膝盖。

"……我活着,就是为了看到他能有今天。祖先啊,他可是你们的亲骨肉!把他带向光宗耀祖的福地吧!"

母亲把手搭在我的背上。她停止了抽泣,给我纠正了一下盘坐的姿势,又把我脖子上的茉莉花束和掌心中的花环摆正。接着,她撩起上衣的襟角给我拭泪,把我翘得过高的下巴拨正。

"默默地祈祷吧,孩子。我不再指点你了。你自己静祷吧!"

宾客接踵而来,把前厅、厢房和临时搭的棚屋挤得满满的。在登上结婚的垫毯前,母亲为我举行的这种仪式给我留下了深刻印象。我从未见过任何新郎举行这样的仪式。这要么是母亲个人的即兴之举,要么是一种特定的仪式，专为一个被家族视为孽障而被母亲所疼爱的孩子安排的。

作为特邀宾客的高墨尔，在差五分七点时到达了。他迈着稳重的步子向我走来，伸出手，亲切地同我握了起来。接着，他又和安娜丽丝握手道贺，旋即转过身对我说："这个婚礼一办，明克先生，外面那些不堪入耳的污言秽语也就不攻自破。不仅如此，您还出色地完成了一件您已经开始着手的事业。今后，我们不是可以互相合作了吗？"

"那当然，高墨尔先生，我乐意同您合作。我们可以结成良好的伙伴。还有，感谢您的祝贺。"

高墨尔是一个为人和善的混血儿。欧洲人的血统只给了他一个脸型和一个高鼻梁。他身体的其他部分都是土著人模样。也许他的内心也是。他比我年长很多，可能要大十至十五岁。但他动作敏捷，从外表看，他似乎是一个喜欢窝在家里的人。

冉·马芮和梅，戴林卡偕夫人坐着出租马车来了。马赫达·皮特斯和一些同学也雇了马车纷纷到达。马尔登·内曼先生偕夫人是坐自己的马车来。

校长和其他教师都没到场。他们写了封贺信，委托马赫达·皮特斯捎来。

差一分七点的时候，我收到了一封电报，是米丽娅姆、萨拉和德·拉·柯罗瓦先生打来的。我又觉得离奇了。他们怎么知道我的婚事的呢？

正如事前所料，罗伯特·苏霍夫没有露面。对此，同学们议论纷纷。

至于延·达伯斯特，虽然他为更改自己的姓名而忙得疲惫不堪和百般厌倦，现在却自愿充当招待，穿梭于来宾之中，忙得不可开交。

我这方的客人来得相当多。除了延·达伯斯特以外，没有一个是土著。

姨娘那方的宾客也云集而至。最近的诉讼使她在法庭上成了"明星",宛若为农场作了引人注目的宣传,获得更多生意。

马第内特医生非常自然地当起来了司仪。八点整一到,他便口若悬河地演讲起来。他首先介绍了我和安娜丽丝的恋爱和我们不得不面临的风暴。他说,他从没听过爱情故事里这样的风暴,完全可以写成一本书。(我也正是受了他的启发,才把这段经历记下来,编成了这本书。)

"这段故事是独一无二的,"他继续说,"也不可能重演。"

这位侃侃而谈的医生忽而使听者屏息凝神,忽而使他们乐得前俯后仰。他讲话时,抑扬顿挫,需要强调的地方都比比画画打着手势。遗憾的是,他没有用马来语讲,许多人听不懂荷兰语。

他绘声绘色地讲完了我俩的恋爱故事,话锋一转,又讲起了一件意外的事。"现在请你们看一张画,它就挂在这对幸福的新婚夫妇的座位上方。"

他顺势一指,把所有人的目光引向了我和安娜丽丝头顶,那里挂着姨娘的画像。

他解释道:"这就是温托索罗姨娘的肖像,她是当代一位出类拔萃的土著女性,聪慧能干,是新娘的母亲,明克先生的岳母。她是一个光辉的形象,是一位船长,她能驾驶着航船绕过暗礁而使之不受损坏,更不会让它在急流险滩中沉没。正是在她指引下,才有今天的喜事:一位风华正茂的才子与一位花容月貌的佳人结合。也正是由于她的指引,这一对青年才能携手共进,奔向光辉的前程,白头偕老。

"在座各位知道这幅出色的肖像是谁画的吗?它出自一位天才的画家之手,可不是随便什么人。如果认真加以琢磨的话,可以看出,这幅画的作者抓住了魂魄,描绘出她的卓异。我认为,我的话并非溢美之词。冉·马芮先生，不正是如此吗？是这样，各位，画的作者是个法国人。法国是具有伟大艺术传统的国家。马芮先生，请您站起来跟大家认识一下。"

我看到戴林卡先生把冉·马芮搀扶起来，人群响起了热烈的欢呼声。法国人羞得脸色绯红，立即又坐回原处。

马第内特医生的简短讲话沁人心脾，令人感到他正在为姨娘和冉·马芮作宣传。

从我坐的地方，可以看到穿着一身黑衣的达萨姆，他站得远远的。他那胡须密匝光亮，末端蜷曲横叉开去，眼珠子溜溜地转动。没看到大刀，但我敢肯定，他的衣服里一定披着两把海德（Herder）[①]。

新郎新娘的坐垫后面挂着一块帘子。我的岳母温托索罗姨娘就坐在那帘子背后。她不停地啜泣。我母亲站在她儿媳妇身旁，一个劲地摇着孔雀羽毛扇。

女宾们都在帘子后，由戴林卡太太招待。

我和安娜丽丝脚旁的礼物越堆越高，也不知是谁送的。我们两侧排成行的花环，已经越摆越远。

九点钟，为庄户们举办的喜宴在东爪哇一带流行的加美兰乐声中开始了。人们双双跳起了塔尤布（tayub）[②]！不时发出一阵阵欢呼声。达萨姆手下的小弟们已奉命戒备，以免发生骚乱和斗殴。席间觥筹交错，人们畅饮着椰子甜酒。

九点半，客人开始一一退席。马第内特医生走得最早，因为有病人请他出诊。大约在他离去后的六秒钟，进来一位穿着一身黑色的年轻人。他的头发油光锃亮。西服口袋里塞着一块精致的手绢作为装饰。

---

① 德国造的一种匕首，Herder 疑为 Otto Herder 在当地的简称。

② 一种爪哇民间舞蹈，通常以加美兰伴奏。

一条金表链露在外面,表明口袋里揣着一块金怀表。他步履轻快有力,在准备回家的客人间神气地穿行,直冲着我们的坐垫走来。没错,他就是罗伯特·苏霍夫。

他很有礼貌地伸出手,跟我握了握,说了些祝贺的话,接着转向安娜丽丝:"请原谅,我来迟了一步,夫人(Mevrouw)。"他更加彬彬有礼地躬身,表示歉意。

"我们为你的光临感到高兴,罗伯。"我对他说。

"对过去的一切请别介意,明克。"他丝毫没有放松礼节,仿佛我们刚刚认识。"请允许我向您的夫人赠送一件小小的纪念品,以表庆贺。"

未等回答,他就掏出一枚嵌着非常大颗钻石的金戒指。他抓住我妻子的手,把戒指戴在她的手指上。接着,他又转动戒指,使钻石转到掌心那一面。然后他像中世纪故事中说的那样,低头吻安娜丽丝的手。我觉得,他吻的时间太久了。接着,他转向我:"我并没有背弃诺言,明克。我十分钦佩你,敬重你,远甚于以往。"说着,他递给我一只用粉红色绸带捆的盒子,"这是送给你作为结婚纪念的。祝你永远幸福。"

"罗伯,感谢你的美意和关心。"

"借此机会,我也想同你们告别。"他瞟了安娜丽丝一眼,"我将去欧洲,继续攻读法律。"

"祝一帆风顺,学习顺利,并获得成功。"

他又神气地随着退席的人流走了出去。

马赫达·皮特斯双眼噙着泪水前来告辞。她紧紧握住我的手说:"我是多么希望在未来的三年中能看到你进步啊!不过也没什么。有朝一日,如果你到欧洲去的话——别把我的地址忘了。"说完,她便急匆匆离去了。

戴林卡先生和太太，冉·马芮和他女儿，还有延·达伯斯特，他们都不回家，准备住在这里。延·达伯斯特甚至还忙着一趟一趟地把礼品往楼上的洞房搬，登记送礼者的姓名和住址。

礼品堆中也有米丽娅姆、萨拉和德·拉·柯罗瓦先生送的东西，可没人知道是由谁捎来的。礼品中还夹着米丽娅姆的一小张便条，上面写着：

你似乎不好意思邀请我们？或者我们不配受你的邀请吧，你说呢，朋友？我们是想为那位绝色仙子当伴娘的。可有什么办法呢，我们只能贺个喜，仅此而已。请您别忘了与我们通信。向您的夫人顺致庆贺、问候和祝愿。

萨拉的礼物中也有一封信：

明克，我将先走一步，到欧洲去。幸好还来得及祝贺你们的新婚大喜。Adieu（再见）！我们欧洲见！

马赫达·皮特斯老师的礼物中有几本书和一本小册子。小册子上既无作者姓名和出版社名，也没有出版年月。打开封面，只见里面写道：

对你这样的新郎，明克，最恰当的礼物莫过于并非人所共有的书，我挑了你最喜欢的一些。当你看到这张便笺时，我已回到家中，正在回味着我最得意的学生的幸福。祝愿你们共同建立起光辉灿烂的生活。有朝一日，当你偶尔回忆起你那不值一提但却诚挚的老师时，明克，请你记住，在世界上有这么一个人，她为自己曾经教过一个踏着穆尔塔图里伟大的人道主义足迹前进的学生而感到自豪。现在，明克，一些学生家长已经成功逼解职我了。我已被"建议"离开东印度，不然就驱逐出境。我将乘坐明天起程的英国轮船。Adieu（再见）！

"延，你也拿去看看吧，"我对达伯斯特说，"这是我们老师写的信。"

"发生什么事了，明克？"

"那些谣传还是被证实了。政府驱逐马赫达·皮特斯了，虽然方式比较委婉。面临如此巨大的困难，她还来看望我们，太令人感动了，安娜。"

"被驱逐出东印度了？"延读完信后啜嚅起来。

"是，而你反而是不想离开爪哇。延，愿意为我们办件事吗？"

"当然愿意，明克。"

"你愿意去为马赫达·皮特斯老师送行吗？代表我俩、姨娘、我母亲，也代表你自己。这么好的一个人，可不能让她孤零零地离去，不应该这样。"

礼品中还发现一个叠得细长的小包。一眼望去便知道里面包的是金笔尖的漂亮钢笔。在一张由寄件人自己画的明信片上，打印着：

> 向明克和安娜丽丝·梅莱玛夫妇致意并祝福。但愿您能够谅解和忘却一个陌生人，他的外号叫"胖子"。

礼品掉在地上了。

"哥！"安娜丽丝责怪我。

延·达伯斯特从地上捡起了那件礼品。

"延，这是给你的。"我说着，把绘着画的明信片塞进了口袋。是把它撕毁呢，还是保存起来以备日后上法庭用，我应该做个决定。

已是深夜一点多了。延·达伯斯特把礼品料理完毕，说了声晚安，便走出房间去了。

我走近安娜丽丝，对她说："现在你是我的妻子了，安娜。"

"那你就是我的丈夫了。"

有人在敲门。我马上跑过去，把房门打开。姨娘走了进来。她两眼红肿，显然哭了很长时间。她走近我和安娜丽丝，却说不出话来。我们明白她的来意：想表示最后的祝福。

"妈妈，"我抢先说，"您把一切给了我们。为了我们，您已竭尽全力、呕心沥血。我和安娜丽丝太感谢您了。我们对您永志不忘。"

她点了点头，离我们而去。

汽灯下，安娜丽丝走近我，向我伸着两只手。显然，她无意拥抱我，也不想让我去拥抱她。

"把这戒指摘掉吧！"

我随手替她摘掉戒指。那是一只令人生疑的戒指，尤其那种把钻石向着掌心的戴法，更叫人难以理解。

"你不愿接受这只戒指吗？"

"我从没回过他的那些信。"

我一下子明白了罗伯特·苏霍夫这段时期来的态度。他背着我寄爱于安娜丽丝。我细细观看那只戒指。二十二克拉的金子，一颗钻石。至于钻石是真货还是仿制品，那就不清楚了。如果是真钻石的话，未免太大了。苏霍夫不可能阔绰到把它当礼品送人的地步。他有多少零花钱，我是了解的，每月不到两盾半。我也认识他的父母，他们谈不上富裕。就连他母亲本人也没戴过戒指。再说，为什么不给戒指配个盒子呢？

我把它往口袋里一塞。

"退还给他吧,哥!"

"好,我会退还给他的。"

夜深了。苏霍夫和那个胖子却使我思绪不定。

第十九章

科学正在创造越来越多的奇迹，我们祖先的传说变得不再像从前那样令人信服了。为了能和大洋彼岸的人对话，人们不再需要经年累月地去修道苦行。德国人已经在英国和印度之间安装了海底电缆！而这样的电缆目前已到处延伸，遍及全球。如今，整个世界能观察某一个人，而某一个人也能观察整个世界。

但是，人类在处理自己的问题，尤其是处理恋爱问题时，本性依然如故。

以我衣袋里的这只小盒子为例——用黑色亚麻布包紧的硬纸盒。只有两个人，即我和罗伯特·苏霍夫知道它里面装的是什么。既非财物，又非金钱；既非翡翠，又非珠宝，而是一封信。这是一位失恋者写给他情敌的信。有什么办法呢？摩登世界也不能建起学校来教人变成恋爱专家。

"明克，我的朋友。"信上写的字母很大很大，从字迹可以推断出，笔在写信人的手里颤颤发抖。

在信中，他向我表示很大的歉意，因为他对我不光明正大，甚至争风吃醋。他写道，说也奇怪，他的那些做法并非出自恶意，而恰恰是出于真诚的爱情和对安娜丽丝·梅莱玛小姐的期待。他说，他先后五次见过安娜丽丝，只是没机会和她交谈，甚至可以说，没相互打过招呼。他承认他的单相思，无法忍受眼前的现实。他怀着痛苦的心情，看到我轻而易举地到她家里，进入安娜丽丝的心坎。可他没有灰心，他自称是决不灰心的人。他仍然怀有希望，以各种途径给安娜丽丝写信，但是连一封回信都没有收到。然而他又无法把她忘却。

"现在，对我说来，一切都完了。而对你来说，正是一个开始。我承认，我心里还不情愿。我无法忘却这件事，除非离开东印度，别无他法。是的，明克，我必须学会忘却。即使如此，我希望不要因为我过去的一些错误而破坏了我们的关系……"

结婚后第二十天，我收到了从科伦坡寄来的信。马赫达·皮特斯老师告诉我，她已和罗伯特·苏霍夫一起远航。苏霍夫成了海员。可他似乎觉得自己很丢脸。马赫达·皮特斯老师劝他，那种看法是错误的。荷兰高级中学毕业生当海员，并不是什么丢丑的事，何况他还有继续升学的强烈愿望呢。

同时，我也收到了萨拉的来信。她描述了新加坡的秀丽风光。街道宽阔而整洁，热闹无尘埃。港内停泊着众多的船只，使港口显得拥挤不堪。她还写道，与阿姆斯特丹相比，这里的船要多得多。就算鹿特丹的船也比不上这里多。

B州副州长的信则告诉我，他曾请求荷印政府协助我去荷兰升学。但这一请求遭到了拒绝，虽然我各门学科的成绩优秀。副州长还写道，因为政府首要考虑的条件是道德品性问题，而我不满足这个条件。

这也算科学进步的成果吧。竟连我的道德品性都给贴了标签，没有商量的余地。一开始是学校，后来是关于法庭开庭情况的报道。我本没有对别人寄予多大希望，然而，那种对人的品性贴标签的做法确实令人伤心。我从未损害过别人，也未降低过别人的声誉；我从未偷窃过别人的财物，也未参与过任何走私活动。在这种无理的判决面前，我该如何为自己进行辩护呢？也许，只有冉·马芮才这样开导过我：考虑问题时，应该采取公正的态度。现在很明显是欧洲人自己，而且还不是欧洲的等闲人物，在行动上对人很不公允。

摩登世界的成果也许把我的消息随着德国人铺设的海底电缆带到欧洲去了……

三个月过去了。我的日常工作只是在办公室内写东西，陪伴姨娘。偶尔，我也协助她做些事情。

延·达伯斯特通过泗水州长，获得了总督的批准，把名字改为班吉·达尔曼（Panji Darman）。他从此开始摆脱达伯斯特这个讨嫌的名字。久而久之，他的个性也发生了变化——正如他所愿。他变得心情愉快，乐于工作，爽直又开朗。起先，他协助姨娘做些文书工作，后来又转到多尔嫩波士先生的办公室，一起管理香料生意。

又一个月过去了。母亲来看望过我们两次。

五个月过去了。萨拉已来过两次信。米丽娅姆告诉我，她决定跟随姐姐回欧洲。而赫勃特先生将独自住在那高大、安静的州府大楼里。因此，她希望我更经常地给他写信。

六个月过去了。预定要发生的事终于发生了。白人法庭传讯安娜丽丝和姨娘。谁不心惊肉跳呀！又得和法庭打交道了！这次，安娜丽丝成了被传讯的主要对象。

她俩出发了。我留在家里，接替姨娘的工作。我没做多少事，只是给兵营、港务办公室和轮船伙食承包商回信，把新的订单和变更了的地址登记下来。然而最困难的是如何摆脱前荷兰殖民军人的骚扰，他们一心想占有姨娘。

我亲眼看到姨娘本人甩开他们，就有四次之多。这些从亚齐战争回来的士兵们到处闲荡，看起来他们之间经常谈论姨娘。接着他们便试着冒险，妄图占有这位有钱的梅莱玛遗孀。

一名印欧混血儿跑来接近我，他自称当过荷兰军队的少尉（Vaandrig）①，荣获铜质勋章，还有玛琅市郊十公顷农田，作为他退休金的一部分。他表示想认识姨娘。谁知道他想不想和姨娘两家合伙呢！临走前，这个自称当过少尉的人要我协助他，把他的意图转达给姨娘。倘若事情成功，他允诺道，我要什么他就准备给我什么，以此作为酬报。（应付这样的人）也是我工作的一部分。

那家伙走了，也忘了介绍自己的尊姓大名。其余时间我用来写文章，准备寄给《泗水日报》。

安娜丽丝和姨娘已经走了三个小时。我越等越心焦，于是，我停下了笔。每当送牛奶的马车来时，我便出去瞧瞧。

过了四小时，我所等待的车才回来。老远就听到姨娘在喊："明克，快来！"我跑出去，在楼前的台阶处迎接她们。姨娘先下了车。她满脸通红。这时，她伸手去搀扶还在车内的安娜丽丝。我的妻子走出马车。她脸色苍白，泪水溶溶，一言不发。一下车，她就扑到我怀里，紧紧地抱着我。

"带她上楼去！"姨娘厉声对我下令。她自己快步走在前面，进了办公室。

"你和妈妈吵架了吗？"我问安娜丽丝。

她摇摇头，依然缄默不语。我扶她上楼去。她身上冷冰冰的。

"妈妈为什么好像在发火？"

她没回答我，不愿让我带她上楼。她用眼睛示意，要我让她在前

---

① 作者注为 letnan muda，英译本作 Vanndrig——a junior lieutenant。

厅的椅子上坐下。

"你病了吗,安娜?"她摇摇头。"你怎么啦?"我猜测脆弱的妻子受到了惊扰,我开始焦虑。"我给你倒杯水吧!"

她点了点头。

我拿了一杯水给她。她喝后,呼吸显得不那么急促了。

"达萨姆!"姨娘在办公室里喊。

我跑去找那马都拉勇士,只见他正在房间里拔一些他认为多余的胡须。

"快,达萨姆,姨娘生气了!"

达萨姆从椅子上跳了起来。他把小镜子和镊子扔在竹席上,飞快地跑了出去。当走进姨娘的办公室时,我看到达萨姆已先到了。安娜丽丝也在那里。

"你怎么不去睡觉呀,安娜?"姨娘急促地问。我的妻子摇了摇头。姨娘看上去还是怒气冲冲,满脸通红。

"发生什么事了,妈妈?"我问。

达萨姆向姨娘施了个礼,走出办公室。看来马车早已备好了,很快就听见车轮碾着办公室前路面的碎石,向前驰去。

姨娘没有理睬我的问题。她走到窗前,朝外喊:"快!小心些!"接着,她转过身来,走到安娜丽丝跟前,抚摸着她的头发,安慰她道:"你不必去想它了,安娜。让我和你的丈夫去处理吧。"她又对我说:"我的孩子,明克,这些日子以来我们所担忧的事情终于发生了。我对法律懂得不多。可是,我们应该用我们的全部人力、物力去尝试反抗。"

"究竟发生什么事了,妈妈?"

姨娘递给我一叠书信和文件,有原件,也有抄件,都是由阿姆斯特丹法院发出的,上面有荷兰内政部、殖民部和司法部的印章。最上面是毛里茨·梅莱玛工程师从南非写给他母亲的信的抄件。在信中,他委托他的母亲阿梅丽娅·梅莱玛—哈默斯处理已故父亲赫曼·梅莱玛先生的遗产。在这以前，毛里茨已从他母亲的来信中获悉，其父在泗水被害。随后还有阿梅丽娅的信的抄件，以她儿子的名义，要求阿姆斯特丹法院审理他们对已故者赫曼·梅莱玛先生的遗产继承权。

紧接着，是泗水法院、检察院与阿姆斯特丹法院之间来往书信的抄件，询问下列问题：已故者赫曼·梅莱玛和萨妮庚之间是否有结婚证书，已故者在生前是否写过遗嘱，法院对阿章谋杀案的判决，关于罗伯特·梅莱玛失踪的说明，以及赫曼·梅莱玛承认安娜丽丝和罗伯特为其子女的证明信抄件（根据泗水民事登记处的公函，安娜丽丝和罗伯特均为萨妮庚所生）。下面还有姨娘的账房先生与泗水法院之间来往书信的抄件。账房先生表示，在未经主人准许的情况下，他拒绝提供有关逸乐农场资产情况的报告。下面是税务局有关农场缴税数额报告的抄件，测绘局关于农场的位置和占地面积报告的抄件，以及农牧局关于农场奶牛头数和饲养情况的报告。

我一页一页地读着这些信件和报告。姨娘和安娜丽丝在一旁瞧着我，仿佛等待着我的意见。我对这些来往书信的抄件所谈及的任何一件事，都一无所知，我甚至从来没有想到过，世界上竟有这么一类信件。同时，我也从来不知道有人受雇去写这些信件。

接着是阿姆斯特丹法院正式判决书的抄本。它的内容是，关于这个案子的判决将移交给泗水法院执行，大致如下：

> 鉴于毛里茨·梅莱玛工程师及其母亲阿梅丽娅·梅莱玛—哈默斯太太，分别为已故者赫曼·梅莱玛先生的儿子和遗孀，他们通过阿姆斯特丹的律师汉斯·赫拉赫法学硕士先生向法院提出了诉状。阿姆斯特丹法院根据来自泗水的确实无误的公函，并考虑到赫曼·梅莱玛先生和阿梅丽娅·哈默斯太太结婚时没有附有什

么条件，特作出如下判决：已故者赫曼·梅莱玛先生的全部财产由法院掌管，并将共分为两半。一半分给遗孀阿梅丽娅·梅莱玛—哈默斯太太，这是她作为死者生前合法妻子的权利；另一半则分给有继承权的合法子女。作为已故者合法儿子的毛里茨·梅莱玛工程师先生，将获得一半财产的六分之四；已故者承认其为子女的安娜丽丝·梅莱玛和罗伯特·梅莱玛将分别获得一半财产的六分之一。鉴于罗伯特·梅莱玛暂时或永远失踪，原归他继承的那部分遗产将由毛里茨·梅莱玛工程师代管。①

---

① 关于这份判决书，本次重校–修订工作所依据的三种印尼语版本在关键内容方面并不相同。1. 荷兰 Manus Amici b.v. 出版社 1980 年 11 月欧洲版：赫曼·梅莱玛先生和阿梅丽娅·梅莱玛—哈默斯太太结婚时无订立其他条件，因此阿梅丽娅·梅莱玛—哈默斯太太作为其合法遗孀拥有其一半财产属法定权利；另外一半财产作为遗产在获得承认的合法子女之间（antara anak–anak syah diakui）分配，毛里茨·梅莱玛作为合法孩子（anak syah）分得该部分遗产六分之四（$4/6 \times 1/2$），安娜丽丝和罗伯特·梅莱玛作为被承认的孩子（anak yang diakui）各分得该部分遗产六分之一（$1/6 \times 1/2$）。2. 印度尼西亚 Hasta Mitra 出版社 2002 年 10 月第 9 版：赫曼·梅莱玛先生和萨妮庚无合法婚姻关系，毛里茨·梅莱玛作为合法孩子分得其遗产六分之四（$4/6$），安娜丽丝和罗伯特·梅莱玛作为被承认的孩子（anak yang diaku）各分得其遗产六分之一（$1/6$）。3. 印度尼西亚 Lentera Dipantara 出版社 2015 年 10 月第 20 版：赫曼·梅莱玛先生和萨妮庚无合法婚姻关系，毛里茨·梅莱玛作为合法孩子分得其遗产六分之四（$4/6 \times 1/2$），安娜丽丝和罗伯特·梅莱玛作为被承认的孩子（anak yang diaku）各分得其遗产六分之一（$1/6 \times 1/2$）。

值得注意的是，版本 2 和版本 3 没有提及赫曼·梅莱玛的合法遗孀阿梅丽娅·梅莱玛—哈默斯是否获得了遗产，且均无"获得承认的合法子女之间"一句。此外，版本 1 和版本 3 的分数写法"$1/6 \times 1/2$"一致，却不同于版本 2；版本 2 和版本 3 的"anak yang diaku"写法一致，却与版本 1 的"diakui"词缀略微存异。原《人世间》中译本（1982）在内容上较接近版本 1，译者将安娜丽丝和罗伯特·梅莱玛各自分得的财产比例数字写法修改为"$1/6 \times 1/2$"；英译本较接近版本 2，数字写法也与版本 2 相同。

阿姆斯特丹法院还指定毛里茨·梅莱玛工程师作为安娜丽丝·梅莱玛的监护人，因为后者被认为尚未成年。同时，在安娜丽丝成年以前，她名下的那份遗产也由毛里茨·梅莱玛工程师照管。毛里茨·梅莱玛工程师还就在荷兰对安娜丽丝进行监护和抚育一事，起诉萨妮庚（又名温托索罗姨娘）和安娜丽丝。这是他行使他作为监护人的权利时，通过他的律师赫拉赫法学硕士，委托其同仁（泗水的一名律师）向泗水白人法院提出的。

这些公文，用了这么多稀奇古怪的语言，我读后觉得头晕目眩。我只能理解其中一丁点意思，就是它们不讲人性，仅仅把人看作是清单上的一种物品。

"您没对他们说什么吗？"

"是这样的，明克，我的孩子，在我和安娜丽丝到达法庭时，我的律师已经在那里了。他处理了这些公函的抄件。在法官面前，也是他向我们转达了阿姆斯特丹法院的判决并予以解释。"

听了姨娘的诉说，我耳边突然响起母亲的话："荷兰人有很大、很大的权势，可是他们不像爪哇的王公贵族那样，去强占别人的妻子。"母亲？正是您的儿媳、我的妻子，今天遭到被荷兰人夺去的威胁。他们要从母亲身边抢走女儿，从丈夫身边抢走妻子，他们还要夺去姨娘夜以继日、苦心经营二十多年的农场。这么做的依据仅仅是文书专家们用工整美观的字体抄写的公文，不褪色的黑墨水半透纸背。

"看来我们该请个律师了，妈妈。"

"我估计，德拉德拉法学硕士马上就要来了。"

我头脑里的那些问题已经够纷繁复杂了，现在又来这么个名字稀奇古怪的人！

"德拉德拉·莱奥布托克斯（Deradera Lelliobuttockx）法学硕士……"

我花了些时间记住这个名字,并试着把它写下来。我还未曾见过他。姨娘经常为法律事务去他那里。我猜他肯定像梅莱玛先生那样高大肥胖,全身长满赤褐色的毛发。他的名字使我想起某种鬼神。他肯定是一位十分神奇能干的法律专家。

"您对法庭的判决没有提出抗议吗?"我问。

"抗议?岂止是抗议?我彻底驳斥了他们的判决。我知道他们欧洲人,像墙壁那样又冷又硬。他们惜字如金。我说,安娜丽丝是我的孩子。只有我才有权支配她。因为她是我生育并抚养成人的。法官说:'在证明信上写的是,安娜丽丝·梅莱玛是赫曼·梅莱玛先生承认的女儿。'我就问他:'谁是她的亲娘?她是谁生的?'我还说:'那些证明信中,提到女人萨妮庚又名温托索罗姨娘没有?而我……就是那个萨妮庚!''好吧,'法官说,'可萨妮庚不是梅莱玛太太。''我可以提供证人,'我说,'证明是我生了她。'法官却说:'安娜丽丝·梅莱玛受辖于欧洲法律,姨娘则不。姨娘是个土著民。倘若过去安娜丽丝·梅莱玛小姐不为梅莱玛先生承认,那么她也就是个土著民。这样,白人法庭就与她没有关系了。'瞧,明克,多么让人痛心!于是,我对他说:'不管请多大的律师,我都要驳斥到底。''请便吧。'审判官冷冷地说。安娜丽丝哭个不停,我便忘了别的问题。"

姨娘深深地吸了一口气。"刚才你也应该去,孩子。即使法庭没有传讯你,你也可以维护你妻子和本人的利益。那法官不是也有妻儿的。"

我相信,任何人都能理解我这时的心情:怨恨,愤怒,烦恼!但是,我不知所措。在这件事上,我显然只是个幼稚的毛孩子。

"我对法官说,我女儿已经结婚了。她已经是有夫之妇了。法官皮笑肉不笑,说:'她还没有结婚,因为她还未成年。即使有人把她嫁了出去,或者娶她为妻,这样的婚姻是不合法的。'你听见了吗,明克,孩子?他说不合法!"

"妈?"

"他们还威胁说我犯了法,没有报告非法婚姻。我就被视作是性侵(pemerkosaan)的同谋。"

办公室内寂静无声,没有一个客户上门。

我们仨默默地坐着。也许,只有一位精明、正直的律师才能够驳倒阿姆斯特丹法院的判决。哼,阿姆斯特丹法院,甚至从来没有见过我们!一个法庭,欧洲人的法庭,由知识渊博、经验丰富、有法学学位的人主持的法庭,怎么能做出如此判决,与我们对法律的常识截然相悖?

"我甚至还没提到遗产分配的问题。在这个问题上,他们竟然毫不提及我的权利。①我确实还没有充分的证据来证明农场是属于我的。我只是一心想保护安娜丽丝。那时,我只惦记着她。'我们只与安娜丽丝打交道,'法官说,'你是一位姨娘、土著民,与本法庭无关。'"说到这里,姨娘咬牙切齿,愤恨到了极点。

"到头来,"姨娘接着用低沉的声音说,"问题还是老问题:欧洲人怎样对待土著民、怎样对待像我这样的人。明克,你好好记住:欧洲人在吞噬土著民的同时,还要丧心病狂地去折磨他们。欧——洲——人,他们也就是皮肤白一点而已,"她咒骂道,"他们的心上却长满了黑毛!"

"那个律师也是欧洲人吗,妈妈?"

"他只是为金钱效劳。你给他钱多些,他就给你多说几句真话。这就是欧洲人。"

我不寒而栗。姨娘这短短的三句话把我这几年在学校学的东西全

---

① 英译本此处多出"even though the land was bought in my name(尽管土地是在我名下买的)",重校依据的三个印尼语版本均无。

部给推翻了。

安娜丽丝由于心情过度紧张,疲惫不堪,伏在桌上睡着了。我走到她身旁,把她叫醒。

"到楼上睡去吧,安娜。"

她不愿意去,重又端坐在椅子上。

"睡去吧,安娜。这件事由我们来处理。"姨娘规劝着,安娜丽丝听从了母亲的话。

我陪她上了楼,给她盖上毯子。我安慰她:"妈妈和我将努力把事办妥,安娜。"

她只是点了点头。我心里明白,我是在哄她。我对法律一窍不通,怎么去把事办妥呢?

"我先走了,行吗,安娜?"

她再次点了点头。可是这种情况下,我不忍心离开她。她的处境犹如一条热锅上的鱼。我的妻子,我这脆弱的心肝宝贝,你的命运是多么悲惨啊!看来她已失去信心,不想再作什么努力了。

"我去叫马第内特医生吧,好吗,安娜?"

她点了点头。

我便下楼去,派人去叫那位家庭医生来。一会,只见马朱基驾着双轮马车,朝泗水的方向驶去。

在办公室里,姨娘正与一个欧洲男子面对面坐着。那男子身材矮小,也许只有我肩膀高。他又瘦又扁,头顶光秃,两眼眯缝。他那副眼镜像一对突出的蛤蟆眼。姨娘正瞧着他翻阅阿姆斯特丹法院关于安娜丽丝的文件。看来他就是德拉德拉·莱里奥布多克斯法学硕士。显然他不与鬼神同族。这段时间,他一直当姨娘的法律顾问。

我很奇怪为什么姨娘还要和他打交道,他在法官面前不是无能为力吗?我注意着他们俩。姨娘已不像刚才那样气得满脸通红了。她的

383

举止沉静了许多。

"明克，这位是德拉德拉先生……"姨娘介绍我们认识一下，"这是明克，我女儿的丈夫，我的女婿。"

"哦，已久闻大名。能否让我把这些信件再仔细阅读一遍？"未等我答话，他便又埋头读起来。

欧洲的法律和公义，是如此肆无忌惮、强大有力和冷酷无情，那么，像他这样身材矮小、满脸粉刺的人，究竟有多少能耐去对付它？如果他是欧洲人，那么，他将站在哪一边呢？

现在，他翻阅着公文，一页一页地仔细研究。

姨娘走来走去，忙着完成自己的工作，甚至她还亲自给客人倒水喝。律师依然专注地研究着那些抄件，仿佛在他周围没有发生什么事情似的。

一小时后，他把信摞起来，用一块黑石作镇纸把它们压住。他神情紧张地思索着，用手帕擦脸，又轻轻地咳嗽。一会看看我，一会瞧瞧姨娘，一言不发。

"莱里奥布托克斯先生，您看怎么样？"姨娘问，"哦，请原谅，我不知道该如何正确地称呼您的名字。"

律师笑了一下立即又合上嘴——显然是因为他嘴里缺牙。

"哦，没关系。这只是供签名用的名字，姨娘。不用说人家叫不好我的名字，就是不叫，也没有关系。"

"我们处在这种情况下，您还有兴致开玩笑，莱里奥布托克斯先生。我们都快给逼疯啦！"

"的确是这样，姨娘，倘若是法律问题，人们不必改变心情和脸色。笑也罢，手舞足蹈也罢，号啕大哭也罢，其结果都一样。起决定作用的，依旧是法律本身。"

"这么说，我们在这场官司中要打输了？"

"最好不要谈输,姨娘。"律师说着,手又去摆弄那些文件了,"我们还没开始尝试呢。我的意思是,希望姨娘像法律本身那样沉着、冷静。一切个人的感情,都是不起作用的。一切愤怒和失望都无济于事。您听清楚了吗?"突然,他把脸转向我,又接着问:"您能听懂荷兰语吗?"

"能听懂,先生。"

"这一切都关系到您妻子的命运和您的婚事。对方确实比我们有力量。我们将试试看。我的意思是,如果姨娘和您有信心,我们应该驳倒这个判决,至少能够延缓判决的执行。"

这时,我明白了,我们的官司会输,而我们有责任进行反抗,维护我们的权利,一直到无法反抗为止,正如冉·马芮所讲述的亚齐人对付荷兰人一样。姨娘也低下了头。她比之前更明白她将失去一切:她的孩子、农场以及她的心血和财产。

"是呀,明克,我的孩子,我们要反抗。"姨娘轻声说。陡然间,她显得衰老了。她拖着疲惫的步子,走上楼去看她的女儿。

德拉德拉·莱里奥布托克斯法学硕士重新埋头在刚才那一堆文件中。我对这位身材矮小的法律专家不禁怀疑起来。我密切监视着他的手,以防他从那叠公文中偷走一两页证件。

一小时后,姨娘下楼了,回到办公室,坐在我旁边,面对着律师问:"您还有必要研究它们吗,先生?"还是以她过去那种特有的声调。

律师抬起头,收敛了笑容,回答:"我们可以试试,姨娘。"

"你没有胜利的信心。"

"我们可以试试。"他要继续翻阅文件。

姨娘把那些文件拿了过来。"您的报酬(honorarium)将送到您家。再见吧!"

德拉德拉·莱里奥布托克斯站了起来,向我们点头告辞。达萨姆把他送回城里。

"明克,我们要进行反抗。你有胆量吗,孩子?"

"我们要进行反抗,妈妈,让我们一起反抗吧!"

"即使没有律师,我们也要反抗。我们将成为反抗白人法庭的第一批土著民,这难道不是一种荣誉吗?"

我还不知道该如何反抗,反抗什么,反抗哪些人,用什么方式反抗。我不知道有哪些手段。即使如此,我仍回答:要反抗!

"要反抗,妈妈!要反抗!我们要反抗!"

"如果你能让安娜丽丝振作起来反抗,她就不会像现在这样在痛苦和无能中挣扎。她将成为她丈夫最好的生活伴侣。"姨娘对我说。

照看安娜丽丝的同时,我思绪万千,想着这事的来龙去脉。

毛里茨·梅莱玛工程师和他的母亲,固然有理由唾弃赫曼·梅莱玛,可后来的情形如何呢?他们不仅毫不唾弃他的遗产,而且希望分文不缺地获得他的全部遗产。事实上,他们早就希望安娜丽丝的父亲去死。他们在心里已经参与并认同阿章的杀人勾当了。但他们不会因此受到惩罚。法庭的公文不会把人的内心活动作为依据。

是真的,这就是白人吞噬土著民的案件,吞噬姨娘、安娜丽丝和我。如果马赫达·皮特斯说得对,也许这就叫殖民主义诉讼(perkara kolonial)——白人生吞活剥殖民地土著民的案件。

猛然间,我想起了那些自由主义者,他们主张减轻土著民的苦难,我的老师们曾讽刺这些人。这也是荷兰社会民主工党[①]的主张。唉,我

[①] 社会民主劳工党(Sociaal-Democratische Arbeiderspartij,简称 S.D.A.P)成立于1894年,在工人运动方面重视工会组织和选举制度。1909年,该党分裂出社会民主党,系荷兰共产党的前身。

尊敬的皮特斯老师，我现在很后悔没能为您送行。如果还在泗水的话，您一定会向我们伸出热情的手。至少，您会指引我们走出迷津，帮助我们。您一定会愉快地这样做。

说到马赫达·皮特斯，我有一种可能不切实际的猜测：她被驱逐出东印度，是为了便于执行阿姆斯特丹法院的判决。也许，她并不是真的被驱逐出境，而只是为了不让她参与即将处理的案件。上述猜测，勾勒出一个更加清晰的轮廓：毛里茨和阿梅丽娅两人与阿姆斯特丹法院勾结起来，预谋好了这一切。假如说，不让马赫达·皮特斯参与这个案件的猜测正确，正是荷兰高中的校长和教师们最清楚她与我的亲近关系。倘若假想属实，那么所有这一切是一出罪恶的把戏，旨在丧心病狂地折磨人。我在整个东印度高级中学考试中获得第二名（获得第一名是不可能的），大概也是一出戏，故意安排的，仅仅为取悦一下自由主义者们或社会民主劳工党。

我能作这样浮夸的猜想吗？受过教育的人有这样的猜想公正吗？这难道不显得我太愚蠢和幼稚了吗？我琢磨来琢磨去，却不能不倾向于证实自己的猜想。一系列事件：从学校开除我；撤销开除我的决定；禁止学校的讨论；驱逐马赫达·皮特斯；B州副州长的插手；在毕业典礼上校长先生宣读我的婚礼邀请；校长先生本人和教师们都不出席我的婚礼，而只是写一封贺信由马赫达·皮特斯带来……一切充分证明我的猜测不无根据，这些事环环相扣，目的都是要使毛里茨·梅莱玛能够击败土著民萨妮庚和她的女儿、女婿，侵吞她的财产。

"你想出办法没有，孩子？"

"妈妈，不出意外的话，今晚我有关这问题的第一篇文章将在报上发表。假如不为人们的理智所接受，妈妈，那我们的官司就必输。妈妈，我们需要时间。"

"德拉德拉律师曾说，先不要想打输的事，还是先想想如何进行最妥善、最体面的反抗吧。德拉德拉说得对，只不过他是另有企图，想赚更多的钱。小骗子！"

"我们向欧洲朋友们呼吁吧，妈妈。"

"千万别出错。"

当天下午，我给赫勃特·德·拉·柯罗瓦先生打了封电报，为我们的案件去打动他的良心。我也给米丽娅姆打了一封电报。如果没有人响应我的呼吁，我也就明白了：一切受到推崇的欧洲科学和知识，不过是空话而已。完全是空话！究其根本，一切只是一种手段而已，用来掠夺我们土著民所珍爱的和拥有的一切，我们的尊严、心血、权利，甚至我们的妻子儿女。

那天晚上，姨娘和我坐在安娜丽丝身旁，照看着她。她又需要马第内特医生的麻醉药，以便能够安睡。医生看到他的病人安娜丽丝、姨娘和我深陷于这种人为的厄运，对我们深表同情。

"我只是一名医生，姨娘。我不懂法律，不懂政治。"他遗憾地说。马第内特医生是第二个提到"政治"这个词的人。

"在减轻姨娘的痛苦这件事上，我无能为力，只能请求你们尽可能谅解。我的亲密朋友中没什么大人物，因为我从来就没有过任何一个俱乐部（kamar–bola）的会员资格。"医生把自己说得如此平凡、渺小。

"我的朋友只是一些急需我帮助的人，我尽力而为。此外，就没有别的朋友了。请原谅。"

"可是您也感到他们这样对待我们是不公的吗？"姨娘问。

"不仅不公，简直是野蛮！"

"先生，如果这出自您真心，有您这句话就够了。"

"很抱歉，我没什么本事……"

他神色痛苦地和我们告别。走到门口时，他叹息道："原先我以为，生活中唯一的困难就是纳税问题。我从来不知道，世界上还有像你们所面临的那种困难。"

在达萨姆的陪同下，他消失在漆黑的夜色中。

距我给 B 州副州长和他的女儿打电报已有五个小时了。整整五个小时！可是仍不见回电。是否赫勃特和米丽娅姆不在家？或者，他们正在嘲笑我们这些土著民？

"孩子，我们必须自己起来反抗。不论哪个欧洲人待我们怎样慷慨慈悲，在涉及反抗欧洲法院的判决时，他们总怕承担风险。何况，这仅仅是为了土著民的利益。如果我们输了，也不必感到耻辱。可我们必须知道这究竟是怎么一回事。是这样，孩子，我们，以及所有的土著民，都不能聘请律师，即使有钱，也不一定能请。主要是因为没有这个胆量，更笼统的原因是由于他们没有学到什么知识。土著民一辈子遭受像我们一样的苦难，犹如山间河底的石头，随意被敲打击凿，无声无息。倘若大家都像我们一样起来呐喊，就会轰轰烈烈，也许能闹个天翻地覆。"

姨娘已开始超越她的私人情感，将这个案子置于更根本的思想背景下进行思考。她跳出了个人和家庭的圈子，把这件事与山间河底的石头般的人们联系起来。他们遍及爪哇岛和整个东印度。他们有嘴但发不出声，却仍有一颗跳动的心。

"倘若反抗的话，我们不一定会完全失败。"从姨娘的话里，可以听出她已经预料到我们将会失败。

"他们不知羞耻，妈妈。"

"欧洲的文明是不懂得什么叫羞耻的。"姨娘生气似的瞪眼望着我，"你一直与欧洲人打交道，怎么还说出这种话来呢？我的孩子，你作为一个土著民，有这样的想法，应该而且必须感到羞愧。你再也不要谈论欧洲人的羞耻心了。欧洲人只知道达到他们自己的目的。孩子，别把这一点忘了！"

"你说得好，妈妈。"我答。我承认她看问题比我尖锐，至于说的是否正确可另作别论。

"我没有上过学，孩子，没有人教我去崇拜欧洲人。你上了十几年学，都学些什么了呢？无非还是学那老一套：五体投地地崇拜他们，崇拜到竟忘了自己是什么人，忘了自己的家乡。即使如此，上过学的人还是比较幸运的。至少，他可以了解到别的民族是怎样用他们特有的方式去掠夺其他民族的财富的。"

她从桌上拿起一张报纸，上面有我的文章和编辑的评论。

"你的文风太软弱，好像没见过世面的少女。别说最近的严峻考验了，就现在这个，难道还没有使你坚强起来、毫不妥协吗？明克呀，我的孩子。"姨娘压低声音，仿佛别人在偷听我们讲话，"现在你就用马来语写文章，孩子。马来语报纸读者更多。"

"很遗憾，妈妈，我不会用马来语写文章。"

"如果暂时不会，那可以请人翻译。"

我顿时想起了高墨尔。

"好的，妈妈。"我立即答道。

"按照伊斯兰法，你的婚姻是合法的。废除这桩婚姻，是对伊斯兰法的侮辱，是对伊斯兰社群所尊崇的法典的玷污……唉，我当时是多么想举行合法婚礼呀，可是老爷一直不同意。显然是因为他另有合法的妻子。如今我的孩子已举行了合法的婚礼，比我强多了。可是她的婚姻却不被承认。"

"我现在就动笔写，妈妈。你去睡觉吧！"

姨娘去睡觉了。她的步履还是那么矫健，犹如一位战无不胜的将军。

翌晨三时十分，我的文章快写完了。寂静拂晓中传来了急促的马蹄声。马越跑越近，进入了我们的大院。过了一会，达萨姆在窗下叫道："少爷，请起床吧！"

在窗下，达萨姆手提着一盏油灯。借着朦胧的光，我看见达萨姆身旁站着一位印欧混血儿，身穿一套邮差制服。他向我施了个礼，用马来语问："您是明克先生吗？这儿有 B 州副州长先生的电报。"

我给他一角钱小费，他高兴地走了。在公鸡啼叫声中，邮差的马蹄声由近至远，渐渐消失。

"少爷您太辛苦了。现在已经是早晨了。请睡觉去吧，少爷。改日再写吧！"

达萨姆全然不知正发生着什么事。但看得出来，他见我们这么忙乱，心里十分焦急。唉，达萨姆，倘若有一千个像你这样的人，带上两千把大刀，也帮不了我们的忙。这不是血与铁能解决的问题，达萨姆。这是关系到人的权利、法律和公义的问题。你无法用刀剑的武艺来保护我们。霎时间响起反驳声：你从思想里一开始就必须公正，我的孩子！别说有一身功夫的达萨姆，即使像悄无声息的石头那样的人，也会帮忙，如果你了解他们。永远不要小看一个人的力量，更不要小看两个人的力量！

"好吧，我就睡觉去，达萨姆。"

"是呀，去睡吧，少爷。新的一天有新的可能。"

这个一身黑衣的马都拉人是多么智慧啊！我走到楼上，开始读电文：

明克，三宝垄一位著名的法学家乘快车于后日抵达你处。宜去车站迎接。请相信他。向姨娘和安娜丽丝致意。米丽娅姆和赫勃特。

母亲呀，我的母亲！我的呼吁终于有人听了。而您对发生了什么还浑然不觉。您安心地睡觉吧，母亲。我不会叫醒您，现在我也不这么做。在这里，您这个心爱的儿子是不会逃跑的。他将坚决反抗。他不是罪犯，母亲。您心爱的儿媳不能给抢走。她将把您所盼望的孙子孙女献给您，您日后会参加他们按爪哇风俗举行的婚礼……

我写的那篇关于白人法律触犯伊斯兰教教规的文章，以荷兰语在《泗水日报》登出来了，马来语译文版则登在马来语—荷兰语报纸上。两篇文章在同一个下午刊出。马尔顿·内曼先生亲自到我家，把报纸送给我。

"这些日子，您帮了我们很多。现在轮到我们尽力帮您了。"他说，"至于如何减轻外界对您和您家庭的压力，我们无能为力。我们全体编辑和工作人员钦佩您的反抗，真心实意地对您寄予同情。年轻如您，就像受暴风雨袭击的一只小鸟，但依然在搏斗着。换作别人，早就在风暴中折翼了，托莱纳尔先生。"

他提出要借安娜丽丝的照片在报上刊登。

"可能的话，把您和姨娘的照片也借给我。"

姨娘给了他一张我妻子穿着爪哇服饰、满身珠钻的大幅照片。

"很可惜，这张照片无法立即刊登。必须等两个月左右。"内曼解释道，"东印度还是一片荒原。这里还没有制版工厂，无法把这幅照片制版。这里还不懂锡版制版术。我们将在香港为这张照片制作负片，如果香港因南洋订单太多而应接不暇，那只能寄到欧洲去制版了，时间更长。如果制作成功，不仅意味着更大影响，我们也将成为第一个在东印度用锡版负片技术印刷照片的，不再用木版或石版了。"

他讲了很多，还请求我们把他介绍给安娜丽丝。他要见见安娜丽丝本人。我们以安娜丽丝身体有恙为由拒绝了。

"安娜丽丝太太已经怀孕了吗？"内曼问，"请原谅我提出这个问题。看来我是太冒昧了。然而，这一问题或许可以改变现状。虽然它无法推翻阿姆斯特丹法院的判决，但也许能挫败毛里茨·梅莱玛先生的决心。"

安娜丽丝怀孕了吗？我从没想过这件事。这问题我无法回答。姨娘也回答不了，她也向我投来了询问的目光。

内曼走后，高墨尔来了。他也带来了登着我文章的报纸。

"姨娘，明克先生，"他说，"我们将把明克先生的这篇文章马上散到农村去。我们将出钱请人向村民们宣读。人们将聚集在一起听讲。我们已给著名的伊斯兰教学者寄了十五份报纸。这些报纸上，我们专门用红笔圈出了相关部分。他们肯定会站出来讲话的。今晚我就试着收集他们的意见。姨娘和明克先生，你们不会孤军作战的，请把我高墨尔看作你们家的患难朋友吧！"

我和高墨尔乘坐一辆马车去泗水。途中，他在古农萨里（Guhungsari）下了车，我继续前往车站，去接那位我还不知道名字的律师。与我分别时，高墨尔在车外和我握了握手。他身负人道主义的使命，双目炯炯有神。他向我挥手告别后，我的马车便继续朝前驶去。

我接的律师是个中年人。他看上去从容、安详，笑容可掬，擅长倾听，与德拉德拉·莱里奥布托克斯法学硕士截然不同。至于他的姓名……我在此按下不提。由于他在律师行业的光辉业绩，他成了一位著名的法律专家和富翁。在一些重大案件中，也常常见到他的大名。

他借宿在我们家，整晚都在研究着有关安娜丽丝的卷宗。他还要求雇用两名文书，把所有的文件抄录下来。班吉·达尔曼（即从前的延·达伯斯特）和我，充当他的文书。可是因为我的字写得不好，又常常写错，律师不愿意要我。于是当天晚上，达萨姆不得不去找巴达夫石油公司的一名文书。那名文书甚至带来了誊写正式文件的专用墨水。

那位律师……（恕我不敢说出他的姓名，怕他万一在这次辩护中失败而影响今后的业务）通宵达旦地研究着全部文件。两名文书把每个文件各抄两份。翌晨六时，文书们回到了各自的工作单位。于是，我不得不再给他雇用新的文书。

　　清晨七时，律师先生开始写一个长文件。稿子由新的文书抄成若干份。他带上其中的一份，在达萨姆的护送下，出发去泗水的欧洲法院。晚上才回来，倒头就睡。

　　我们不知道在法院出了什么事。

　　当天下午，由高墨尔刊登的一则消息说，一些伊斯兰学者已经去泗水的欧洲法院抗议了，他们抗议阿姆斯特丹法院的判决和泗水法院执行判决。他们扬言要把这一问题提交在巴达维亚的伊斯兰高等法院。可是，他们被专门派来的警察给赶走了。

　　一篇似乎是出自高墨尔的评论提出警告：那些伊斯兰学者深受本地伊斯兰教徒的尊重和敬仰，他们在本地影响力很大。忽视甚至戏弄人们的宗教信仰是非常危险的，这可比操控无权无势的殖民地人民或掠夺他们的财产和妻儿要危险得多。

　　高墨尔已第二次作为我们的朋友站出来讲话了。他体察我们的心情，了解公众舆论，非常适合做我们的代言人。他言简意明，很能打动人心，并且坚定有力，每句话都很有分量。当然，他也必然要为我们承担一些不悦的后果。

　　《泗水日报》发表了内曼对姨娘的采访。

　　"二十多年来，我一直在为发展、维持和经营这个农场耗尽了心力。已故的梅莱玛先生在农场时是这样，他不在时也是这样。我照料这个农场比照料自己的子女还要精心。如今，你们要把这一切从我手里夺走，那已故的梅莱玛先生的生活方式、疾病和无能，已经使我失去了我的长子；现在另一个梅莱玛将夺走我的女儿。通过欧洲的法律，他把我的权利和我的挚爱完全剥夺。如果这是他有意为之，那我不禁要问：如果不教授人权和是非，建立这么多学校究竟有什么用？"

　　我和内曼的谈话："在女方母亲的同意下，我和安娜丽丝在自愿的基础上结了婚。自 1860 年起,奴隶制在法律上已被正式废除,至少学校的《荷属东印度历史》(*Nederlandsch–Indisdte Geschiedenis*)[①]课上是这样教的。因此,我们是属于我们自己的,不隶属于任何人。现在,按照法院的判决,我的妻子将从我的身边被夺走,那么,我就要问问欧洲人的良心:这是要使那万恶的奴隶制死灰复燃吗?怎能全凭官方文件来衡量人,而不考虑他们作为人本身的存在呢?"

接着登的是对马第内特先生的采访:"我认识这个家庭由来已久。所以我对安娜丽丝·梅莱玛婚前和婚后的健康情况了解得很清楚。我不能不以沉重的心情告诉你们,这个孩子非常爱她的丈夫,爱她的母亲,并爱她周围的环境。她一点也不能离开这三者。如果执行阿姆斯特丹法院的判决,那很可能导致她情绪紊乱,生活世界崩塌。至今,我还必须给安娜丽丝太太注射麻醉剂。她对人身的安全、事物的稳定性以及法律的保障都失去了信心。她的心灵如今充满恐惧和不安。在户外有阳光、笑声和欢乐的情形下,为什么我还必须不断给她注射麻醉剂?她的生活和幸福与判决书毫无关系,为什么这位年轻的美人必须成为那些判决书的众矢之的(bulan-bulanan)?如果还要对她继续麻醉的话,作为医生,我是不敢负责的。"

来自三宝垄的那位律师,阅读了有关案件的所有材料。他作了记录,但一句话也没说。我们也没去打扰他。下午,他读了别的城市的一些报纸,之后才就这些纷杂繁多的事情发言。他说:"我们应该坚定,姨娘……先生……"

他问姨娘:"为什么梅莱玛先生没有与您合法结婚?"

妈妈回答:"我起先也不明白为什么梅莱玛先生不愿意结婚,尽管我一直催促他娶我。五年前,他的儿子毛里茨·梅莱玛忽然来到这座

---

① 荷兰语,作者注为 *Sejarah Hindia Belanda*。

房子时，我才明白怎么回事。也就是那时我才知道，原来梅莱玛先生一直在法律上和那位工程师的母亲维持着婚姻关系。"

律师先生惊异地看着姨娘。"所以他们从来没有离婚？那样的话，梅莱玛先生也不可能在东印度合法承认他的孩子，非婚生子会被视为私生子，对他们予以承认被认为是非法的。如果这样的话，姨娘您在这个案子里的胜算就强了！"

我和妈妈忽然又感觉到希望了。姨娘还有点生气：为什么德拉德拉·莱奥布托克斯法学硕士想不到这个点？但几天后，这位律师先生又通知说，这种辩护方式无济于事。他说："我发了封电报去荷兰查询此事，发现阿梅丽娅·梅莱玛——哈默斯夫人在她丈夫离家五年杳无音讯后，向荷兰法院申请了离婚：她的丈夫已离弃她，意图不良。在找寻梅莱玛先生无果后，1879年，法庭准许了离婚。所以他们的婚姻关系在您的孩子罗伯特出生时已经不存在了。梅莱玛先生知道离婚这事吗？"

"我猜他不知道，"妈妈想了一会，霎时间爆发了，"如果这是真的话，那五年前毛里茨·梅莱玛就是在撒谎！他谴责梅莱玛先生基于太太的不忠申请离婚！那次谈话彻底毁了他老爸。"

姨娘眼中喷着怒火，一声不吭地坐下来，我看到她的手还在因为情绪激动而发抖。我们眼中毛里茨·梅莱玛的形象更糟糕了。他刻意撒谎来摧毁赫曼·梅莱玛的精神，像这样加速其死亡。所有这一切就为了财产。①

---

① 从"他问姨娘"到"为了财产"这部分内容，在荷兰 Manus Amici b.v. 出版社 1980 年 11 月欧洲版、印度尼西亚 Lentera Dipantara 出版社 2015 年 10 月第 20 版里均无，原《人世间》中译本（1982）亦缺。在印度尼西亚 Hasta Mitra 出版社 2002 年 10 月第 9 版则存在，英译本大致相同，仅缺少"她的丈夫已离弃她，意图不良"一句。此处涉及关键情节，请读者注意版本差别。

第二天，律师先生回三宝垄去了。

我们又没有法律专家做后盾了，没有直接对抗法院判决的途径了。

"好吧，妈妈，我们现在只剩手中这支笔了！"于是，我拼命地写作、呼吁、演讲、哀鸣、咆哮、谴责、呻吟和鼓动。

高墨尔把我的所有文章都译成马来语，分发给那些愿意登载的报刊。

这样还是颇有成效的。

泗水的宗教高级法庭宣布：我和安娜丽丝的婚姻是合法的，不容置疑，更不容废除。相反，几家殖民主义报刊对此进行讥讽、谩骂和嘲弄。内曼和高墨尔办的报纸忙于简述以上这些消息。

当我的妻子，这弱不禁风的美人，躺在床上动弹不得的时候，整个泗水已是满城风雨。人们都在议论安娜丽丝、姨娘和我。事发后，高墨尔也在奋战，成果不断显现。在农村，人们宣读他的报纸，村民们成群结队地围拢来听。于是报上所谈的问题不胫而走，广为流传，成了公众话题。

最后，在没有询问我们的情况下，达萨姆也知道了事情的来龙去脉。他的孩子帮他积极阅读那些马来语报刊。

法院再次传讯安娜丽丝和姨娘。安娜丽丝因病无法出庭。于是，在没有律师陪同的情况下，姨娘和我出发了。马第内特医生留下来照顾安娜丽丝。

法官直接问："安娜丽丝·梅莱玛为什么不出庭？"

"病了，由马第内特医生照看着。"姨娘回答。

"有医生证明吗？"

我吃惊地听到姨娘语出不逊："难道法庭也已经作出判决，我说的话不可信吗？"

"好吧,"法官涨红了脸,"姨娘,你说话可以客气一些。"

"一个即将失去一切的人还需要客客气气地对待她的遭遇吗?你们要怎样,说吧!"

法官有意避开和这位土著妇女的争吵,他作了让步:"嗯,好吧,现在我宣读一份泗水法院的判决书。这与已故者赫曼·梅莱玛先生所承认的女儿安娜丽丝·梅莱玛小姐有关。法庭判决,未来五天之内,安娜丽丝·梅莱玛小姐将被用船从泗水送往欧洲。"

"她病着呢。"姨娘驳斥道。

"船上有良好的医生。"

"我不同意她走,"我反对道,"我是她的丈夫。"

"任何自称或否认是她丈夫的人,都与我们无关。安娜丽丝小姐还是未婚,没有丈夫。"

与这个魔鬼无法交谈。他取出怀表,从椅子上站了起来,扬长而去。

姨娘和我怀着难以形容的愤怒心情,离开了法院大楼。我请姨娘先回家。我自己则和内曼、高墨尔联系,把这消息告诉他们,不仅到他们各自的报馆编辑稿子,甚至还跟着去用大号字母排版。

当天下午,消息就登出来了。

回到家里,我见马第内特医生和姨娘正在屋里照看我的妻子。他们俩都默默地坐着沉思。没人想说话。

第二日,出现了奇迹。

泗水法院的判决激起了许多人和团体的愤慨。一群手持大刀和弯刀的马都拉人包围了我们家,主动充当守卫。他们看到如有欧洲人和政府官吏闯入姨娘家的大院,便上前动武阻拦。大路上,人们特地停住了车辆,观看我们这里发生的事情。一名马都拉人,穿着一身黑色衣裤,上衣没扣纽扣,敞着怀,不停地踱来踱去,仿佛有意在准备着反抗和承担风险。他头上裹着的长头巾有一角一直拖到肩上。

从安娜丽丝房间的窗户，我可以听到马都拉人的咒骂声。他们把白人法庭的判决斥之为异教徒和叛逆者的行径，今生和来世都该诅咒的罪恶。从清晨到上午十一时，他们掌控着院子，分散在房子周围。

整个农场的活动都停了下来。农场工人因害怕而四散，回到各自的村子里去了。

两队巡警（Veldpolitie）乘坐着政府的一辆辆马车到达。老远就能听到他们车辆上的铜铃声。巡警们对马都拉人不屑一顾，径直把马车驶进大院。从我们的房间里，我看到几名马都拉人举着弯刀向马脚砍去。结果，有两辆马车失去控制，冲入花园，掉进了天鹅池。其他马车都停了下来，一些身穿制服、手持卡宾枪的人从车上跳了下来，驱赶马都拉人。即使受到袭击，马都拉人根本不肯离去。一场遭遇战发生了。

我向窗外望去，只见两名巡警倒在血泊之中。那些身穿制服的人招架不住，吓得直往天上放枪。

马都拉人受伤的也不少，他们都满身鲜血。巡警队长是一名纯种欧洲人，他在痛骂那些开枪的部下。霎时间，一块石头飞来，击中了他的太阳穴。他打了个趔趄，摔倒在地，再也爬不起来。一位黑皮肤的荷兰人，看来是接替巡警队长的指挥官，他吼叫着，更凶猛地驱赶着马都拉人。他的手臂上挨了一刀，上衣顿时染成了暗红色。马都拉人口呼着真主伟大，喊声震天，令人丧胆。但最后，他们仍被驱散，不得不向四处逃跑。

在我们庭院的草地上，留下了一具具血肉模糊的尸体。

政府把刚结束演习的骑警队（Maresosé）[①]从玛琅（Malang）调来，接替此地的巡警队。巡警队被视为严重渎职，因为他们开枪了，虽然只是朝天鸣放。骑警队把巡警队痛骂了一顿，命令他们把两辆掉进鹅池里的马车捞上来，然后马上撤走。

一支由马都拉人和其他土著民组成的队伍，向院子冲了过来。他们以为还是巡警队在执行驱赶任务。当意识到要对付骑警队时，他们不禁犹豫起来。有些人甚至还没进院子就溜跑了。确实，整个东印度都害怕骑警队，这是从荷属东印度军队中选拔出来的一支特种部队。在平息骚乱时，他们只使用橡皮短棍，不用刀枪，个个都精通格斗，以此而闻名。

骑警队头戴叶绿色竹帽，帽前闪烁着铜狮徽章。我从窗口往外张望，只见在拥进大院的人群中，绿帽和闪光的徽记上下跃动。骑警队使劲吹着警哨，挥舞着警棍，猛揍乱打。一场警棍、警哨与利刃非利刃之间的混战持续了大约半小时。两名骑警队队员当场丧生。

当天，反抗者的队伍被驱散了。作为事件的后果，达萨姆遭到逮捕，不知被押至什么地方。

事件平息后，一位叫哈姆斯岱的中士使劲地敲我们房门，企图进来。姨娘开了门，在门口挡住他。

"您是温托索罗姨娘吗？"中士用马来语问。

"我与你们骑警队没有任何关系。"

"这一片住宅区将由骑警队守卫。"

"这与我无关。不经我的准许，谁都不准进我的家门。"

"本人是骑警队中士哈姆斯岱，是前来请求您准许的。"

[①] 骑警队是荷属东印度的战斗部队，建立于19世纪末，主要任务是平息亚齐地区的骚乱。——原注

"我不准许。"

"既然如此，那我们就在院内扎营。"

姨娘"砰"的一声把门关上，从里面把门反锁。她还在门后站了好一会。她瞧着我说："一旦让步，他们就会为所欲为。别担心，没事的。他们没有这所房屋的证件。他们只相信证件。没有证件，他们再厉害，也没有用。对他们来说，一张纸便起决定作用，更有权威。"姨娘苦涩地说。

我从窗子看见马第内特医生和哈姆斯岱中士在大门口吵了一阵。中士不准医生进来。在房间里，我听不到他们的争吵声，但是，从他们的动作看，马第内特医生想进来瞧他的病人，却被拒之门外。他坚持要进来。可是最后，这位医生登上马车，悻悻而去。

现在我们必须在没有医生的情况下护理安娜丽丝了。

当天下午，安娜丽丝从昏迷中醒过来。她睁着两只大眼睛，左看看右看看，仿佛第一次看到这个世界似的。接着，她闭上了眼睛。过了一会，又睁开眼。

"安娜，安娜丽丝。"我叫她。

她瞧着我。那没有血色的双唇启开了，却没有声音。我端起一杯可可牛奶喂她。她默默地喝了半杯，停下了，在床上坐起来。姨娘悄悄地注视着她。猛然间，姨娘倏地站起，走出房间。起初，我还以为她是到屋后去察看、喂奶牛呢。

不一会，传来了姨娘的声音。她用荷兰语嚷道："他们都能去荷兰，为什么我不能去呢？"

我探出房门张望，只见台子上姨娘正在和一个纯种欧洲人讲话。那人双手插腰，因声音太小，我听不清他在说些什么。欧洲人一会儿摇摇头，一会儿摆摆手。

"先生，我送我自己的孩子与你何干呢？我用我自己的钱，又不用别人的。"

那欧洲人又摇了摇头。

"给我看看哪个法条写着我不能去送我的女儿。"

那人只是摆了摆手，连身子都没动。

"要种痘证明书吗？健康证明？到现在为止，连我女儿也没有这些证明书。而且，她还病着呢。如果她可以在船上注射防疫针的话，为什么我不能呢？"

我没再去注意他们在房前台子上的对话。安娜丽丝似乎想从床上下来。我扶着她走路，把她带到窗前，因为这是她爱去的地方。我们俩在那站了许久，沉默了许久，我不知该说什么好。但也不能一味沉默下去，我只好随便寻句话说："你没去过那座山吧，安娜？在山顶可以鸟瞰整个沃诺克罗莫和泗水。哪天我们找个机会去吧。"

其实那座山是看不到的，它被大块乌云遮住了。乌云一块一块，仿佛没搅匀的牛奶咖啡。低空阴霾挡着远处那平日里可见的墨绿色丛林，更远处有数不清的闪电，不时划破长空。整个天空刹那间通亮，浩瀚而阴沉。闪电瞬息即逝。自然界自顾自繁忙着。

在我身旁，妻子呼出一口长气。

姨娘又走了进来。她坐在原先那张椅子上，没有作声，好像刚才没发生什么事似的。我调过头看她时，只见她在抬手叫我过去。我便留下安娜丽丝独自站在窗前。

"明克，由你告诉她吧，出发的时间只剩下三天了。"

应该由我告诉她，因为我是她的丈夫。这本来就是我的责任。但是因为忙那些紧迫的事，我还没有向她尽这份责任。安娜丽丝应该知道：我们输了，一败涂地地输了，连自卫都没做到，更谈不上反抗。

从窗口往外眺望，远处仍是朦胧一片。闪电一过，天色显得更加阴沉。我们窗下的天鹅池已经破损了，尚未整修。平时从我们这里可以看到农场里的一个村子，到处是嬉戏的孩子们。如今，一片死寂，毫无生活气息。

我走近我的妻子，把手搭在她的肩上，脸贴着她那冷冰冰的脸，鼓足勇气："安娜！"她没来看我，也没有回应。"安娜，安娜丽丝，我的妻子，你听得见我吗？"

她无动于衷。她用左手轻轻地搔着那美丽的颈背。她那颀长的脖子，在向上微卷的长发遮掩下，显得比远处的自然更加动人。

我们在一起的日子只剩下三天了。我的爱人，美丽无双的爱人，将要离我而去。在你身上将会发生什么事呢，安娜？我又会怎样？难道你会像远处的闪电，一下子划破长空，照亮天际，然后瞬息即逝、永远消失吗？某个对你一无所知的人，突然对你作出了如此处置和惩罚。另外那些完全不认识你的人，硬生生把你和你所爱的一切分开。你是那么消瘦、苍白，安娜。妈妈和我这几日也憔悴了不少。

这是多么令你唏嘘呀，安娜，美丽如你，却来不及尽情地享受芳华。

"你不愿意听我说吧，安娜？"她仍然无动于衷，"你喜欢那边的山吗，安娜？"

她微微颔首，表示会意。

"我们本应该骑马去那里游玩吧，安娜？让妈妈留在家里，就我俩骑马到那去，安娜。"

她再次微微点头。

"你最爱的巴乌马经常嘶鸣，问你上哪儿去了，安娜。"

她低下了头。接着，她非常缓慢地抬起头，凝视着我，那宛如明星的双眸充满着遐想。她仍一言不发，嘴里散发出一股药味。

姨娘已无法抑制感情。我听到她在伤心地啜泣，走出了屋子。大约十分钟后，她领着另一个欧洲人走了过来，他径直走到我们伫立的

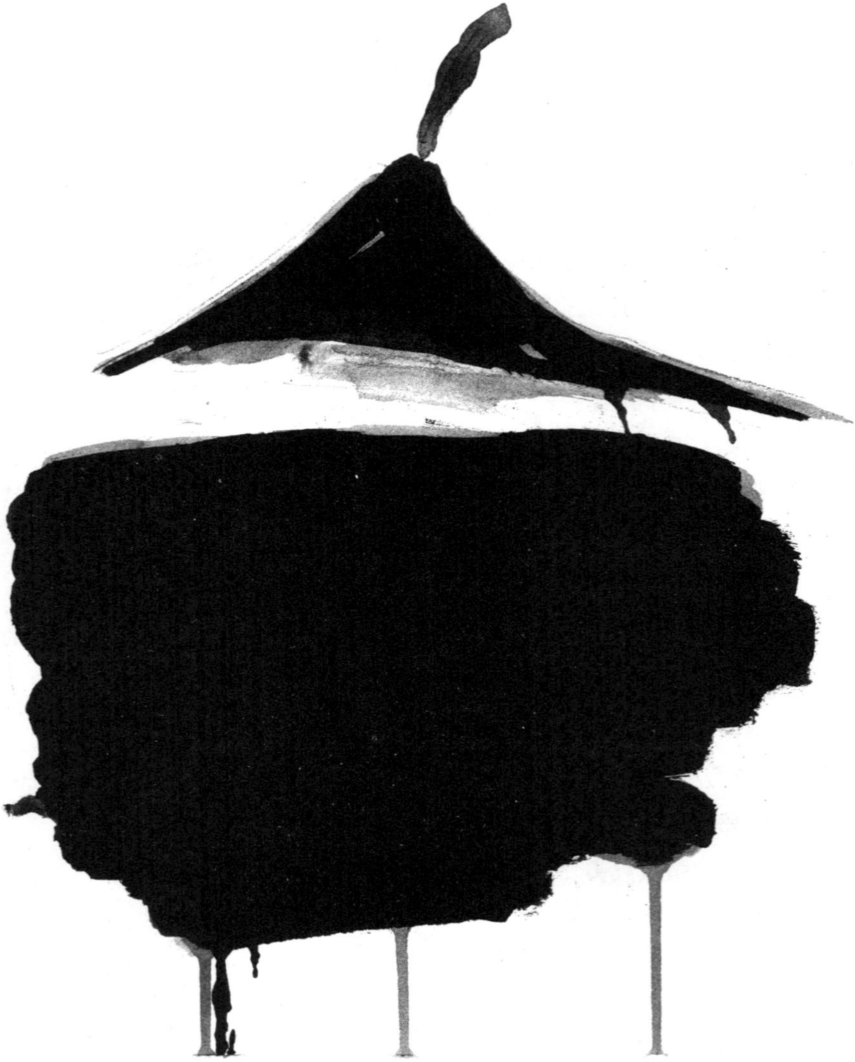

地方。

"政府的医生,"他没介绍自己的姓名,"前来检查安娜丽丝·梅莱玛小姐的健康。"

"是太太,不是小姐。"我反驳道。

他仿佛没听见,把我的妻子领到床边,让她坐下。接着,他从长褂口袋里取出听诊器,开始检查。他睁大了两只眼睛,听她的心脏、测血压,又看看天花板。他把听诊器放回口袋,又检查我妻子的眼睛。然后,他闻闻从我妻子口里和鼻子里呼出的气,摇了摇头。

姨娘默默地注视着这一切。那位政府医生又叫他的病人躺下。

"姨娘!为什么你(Kowé)任由这孩子被注射这么多麻醉剂?"他用马来语粗声质问。①

"先生(Tuan),是不是请立即离开这所房子?"姨娘也用马来语不客气地回敬。

"放肆!你还不明白?我是政府医生。"

"你要干什么?"姨娘呵斥道。

"我要控告你,哼!还有马第内特医生。小心!"

"到你家控告去吧!在这里就不必了。别在这里啰唆,我家门开着!"

政府医生气得满脸通红,转向我,"你刚才也听到了,"他说,"她都说了些什么话?你替我作证!"

"房门确实没上锁。"我说。

姨娘和我走到安娜丽丝身旁,把她扶起来,准备吃饭。

"她很虚弱,太虚弱了。让她睡觉吧。她有心脏病。别打扰她!"政府医生发号施令道。

---

① 他话里所有的第二人称都用 Kowé,后来姨娘也用这个粗鄙的词还击。

我们把安娜丽丝扶下床,让她坐在靠背椅子上。

"我替你拿饭菜去。安娜。不要理睬任何人任何事。"

她无力地点点头。

那医生以威胁的神态靠近我,确然威胁着说:"你违反医嘱试试,哼?"

"我比外人更了解我的妻子。"我对他看也不看一眼,用马来语回答。

"好吧!"他说着,朝门口走去,"小心!"

"你怎么不说话呀,安娜?"她仍然缄默不语。

"你不愿意听我说吗,安娜?那傻蛋医生不在了,别害怕。"

我顺着她的目光,向窗口望去。极目之处,群山依然笼罩在乌云中。姨娘默默地注视着我的行动。

安娜丽丝缓慢地、有气无力地咀嚼着。每次咽时,显出一副想咽又咽不进去的样子。

身后,我听到姨娘在说话,更像在喃喃自语:"过去,毛里茨提出有罪的混血婚姻问题。现在,他又要索取那有罪婚姻的成果。我过去还以为他是一位纯洁的圣人呢……"

"不必去回忆那些往事啦,妈妈。"我说,没有回头看。

"是呀,有时回忆只会徒劳地增加烦恼。本来嘛,回忆往事是没什么帮助的。你已经告诉她了吗,孩子,我的孩子?"

"还没,妈妈。"

"你说话呀,安娜。你已经好久没说话了。"

安娜丽丝注视着我。她微笑了,笑了。安娜丽丝笑了!姨娘惊喜地睁大了眼睛。"啊,你在好起来啦,安娜!"我在心里喊。

姨娘从座位上站了起来,上前拥抱她的女儿,亲吻她,喃喃说:"安娜,你笑了,我没有比这更欣慰的了。你的丈夫也会欣慰的。这些日子以来，你总不愿意开口。"姨娘顿时泪光闪闪。

安娜丽丝慢慢地眨着眼睛，如此无精打采，懒得再睁开似的。

马第内特医生曾经说过，她的问题在于总是紧张地想设法保住她已有的事物，不想放弃她已经得到的东西。但是，一次危机就可能使她失去手中的一切。这使她对现有的一切和所发生的一切都默然不应。这时，我的妻子是否已发展到这般地步了呢？我不知道。马第内特医生如今已不能到这里来看她了。他最后的嘱咐是：倘能说服安娜丽丝不要固守现状，那么她将安然无恙。她现在的情况如何呢？我不清楚。姨娘也不了解。医生，如今你已远远地离开我们啦！

在马第内特医生护理期间，正如他所说的那样，安娜丽丝心情紧张地想抓住已有的东西不放。医生又说，我们都失败了，一切努力都落空了。而安娜丽丝不愿意明白这一切。她看起来从未反抗过，但是她内心已经失去了秩序，好似发生过一场战争。只有注射麻醉剂，才能阻止她崩溃。否则，她将认为，世上没有任何值得留恋的东西，她也不值得任何人留恋。梅莱玛先生……回忆一下。在安娜丽丝清醒时，你要设法接连不断地跟她讲话，天南地北地讲，讲美好的、充满希望和令人愉快的事情。

作为她的丈夫，我现在的任务是告诉她一个痛苦的现实：她和我们在一起只有三天时间了！另外，也没人再给她注射麻醉剂了。他们不让马第内特医生来了。

马第内特医生还说，安娜丽丝已经过了危险期，这是他在我们结婚前不久说的。现在，危险期又到了。医生说："这次能把她的病治好的医生仍然是你，因为你是她丈夫，是她心爱的人。你设法陪她一起去荷兰吧。姨娘是能够支付一百二十盾的。对她来说，这些钱并不算多。"

可他们不准我们去护送安娜丽丝。

"想想办法吧，"马第内特医生说，"不管通过什么途径和方式，别糟蹋了你妻子的生命。没有你，她就没法生活。现在，你是她唯一的支柱。"

我觉得已尽了一切力量，却失败了，阿姆斯特丹法院是无法抗拒的。泗水的白人法院声称，我和姨娘两人与安娜丽丝没有任何关系。姨娘便立即安排班吉·达尔曼（即以前的延·达伯斯特）以"做香料买卖"为名，乘船去荷兰，代表我们照料安娜丽丝。姨娘不准他到沃诺克罗莫来，以免引起嫌疑。荷兰轮船公司的代理人也机智地把他安排在二等舱，紧挨着安娜丽丝的房间。那位代理人还把他健康证明信上填的日期提前了一些。

我妻子的面庞就像大理石雕像那样呆板，仿佛面部的神经与大脑已失去了联系。脸纹丝不动，双目呆滞无神。她依然一言不发。我已尝过一切手段，告诉她出发的时间，都没有成功。

她吃饭不超过四汤匙，接着便不张口了。姨娘焦躁不安地走进来又走出去，不知已有多少次。一次，当房间里没有其他人时，我搂着我的妻子，鼓起勇气在她耳边窃窃私语："我们失败了，安娜。我们要跟着你乘船去荷兰，但他们不让。你听到我说话了吗，安娜？"

她仍然毫无反应。

"我不知道你在想什么，安娜，但你得知道，三天后，延·达伯斯特将代表妈妈和我，陪同你乘船去欧洲。安娜，你别难过，嗯？你先去那，妈妈和我随后就来。"

安娜丽丝还是置若罔闻。然而，我作为她的丈夫，我已完成了这一艰巨任务，完成得很不好，因为她没有任何反应。我应该把这件事重复告诉她多少次呢？我亲吻着她。她同样无动于衷。也许马第内特医生说对了：她已经闯过了最危急的关头，如今开始放弃一切了。

姨娘再次走进来。她把赫勃特的电报和母亲的信转交给了我。

那位 B 州副州长表示很遗憾，他派来的律师显然没能帮我们把官司打赢。他说，他和我们一样难过，对我们深表同情。在他的长篇电报中，他还说，阿姆斯特丹法院的判决是不公允的。为此，他已给总督打了电报说，如果阿姆斯特丹法院的判决继续执行的话，那他将辞职。他还给荷兰司法部打电报表示抗议，可是也没有什么效果，连答复都没有。因此，他将辞职，和米丽娅姆一起回欧洲去。

安娜丽丝本人怎么样呢？她依然对周围的一切不感兴趣。我说了又说，讲了又讲。她仍然一声不吭，也许她根本就没听我讲话。我把她扶回床上，让她躺下。我自己躺在她的身旁。幸亏我知道祖先的许多故事和传说。即使那么多，我也都讲完了。欧洲的日诺弗娃公主（*Putri Genoveva*）的故事至少已讲了四遍，《格列佛游记》讲了两遍；《吹牛大王历险记》讲了两次；《小拇指》也许讲了已不下四次，小鼷鹿的故事还不算在内。我讲得喉咙嘶哑，还必须以自己足够滑稽的经历来给这些故事添油加醋。

抱着我的妻子，讲完一个故事又一个故事。我把嘴贴近她的耳朵。她最喜欢我这样跟她讲故事。

醒来时，黑夜已经过去，阳光把房间照得通亮。我自己也不知道究竟睡了多久，然而我的疲劳尚未消除。我感到，安娜丽丝抱着我不放，亲吻着我，抚摸着我的头发。我倏地坐了起来。

"安娜，安娜丽丝！"我不禁喊了起来。我握住她的手腕，感到她的脉搏比昨天正常多了。

"哥哥。"她应着。

我的安娜丽丝，你真的在开口讲话了？或者只是我在做梦？我揉揉眼睛。哎，你是梦，别来打扰我！可是我亲眼看见我的妻子微笑了。她脸色苍白，牙齿脏脏的，眼里仍然没有一丝笑意。

"啊，安娜丽丝，我的安娜丽丝！你好起来了，安娜！"我拥抱着她,亲吻着她。这些日子来的心血没有白费。

"饭菜准备好了,哥哥,我们一起吃饭吧!"她像往常那样温柔地对我说。

我端详着她。马第内特医生所说是真的吗:她神志恍惚,抑郁惆怅,心理没能正常地发育。我凝视着她的眼睛。她双目无神,唇边依然绽露着笑意,眸子却黯然呆滞,甚至仿佛在斜眼凝睇着什么。

"妈妈,"我喊,"安娜丽丝已经好了!"

可是姨娘并没有进来。

我没洗漱,就坐在房间里等着吃午饭了。

安娜丽丝只把匙叉和盘子放在她自己跟前,我面前却没有。难道她精神失常了吗?还是她只让我一个人吃饭?

她用匙子舀起饭来,送到我嘴边,喂我吃。

"我自己会吃的,安娜。你吃吧。让我来喂你!"

她不肯吃,仍坚持要喂我。我只得咀嚼着饭菜,咽进肚里。我清楚地知道,我不能伤她的感情。我一直让她喂我,到把我的肚子喂饱为止。

"你为什么要这样喂我呢?"

"我这一生中就这么一次了,就让我喂喂我的丈夫吧!"她又沉默起来,再也不说话了。

第二十章

今天是最后一天。

农场的工作完全停顿了。骑警队禁止任何人进入农场的大院。他们只允许饲养奶牛和挤奶的工作照常进行。

对于姨娘的抗议,他们置若罔闻。

"姨娘不会受损失的,"骑警队辩解,"一切费用都由荷兰方负担。"

寄给我们的信纷至沓来,而我们没时间复信,连读信的工夫都没有。内曼寄来的报纸也无人去读,越堆越高。

我们三人,尤其是安娜丽丝,除了洗澡和上厕所外,都被禁止出屋。我们被软禁了。

骑警队在院里扎了营。有时他们走出营帐,只为驱散那些聚集在大路上的人群。那些人有的对我们表示同情,有的只是来看看热闹而已。

安娜丽丝形容憔悴,脸色苍白,目光呆滞,但看上去还算正常。

"穆尔塔图里是怎样描写荷兰的,你讲给我听听好吗?"她突然问我。于是我讲了起来:"从前,在那北海边,有一个国家……"我竭尽全力,"那里地势低洼,因此人们称它为低地国家,就是尼德兰或者荷兰这个词的意思。"说到这里,我没法再接下去。她的眼睛遐想着什么,依然无精打采。突然,她诧异地凝视着我,仿佛在观看一只她从未见过的蓝尾蜥蜴。"由于地势低洼,人们必须不断地修堤筑坝。久而久之,他们对这项工作感到很厌烦。于是他们习惯离开自己的国家,漂洋过海,看到那些地高山峻的国家便垂涎三尺。安娜,后来他们当然占领了那些地方。由于荷兰的土地位于它国之下,他们也就强迫那些国家的人民位于荷兰人之下,哪怕一点都不能超过他们。"

"给我讲讲大海吧。"

一位身穿白衣、头戴白帽的欧洲妇女连门也不敲就走了进来。姨娘和我没去管她。最近一些日子,谁都可以闯进我们家。那个女人进来,无非是给我们伨找些麻烦罢了。她对安娜丽丝说:

"再过四个小时,你就在海上航行了。那是一片海洋,一片汪洋大海,亲爱的。"不速之客代替我满足了安娜丽丝的要求,"海里有数不清的鱼儿。大海波涛起伏,浪花四溅。小姐将乘一艘华丽的大轮船,横渡大洋。亲爱的,您将乘船进入苏伊士运河,看到别的船迎面驶来。那时,亲爱的,小姐的船将汽笛长鸣,对面的船也将汽笛长鸣。您见过直布罗陀吗?啊,小姐,您将乘船经过那礁石之城。几天以后,小姐将踏上您祖先的土地。那里金黄色的沙滩耀眼夺目,到处鲜花盛开,一切将使您感到称心如意,神怡气爽。过不了几天,秋天就将来临,树叶飘零,纷纷落地……您的兄长是一位学者,是一位工程师。他有名望、地位高、受人景仰。在他教导下,您的生活将多么美好……假如您不乐意,那么,也许只要过一两年,小姐,您就可以独立生活。是的,小姐,只需一两年的时间……"

"哥,我喜欢海浪、泡沫和波涛,多过轮船与荷兰。"

"不,亲爱的,"来者插话道,"在荷兰,一切应有尽有。小姐喜欢什么，您就能得到什么。"

"哥哥，难道我们这里缺少什么吗？"

"不，安娜，在这里，你享有一切。你在这很幸福。"

"如果荷兰应有尽有，"姨娘气愤地说，"那为什么欧洲人还到我们这里来呢？"

"姨娘，你别为难我们了。还是快去给她准备衣服吧。"

"不，我不只是要给她准备衣服，"姨娘生气地说，"我还要让她带上她的首饰，她的银行存折，她父亲承认她为女儿的证件，以及她母亲和丈夫的祈祷。"

"妈妈，"安娜丽丝打断说，"您还记得您过去讲的那件事吗？……"

"安娜，你指的是什么事？"

"就是您离开自己家再也不回去的事……"

"嗯，安娜，你提它干什么呀？"

"那时，妈妈带着一只破铁皮箱子。"

"是的，安娜。"

"现在那只箱子在哪，妈妈？"

"一直在储藏室里，安娜。"

"您拿给我瞧瞧吧。"

妈妈去取那只箱子。

"出发的时间快到了，小姐。"欧洲女人插话说。

安娜丽丝和我都没有理她。这时，姨娘拎着那只小铁皮箱走了进来。那只棕褐色箱子已经生锈，箱面坑坑洼洼的，凹凸不平。安娜丽丝立即上前接过箱子来。

"我要带着这只箱子走，妈妈，我的妈妈。"

"这箱子又小又破，太难看了，安娜。"

"妈妈，过去您带着这只箱子离开了家，并且下定决心永远不再回。这只箱子将引起你对过去的怀念，太伤您的心啦！让我把这箱子，连同您过去痛苦的回忆，一起带走吧。除了再带上婆婆给我的蜡染花裙以外，就什么也不带了。只带这两件，一是您的这只箱子，妈妈的纪念品；另一件是婆婆给我的蜡染花裙，新婚时的礼服。请把这条花裙放进箱内吧。这是我对 B 县的婆婆表示的敬意。我要走了，妈妈。别想过去的事了。过去的事就让它过去吧，我的妈妈，我亲爱的妈妈！"

"车子已经在外面等很久了，小姐。"欧洲女人又插嘴。

"这是什么意思，安娜？"

"像妈妈过去那样，我也不会回这个家了。"

"安娜，安娜丽丝，我亲爱的孩子！"姨娘哭喊着，上前一把搂住我的妻子，"不是妈妈没努力，安娜，不是我没有尽力保护你呀，孩子……"

妈妈伤心至极，泣不成声。我也呜咽起来。

"妈妈和我已尽了一切努力，安娜！"我补充道。

"别哭了，别再哭了，妈妈！哥！我还有一个请求呢。妈妈，别哭了。"

"说吧，安娜，你说吧。"妈妈号啕大哭起来。

"……妈妈，为我生一个妹妹，一个能始终对您很好的亲妹妹……"

妈妈哭得更伤心了。

"……妹妹将孝敬您，妈妈，不会像我这样尽给您添麻烦……直到……"

"直到什么呀，安娜？"

"……直到妈妈不再想念安娜丽丝。"

"安娜，安娜，我的孩子，你怎么忍心说出这样的话。请原谅我们，我们没能保护你！请原谅吧，原谅吧，原谅我吧！"

"哥,我们在一起很幸福对吗?"

"当然,安娜。"

"那就只记住幸福吧,哥哥。其他的事情就别去想了。"

"快走!"一个混血儿男人在门口嚷道,"出发时间已经晚两分钟了。"

"走吧,亲爱的,我的小姐。"那位欧洲女人去领安娜丽丝。

骤然间,安娜丽丝变得缄默不语,对周围的事物失去了知觉。刚才那种彬彬有礼的神态,现在全然不见了。在欧洲女人的带领下,她缓慢地走出房间,一步一步走下楼梯。她的身体显得那么虚弱无力。

我和姨娘赶快跑上去扶她,想把那欧洲女人换下来。可是,混血儿男人和欧洲女人把我们推开了。

一楼的楼梯口已经聚集了一些骑警队队员。

他们走过来阻挡我们前进。我们只能眼睁睁地看着我们的亲人,看着她像一头牛似的被人牵走了。她步履缓慢,沿着楼梯一级一级地走下去。

想当初,姨娘的母亲敌不过梅莱玛先生的权势,无力保护姨娘,结果让姨娘带着怨恨和愤怒离去。也许现在的姨娘和她当时的母亲,心情是一样的。可是,安娜丽丝这时的心情又是怎样呢?难道她真的抛空了一切,连自己的感情也抛空了吗?

我感到茫然。蓦地,我听到了自己的哭声。母亲,您的儿子失败了。您心爱的孩子没有保护好妻子,没有保护好您的儿媳,但他没有逃避。母亲,他不是罪犯。在欧洲人面前,土著民竟如此软弱可欺!欧洲人,你们本是我的老师,怎能干出这种勾当?我妻子对你们了解不多,现在她竟连自己的一块小天地也失去了信心——那小天地已没有安宁,失去保障,剩她孤零零的一个人。

我不停地呼唤着安娜丽丝,她却没有理我,头也没回。

"安娜,我很快就会去找你的!"我大声喊着。

她没有回答,也没有回过头来看我。

"我也会去找你的,安娜!振作一点!"姨娘喊,她声音嘶哑,几乎喊不出声。

安娜丽丝没有答话,也没回头看一眼。

前门打开了。一辆政府的马车已经停在门口,两侧有骑警队守卫着。他们不准妈妈和我走出前门。

我们还能勉强看到安娜丽丝被他们扶上马车。她依然没有回头望一眼,也没有应一声。

有人从外面把前门关上了。

隐隐约约地,传来了马车车轮碾压碎石路面的声响,越来越远,终于完全消失。安娜丽丝就要坐上轮船,向欧洲出发了,去那个威廉明娜女王主政的国家。我和姨娘站在门背后,垂下了头。

"我们失败了,妈妈!"我低声说。

"我们已经做了反抗,孩子,我的孩子!我们已经尽了最大的努力,做了最体面的反抗!"

布鲁岛
口述,1973年
书写,1975年

重校后记

罗 杰

印度尼西亚著名作家普拉姆迪亚代表作《人世间》于 1980 年 8 月正式出版，属于史诗鸿篇巨著"布鲁岛四部曲"第一部，该书为作者赢得诺贝尔文学奖提名。迄今为止，这部世界文学的经典名著先后以几十种语言文字在全球范围内出版，中译本是最早面世的几种译本之一。

此次《人世间》与中文读者再度相见，原译者和校者（居三元、孔远志、陈培初、张玉安、黄琛芳）已有两位过世，其余几人均年届耄耋。重校者对原译文展开的修订工作具有如下特点：首先，依照新版《人世间》印尼语原作，润色及优化译文，订正误译和不通顺之处，在必要时重译部分字句段落，改动、重译或者补译遍及每一页，总计约达数万字；其次，利用信息化时代便利条件，增添多处新撰写的注释，补充过去所遗漏和忽视的重要信息，以利于读者充分了解作品的时代背景及文化语境；此外，重校者在查看印尼语版和中译本之余，尝试引入他山之石作为参照——企鹅出版社发行的马克斯·莱恩（Max Lane）英译本（*This Earth of Mankind*）在全球范围内广为流传并多次再版，通过参照以上三种语言版本，有益于重校者对该小说文本多重意蕴的充分把握；最后，尤其值得注意，印尼语"布鲁岛四部曲"第二部《万国之子》与《人世间》同年出版，而第三部《足迹》首版于1985年，第四部《玻璃屋》首版于1988年。1982年《人世间》中译本的译者们是在尚未阅读"布鲁岛四部曲"后两部的情况下，尽快启动该书翻译工作，故而当时未能知晓完整四部曲的后续情节、整体构思和叙事策略，译作难免会因此留下些许遗憾。此次中译本重校－修订工作开始之前，重校者成员已阅读"布鲁岛四部曲"完整全四部，同时还读过普拉姆迪亚的回忆录《哑者的无言歌》、访谈录、其他多部作品，大量中外文研究论文、相关学术专著等各种资料，可谓是在更有利条件下展开的译文重校－修订工作，希望值此时机，能够令已受好评的中译文增益其所不能。因此，重校－修订工作可视为该书中文版翻译工作的一个后续组成部分，二者前后相隔将近四十年时间。

此次重校工作所依据的印尼语版本共有三个，主要参照印度尼西亚 Lentara Dipantara 出版社 2015 年 8 月第 20 版，同时也参阅印度尼西亚 Hasta Mitra 出版社 2002 年 10 月第 9 版，以及荷兰 Manus Amici b.v. 出版社 1980 年 11 月的印尼语欧洲版。《人世间》中译文重校－修订工作团队成员有：罗杰、曾嘉慧。此外，谢侃侃为部分专有名词的译法提供了参考意见。

关于翻译，严复先生说："一名之立，旬月踯躅。"普拉姆迪亚文风简洁质朴，学识渊博，掌握多种语言，重校者面对各种文本细节，竭力迎难而上，却时而感到力有不逮。例如，书中其他人物对主人公明克的称呼多达十余种：Tuan、Tuanmuda、Ndoro、Sinyo、Nyo、Mas、Raden Mas、Gus、Nak、Kowé 等，取决于说话者各自的身份；至于叙述者 Minke（明克）这个名字读音、由来以及他所使用的笔名 Max Tollenaar（马科斯·托勒纳尔）究竟致敬何人，则蕴含作者巧思，值得读者深入了解。再如，第九章原文里峇峇阿章（Ah Tjong）讲话时使用"belplesil"等发音拼写错误的专门设计，体现出作家对日常生活细致入微的观察能力和幽默感，大概只有通过阅读印尼文版原书才能充分领会，任何语言的译文均无法传神。重校者对此类单词尝试保留原文，以供读者参考。翻译家周克希先生说："不同的语言之间天然有缝隙，译者奋身跃入其中，从黑暗中重新打捞出词语，编制成句子。他们用两种语言，让两种文明交汇，让人类的精神成果再往前推进那么一点点。"重校者何尝不是同感？此次译文重校－修订工作的不足之处，还望读者及专家不吝指正。

普拉姆迪亚花费多年时间，为准备创作"布鲁岛四部曲"搜集了大量历史资料。1965年10月13日夜晚，他被军人从家里带走，没来得及捎上这些资料里的任何一页。1969—1979年，在未经正式审判的情况下，他被流放到布鲁岛。1973年，他向难友口述《人世间》。1975年，他获准写下此书。1980年，《人世间》甫一出版，即刻蜚声世界。然而，鲜为人知的是，早在1947年，普拉姆迪亚曾将《小王子》的作者、法国著名作家圣埃克苏佩里的另一部名作《风沙星辰》从荷兰语译成印尼语，译名也叫作 *Bumi Manusia*（参照该书法语书名 *Terre des Hommes*），与《人世间》的印尼语书名相同。普拉姆迪亚从来都不仅是一位杰出的作家，他也是一位阅历丰富的译者、编者和历史研究者，更是"新秩序"时期一位不屈的斗士，长期为国际社会所关注。他本人被称作"印度尼西亚的良心"，早在1960年就已出版《印度尼西亚华侨》一书，为彼时印度尼西亚华侨华人的不公正待遇而发声。在命运未卜的长期流放与强迫苦役之中，写作以及对家人的思念使他得以保持面对困境的勇气，深刻思索人性、人世、人道主义、人与国家、人与民族、人与历史……失去自由长达十四年之后，作家重归文坛发表作品，或许亦有重返人世间之感。

  人于世上，人世则永存于文字间。不同时空的作者、读者、译者、校者、重校者、编者……在文字间结识、交谈、聚散与重现，回响直到永远。

           2022 年 1 月 29 日 北京大学

附 录

中译本初版前言[1]

梁立基

在印度尼西亚现代文学史上，至今还没有一部小说像普拉姆迪亚的《人世间》那样，一发表就引起如此强烈的反响。这部小说于1980年8月出版，第1版一万册在不到三个星期的时间内就销售一空，接着又在五个月内连续再版了四次，而且立即被翻译成荷兰文、英文、法文、德文、日文等。现在，由我们教研室部分教师翻译的中文本也出版了。

《人世间》发表后，国内外许多著名的文学评论家纷纷撰文推荐。印度尼西亚的评论家巴拉基特里在一篇评论中说："普拉姆迪亚以这部小说一举结束了印度尼西亚文坛死气沉沉的局面。"他认为这部小说"将进入世界文学之林"，并且"不会比那些荣获诺贝尔奖的巨著逊色"。耶戈普·苏玛尔佐在评论中说："普拉姆迪亚·阿南达·杜尔从印度尼西亚文坛上销声匿迹将近十五年后发表的第一部作品，证明他仍不失为印度尼西亚迄今为止最伟大的小说家。"舆论界要求提名普拉姆迪亚为诺贝尔文学奖候选人的呼声也日益高涨。研究印度尼西亚文学的荷

---

[1] 本文系《人世间》中译本初版（北京大学出版社，1982）的前言，其时"布鲁岛四部曲"尚未完整面世。时隔四十年后，我们把初版的前言、译后记原貌收入本次修订再版作为附录，以纪念前辈们推动中国与印度尼西亚文学与文化交流的努力。

兰著名学者阿·德欧教授也认为，如果普拉姆迪亚在他后几部小说中仍能保持已达到的水平，那么，对他的提名"就必须予以认真的考虑"。阿·德欧教授还说，普拉姆迪亚是属于"在（印度尼西亚）一代人中或许只能出现一个的作家"。然而，也有一些人对这部小说的内容提出非议。

一部小说的发表为何如此轰动文坛？这似乎与作者本人所处的特殊地位有关，但更重要的原因还在于小说本身在艺术上所取得的卓越成就。

普拉姆迪亚被公认为印度尼西亚独立以来最优秀和最有代表性的作家。他坎坷的人生（将近三分之一的岁月是在狱中度过的）以及严肃认真的创作态度，使他具有与其他作家迥然相异的气质和风格。我们从他的作品中可以看到时代在前进过程中留下的许多足迹。

普拉姆迪亚1925年生于中爪哇的小市镇布洛拉。父亲是位教师，一名早期的民族主义者，由于屡遭荷兰殖民政府的迫害，最后穷困潦倒而死。母亲是位虔诚的伊斯兰教徒，一生含辛茹苦，操劳家务，对子女管教甚严。父母对他的成长和日后的创作有着深刻的影响。在他的许多作品中，经常可以看到他们的影子。普拉姆迪亚是长子，下有八个弟妹，在他还很年轻的时候就得挑起扶养全家的重担。但这也使他很早就进入了社会，接触劳苦大众，亲尝生活的艰辛。后来，这一段生活经历成了他创作的重要源泉。

1945年8月17日印度尼西亚宣布独立，爆发了震撼世界的"八月革命"。普拉姆迪亚以满腔的热情投入了捍卫民族独立的武装斗争，担任国民军的新闻军官，并亲自参加了著名的勿加西战斗。他的第一部长篇小说《勿加西河畔》写的就是这一段经历。此外他还写了一些讴歌独立战士的短篇小说，如《往何处去？》等，在文坛上初露头角。

1947年荷兰发动第一次殖民战争，他在雅加达被捕，直到1949年底"移交主权"前夕才获释。狱中两年多可以说是他创作的旺盛时期，像长篇小说《追捕》《被摧残的人们》《游击队之家》（已译成中文），短篇小说集《革命随笔》《布洛拉的故事》《黎明》等都是这个时期的作品，其中有不少为获奖之作。这个时期写的小说大都以八月革命为题材，描写八月革命时期出现的各色各样的人物，包括他在狱中的所见所闻。孩提时代故乡下层人物的悲惨命运和自己家庭的不幸遭遇，也是他这个时期描写的主要内容。他的作品反映社会现实比较深刻，富有生活气息，笔锋犀利泼辣，语言生动简练，独具一格，因此他成为八月革命时期最负盛名的作家。

八月革命失败后，普拉姆迪亚曾一度彷徨和苦闷，对"移交主权"后的社会现实深感失望和不满。1953年他应邀到荷兰去进行考察，对荷兰资本主义社会的现实也大失所望。他把它比作"棺材"。这个时期他写的作品大都属暴露文学，对被压在社会底层的小人物寄予更大的同情。主要作品有中篇小说《贪污》，短篇小说集《雅加达的故事》等。

50年代中期，普拉姆迪亚的思想有了很大的转变。他更加接近人民，认为悲观失望"减轻不了自己所负的重担"，文学不应为抽象的人性，而应为具体的人性，即为绝大多数的人民去斗争。他还访问过中国，对中国人民怀有友好的感情。50年代末，他加入了人民文化协会，并被选为人民文协和文学协会中央理事会副理事长。从此他的作品带有更鲜明的人民性和战斗性，代表作有《南万丹发生的故事》《铁锤大叔》等。

1965年，普拉姆迪亚再度被捕，前后关押了近十五年之久，于1979年底才从布鲁岛拘留营里被释放出来。在关押期间，他从未停止过创作，先后写了十来部作品。狱中十五年又成了他另一个创作旺盛时期。

普拉姆迪亚走过的创作道路确实曲折复杂，但是有两条主线却始终贯穿着他的全部作品：一是坚定的民族立场和强烈的民族感情，一是浓厚的人道主义精神和对被侮辱、被损害的小人物的极大同情。这两条主线随着作家的成长和成熟而日益发扬光大，他的近作《人世间》就是一个明证。

《人世间》是普拉姆迪亚获释后发表的第一部长篇小说，也是他在布鲁岛拘留营里写的四部曲中的第一部（其余三部是：《万国之子》《足迹》《玻璃屋》；《万国之子》已于1980年底出版）。据作者说，他早在1961年就着手准备写这四部曲，并为此收集了大量的历史资料，1973年在布鲁岛拘留营里开始口述给难友们听，1975年才写成文字。这四部曲着重要反映的是1898至1918年印度尼西亚民族觉醒的过程。这是印度尼西亚民族发展史上一个重大的转折时期，是现代民族解放运动的前奏曲。普拉姆迪亚以具体生动的艺术形象和波澜起伏的故事情节出色地展现了这一历史画卷。

《人世间》主要写印度尼西亚民族觉醒的萌芽阶段。作者在谈到这部作品的创作时说："故事本身是描写一个受压迫的妇女，她正是由于受到压迫而变得坚强起来。"他还说："我只不过希望土著人被人踩在脚下时不至于被踩碎，被踩扁，不至于被踩成薄片。越是受压迫，他就越要起来反抗。也许有人不同意这个看法，但这确是我所希望的。"这些话道出了作者在小说中所力求表现的主题思想。《人世间》就是要揭示印度尼西亚民族是怎样被荷兰殖民统治者踩在脚下的，他们又是怎样越受压迫越要起来反抗的。印度尼西亚民族的觉醒正是从这种压迫和反抗中被激发起来的。

《人世间》所反映的民族压迫和民族反抗具有鲜明的时代特征。自从17世纪初西方殖民主义者入侵印度尼西亚以来，民族矛盾就一直存在着。印度尼西亚民族反抗荷兰殖民侵略和压迫的斗争也从未间断过。但过去的斗争都不是出自民族意识的觉醒，始终没有超出旧的封建主义的范畴。19世纪末20世纪初，世界资本主义进入了帝国主义阶段，印度尼西亚也成了西方资本输出的场所。随着资本主义生产方式的确立，西方科学和民主思想开始冲破印度尼西亚旧的封建思想的堡垒，为民族觉醒准备了外部条件，而受西方教育的土著知识界的产生又为民族觉醒准备了内部条件。人们开始用新眼光和新观点去观察本民族的遭遇和命运，探索民族的出路。作者说，小说的中心内容"就是描述从一个传统的不合乎理性的思想方式过渡到合乎理性的思想方式的过程"。这个过程就是民族觉醒的过程，也是《人世间》所反映的民族矛盾和民族斗争的一个时代特征。

普拉姆迪亚把温托索罗姨娘的家作为小说的舞台中心是有其深刻的典型意义和象征意义的。温托索罗姨娘的"逸乐农场"实际上就是当时印度尼西亚殖民地社会的一个缩影。在那里所发生的一切，与其说是家庭的矛盾和冲突，倒不如说是民族的矛盾和冲突更为确切些。透过这个家庭，可以看出当时殖民地社会的畸形结构和内部的溃疡。农场主梅莱玛代表着拥有一切殖民特权的纯白人阶层，他的儿子罗伯特和女儿安娜丽丝却属于所谓"上不着天、下不着地"悬在半空的印欧混血儿阶层。这个阶层虽然也属于白人社会，但处处要低于纯白人一等，因此在不断地分化，有一部分人倾向于土著人，把自己的命运同土著人的命运联系在一起。兄妹俩恰好代表着朝两个截然相反方向分化的典型。温托索罗姨娘和明克则属于土著人阶层。前者代表着出身卑贱的下层平民，给白人当侍妾，处于最无权的地位；后者代表着封建贵族出身的新型知识分子，虽然十分向往西方的科学文化，但仍能保持民族自尊心。在殖民压迫下，共同的民族命运把他们两人紧密地联结在一起。这五个人彼此间的关系显然不是什么温情脉脉的家庭关系。一条无形的不可逾越的种族界线把他们划分成对立的两个阵营：以父亲梅莱玛和儿子罗伯特等为代表的白人殖民统治者阵营和以母亲温托索罗姨娘和女儿安娜丽丝、女婿明克等为代表的受殖民压迫的土著人阵营。双方围绕着爱情、婚姻、产业等展开的复杂斗争在一定意义上可以说是当时殖民地社会的基本矛盾在这个家庭里的具体反映和体现。这个斗争是有个发展过程的。温托索罗姨娘和明克等的反抗起初是出于自发的，是为了捍卫自身利益而进行的个人反抗。可是他们面对的压迫却是白人殖民统治者对整个土著民族的压迫，因此他们的个人反抗最终必将与整个民族的反抗汇合在一起，并由此而唤起整个民族的觉醒。这是历史的必然。小说错落有致、细腻入微地描述了这个历史的必然。

普拉姆迪亚说："我是写小说，不是写历史。至于其中包含有历史的因素，那由读者自己去鉴定。作者是按照自己的真实性去进行创作的。"的确，他主要致力于从艺术上去反映历史的真实和时代的面貌，通过典型环境的渲染和典型人物的刻画，把印度尼西亚民族历史上一个重大的篇章形象地、引人入胜地呈现在读者的面前。作者选择泗水这个城市作为整个故事发生的最初地点就不是信手拈来的，而是恰恰抓住了当时的典型环境。作者说："当时泗水是一座最大的商业城市，在那里由于受到全世界的影响而产生新思想。……因此我选择的最恰当的地点应是泗水周围……"这就是说，泗水是当时资本主义生产方式比较发达的典型的殖民地商业城市，现代殖民地社会的基本矛盾在那里表现得最集中。这样一个环境不正是为民族觉醒提供了最好的土壤吗？此外，作者还进一步选择了"逸乐农场"这个由白人和土著人结合而成的殖民地怪胎作为人物活动的舞台，这就把殖民地社会纷纭交错的矛盾透过聚光镜更加集中地投射到一个焦点上，使环境更加高度地典型化。在人物的塑造上，同样可以看到作者是独具匠心的。书中诸多人物，个个都代表着一定的典型，同时又寓以一定的象征意义。作者把典型化和象征化巧妙地结合起来，使书中的人物没有一个是多余的。作者除了对温托索罗姨娘和明克这两个主人公用浓墨重彩加以精心刻画外，对其他次要人物也下了熔铸工夫，即使笔墨不多，也力求把人物的典型特征勾勒出来，做到出场见彩。明克见当县太爷的父亲的那一段描写就是一个生动的例子。妓院老板阿章也是一个典型，他是华人的败类，腐朽没落势力的代表。作者在第二部《万国之子》中还塑造了一个华人革命青年的典型许阿仕。他的革命言行给明克以积极的影响，反映了广大劳苦华人与当地人民的战斗情谊。两个典型，一正一反，十分鲜明。但在第一部《人世间》中只出现了阿章这个反面形象，对这个问题，我们应当分析对待。

　　作者在语言风格上的新探索也值得一提。"普拉姆迪亚风格"在印度尼西亚文坛上早已驰名，但作者这次却采用了当代流行的通俗小说的语言风格，目的是使这部作品更容易为青年读者所接受。然而普拉姆迪亚毕竟是个文学巨匠，他使用的虽是通俗小说的语言，却能做到浅而能深，近而能远，质而不俚。他善于寄哲理于一般，寓丰富于单纯，不时迸发出语颇隽永的警句。

　　当然，一部作品再好，也会有其不足。《人世间》也不例外。普拉姆迪亚把典型化和象征化结合起来，这固然能赋予人物以更深刻的寓意，但有时不免要影响到对人物个性的刻画和对人物心理的剖析。例如安娜丽丝这个人物，显然象征意义多于典型意义。在描写手法上也还有自然主义的倾向。对两性的不必要的细节描写，会有损于主题的严肃性，甚至损害了人物的形象。但总的说来，瑕不掩瑜。我认为《人世间》在反映现实的深度和广度上，在思想性和艺术性方面所取得的成就，在印度尼西亚是没有其他作品可望其项背的，至少可以说，要大大超过作者自己以往的所有作品。普拉姆迪亚不愧是印度尼西亚独立以来最杰出的现实主义小说家。他的《人世间》等四部曲，无疑将被视为印度尼西亚文学中的瑰宝而载入史册。

1981 年 6 月

中译本初版译后记

我们这个杜尔作品研究小组是应运而生的。多年来，我们一直关注着普拉姆迪亚·阿南达·杜尔在文学上的成就。最近他的《人世间》《万国之子》相继问世，十分令人欣喜。它不仅标志着杜尔这位作家本身的干练和成熟，而且也显示了印度尼西亚文学的前途和希望。因此，我们从事印度尼西亚文学和语言研究的几位同志迫切感到有必要对杜尔的作品做更集中更深入的研究，从而向他、向印度尼西亚文学学到更多更美的东西。同时我们也应尽自己的义务，向我国广大文学爱好者介绍杜尔的作品，以期促进、加深中国和印度尼西亚两国人民之间的相互了解和友谊。

参加本书翻译的有居三元、孔远志、陈培初、张玉安四位同志，负责审校的是黄琛芳同志。

在此书翻译过程中，我们教研室的专家和其他几位教授始终给予我们热情耐心的指导和帮助。在此，我们谨向他们表示衷心的感谢。

我们几位译者有一个共同的体会：如何完美地表达原著的艺术和语言风格，深感力不从心。加上我们的印度尼西亚语和汉语的水平都很有限，译文中肯定会有不少贻误之处，欢迎广大读者及专家们批评指教。

1981 年 6 月